AF302835

**J.C. Philipp** ist eine deutsche Autorin. Sie wurde 1966 in Wiesbaden geboren. Sie ist verheiratet und lebt mit ihrem Mann und zahlreichen Haustieren im Taunus. Ihre Romane entstehen, inspiriert von regelmäßigen Reisen in alle Welt, in der idyllischen Atmosphäre eines alten Fachwerkhauses inmitten eines 650-Seelen-Dorfes. Hauptberuflich ist sie als Geologin im Bereich Umweltschutz tätig. Neben dem Schreiben widmet sie sich in ihrer Freizeit ihren Hobbys Reiten, Klavier und Yoga.

J. C. PHILIPP

# Das Herz von Broom Park

Überarbeitete Neuausgabe Dezember 2023

Copyright © 2023 dp Verlag, ein Imprint der
dp DIGITAL PUBLISHERS GmbH
Made in Stuttgart with ♥
Alle Rechte vorbehalten

*Das Herz von Broom Park*

ISBN 978-3-98778-946-5
E-Book-ISBN 978-3-98778-942-7

Copyright © 2018, dp Verlag, ein Imprint der dp DIGITAL PUBLIS-
HERS GmbH
Dies ist eine überarbeitete Neuausgabe des bereits 2018 bei dp Ver-
lag, ein Imprint der dp DIGITAL PUBLISHERS GmbH erschienenen
Titels Das Erbe von Broom Park. (ISBN: 978-3-96087-384-6).

Covergestaltung: ARTC.ore Design / Wildly & Slow Photography
Umschlaggestaltung: ARTC.ore Design
Unter Verwendung von Abbildungen von
stock.adobe.com: © inigocia, © donfink, © Filip, © Ricky
Lektorat: Daniela Höhne
Satz: dp DIGITAL PUBLISHERS GmbH
Druck und Bindung: Books on Demand GmbH, Norderstedt

# Vorwort

Das Herz von Broom Park liegt mir im wahrsten Sinne des Wortes am Herzen.

Als Kind von Eltern, die schon in den 70er Jahren verrückt nach Schottland waren, durfte ich immer wieder einen Teil der Sommerferien dort verbringen. Oft ganz im Norden, in Sutherland, aber auch viel in der Gegend um Ballachulish.

Grund war, dass meine Eltern einen sehr guten schottischen Freund hatten. Er hieß Douglas und hatte ein Haus in Glasgow im Broom Park Drive und ein Ferienhaus in Ballachulish. Im alten Schiefersteinbruch, dem Ballachulish Slate Quarry, habe ich als Kind mit den dortigen Nachbarskindern gespielt – damals war er noch nicht erschlossen und beschildert.

Zudem gibt es versteckt an der Küste das Herrenhaus Ardsheal House, dass man nur vom Boot aussieht. Es war das Vorbild für das Herrenhaus von Broom Park.

Mit dem Boot von Douglas waren wir viel zum Angeln im Loch Linnhe und Loch Leven und auch die Friedhofsinsel Elian Munde haben wir damit besucht, was an einem Sommerabend ein unvergessliches Erlebnis war.

Als ich das Buch anfing, ergab es sich dann irgendwie von selbst, dass ich diese Location gewählt habe und Erinnerungen und Namen darin eingeflossen sind. Später hatte ich sogar mal das Vergnügen, bei Ebbe um das

Castle Stalker zu Reiten, welches ebenfalls im Buch vorkommt. In einer Kurve an der Küstenstraße liegt auch das Vorbild für das kleine Cottage der Heldin.

Zudem verbindet meinen Mann und mich eine ganz besondere Beziehung mit Ballachulish, da wir dort mit einem klassischen Schottischen „Handfasting" zu unserem 25jährigen Hochzeitstag unser Eheversprechen erneuert haben.

# Kapitel 1

## Schottland 1814

Hazel MacAllen strich sich eine Strähne ihrer langen, dunkelbraunen Locken aus dem Gesicht. Sie fröstelte, wickelte sich ihr Wolltuch noch etwas fester um die Schultern und steckte die Enden wieder in den breiten Ledergürtel über ihrem grünen Wollrock.

Es war ein kalter Tag. Viel zu kalt für Anfang Mai an der schottischen Westküste. Am Meer war es an diesem Tag besonders ungemütlich. Der böige Westwind trieb die Wellen weit in die Bucht und ließ den Kies am Strand mit einem ständig murmelnden Geräusch hin und her rollen. Ab und zu flogen kleine Flocken weißen Schaums durch die Luft, die von der Gischt leicht nach Salz schmeckten. Hazel blickte hinaus auf die wogende See mit den weißen Wellenkämmen, doch es war noch immer nichts von Colin und Alistair zu sehen. Seit dem frühen Morgen waren sie mit dem Boot draußen. Der Wind war über den Tag immer stärker geworden und die Möwen, die in kleinen Schwärmen über das Meer flogen, kamen nur mühsam gegen ihn an.

Hazel seufzte. Dann nahm sie das große Bündel Treibholz, das sie gesammelt hatte, auf ihre Schultern, als wöge es nichts. Seit ihr Vater vor sechs Jahren bei einem Sturm nicht vom Fischen zurückgekehrt war, hatte sich der Gesundheitszustand ihrer Mutter zusehends verschlechtert und sie war kränklich und lebensmüde. So musste Hazel sich um den Haushalt kümmern, wenn ihre beiden Brüder mit dem Boot unterwegs waren – und das waren sie, außer an den Sonn- und Feiertagen, fast jeden Tag. Körperlich schwere Arbeiten waren ihr daher nicht fremd.

Sie ging ein Stück den Strand entlang und folgte dem schmalen Pfad, der hinauf zum Cottage führte. Das kleine, aus grauen Steinen gebaute Haus, lag am Fuße eines kleinen Hügels, hinter dem sich majestätisch die Berge der schottischen Highlands erhoben. Eine Steinmauer und ein paar Bäume schützten es vor Wind und Wetter und die beiden einzigen Fenster an der Vorderseite sahen manchmal aus wie zwei große Augen.

»Hast du sie gesehen?«, rief Fiona MacAllen von der blauen Tür aus, als sie ihre Tochter kommen sah.

»Nein, Mutter. Geh wieder ins Haus. Es ist zu kalt für dich.«

Hazel legte das Holzbündel neben der Tür ab und ging mit ihr hinein. Mrs MacAllen war erst achtundvierzig Jahre alt, ihr früher dunkles Haar war inzwischen fast grau und sie versteckte es unter einem Häubchen. In dem dämmrigen Haus, das durch eine Wand in zwei Räume geteilt wurde, war es wohlig warm. In der Feuerstelle des etwas größeren, rechten Raumes brannte ein Torffeuer. Er war gleichzeitig Küche und Wohnzimmer, und Colin und Alistair hatten dort ihre Betten. Der Qualm zog nur langsam durch den Kamin in dem mit grauem Schiefer gedeckten Dach ab. Ein Teil davon zog in den Raum und schwärzte die Decke.

Das Feuer war schon weit heruntergebrannt, aber es reichte Hazel, um sich die Finger zu wärmen. Sie schöpfte für sich und ihre Mutter einen Becher heißen Tee aus dem schwarzen Kessel, der an dem schwenkbaren Eisenhaken über dem Feuer hing. Hoffentlich würden ihre Brüder vor Einbruch der Dunkelheit zurückkehren. Taten sie das nicht, müsste oben auf dem Hügel die große Laterne angezündet werden, die ihnen den Weg nach Hause wies.

Nachdem sie ihren Becher geleert und drei bereits vorbereitete Brotlaibe in den gemauerten Backofen neben dem Kamin geschoben hatte, ging sie in den kleinen Stall hinter dem Cottage. Sie molk Bess, die einzige Kuh, die sie besaßen, fütterte die Hühner und Tommy, das Pony. Dann ging sie auf die Weide und sah nach den fünf Schafen und ihren Lämmern. Wieder im Haus, half sie ihrer Mutter bei der Zubereitung des Abendessens. Sie waren fast fertig, als sie draußen endlich Stimmen hörte. Kurz darauf erschien Alistair in der Tür. Er hängte seine nasse Jacke vor das Feuer und nahm sich eine Schale Eintopf aus dem Kessel. Er sagte kein Wort. Wie so oft. Hazel blickte ihn an und schüttelte den Kopf. Sie würde ihn nie verstehen. Seine braunen Augen, die sie aus einem braungebrannten, markanten Gesicht anblickten, waren wie die See an einem dunklen Tag im Winter: kalt und unergründlich. Seine ewige Unzufriedenheit konnte der ganzen Familie die Stimmung verderben. Wie anders war da Colin, dachte sie, und stellte eine weitere Schale für ihn auf den Tisch. Er war fast immer gut gelaunt und versuchte, das Beste aus seinem Leben zu machen. Im selben Moment flog auch schon die Tür auf und ihr zweiter Bruder kam herein. Hazel liebte ihn über alles. Er war sechs Jahre älter als sie. Im Gegensatz zu Alistair, der jetzt schon siebenundzwanzig war, behandelte Colin seine Schwester, die in einem Monat achtzehn Jahre alt werden würde, schon lange nicht mehr wie ein kleines Mädchen. Er schüttelte seine nassen, dunkelblonden Locken vor dem Feuer aus.

»Guten Abend, Mutter«, sagte er, küsste sie auf die Stirn und kam zu Hazel.

»Was gibt es Leckeres, Schwesterlein?«, fragte er kess.

Er legte ihr den Kopf von hinten auf die Schulter und blickte auf das vorbereitete Essen.

»Fischeintopf und frisches Brot«, lachte sie und drückte ihm einen Laib in die Hand.

»Was für ein scheußliches Wetter.« Colins blaugraue Augen blitzten übermütig. »Aber wir haben gut gefangen heute. Erst haben wir drei Lobster in den Körben gehabt und dann sind wir in einen Schwarm Makrelen geraten. Ich wette, die Lachse kommen auch bald.« Er lachte und die beiden Grübchen neben seinen Mundwinkeln wurden tiefer.

»Heißt das, wir fahren morgen mit dem Ponywagen zur Kirche?« Hazel warf einen erwartungsvollen Blick zu Alistair, als sie sich setzte.

Der nickte nur.

Sie beteten gemeinsam und aßen. Hazel war froh, dass ihre Brüder heil zurück waren, dankte Gott im Stillen dafür und auch, dass sie morgen nicht würde laufen müssen. Sie hasste es, wenn sie in aller Frühe zu Fuß hinüber ins Dorf gehen musste. Die verdammten *Midges* fraßen einen fast auf, wenn kein Wind ging und nur

Colins Pfeifenqualm und der würzige Duft der *Bog Myrtle*, konnte, wenn man deren Blätter zerrieb, die Plagegeister vom Stechen abhalten. Außerdem würde sie so nach der Kirche schneller wieder zu Hause sein, und hätte mehr Zeit für sich am Nachmittag. Nach dem Mittagessen würde sie hinüber nach Broom Park gehen. Diese Aussicht war sehr erfreulich und Hazel summte beim Abräumen des Tisches eine Melodie. Sie träumte mit offenen Augen, als sie sich spät nach dem Essen neben ihre Mutter in das Bett im Nebenzimmer legte, während ihre Brüder noch die Netze und die Lobsterkörbe in Ordnung brachten.

Am Morgen fuhren sie alle mit dem Ponywagen ins Dorf. Alistair verkaufte den Fisch, bevor sie den Gottesdienst besuchten. Hazel lauschte der Messe in der kleinen, schmucklosen Kirche andächtig. Sie liebte die Art, wie der Reverend sprach. Seine Stimme war tief, er sprach langsam und mit Bedacht. Auch wartete sie immer sehnsüchtig darauf, dass endlich das Harmonium gespielt wurde. Sie mochte Musik, besonders die in der Kirche, wenn sich das Harmonium und der Gesang der Gemeinde vereinten. Diese Musik war so anders, als das, was Colin auf seinem Dudelsack spielte, fast wie aus einer anderen Welt. Noch als sie die Kirche verließen, hatte Hazel all die wunderbaren Klänge im Ohr, doch sie wurde jäh von der rauen Stimme eines Mannes unterbrochen, der sie vor dem Gotteshaus ansprach.

»Guten Morgen, Hazel.«

Sie drehte sich um und sah in ein schmales, unrasiertes Gesicht, das von strähnigen, braunen Haaren umrahmt wurde. Die beiden kalten, grauen Augen musterten sie ungeniert.

»Guten Morgen, Rory«, entgegnete Hazel schnippisch und wandte sich zum Gehen.

»Wie geht es dir?«, fragte er und folgte ihr.

»Gut, danke.«

»Du warst lange nicht im Laden. Willst du nicht mitkommen?«

Hazel schüttelte sich innerlich bei dem Gedanken. Sie konnte diesen Campbell einfach nicht ausstehen.

»Nein, danke. Ich habe wirklich keine Zeit. Mutter will nach Hause und ich muss den Wagen fahren.«

»Zu schade. Wie wäre es mit nächster Woche?« Er vertrat ihr den Weg.

»Ich weiß nicht«, erwiderte sie zögernd. Sie konnte ihm nicht sagen, dass er sich zum Teufel scheren sollte.

Er hatte nun mal den kleinen Laden im Dorf, und sie waren immer wieder darauf angewiesen, von ihm Kredit zu bekommen.

»Komm schon, Hazel, so ein hübsches Mädchen wie du braucht bestimmt etwas Neues«, scherzte er aufdringlich. »Ich habe schöne neue Haarbänder. Das wäre doch was für dich.«

Rorys Hand griff nach ihrem Haar und er ließ sich eine Strähne ihrer Locken durch die Finger gleiten.

Hazel spürte ein Würgen im Hals. Es widerte sie an, dass er sie angefasst hatte. Er verursachte bei ihr ein ähnliches Gefühl von Ekel, wie es im Herbst die dicken Spinnen taten, wenn sie ins Haus kamen.

»Ich denke drüber nach«, sagte sie hastig und lief aus dem Kirchhof.

Ihre Mutter saß schon auf dem Wagen und Hazel brachte Tommy mit einem Schnalzen zum Laufen. Sie sah nur noch, wie Rory mit Alistair sprach und die beiden sich in Richtung des Alehouse aufmachten, um sich das ein oder andere Bier zu gönnen.

Hazel aß nicht viel an diesem Mittag und verließ danach das Cottage. Der Sonntagnachmittag gehörte ihr, ihr ganz allein.

Sie nahm den Pfad, der sich von der kleinen Bucht, in der sie wohnten, den Hang hinauf durch die Heide und das Farnkraut nach Süden an der Küste entlangwand. Oben auf dem nächsten Hügel blieb sie stehen und betrachtete die Landschaft. Hinter ihr zogen sich die felsigen Berghänge steil hinauf und vor ihr reichte der Blick nach Westen weit den *Loch Linnhe* hinunter. Die weißen Segel eines Schiffes mit Kurs auf Fort William am Ende der tiefen Bucht leuchteten weithin sichtbar in der Sonne. Unten am Fuße der grünen Hügel, auf denen die Schafe weideten, klatschte das Meer weiß schäumend gegen die grauen Felsen. Das *Castle Stalker*, das auf einem winzigen Eiland im Meer lag, ragte mit seinem eckigen Turm trotzig in den Himmel. Es schien, wie die schroffen Gipfel der Berge auf der anderen Seite der großen Bucht, zum Greifen nahe. Im Westen erhoben sich die Berge der *Isle of Mull* und im Osten die höchsten Gipfel der Highlands. Sie atmete tief ein. Die Luft war klar und sauber nach dem gestrigen Sturm. Wenn der Sommer endlich käme, und die Heide anfangen würde zu blühen, würde es oben auf dem Hügel wieder betörend duften. Hazel hätte noch eine ganze

Weile träumen können, doch es war fast eine Meile nach Broom Park und sie wollte so viel Zeit wie möglich an ihrem Lieblingsplatz verbringen.

Broom Park war ein altes, halb verfallenes Herrenhaus, das am Fuße eines von Ginster und Wald bewachsenen Hügels lag. Der Ginster am Waldrand zeigte schon die ersten Knospen, und es war nur eine Frage der Zeit, bis sich alle Blüten öffnen. Dann würde er ganze Hügel weithin sichtbar in sattem Gelb leuchten. Als Hazel die hohe Steinmauer erreichte, die den Besitz umgab, spähte sie wie immer erst vorsichtig durch das Loch darin, bevor sie hindurchschlüpfte. Das Anwesen war schon lange verlassen, aber sie hatte immer Angst, es könnte doch jemand da sein. Außerdem hieß es, der Geist der alten Lady Denby, die sich vor mehr als zwanzig Jahren im Haus erhängt hatte, würde dort spuken.

Hazel ließ sich davon nicht abschrecken, und als sie niemanden sah, folgte sie zielsicher dem zugewachsenen Pfad unter den alten Bäumen und Rhododendren bis zum Haus. Das große zweistöckige Gebäude wurde von einem Dach mit mehreren kleinen Giebeln gekrönt. Die grauen Mauern waren von Efeu überwuchert, der sich ungehindert in die kaputten Fenster im oberen Stockwerk hineingewunden hatte. Viele der Fenster waren nur notdürftig mit Brettern verschlossen. Auch die große Tür zum Haus war früher vernagelt gewesen, aber jemand hatte sich schon vor langer Zeit Zugang verschafft. Hazel hatte keine Mühe, zwischen zwei Brettern hindurch in die Eingangshalle zu gelangen. Über dieser war das Dach teilweise eingestürzt. Balken und Dachschiefer lagen auf dem einstmals so prächtigen Boden aus schwarzem und weißem Marmor. Die Holzvertäfelung war nass geworden und wölbte sich von den Wänden. Auf der Treppe hatten sich in den Winkeln, wo der Wind etwas Erde angeweht hatte, bereits kleine Pflanzen angesiedelt. Hazel hatte es noch nie gewagt, die breite Treppe hinaufzugehen, aus Angst, sie könnte unter ihr einstürzen. Sie durchschritt die Halle eilig und ging auf der anderen Seite durch die große Tür, die nur noch halb in den Angeln hing.

Hier war ihr Paradies – der alte Ballsaal.

Er war noch vollständig erhalten und immer trocken. Die großen Fenster, die fast bis zum Boden reichten, waren verschmutzt, und das bisschen Sonne, das hindurchdrang, tauchte den Raum in ein sanftes, gelbliches Licht. In dem großen Raum hallte ihre Stimme wider, fast wie in der Kirche. Sie liebte es, hier zu singen und zu tanzen. Wie immer kehrte sie zuerst den Boden mit einem Ginsterbündel und entfernte die Blätter, die der Wind der letzten Woche hier zusammengeweht hatte. Sie legte das Bodenmosaik in der Mitte frei, das ein tanzendes Paar in altmodischen Kleidern und mit weißen Perücken zeigte. Dann ging sie hinüber zu dem alten Spiegel über dem Kamin und betrachtete sich selbst. Sie konnte sich hier in voller Größe sehen, wenn auch der Spiegel angelaufen und fleckig war. Nach einem Knicks vor ihrem Spiegelbild forderte sie sich selbst zum Tanzen auf. In ihrer Fantasie ertönte leise Musik und sie schloss die Augen. Hazel begann zu singen und sie stellte sich vor, der Saal wäre erfüllt mit Menschen in eleganten bunten Kleidern. Sie sah sich selbst durch die Menge in die Mitte des Raumes schreiten.

Sie war die Herrin von Broom Park.

***

Simon Denby zügelte sein Pferd. Er musterte das vor ihm liegende Haus kritisch. Es war im klassischen *Baronial Style* erbaut und die Fassade mit ihren wehrhaften kleinen Türmchen und Erkern und den zahlreichen kleinen Giebeln am Dach war sehr schön. Der weite Blick über das Meer, den er bereits genossen hatte, als er die Auffahrt entlanggeritten war, und den er jetzt auch vom Vorplatz aus hatte, war überwältigend.

*Wenn es nur nicht so unangenehm kalt wäre*, dachte er und rieb sich die Hände.

Er stieg ab, tätschelte den Hals seines Pferdes und band es an den Ast einer Eiche. Dann ging er zum Eingang hinüber. Ein paar Bretter fehlten, und die Tür dahinter war offen. Er zwängte sich durch das Loch zwischen den Latten, blickte sich um und schüttelte den Kopf. Die Halle war in einem desolaten Zustand und es würde ihn sicherlich einige tausend Pfund kosten, das Haus wieder zu dem zu machen, was es zu Zeiten seiner Großmutter gewesen war. Er musterte noch den Zustand der Vertäfelung, als er eine helle Stimme singen hörte. Einen Moment befürchtete er, es könne der Geist seiner Großmutter sein, doch er war Realist und ging dem Gesang nach. In der Tür zu einem großen Saal blieb er stehen. Was er sah, ließ ihn lächeln. Ein junges, ärmlich gekleidetes Mädchen sang und tanzte höchst anmutig allein durch den Raum. Sie schien ihn nicht zu bemerken. Er wollte sie nicht erschrecken und räusperte sich leise.

Hazel schrie erschrocken auf, als sie den Fremden in der Tür bemerkte. Sie blieb wie versteinert stehen und starrte ihn an. Er war groß und schlank, hatte kurzes, dunkelblondes Haar und trug unter seinem langen Reitmantel einen elegant geschnittenen, schwarzen Anzug aus feiner Wolle und einen schwarzen Hut wie ein echter Gentleman.

»Du singst und tanzt sehr hübsch«, sagte der Fremde.

Hazel erwiderte nichts. Sie stand nur irritiert mit halb geöffnetem Mund da, unfähig, etwas zu sagen.

»Willst du mir nicht verraten, wer du bist, wenn du schon in meinem Haus tanzt?«

Sie erschrak. *Sein Haus? Das kann nicht sein*, dachte sie.

»Komm her«, forderte sie der Fremde freundlich auf und sie gehorchte zögernd.

Er sah sie forschend an und ihre Angst schwand, als sie seine weichen Gesichtszüge und den sanften Ausdruck in seinen warmen, blauen Augen sah.

»Nun, junges Fräulein, willst du mir nicht antworten?«

Er lächelte noch immer. Lachfältchen umrahmten seine Augen.

»Mein Name ist Hazel. Hazel MacAllen«, entgegnete sie scheu.

Sie bemerkte seinen musternden Blick. Seine Augen wanderten von ihren wilden, offenen Locken über ihre Kleidung bis hinunter zu ihrem fleckigen Rocksaum. Rasch versuchte sie noch, ihre ebenso verdreckten

Schuhe darunter zu verstecken. Sie fühlte, wie ihre Hände schwitzten und ihre Wangen rot wurden.

»Ich bin Lord Simon Denby.« Er zog seinen Hut und verneigte sich leicht.

Hazel biss sich auf die Lippen und schluckte. Sie hoffte, er würde nicht bemerken, dass ihre Hände vor Aufregung auch noch zitterten.

»Du kommst wohl öfter hierher«, sagte Lord Denby und ging durch den Raum auf die Fenster zu.

»Jeden Sonntag«, antwortete sie leise.

»Soso.« Lord Denby musterte sie erneut aus der Entfernung.

»Das mit der Tür bin ich aber nicht gewesen. Es war schon so, als ich zum ersten Mal hier war.«

»Ich habe dir nichts vorgeworfen. Warum entschuldigst du dich also?« Er sah sie fragend an.

»Ich dachte, Sie sind vielleicht erzürnt, weil ich hier bin«, entgegnete Hazel, und hoffte, dass er es nicht war.

»Nein. Das bin ich nicht.« Er schmunzelte.

Sie sprach mit diesem harten Highland-Akzent, den er so mochte.

»Du kennst das Haus sicherlich gut. Willst du mir nicht alles zeigen?«

Ihr stockte der Atem. Ein Lord bat sie, ihm sein eigenes Haus zu zeigen! Sie zögerte kurz, doch der freundliche Ausdruck in seinen Augen ermutigte sie. »Ich kenne nur den Teil hier unten, aber den zeige ich Ihnen gern.« Sie strahlte ihn an und führte ihn in der ihr vertrauten, unteren Etage herum. Hazel fühlte sich so stolz, als wäre *sie* die Herrin des Hauses und nicht er.

»Es wird ein Vermögen kosten, das Haus wieder aufzubauen«, bemerkte Lord Denby beiläufig, als sie nach dem Rundgang wieder in der Halle ankamen. Er drehte seinen Hut in den Händen.

»Sie wollen es wieder herrichten?«, entfuhr es ihr entsetzt.

»Ja, das will ich. Mein Vater ist vor Kurzem verstorben und er hat unser Haus in Galloway meinem jüngeren Bruder hinterlassen. Ich habe zwar den Titel *Lord Denby* geerbt, aber ich muss dafür auch nach Broom Park zurückkehren. So hat es mein Vater verfügt.«

Hazel sagte kein Wort. Tränen schossen ihr in die Augen. Sie warf ihm einen bitterbösen Blick zu, wandte sich um, und ließ ihn einfach stehen. Tief in ihrem Herzen spürte sie einen stechenden Schmerz. Sie rannte fast den ganzen Weg bis nach Hause und heiße Tränen liefen ihr über die Wange.

Er würde es ihr wegnehmen. Ihr Broom Park.

Hazel hatte nur Colin von ihrer Begegnung mit Lord Denby erzählt, doch bereits zwei Tage später wurde in der ganzen Gegend über nichts anderes mehr gesprochen, als darüber, dass die Denbys nach Broom Park zurückkehren würden. Viele hatten Angst, Lord Denby würde sie womöglich von ihrem Land und ihren *Crofts* vertreiben, so wie es die Großgrundbesitzer in Sutherland im Norden taten, um das Land für die Schafzucht zu nutzen. *Clearences,* Bereinigungen, nannten sie diese Vertreibung. Wenn die Leute sehr viel Glück hatten, erhielten sie etwas Geld und die Chance, nach Amerika zu gehen. Wenn nicht, wurde ihnen einfach das Dach über dem Kopf angezündet. Alistair hatte Bedenken, dass es auch in *Appin* bald soweit kommen würde.

Drei Wochen nachdem Hazel Lord Denby das erste Mal begegnet war, begannen im Herrenhaus die Renovierungsarbeiten. Hazel kam noch immer jeden Sonntag herüber und beobachtete von einem versteckten Platz aus, was gerade vorging. Mehr als drei Dutzend Männer arbeiteten ohne Rücksicht auf den Tag des Herrn.

Als Hazel das erste Mal nach zwei Wochen wiederkam, staunte sie. Das Herrenhaus war bereits vom Efeu befreit worden. Das kaputte Dach über der Halle war abgetragen und die Zimmerleute hatten einen neuen Dachstuhl aufgesetzt.

Woche für Woche gingen die Arbeiten von diesem Zeitpunkt an schneller voran. Das Haus erwachte aus seinem Dornröschenschlaf und nach vier Wochen zog Lord Denby ein, um die Arbeiten selbst zu überwachen. Nach zwei Monaten wurde auch der Garten entkrautet und neue Beete angelegt.

Als Hazel Ende Juli wieder an die Mauer kam, und durch ihren vertrauten Zugang wollte, war diese wieder aufgebaut und sie konnte nicht mehr hinein. Es war, als dürfte sie ihr eigenes Zuhause nicht mehr betreten. Sie wollte das nicht hinnehmen. Sie ging die Mauer entlang und suchte nach einer neuen Möglichkeit, ins Innere zu gelangen. Schließlich fand sie eine alte knorrige Eiche, deren unterste Äste dicht über dem Boden begannen. Eigentlich war sie ja schon zu alt für solche Albernheiten, aber darum scherte sie sich nicht. Sie raffte ihre Röcke zusammen und kletterte auf den Baum und von ihm aus auf die Mauer. Oben blickte sie nach links und rechts und jubelte leise. Nur ein Stück entfernt war auf der anderen Seite auch ein Baum, der ebenso gut zum Klettern war, wie die Eiche. Hazel balancierte auf der Mauer entlang und kletterte hinunter in den Park. Dort schlich sie unter den Bäumen dahin, bis sie das Haus sehen konnte. Irgendetwas schien passiert zu sein, denn plötzlich füllte sich der Platz vor dem Hauseingang, als sich eilig das Personal vor der Tür versammelte. Sie sahen alle so fein aus. Die Mädchen in schwarzen Kleidern mit weißen Schürzen und Häubchen und die Diener in dunklen Jacken mit feinen Westen darunter. Es waren an die zwanzig Hausangestellte. Hazel seufzte. Wenn sie wenigstens für die Denbys arbeiten könnte.

Ein leichtes Knirschen auf dem Kies der Einfahrt war zu hören und schließlich näherte sich eine Kutsche dem Haus. Hazels Augen verfolgten den von vier herrlichen Pferden gezogenen Wagen wie gebannt, als Lord Denby ausstieg. Seit sie ihn das erste Mal gesehen hatte, hatte sie immer wieder an ihn denken müssen und sie beobachtete, wie er zwei Damen aus dem Wagen half. Die eine musste wohl seine Mutter sein. Die jüngere, blonde hielt Hazel für seine Schwester. Hazel folgte Lord Denby mit ihren Blicken bis alle im Haus verschwunden waren, und verließ den Park über den gleichen Weg, den sie gekommen war.

Der August kam. Hazel ging ihren täglichen Arbeiten zu Hause nach. Sie machte haltbaren Käse für den Winter aus der Schafsmilch, trocknete und räucherte Fisch und kochte die letzte Marmelade des Jahres aus den Beeren der Eberesche neben dem Haus. Da ihre Mutter wieder hustete, sammelte Hazel die letzten frischen Kräuter und machte ihr heiße Aufgüsse und Umschläge. Auch der kleine Garten verlangte jetzt intensive Pflege, damit die Ernte des Wintergemüses so gut wie möglich ausfiel.

Colin und Alistair waren dabei keine große Hilfe. Sie gingen neuerdings einmal in der Woche abends hinüber ins Dorf, wo sich die Männer im Alehouse trafen. Dort diskutierten sie über das, was Lord Denbys Anwesenheit für sie bedeutete. Hazel bekam von alldem nur das mit, was Colin und Alistair erzählten, und das war nicht viel. Wenn Lord Denby sie von dem Land vertreiben würde, auf dem ihr Cottage stand, würden sie wohl nach Amerika auswandern müssen. Alistair hatte einen Freund, der vor mehr als einem Jahr Schottland verlassen hatte. Dieser hatte im Frühjahr einen langen Brief geschrieben, den Alistair immer wieder las. Er war von dem Gedanken, nach Amerika zu gehen, geradezu besessen und er versuchte, die ganze Familie davon zu überzeugen, mit ihm zu kommen. Er sparte heimlich Geld dafür. Leider würde es noch eine ganze Weile dauern, bis es für eine Schiffspassage reichen würde. Außerdem hatte er genug Verantwortungsgefühl, um zu wissen, dass Colin allein Mutter und Schwester nicht würde ernähren können. Hazel interessierte das alles nicht. Sie wäre jetzt sowieso nicht mehr mit nach Amerika gegangen, denn sie hatte sich etwas anderes in den Kopf gesetzt.

Sie würde Hausmädchen bei den Denbys werden.

Seit sie sonntags nicht mehr nach Broom Park konnte, ging sie nach der Kirche heimlich zu Reverend Bain ins Haus. Sie hatte zwar die Sonntagsschule besucht, doch im letzten Jahr war Alistair der Ansicht gewesen, sie wäre zu alt und hätte genug gelernt und hatte es ihr kurzerhand verboten. Nun wollte Hazel wieder besser lesen und schreiben lernen. Die beste Gelegenheit unbemerkt zu lernen, war, wenn Colin und Alistair nach der Kirche ins Alehouse gingen, und Hazel nutzte diese Gelegenheit fleißig.

Zum Erstaunen des Reverends hatte sie eine sehr gute Auffassungsgabe und er erteilte ihr eine Art Privatunterricht, für die sich Hazel dann und wann mit ihrem hausgemachten Käse oder frisch geräuchertem Fisch bei ihm revanchierte. Hazel veränderte sich in diesem Sommer sehr. Sie achtete mehr auf ihre Kleider und ihr Haar und versuchte immer sauber und ordentlich auszusehen. Die schönsten Augenblicke waren für sie die, wenn der Reverend ihr gestattete, ein neues Buch aus dem Schrank zu holen.

Als Hazel Ende August wieder flüssig lesen konnte, war sie davon wie besessen. Sie verschlang die Bücher geradezu, egal welches Thema sie behandelten, auch wenn sie den Inhalt nicht immer ganz verstand. Wenn schönes Wetter war und ein leichter Wind ging, der die Midges vertrieb, stieg sie allein oben auf den Hügel hinter dem Pfarrhaus, der mit einem duftenden Teppich dichter blühender rosa Heide überzogen war. Hier oben konnte sie mit einem Buch in die Welt ihrer Träume entfliehen. Der Reverend hielt Hazel schließlich dazu an, bestimmte Bücher noch einmal zu lesen und sich alle Fragen, die sie hatte aufzuschreiben und er wählte die Bücher so aus, dass Hazel einen Überblick über die wichtigsten Wissensgebiete bekam. Plötzlich verstand sie auch, worüber sich die Männer Sorgen machten. Ihr ganzes Weltbild veränderte sich.

Es gab nicht nur ihr Cottage und das Dorf.

Die Welt war so groß. Es gab so viele Länder und Hazel schwor sich, alles zu tun, um so viel wie möglich davon zu sehen. Sie würde Hausmädchen bei den Denbys werden und irgendwann vielleicht nach London gehen und von dort ... wer weiß wohin.

Ende August machte die Neuigkeit die Runde im Dorf, dass Lord Denby einen großen Ball geben würde. Es würden sicherlich noch Hilfen für die Küche gebraucht und Hazel bat Alistair um Erlaubnis, nach Broom Park gehen zu dürfen. Er stimmte zu ihrer eigenen Überraschung zu.

So stand Hazel eines Nachmittags vor dem Haupteingang und läutete an der Glocke neben der neuen, großen Eichentür mit den goldenen Messingbeschlägen.

Es wurde von einem Diener in Livree geöffnet, der sie abfällig musterte.

»Was willst du?«, fragte er barsch und ließ sie nicht ein.

»Ich möchte in der Küche helfen vor dem Ball.«

Hazel blickte ihn trotzig an.

»Geh dort hinten um die Ecke und an die Tür zum Küchentrakt. Frage nach Mrs Edwards. Vielleicht nimmt sie dich.«

Er knallte die Tür vor ihrer Nase zu und Hazel ging hinüber zu dem anderen Eingang.

Mrs Edwards war die Hausdame der Denbys. Sie war grauhaarig und rundlich mit kleinen, blauen Augen – und weitaus freundlicher als der Diener an der Tür. Sie nahm Hazel gern als Hilfe an und bat sie, da sie selbst niemanden aus dem Dorf kannte, ihr noch einigen Frauen zu benennen, die ebenfalls bei den Vorbereitungen mithelfen könnten. Als Hazel eine Stunde später wieder das Haus verließ, tanzte sie vor Freude die Auffahrt hinunter. Sie würde volle zwei Tage in Broom Park verbringen und in der Küche helfen. Sie war überglücklich.

Als sie das Tor durchschritten hatte und den Hauptweg eben verlassen wollte, um über den Küstenpfad nach Hause zu gehen, kam ihr ein Reiter entgegen. Es war Lord Denby. Seit jenem Tag in der Halle hatte sie ihn, außer am vergangenen Sonntag in der Kirche, nicht mehr von Nahem gesehen, geschweige denn mit ihm gesprochen. Jetzt zügelte er sein Pferd vor ihr und hielt an.

»Guten Tag, Mylord.« Hazel machte einen tiefen Knicks.

»Hazel MacAllen«, lachte er. »Wie geht es dir, junges Fräulein?«

»Sehr gut, Mylord. Danke.« Hazel strahlte ihn an und ihr Atem beschleunigte sich vor Aufregung. Sie hatte davon geträumt, ihm erneut zu begegnen. Nun war er hier. Und sie waren ganz allein. Sie spielte nervös mit ihren Haaren und hoffte gleichzeitig, er würde bemerken, dass sie diese neuerdings hochgesteckt trug.

»Was tust du hier?« Er beugte sich leicht zu ihr herunter.

Sie sah ein Funkeln in seinen Augen, das aus den kleinen Sprenkeln darin zu entspringen schien, und konnte sich seinem Blick nicht entziehen.

»Ich werde in der Küche in Ihrem Haus helfen.«

Hazel erhob ihren Kopf und straffte ihre Haltung. Ihre Augen weiteten sich. Er sollte sehen, dass sie stolz darauf war.

»Sehr gut. Ich hoffe, du kannst gut kochen«, sagte er, wohl wissend, dass sie wahrscheinlich nicht mehr tun würde, als das Gemüse zu putzen und die Hühner zu rupfen.

»Sie scherzen, Mylord. Ich kann zwar kochen, aber meine Fähigkeiten dürften wohl kaum für einen so erlesenen Geschmack wie den Ihren ausreichen«, antwortete sie fast ohne schottischen Akzent und wunderte sich selbst über die Worte, die sie gewählt hatte. Hatte sie so eine Antwort vielleicht in einem der Bücher gelesen?

»Wo hast du gelernt so zu reden?« Lord Denby blickte sie erstaunt an.

»Ich hatte Unterricht beim Reverend«, gestand sie nicht ohne Stolz.«

»Und wo willst du jetzt hin, Hazel?«, fragte er.

»Nach Hause. Ich muss das Essen vorbereiten für meine Brüder.«

Sie blickte ihm noch immer direkt in die Augen.

»Soll ich dich hinbringen?«

Ihr schoss das Blut in die Wangen und sie spürte wie sie im Gesicht erglühte. Was für geradezu unanständiges Angebot. Sie konnte es nicht fassen. »Sie sollten keine solchen Späße mit einem armen Mädchen wie mir treiben, Mylord.«

»Die Frage war durchaus ernst gemeint.«

»Sie würden mich mit dem Pferd zu unserem Haus bringen?«

»Das würde ich.«

»Also gut.« Sie konnte nicht widerstehen. Sie hoffte allerdings, dass niemand sie sehen würde.

Lord Denby stieg ab. Er hob Hazel auf sein Pferd, die innerlich bebte. Sie wusste, es war mehr als unschicklich, was sie im Begriff waren zu tun. Jedenfalls für eine Dame. Andererseits … sie war ja keine Dame. Nur eine Fischerstochter. In diesem Moment erschien ihr dieser Umstand von Vorteil. Sie wünschte sich so sehr, ihm nur einmal nahe zu sein. Er stieg hinter ihr in den Sattel. Seine Arme umfassten ihre Taille, während seine Hände die Zügel hielten, und sie konnte die Wärme seines Körpers spüren. Hazel betete, er würde nicht merken, wie sehr ihr Herz in diesem Augenblick raste.

Sie hielt sich an der Mähne des Braunen fest und sie ritten langsam den Pfad hinunter zur Küste entlang. Es war ein recht klarer Tag und Hazel erklärte Lord Denby all die kleinen Inseln vor der Küste. Die Kuppen der Berge waren von Wolken verhangen, aber die Sonne fand noch ausreichend Platz, um ihre goldenen Strahlen hinunter aufs Meer zu schicken. Zu dieser Tageszeit schien für eine Weile die ganze Bucht von Blau erfüllt zu sein. Das Meer, der Himmel, ja selbst die leicht grauen Wolken und die sonst grünen Wiesen schienen blau.

Hazel blickte in die Ferne. Sie hoffte, Alistair und Colin wären noch etwas weiter draußen, und sie war froh, das kleine Segel nicht zu sehen. Sie bat Lord Denby, auf dem Hügel oberhalb des Hauses anzuhalten. Es war besser, das letzte Stück zu Fuß zu gehen. Ihre Mutter würde sich sicherlich furchtbar aufregen, wenn sie ihre Tochter auf dem Pferd von Lord Denby sah. Hazel würde dieses Geheimnis für sich behalten und niemandem davon erzählen, dass sie es gewagt hatte, mit ihm auf einem Pferd zu sitzen.

Er half ihr herunter.

»Ich danke Ihnen, Mylord«, sagte sie, noch berauscht von ihren Gefühlen. »Das war herrlich.« Ihre Finger streichelten liebevoll den Hals des Tieres, als er wieder aufs Pferd stieg.

»Es war mir ein Vergnügen. Auf bald, Hazel«, lachte er, wendete das Pferd und ritt davon.

Sie blickte ihm nach und sah, dass er noch einmal anhielt bevor er den Wald erreichte. Schnell wandte sie sich um und rannte das letzte Stück zum Cottage hinunter. Er sollte nicht sehen, dass sie insgeheim darauf gewartet hatte.

Der Ball rückte näher und Hazel wusch am Bach neben dem Cottage ihre Sachen, die sie bei den Vorbereitungen in der Küche tragen wollte. Sie schrubbte die Wäsche auf der großen Schieferplatte in dem vom Moor braunen, kalten Wasser, bis ihre Finger schmerzten. Sie würde trotz der vielen Kernseife nie so sauber werden, wie sie es sich wünschte, doch sie sollte so sauber sein, wie es nur ging.

Schließlich kam der Freitag und Hazel ging morgens um fünf in der Dämmerung nach Broom Park. Sie war die Erste, die kam und Mrs Edwards fragte sie, welche Arbeit sie am liebsten verrichten wollte. Hazel freute sich über das Angebot. Sie entschloss sich, beim Backen zu helfen. Am Vormittag wurde der Teig angesetzt und die Laibe geformt und am Nachmittag wurden die Brote gebacken. Zudem wurden schon die Pasteten für das Fest gemacht.

Am Samstagmorgen war es ihre Aufgabe, das Gemüse vorzubereiten. Sie arbeitete mit Feuereifer und ihr Fleiß zahlte sich aus. Als alle anderen gegangen waren, bat Mrs Edwards sie, weiter mitzuhelfen, bis das Essen beendet war. Sie würde dafür noch einen Schilling erhalten. Das war mehr, als Alistair vor zwei Tagen für den Fisch bekommen hatte und Hazel würde vielleicht Gelegenheit haben, einen Blick auf all die feinen Ladys und Gentleman zu werfen, die zum Ball gekommen waren.

Schließlich wurde es Abend und Hazel hoffte, sie würde wenigstens eine freie Minute haben, aber man ließ sie nicht aus der Küche, bis sie sagte, ihr wäre schlecht und aus der Tür in den Hof rannte.

Es war ein relativ lauer Abend für diese Jahreszeit und Hazel sah, dass einige Gäste im Park waren. Sie schlich im Schutz der Bäume um das Haus herum, bis sie die großen hell erleuchteten Fenstertüren des Ballsaales sehen konnte, aus denen das Licht in den Park drang. Sie blieb unter einem Baum stehen. Broom Park war an diesem Abend so, wie sie es sich immer erträumt hatte. Da waren all die Leute. Die schönen Frauen in den prächtigen Abendkleidern und die Männer in ihren eleganten Anzügen. Aus dem Saal erklang die wundervollste Musik, die Hazel je gehört hatte. Die Klänge von Geigen, Flöten und Harfe vereinigten sich in völliger Harmonie. Sie ließ kein Auge von den tanzenden Männern und Frauen und bemerkte so nicht, dass sich jemand näherte.

»Gefällt es dir?«, fragte eine männliche Stimme, die sie sofort erkannte.

Hazel riss erschrocken die Augen auf und sah Lord Denby, der in einiger Entfernung im Halbdunkel neben ihr auf dem Rasen stand.

»Ich habe nie etwas Schöneres gesehen«, antwortete sie, blieb aber scheu unter ihrem Baum.

»Verzeihst du mir jetzt, dass ich das Haus wieder hergerichtet habe?« Er kam näher.

»Ich war Ihnen damals nicht böse. Ich hatte mir nur eingebildet, das Haus würde mir gehören, wenn ich allein hier war.« Hazel erwiderte sein Lächeln zögerlich.

»Gefällt dir die Musik?«, fragte er.

»Sehr«, entgegnete sie und beobachtete fasziniert, wie sich die Paare im Saal im Kreise drehten. Die Tänzer waren einander dabei so nah, wie Hazel es von den hiesigen Tänzen nicht kannte. Die Damen schienen in den Armen der Herren geradezu schwerelos über das Parkett zu gleiten. Sie wünschte sich in diesem Augenblich sehr, eine davon zu sein.

»Man nennt es Walzer«, erklärte Lord Denby. »Willst du lernen, wie man dazu tanzt?«

»Ich?«

Sie wollte eigentlich *Nein* sagen, doch er kam zu ihr, umfasste ihre Taille und nahm zu ihrer Verblüffung wie selbstverständlich einfach ihre rechte Hand in seine linke.

»Es ist ganz einfach. Sieh her. Ganz langsam. Eins, zwei, drei, eins, zwei, drei.«

Er zog sie mit sich und Hazel ließ sich voller Vertrauen von ihm führen. Sie tanzten einmal um den Baum herum. Hazel schwebte in seinen Armen über den Rasen, bis er innehielt. Sie blickte zu ihm auf und sah etwas in seinen Augen glimmen, das sie irritierte, weil es sich auf sie zu übertragen schien.

»Ich muss wieder in die Küche«, sagte sie hastig und lief davon.

Lord Denby blickte ihr grübelnd nach.

Hazel schrubbte in der Küche das dreckige Geschirr. Ihre Gedanken waren bei dem, was sie eben erlebt hatte. Als sie darüber nachdachte, liefen ihr Tränen über die Wangen und tropften in das Waschwasser. Sie würde niemals zu diesen feinen Leuten gehören. Aber war sie, wie Alistair behauptete, von Geburt an dazu verdammt, im höchsten Falle auf ein Leben als Dienstmagd zu hoffen? Verflucht noch mal – nein! Sie wollte mehr, viel mehr, und sie würde alles dafür tun. Sie würde nicht hier in der schottischen Einöde in einem kleinen Cottage enden und irgendeinem Kerl, den sie womöglich nur aus Geldnot heiraten würde, einen Haufen Kinder gebären. Nein!

Die Nacht verbrachte Hazel mit ein paar der anderen Mädchen im Heu über dem Stall von Broom Park. Als der Tag graute, nahm sie ihren Wollschal und ging den vertrauten Pfad entlang der Küste nach Hause. Sie war lange nicht bei Sonnenaufgang auf dem Hügel gewesen und sie setzte sich zwischen den Farn. Unten über dem Wasser und dem Land waberten leichte Nebelschwaden, die sich bereits auflösten und ganz langsam tauchte die Sonne die Spitzen der Berge auf der anderen Seite der Bucht in sanftes, rotgoldenes Licht. Für einige Minuten schien alles in intensivem Gold zu leuchten, bis die Sonne ganz über die Berge war.

Zu Hause bereitete sie das Frühstück aus Haferkeksen und Porridge für Colin und Alistair zu und ging dann hinüber in den Stall, bis Colin nach ihr rief. Die Familie brannte darauf zu hören, was sie zu erzählen hatte und Hazel berichtete alles ausführlich. Dass Lord

Denby mit ihr auf dem Rasen getanzt hatte, verschwieg sie allerdings.

In den nächsten Wochen nach dem Ball sah sie ihn nur noch sonntags in der Kirche, wo er jedoch nie mit ihr sprach.

Der September ging mit viel Regen zu Ende, der kaum hörbar aber ständig wie ein feiner Schleier über der Landschaft hing. Der Oktober brachte die ersten schweren Herbststürme im Wechsel mit nassen, von Nebel verhangenen Tagen und damit wachsender Sorge um Colin und Alistair, wenn sie mit dem Boot draußen waren. Das Farnkraut und die Heide verfärbten sich zusehends braun und die einzige Zierde blieben die von Feuchtigkeit weißen Spinnennetze, in denen die Wassertröpfchen glitzerten.

Hazel sammelte die letzten Kräuter und hängte sie zum Trocknen im Haus auf. Die Kunst, Heilkräuter richtig einzusetzen, hatte sie von ihrer Großmutter gelernt, die etwas gegen fast alle Leiden gewusst hatte: *Coltsfoot* gegen Husten, *Tormentil* gegen Entzündungen, *Herb Robert* zur Behandlung von Wunden und vieles mehr. Hazel ging sehr sorgfältig mit ihrem Wissen um. In diesem Jahr schrieb sie, zum Erstaunen ihrer Mutter, zum ersten Mal die Namen der Kräuter und Wurzeln auf kleine Zettel und hängte diese an die tönernen Töpfe, in denen sie nach dem Trocknen aufbewahrt wurden.

Der Winter kam rasch und bald waren die Gipfel der Berge vom ersten Schnee bedeckt. Mrs MacAllen verließ kaum noch das Haus, in dem das Feuer nun Tag und Nacht brannte. Hazel hatte gottlob mehr Treibholz gesammelt und Colin hatte mehr Torf gestochen, als in den Jahren zuvor. Diesen Winter würden sie hoffentlich nicht so frieren, wie im letzten. Von dem wenigen Geld, das Hazel auf dem Ball verdient hatte, hatte sie ein gebrauchtes Spinnrad gekauft. Colin hatte es wieder hergerichtet und Hazel hatte die Wolle der Schafe gesponnen, was so viel besser und schneller ging, als mit der einfachen Handspindel.

Sie hatte sie nach dem Spinnen mit Heidekraut grün gefärbt und nun strickte sie fleißig für jeden etwas Warmes. Jacken für sich und ihre Mutter und neue dicke Pullover für Colin und Alistair. Die beiden fuhren nach wie vor jeden Tag mit dem Boot hinaus. Aber sie brachten zu dieser Jahreszeit nur wenig Fisch mit nach Hause. Auch Lobster verirrten sich nicht mehr oft in die Fangkörbe.

Colin fluchte eines Abends, als sie beim Essen saßen: »Warum mussten die Denbys zurückkommen? All die Jahre hat sich kein Mensch um ihren Besitz gekümmert und jetzt haben sie einen Jagdaufseher. Es geht das Gerücht, es wäre Rory Campbell. Ausgerechnet jemand, den wir kennen. Ich kann nicht mal mehr ein Kaninchen fangen, ohne dass ich Angst haben muss, jemand könnte mich dabei erwischen.«

Er schlug mit der Faust auf den Tisch.

»Wir werden schon an einen Braten kommen, Colin. Lass das nur meine Sorge sein«, erwiderte Alistair ruhig.

»Ihr wollt doch nicht etwa wildern?« Ihre Mutter schlug sich entsetzt die Hand vor den Mund.

»Das haben wir immer getan, Mutter. Nur bisher hat sich niemand darum gekümmert«, entgegnete Alistair trocken.

»Ich verbiete euch, an so etwas auch nur zu denken!«

»Du brauchst im Winter ab und zu ein richtiges Stück Fleisch, Mutter. Deine Gesundheit ist angeschlagen genug.« Colin legte ihr beruhigend die Hand auf die Schulter.

»Ich will das nicht.« In den Augen von Fiona MacAllen spiegelte sich die pure Verzweiflung wider. Auf Wilderei stand noch immer die Todesstrafe.

»Nun, Mutter, wenn Colin sich nicht so eisern dagegen gewehrt hätte, dass wir in den Handel mit *Kelp* einsteigen, wären wir vielleicht heute nicht so arm.« Alistairs Augen blitzten seinen Bruder vorwurfsvoll an.

»Du weißt, dass der *Kelp* nur so lange ein gutes Geschäft ist, bis der Handelsbann gegen Frankreich aufgehoben ist. Napoleon ist geschlagen und sitzt auf Elba. Was glaubst du, wie lange sie den Handel noch sperren? Ein paar Jahre vielleicht, und alle, die auf den *Kelp* gesetzt haben, stehen dann vor dem Nichts.«

»Du solltest Politiker werden.« Alistair lachte verächtlich.

Als ihre Mutter schon schlief, hörte Hazel, wie sich Colin und Alistair weiter stritten und sich dann leise unterhielten.

»Ich werde in den nächsten Nächten ein paar Schlingen legen. Das wird niemand merken. Von den reichen Leuten geht bei diesem Wetter sowieso keiner vor die Tür«, sagte Alistair.

»Tu das, aber sag Mutter nichts davon«, antwortete Colin leise.

Eine Woche später brachte Alistair mit einem breiten Grinsen und zum Entsetzen der Mutter das erste Kaninchen mit. Hazel füllte es mit Brot und Kräutern und es schmeckte herrlich. Von da an gab es fast jede Woche einmal Fleisch. Alistair verwischte immer seine Spuren im Schnee, wenn er die Schlingen legte oder die Kaninchen nach Hause brachte. Niemand sollte wissen, wer der Wilderer war. Hazel hätte gern die kleinen warmen Felle aufgehoben und gegerbt, doch Alistair zwang sie immer, alle Reste zu verbrennen und die Knochen möglichst weit weg vom Haus zu vergraben. Eines Abends brachte Alistair ein riesiges Stück Fleisch mit. Es war eine ganze Hirschkeule.

»Der hatte sich mit dem Geweih wohl beim Fressen in der Schlinge verfangen. Gott sei Dank hat sie gehalten« lachte er, als er das Fleisch auf den Tisch knallte.

»Du bist verrückt«, sagte selbst Colin, als er es sah. Dann grinste er breit und fragte zu Hazels Entsetzen: »Wo ist der Rest?«

»Den hole ich morgen«, erwiderte Alistair, ohne zu sagen, wo er das Tier versteckt hatte.

Fiona MacAllen schwieg zu dem, was sie sah und auch Hazel biss sich auf die Lippen. Sie wusste, dass Alistair sie alle in Gefahr brachte. Ein falsches Wort von ihr hätte ihr wahrscheinlich nur eine Tracht Prügel eingebracht. So akzeptierte sie es einfach, bis sie an einem kalten Tag Ende November wieder am Strand war und Treibholz sammelte. Als sie draußen in der Bucht das kleine Segel des Bootes sah, winkte sie Colin und Alistair zu, lief zum Steg und wartete. Colin holte das Segel ein und Alistair ruderte das Boot das letzte Stück. Hazel fing das Seil auf, das Colin ihr zuwarf. Sie band das Boot an, als plötzlich vom Haus her ein angstvoller Schrei ertönte. Es war ihre Mutter. Hazel drehte sich um und rannte den Pfad hinauf. Colin und Alistair sprangen aus dem Boot und folgten ihr. Zwei Reiter waren vor dem Haus. Ein dritter Mann hielt ihre Mutter fest.

»Wir wissen genau, dass Ihre Söhne auf dem Land von Lord Denby wildern, Mrs MacAllen«, sagte der eine Reiter laut.

Hazel traute ihren Augen nicht. Es war tatsächlich Rory Campbell, der von Lord Denby zum Jagdaufseher gemacht worden war.

Sie blickte Alistair an und zischte leise: »Habe ich nicht immer gesagt, dass er ein Widerling ist?«

»Jaja. Du hattest recht. Aber sei still jetzt.«

Alistair bedeutete Hazel, sich, wie schon Colin, hinter der Mauer, die das Haus umgab, zu ducken. Rory blieb auf seinem Pferd und schickte die beiden anderen Männer in das Cottage. Hazel hörte, dass sie dort alles durchsuchten. Ihre Mutter stand hilflos vor der Tür.

»Ich muss etwas tun«, sagte Hazel leise zu Colin. »Sie schlagen sonst alles kurz und klein.«

»Nicht!«, rief er leise, doch sie war schon aufgesprungen und lief hinüber zum Haus.

»Aufhören!«, schrie sie so laut sie konnte. »Aufhören!«

Die Geräusche im Haus verstummten und die Männer kamen heraus.

»Sieh mal an. Wen haben wir denn da?« Rory blickte sie forschend an.

»Lass meine Mutter in Ruhe, Rory!«, fauchte Hazel ihn an.

»Sollen wir uns lieber mit dir befassen, kleine Wildkatze?«, lachte er unverschämt.

»Verschwinde, oder ich werde mich bei Lord Denby über dich beschweren.« Hazel ließ sich ihre Angst nicht anmerken.

Die drei Männer lachten schallend.

»Beschweren will sie sich, bei seiner Lordschaft. Habt ihr das gehört?« Rory schlug sich lachend auf den Schenkel. »Du weißt wohl nicht, wen du vor dir hast?« Er grinste sie an.

»Einen Campbell, was sonst.« Hazel stemmte die Hände in die Hüften.

»Ja. Ganz recht. Und einen, der dir Manieren beibringen wird.«

Rory lenkte sein Pferd auf Hazel zu.

»Wie kannst du von Manieren sprechen und einfach in unser Haus eindringen? Schämen solltest du dich, Rory! Du warst einer von uns und jetzt bist du gegen uns und zerstörst die wenigen Dinge, die wir haben.« Hazel hob den Kopf.

»Sei froh, wenn wir dir nicht das Haus über deinem hübschen Köpfchen anzünden«, grinste Rory. »Das hättest du deinen Brüdern zu verdanken.«

»Wovon redest du?«, fragte Hazel und tat unwissend.

»Von den Kaninchen, die ihr mit Fallen jagt und von dem Hirsch, dessen Überreste die Hunde gefunden haben. Wenn ich nur die kleinste Spur davon in eurem Haus finde, sind deine Brüder dran.« Rory hielt Hazel seine Reitgerte vor die Nase.

»Macht weiter!«, wandte er sich an die beiden anderen Männer.

»Rory Campbell. Glaubst du wirklich, wir wären so dumm und würden irgendwelche Reste im Haus hinterlassen, wenn meine Brüder tatsächlich wildern würden?«

In Hazels Kopf rasten die Gedanken durcheinander. War sie damit vielleicht zu frech gewesen?

Rory sah sie mit einem durchdringenden Blick an.

»Hört auf!«, rief er den Männern zu. »Wir gehen.«

Die beiden kamen heraus und stiegen auf die Pferde.

»Also gut. Nur weil du es bist, Hazel. Aber ich warne dich. Ich bin auch nicht dumm und ich werde dafür sorgen, dass die Wilderei aufhört. Sag das deinen Brüdern!«, war das Letzte, was Rory sagte, bevor sie davonritten.

Fast hätte Hazel ihm nachgerufen: *Versuch es doch*, aber sie tat es nicht. Sie nahm ihre Mutter in den Arm und sie gingen hinein. Colin und Alistair kamen kurz darauf hinterher.

Es sah schlimm aus. Sie hatten die Betten auseinander gerissen, den Tisch umgeworfen und in den Vorratstöpfen herumgestochert. Colin fluchte. Alistair schleuderte seine Jacke voller Wut auf den Boden.

Ihre Mutter regte sich so über die ganze Geschichte auf, dass sie wieder ihren Husten bekam. Sie brauchte jetzt erst recht etwas Kräftiges zu Essen. Fisch allein reichte nicht aus und Colin und Alistair fingen zurzeit auch nicht viel. Es war wieder kälter geworden und in den Nächten schneite es oft leicht. Gottlob blieb der Schnee nahe der Küste meist nicht lange liegen und taute bis zum Abend weg. Nur die Berge hatten jetzt immer weiße Kuppen. Doch die Kälte und der Wind waren auch am Meer sehr unangenehm.

Am nächsten Sonntag ging Fiona MacAllen nicht mit zur Kirche. Während der Messe bemerkte Hazel, wie Alistair und Colin plötzlich verschwanden. Hazel wusste, was sie vorhatten und verhielt sich still. Als sie die Kirche nach der Messe verließen, wartete Hazel noch einen Moment vor der Tür. Sie wollte den Reverend fragen, ob sie wieder zum Lesen in sein Haus kommen dürfte. Während sie wartete, kam Lord Denby mit seiner Mutter aus dem Gotteshaus. Hazel ließ wie immer kein Auge von ihm, leider schien er sie nicht zu bemerken. Hazel musterte die alte Dame. Lady Denby war schon fast siebzig, weißhaarig und benutzte einen Stock mit einem Silberknauf als Gehhilfe. Sie hatte spät geheiratet und mit fast dreißig Jahren ihr erstes Kind geboren. Als sie aus der Kirche kam, wirkte sie alt und müde und die Kälte machte ihr, trotz des dicken Pelzmantels, den sie trug, sichtlich zu schaffen. Hazel beobachtete, wie die Denbys zu ihrer Kutsche gingen. Simon half seiner Mutter hinein und die Kutsche fuhr los.

Hazel wollte hinüber zum Reverend gehen, als sie Rory Campbell auf seinem Pferd ankommen sah. Er ritt auf die Kutsche zu und ließ den Kutscher halten. Hazel sah, dass er etwas an einem Strick hinter sich her durch den Schneematsch schleifte. Sie schrie auf.

Es war Alistair.

Rory hatte ihn erwischt. Hazel rannte aus dem Kirchhof auf ihren Bruder zu. Wo war nur Colin?

Rory sprach mit Lord Denby, der sich aus dem Fenster des Wagens beugte.

»Hier ist der Wilderer, von dem ich Ihnen erzählt habe, Mylord«, grinste Rory zufrieden.

»Campbell! Was soll das? War das denn nötig? Lassen Sie den Mann aufstehen. Egal was er getan hat, niemand wird hier so behandelt.«

Hazel rannte an der Kutsche vorbei zu Alistair, der am Boden lag und stöhnte. Sie kniete neben ihm und hatte Alistairs Kopf auf ihren Schoß gelegt. Sie streichelte sein verschrammtes Gesicht.

Lord Denby war derweil aus dem Wagen gestiegen und trat zu ihr.

»Kennen Sie den Mann, Miss MacAllen?«, fragte er sie ernst.

»Er ist mein Bruder.« Hazel blickte flehend zu ihm auf. Tränen rannen über ihre Wangen. So sehr sie Alistair und seine Launen manchmal ängstigten oder wütend machten ... er war ihr Bruder und jetzt war er in Gefahr.

»Ihr Bruder.« Lord Denby seufzte kaum hörbar.

»Stehen Sie auf, MacAllen«, sagte er streng.

Alistair stöhnte auf, als Hazel ihm auf die Beine half. Das halbe Dorf stand mittlerweile um sie herum.

»Sie wissen, welche Strafe auf das Wildern steht?«, fragte Lord Denby todernst.

Alistair nickte.

»Aber es ist Winter und es ist bald Weihnachten. Ich will daher Gnade vor Recht ergehen lassen, MacAllen. Sie sind Fischer, wenn ich recht informiert bin. Sie werden mir daher in den nächsten Monaten regelmäßig einen Teil Ihres Fangs abliefern. Vor allem Lobster möchte ich haben. Außerdem werden Sie Ihre Schwester in mein Haus schicken. Ich möchte, dass sie auf Broom Park arbeitet.« Lord Denbys strenger Blick ließ keinen Zweifel daran, dass das keine Bitte, sondern ein

Befehl war. Alistair sagte kein Wort und biss sich auf die Lippen.

»Danke«, antwortete Hazel erleichtert und kniff Alistair in den Arm.

»Danke, Sir«, antwortete auch Alistair.

»Aber, Mylord. Sie wollen doch den Kerl nicht so einfach ohne Strafe gehen lassen?«, entrüstete sich Rory.

»Ich denke, Sie vergessen, wer hier das Sagen hat, Campbell. Gehen Sie, und wenn Sie wieder jemanden einfangen, dann schleifen Sie ihn nicht hinter sich her. Ich dulde so etwas nicht!« Lord Denby war sichtlich ungehalten und wurde laut.

»Jawohl, Mylord«, sagte Rory und warf Hazel und Alistair einen hassvollen Blick zu, als er davonritt.

Hazel blickte Lord Denby an und dankte ihm stumm. Sie konnte nicht glauben, was er eben gesagt hatte. Er wollte, dass sie nach Broom Park kam. Es war, als könnte er ihre geheimsten Gedanken lesen. Lord Denby stieg wieder in den Wagen und ließ den Kutscher fahren. Er sah Hazel noch an, als der Wagen an ihr vorüber rollte.

Die Leute um sie herum jubelten, kamen auf sie zu und klopften Alistair auf die Schulter. Ein paar Männer zogen ihn und Hazel mit sich Richtung Alehouse. Es war ein Triumph für sie alle. Es schien, als würde Lord Denby wirklich auf ihrer Seite stehen. Als sie ins Alehouse gehen wollten, kam Colin mit einem hochroten, verschwitzten Gesicht angerannt.

»Was ist passiert?«, rief er schon von Weitem.

Hazel lief ihm entgegen und fiel ihm glücklich um den Hals.

»Lord Denby hat Alistair gehen lassen«, lachte sie.

»Und er hat Rory zurechtgewiesen«, fügte Alistair hinzu.

»Das ist ein Grund zum Feiern«, lachte Colin und ging mit ins Alehouse.

Hazel blieb draußen. Frauen waren drinnen nicht erwünscht. Die Männer würden jetzt Bier und Whisky trinken und feiern. Sie seufzte und machte sich, wie die anderen Frauen, auf den Heimweg, um ihrer Mutter alles zu erzählen.

Colin und Alistair kamen erst am späten Nachmittag heim. Alistair war reichlich betrunken. Colin hatte sich Gottlob zurückgehalten. Sie stolperten beide lachend durch die kleine Haustür. Hazel blickte erschrocken von ihrer Strickarbeit auf.

»Schscht«, sagte sie leise. »Ihr weckt Mutter auf.«

Colin setzte Alistair auf einem Stuhl ab und kam zu ihr.

»Steh auf, Hazel. Dein Bruder will mit dir tanzen«, sagte er und zog sie etwas unsanft von ihrem Stuhl hoch.

»Du stinkst nach Whisky«, sagte sie entrüstet, als sie seinen Atem roch.

»Ich bitte um Verzeihung, Mylady«, lachte Colin und tanzte mit ihr um den Tisch herum.

Plötzlich gab es einem lauten Schlag.

»Hört auf!«, brüllte Alistair ungehalten. Er hatte mit der Hand auf den Tisch geschlagen.

»Sein kein Spielverderber, Alistair.« Colin runzelte die Stirn.

»Das ist kein Spiel. Komm her, Hazel!«, forderte Alistair.

Hazel ging zu ihm. Er sah sie mit leicht getrübten Augen an.

»Was ist denn?« Sie blieb vor ihm stehen und er fasste sie am Handgelenk. Ihr Magen krampfte sich zusammen, als sein Griff immer fester wurde.

»Was ist der Grund dafür, dass Lord Denby mich hat laufen lassen?« Seine Zunge war schwer.

»Ich weiß es nicht.« Sie tat unschuldig und unwissend. Es war doch auch nichts geschehen. Nichts, dessen sie sich hätte schämen müssen.

»Wirklich nicht, Hazel? Bist du es vielleicht?«, lallte er.

»Ich? Wie meinst du das?«

»Du bist kein Kind mehr und sehr hübsch. Vielleicht ist Lord Denby an dir interessiert und du hast ihm schöne Augen gemacht.« Er zog eine ihrer Haarsträhnen hervor, hielt sie fest und blickte Hazel fragend an.

»Unsinn, Alistair.« Hazel entzog ihm empört Hand und Haare.

»Du wirst aber auf keinen Fall nach Broom Park gehen«, entschied Alistair rau. Er schien etwas wacher zu werden.

»Was? Aber genau das will ich doch. Ich möchte dort arbeiten!«, rief Hazel entsetzt.

»Vergiss es. Ich will nicht, dass du dich zur Hure dieses feinen Pinkels machst und genau das wirst du wohl werden.« Er stand auf und schwankte leicht.

Hazel holte aus, verpasste Alistair eine schallende Ohrfeige und ging erschrocken darüber ein paar Schritte zurück. Sie hatte es noch nie gewagt, die Hand gegen jemand anderen zu erheben. Zitternd stand sie da. Alistair öffnete die Schnalle an seinem Ledergürtel, nahm ihn ab und ging auf Hazel zu.

»Ich werde dich lehren, wie man Weiber behandelt, die ihren Bruder ohrfeigen«, sagte er bedrohlich.

»Nicht, Alistair!« Colin hielt ihn zurück. »Du hast sie provoziert. Lass sie in Ruhe oder ich verpasse dir noch eine Ohrfeige, die wird allerdings nicht so sanft ausfallen wie die von Hazel.« Er schob Alistair zurück auf seinen Stuhl.

»Ich gehe nach Broom Park, ob es dir gefällt oder nicht, und wenn du solche Dinge von mir denkst, will ich nicht länger deine Schwester sein«, sagte Hazel erbost.

Sie rannte aus dem Haus, knallte die Tür hinter sich zu und lief hinunter zum Strand. Der Wind war schneidend kalt und die kleinen Schneeflocken stachen wie Nadeln in ihrem Gesicht. Hazel bebte vor Wut. Ihr Entschluss stand fest und nichts und niemand würde sie davon abhalten.

# Kapitel 2

Hazel schlief kaum in dieser kalten Nacht, in der der Sturm um das Haus heulte, und die Dachbalken laut ächzen ließ. Colin hatte noch lange mit ihr gesprochen, als Alistair bereits seinen Rausch ausschlief. Er hatte versprochen ihr zu helfen, Alistair zu überzeugen. Auch Colin war der Ansicht, dass es das Beste für sie alle war, wenn Hazel nach Broom Park durfte. Sie würde so regelmäßig Geld bekommen. Es wären nur ein paar Schilling im Monat, aber es würde reichen, um öfter Fleisch zu kaufen und die Wilderei hätte endlich ein Ende. Alistair wollte am nächsten Morgen nicht aufstehen. Colin musste ihn aus dem Bett werfen und ihn mit einer Ladung kaltes Wasser in die Realität zurückholen. Alistair war zu verkatert, als das Hazel wieder mit dem Thema des vergangenen Abends anfangen wollte, und Colin nickte ihr nur zu, als er mit ihm zum Boot ging. Hazel wusste, er würde alles klären.

Als ihre Brüder am Abend zurückkehrten, war Alistair noch immer mürrisch und er sprach wie immer kein Wort bis nach dem Essen.

»Wenn du in Broom Park arbeiten willst, geh«, sagte er barsch, als Hazel ihm die leere Schüssel wegnahm.

»Du bist also einverstanden?« Sie war skeptisch und legte die Stirn in Falten. Sollte Colin tatsächlich einen solchen Sinneswandel in so kurzer Zeit bewirkt haben?

»Mir wäre es lieber, du würdest heiraten. Du bist weiß Gott alt genug. Wenn du nicht so stur wärst, hätte ich dich längst mit Rory Campbell verheiratet. Er hat mir schon vor ein paar Monaten gesagt, dass er an dir interessiert ist und dann wäre uns der ganze Ärger von neulich und der von gestern erspart geblieben. Ich denke, er hat es vor allem auf uns abgesehen, weil du nichts von ihm wissen willst.«

»So, es liegt also an mir?« Hazel schüttelte ungläubig den Kopf. »Allein, dass du dran gedacht hast, mich mit einem Campbell zu verheiraten ... Wir sind MacAllens, Alistair, und wir gehören zu den MacDonalds. Hast denn gar keinen Familienstolz? Eher friert die Hölle zu, als dass ich einen Campbell heirate!«

Hazel war entrüstet. Kein Geld der Welt hätte sie dazu bewegen können jemals einen Kerl wie Rory Campbell zu heiraten. Auch ohne das, was er mittlerweile getan hatte.

»Herrje, fängst du jetzt auch noch an, auf dem alten Hass zwischen den Clans herumzureiten? Das Massaker im Glencoe ist über einhundert Jahre her! Du wirst heiraten und zwar bald. Ich werde schon jemanden für dich finden.«

»Und wer soll sich um Mutter kümmern, wenn ich seine Frau werde?« Hazel stemmte trotzig die Hände in die Hüften und ihre Augen funkelten Alistair an, der noch immer am Tisch saß.

»Ja. Ich weiß, dass wir jeden Schilling brauchen werden, den wir kriegen können, Hazel.« Alistair stand auf und kam auf sie zu.

»Von mir aus arbeite für die Denbys. Allerdings wirst du hier wohnen bleiben und jeden Tag zur Arbeit laufen. Mutter braucht dich zu sehr, als dass du auch noch auf Broom Park einziehen könntest wie die anderen Dienstboten«, sagte er bestimmt.

Hazel wäre ihm fast um den Hals gefallen vor Freude. In diesem Moment packte er sie fest um das Handgelenk.

»Und ich schwöre dir, Hazel, wenn Lord Denby dich anrührt, bringe ich ihn um«, fügte Alistair ernst hinzu. In seinen Augen stand eine Entschlossenheit, die Hazel Angst machte.

»Das wird er nicht tun«, antwortete sie, obgleich sie sich selbst nicht sicher war mit dieser Behauptung.

Am darauffolgenden Morgen stapfte Hazel noch im Dunkeln mit einer Laterne durch den Schnee hinüber nach Broom Park. Es war ein klarer kalter Tag und sie war froh, dass sie ihre neue, warme Wolljacke trug, die endlich fertig gestrickt war. Sie ging die Einfahrt nach Broom Park hinauf, bis das Haus zu sehen war. Ein herrlicher Anblick, wie es da inmitten des frisch verschneiten Parks im Mondschein lag. Kleine Rauchwölkchen stiegen aus fast allen Kaminen senkrecht in den Himmel und im Küchentrakt war schon Licht. Hazel freute sich auf die warme Küche und das freundliche Gesicht von Mrs Edwards. Sie ging direkt zur Hintertür und die Hausdame ließ sie ein.

»Guten Tag, Hazel. Wir haben uns schon gefragt, wann du kommst«, lachte sie freundlich und Hazel hatte das Gefühl, Mrs Edwards wäre noch ein wenig rundlicher geworden seit dem Ball im September.

»Mein Bruder wollte mich nicht gehen lassen«, entgegnete sie.

»Wärm dich ein bisschen auf.« Mrs Edwards schob sie vor den großen Herd und verließ die Küche. Hazel zog ihre Jacke aus und rieb sich ihre eisigen Finger.

Die beiden Küchenmädchen blickten sie kühl an und musterten sie abfällig. Sie schämte sich, als sie die Lederbänder um ihre Waden löste und die beiden Kaninchenfelle abnahm, die sie als Schutz im Winter über ihren Schuhen trug.

»Lass erst mal deine Hände sehen«, sagte Mrs Edwards, als sie wieder hereinkam.

Hazel zeigte ihre Hände vor. Sie waren zwar rot und rau aber sauber.

»Gut. Sehr schön. Du hast nicht vergessen, was ich dir das letzte Mal gesagt habe, als du hier warst.«

»Nein, Mrs Edwards.«

»Komm mit. Ich zeige dir, in welchem Zimmer du wohnen wirst.«

»Ich werde kein Zimmer brauchen, Ma'am.«

»Wieso denn nicht? Du wirst natürlich auch hier wohnen wie alle Hausangestellten.«

»Nein. Mein Bruder erlaubt es nicht und ich muss mich auch um meine Mutter kümmern.«

Mrs Edwards runzelte missbilligend die Stirn.

»Also gut. Dann muss es wohl so sein. Aber ich erwarte, dass du pünktlich da bist, jeden Morgen.«

»Das werde ich, Mrs Edwards.«

»Dann werden wir dich erst einmal ordentlich anziehen.«

Hazel folgte der Hausdame. Sie verließen die Küche und betraten einen Treppenaufgang, den Hazel früher nie bemerkt hatte. Es war die Personaltreppe, die sie bis hinauf unter das Dach führte. Hier waren auch die Zimmer für die Hausmädchen. Mrs Edwards zeigte ihr ein Zimmer, in dem noch ein freies Bett war. Das andere war von einem der anderen Mädchen belegt.

»Wenn du deinen Bruder noch umstimmen kannst, ist immer ein Platz für dich da«, erklärte die Ältere freundlich.

Dann betraten sie einen Raum, in dem nur sechs riesige Wäscheschränke standen. Mrs Edwards öffnete einen davon und holte ein schwarzes Kleid heraus, wie es alle Hausmädchen trugen. Aus einem anderen Schrank nahm sie noch eine weiße Schürze und ein Häubchen.

»Zieh das an, das müsste dir passen«, sagte sie und drückte Hazel die Sachen in die Hand.

Hazel fühlte den Stoff des Kleides. Es war aus feiner Baumwolle und viel weicher als ihr Sonntagskleid. Sie beeilte sich, das Kleid anzuziehen und die Schürze umzubinden, und ging hinaus in den Gang, wo Mrs Edwards auf sie wartete.

»Sehr schön, Hazel. Bis auf die Schleife.« Mrs Edwards öffnete die Bänder erneut und band eine perfekte Schleife auf Hazels Rücken. »Fühl sie einmal. So muss sie sitzen.«

Hazel tastete nach der Schleife.

»Jetzt lass mal deine Schuhe sehen.«

Hazel zog ihren Rock etwas nach oben.

»Dachte ich mir doch, dass sie nass sind. Die Personaltreppe kannst du damit hinauf gehen, aber im Haus kann ich dich so nicht herumlaufen lassen. Warte einen Moment.« Mrs Edwards verließ den Raum und kam mit einem Paar kurzer Schnürstiefel aus schwarzem Leder und mit kleinem Absatz zurück.

»Probier die mal an. Die müssten dir passen.«

Hazel zog ihre nassen Schuhe aus und schlüpfte in die Stiefel. Sie saßen wie angegossen.

»Sehr gut«, sagte Hazel und machte ein paar Schritte. »Aber ich kann sie nicht gleich bezahlen. Sie müssten Sie mir vom Lohn abziehen.«

»Ich schenke sie dir. Sie sind gebraucht und ich hatte sie schon eine ganze Weile aufgehoben.« Mrs Edwards lächelte freundlich.

»Das kann ich nicht annehmen.«

»Natürlich kannst du. Sei kein Dummchen. Jetzt werde ich dir noch zeigen, wie du die Haare am besten aufsteckst und das Häubchen befestigst. Komm!« Die Hausdame ging wieder die Treppe hinunter und erläuterte auf dem Weg nach unten: »Du wirst noch ein zweites Kleid bekommen. Die Schürzen werden regelmäßig gewechselt. Dass die Sachen sauber und in Ordnung bleiben, darum hast du dich zu kümmern und ich rate dir, das sehr sorgfältig zu tun, denn Lady Denby kontrolliert alles einmal im Monat.«

Hazel nickte Mrs Edwards nur zu, als diese sich fragend nach ihr umsah. Im ersten Stock hing ein kleiner Spiegel an der Wand und ein Kamm und eine Bürste lagen auf einem Bord.

»Hier kannst du prüfen, ob du ordentlich aussiehst«, sagte Mrs Edwards und nahm die Bürste in die Hand. Sie löste die Kämme, die Hazel im Haar hatte, und steckte die braunen Locken rasch zu einer einfachen Frisur auf. Nur die kleinen Löckchen, die Hazels Gesicht umrahmten, konnte sie nicht bändigen. Hazel betrachtete sich im Spiegel, nachdem die andere Frau ihr das weiße Häubchen aufgesetzt hatte. Sie trauten ihren eigenen Augen nicht. Es war, als wäre sie plötzlich eine andere Person.

»Dann werden wir dich jetzt mal Lord Denby vorstellen«, sagte Mrs Edwards.

»Lord Denby?« Hazel traute ihren Ohren nicht.

»Ja. Seine Lordschaft hat gesagt, er will dich sehen, wenn du da bist. Und er hat bereits gefrühstückt, das heißt, wir können ihn stören. Komm jetzt.«

Hazel kniff sich so fest in die Wangen, dass es schmerzte und presste die Lippen immer wieder fest zusammen, bis sie dunkelrot waren. Sie folgte der Hausdame hinunter ins Erdgeschoss. Dort traten sie durch eine Tür in der Vertäfelung in einen langen schmalen Gang. Nachdem sie eine weitere Tür durchschritten hatten, standen sie in der Halle. Hazel konnte sich auch an diesen Gang nicht erinnern. Aber sie hatte, zu der Zeit als Broom Park noch im Dornröschenschlaf gelegen hatte, auch nie gewagt, die großen Räume zu verlassen. Sie blickte sich in der Halle um. Die Verwandlung war unglaublich. Die Holzvertäfelungen und die Treppe waren vollständig erneuert und goldfarben gerahmte Portraits und Landschaftsbilder zierten den Treppenaufgang. In der Mitte der Halle hing ein Kronleuchter herab. Nur der Fußboden aus schwarzem und weißem Marmor war noch derselbe.

»Komm schon. Du wirst noch genug Gelegenheit haben, dir alles anzusehen.«

Diese Worte rissen Hazel aus ihren Gedanken.

Mrs Edwards klopfte an einer Tür, von der Hazel wusste, dass sie früher in die alte Bibliothek geführt hatte. Sie hörte die Stimme von Lord Denby und Mrs Edwards bedeutete Hazel, ihr zu folgen.

Der Raum war immer noch eine Bibliothek. Allerdings waren die Regale erneuert worden und voller Bücher.

Lord Denby saß am Fenster in einem Lehnstuhl und las. Er blickte von seiner Lektüre auf, als die Frauen eintraten. Hazel hatte den Blick gesenkt. Sie wagte kaum, den stattlichen Mann anzusehen.

»Willkommen, Hazel«, sagte Lord Denby ruhig.

Sie machte einen Knicks, hob langsam ihren Blick und sah ihn an. Sie fühlte, wie ihr das Blut in die Wangen stieg, als er sie musterte.

»Ich hoffe, du empfindest es nicht als Strafe, dass ich dich als Ausgleich für die Wilderei deiner Brüder hierher bestellt habe«, sagte Lord Denby freundlich.

»Nein, Mylord. Es war ehrlich gesagt schon länger mein Wunsch, auf Broom Park zu arbeiten.«

»Sie können gehen, Mrs Edwards«, bemerkte Lord Denby beiläufig, ohne die Augen von Hazel zu lassen.

»Lass dich einmal ansehen.« Er lächelte und gebot ihr mit einer kleinen Geste, sich herumzudrehen, während Mrs Edwards den Raum verließ.

Hazel drehte sich im Kreis und ließ ihren Rocksaum tanzen.

»Hm, hm«, bemerkte Lord Denby zufrieden.

Sie senkte ihren Blick erneut. Ihm so nahe zu sein und das ganz alleine in einem Raum brachte sie noch immer durcheinander.

»Wie gefällt dir das Haus jetzt?«, fragte er weiter.

»Ich habe nur die Halle und diesen Raum hier gesehen.« Sie lächelte verschämt und wagte es, ihn wieder anzusehen.

»Willst du den Ballsaal sehen?«, fragte er schmunzelnd.

»Wenn Sie gestatten, Mylord.« Hazels Augen glänzten.

»Du hast mir das Haus gezeigt, als ich das erste Mal hierherkam. Jetzt will ich dir zeigen, was ich daraus gemacht habe.«

Er erhob sich und Hazel folgte ihm.

Ihr Herz bebte, als sie hinter ihm herging. Sie ließ kein Auge von ihm und betete, dass er sich nicht umdrehen und ihren Blick bemerken würde. Sie wusste selbst nicht, was sie über all die Gefühle denken sollte, die sie für ihn empfand.

»Schließ die Augen«, gebot er ihr, bevor er die große Tür zum Ballsaal öffnete.

Hazel fasste all ihren Mut zusammen und tat wie ihr geheißen. Sie hörte, wie er die Tür öffnete und dann fühlte sie, dass er ihre Hand nahm. Es war, als würde sie die Wärme seiner warmen, weichen Finger bis in ihr Herz spüren, als er sie in den Saal führte.

»Du kannst die Augen aufmachen«, sagte er sanft.

Hazel wagte es kaum. Sie atmete tief ein und öffnete ganz langsam die Augen. Was sie sah, war schöner, als sie es sich je erträumt hatte. Der Saal hatte bei dem Ball vom Garten aus schon wundervoll ausgesehen. Jetzt darin zu stehen, war unvergleichlich. Die großen Fenster waren sauber geputzt und das Licht durchflutete den Raum. Der große Spiegel über dem Kamin war nicht mehr matt, sondern klar und an den Wänden hingen große Bilder und Gobelins. Der Fußboden glänzte in der Sonne und das Tanzpaar auf dem Mosaik schien sich fast zu bewegen.

»Was sagst du?«, fragte Lord Denby und seine tiefblauen Augen sahen sie erwartungsvoll an.

»Es ist überirdisch schön, Mylord. Wenn ich ein Engel wäre, dann wollte ich hier wohnen, denn schöner kann es im Himmel nicht sein«, sagte Hazel leise ergriffen.

»Wo hast du nur gelernt, so zu sprechen? Ich kann kaum glauben, dass du noch dasselbe Mädchen bist, das ich im Mai hier gesehen habe.«

Er schüttelte den Kopf. Sie war wirklich das hübscheste Wesen, das er kannte und in dem schwarzen Kleid wirkte sie viel erwachsener.

»Reverend Bain hat mich unterrichtet, Mylord, und ich habe sehr viel gelesen«, sagte sie stolz.

»Du kannst lesen?« Er blickte sie ungläubig an.

»Ja, Mylord.« Hazels Herz setzte einen Moment aus und sie senkte den Blick, denn er schien nicht begeistert davon zu sein. Sie war so stolz, dass sie lesen konnte. Wieso fragte er das nur mit einem so eigenartigen Ton?

»Auch schreiben?«, fragte er weiter.

»Darin bin ich noch nicht so gut«, gestand sie leise. Sie konnte ihn doch nicht anlügen, oder es ihm verschweigen. Leicht beunruhigt wartete sie, was er dazu sagen würde.

»Du solltest es nicht jedem erzählen, die meisten der Angestellten im Hause können weder das eine noch das andere, Hazel, und sie könnten es dir neiden«, sagte er ernst aber freundlich.

»Ich werde Ihren Rat beherzigen, Mylord, danke.«
Hazel fiel ein Stein vom Herzen. Er war in Sorge um sie.
Um ihr Wohlergehen im Haus. Das Lächeln kehrte in
ihr Gesicht zurück.

Er schwieg und sah sie noch immer an. Der Blick seiner schönen Augen traf sie mitten ins Herz und sie
wich ihm aus. Doch wegzusehen half nichts. Sie konnte
seinen Blick spüren, fühlen, wie er auf ihr ruhte und
wie ein Streicheln über sie wanderte. In der Stille des
Raumes schlugen zwei Herzen überlaut.

»Geh jetzt«, sagte er mit einem Mal leise und drehte
sich zum Fenster.

Hazel ging, ohne ein Wort zu sagen. In der Tür
wandte sie sich noch einmal zu ihm um. Er stand noch
immer am Fenster und wandte ihr den Rücken zu. Sie
wollte zu ihm gehen. Sich an seinen Rücken lehnen,
aber das war unmöglich.

Von diesem Tag an kam Hazel Tag für Tag nach
Broom Park. Es war ihr gleichgültig, wie sehr die Winterstürme ihr den Regen oder an besonders kalten Tagen den Schnee ins Gesicht trieben, und wie eiskalt ihre
Finger und Füße wurden, wenn sie am Morgen den
Pfad entlangging, solange am Ende das Haus auf sie
wartete. Das Haus wo er war – Simon Denby.

***

Die kurze Zeit bis Weihnachten verging rasch. Hazel
lernte Lord Denbys Mutter kennen, wenn auch nur
flüchtig, und sie hoffte jeden Tag darauf, ihn selbst zu
sehen. Sie konnte ihn schnell am Klang seiner Schritte
erkennen und kniff sich immer in die Wagen und biss

55

sich auf die Lippen, wenn sie ihn kommen hörte. Er sprach nicht viel mit ihr, aber er hatte immer ein freundliches Wort und ein Lächeln für sie.

Hazel wurde sich bewusst, dass sie ihn liebte.

Er war so viel älter als sie, vierzehn Jahre, und zwischen ihnen lagen Welten – und doch liebte sie ihn. Sie liebte ihn mit der ganzen Reinheit ihres jungen Herzens und sie war so glücklich auf Broom Park, dass sie sich immer wieder selbst dabei ertappte, wie sie bei der Arbeit sang.

Bald kannte sie alle Räume im Haus. Im unteren Stock lagen neben dem Großen Saal die Bibliothek, der wie die Halle vertäfelte Speiseraum und der mit hellen Tapeten versehene Salon mit seinen großen Fenstern, von denen der Blick über den Garten und das Meer reichte. Hier stand auch ein Klavier und Lord Denbys Mutter hielt sich dort gerne auf. Ein paar Türen weiter gab es einen kleineren, gemütlichen Raum, in dem Lord Simon seinen Schreibtisch hatte. Der Raum wurde Tag und Nacht geheizt und die beiden Wolfshunde hatten Hazel einen gehörigen Schrecken eingejagt, als sie zum ersten Mal allein eingetreten war, und sich die riesigen Tiere von ihrem Schlafplatz vor dem Kamin erhoben hatten. Neben diesen Räumen befand sich auf dieser Etage nur noch der Übergang zum Küchentrakt.

In den ersten beiden Wochen zeigten ihr die anderen Hausmädchen, wie die Kamine gereinigt wurden und welche täglichen Arbeiten vom Betten machen bis zum Schuhe putzen in den einzelnen Räumen zu verrichten waren. In der dritten Woche nahm Mrs Edwards sie unter ihre Obhut. Von ihr lernte Hazel, wie das Silber poliert wurde, wie der Tisch für welches Essen zu decken war, welches Besteck für welchen Gang verwendet wurde, und wie man Geschirr und Bestecke mit der Hilfe langer Schnüre perfekt auf dem Tische ausrichtetet. Hazel war erstaunt, dass sie kaum in der Küche arbeiten musste. Sie hatte das Gefühl, dass Mrs Edwards sie gegenüber den anderen Hausmädchen bevorzugt behandelte und nach der vierten Woche hielt sie es nicht mehr aus. Sie fragte die Hausdame danach, als sie am Nachmittag allein im Speisesaal waren und den Tisch für das Dinner vorbereiteten.

»Wieso darf ich eigentlich all das lernen, was Sie mir beibringen, Mrs Edwards? Ich hätte nie zu hoffen gewagt, dass ich überhaupt aus der Küche herauskomme.«

»Nun, Hazel. Mir scheint, dass Lord Denby etwas für dich übrighat, denn die Anweisung, dich in der Haushaltsführung auszubilden und nicht im Küchendienst, kommt von ihm.«

Mrs Edwards richtete das Gesteck aus Tannenzweigen und roten Beeren in der Mitte des Tisches.

»Lord Denby hat es so gewünscht?« Hazel ließ das Messer sinken, das sie auf den Tisch legen wollte.

»Das hat er. Er sagte, ich soll dich unter meine Fittiche nehmen, und dir alles beibringen, was ich weiß.« Die andere sah ihr in die Augen. »Aber ich warne dich, Hazel. Egal was er für dich tut, mach dir keine Hoffnungen.«

»Hoffnungen. Worauf?« Hazel hielt dem kritischen Blick von Mrs Edwards stand.

»Du weißt, was ich meine. Glaubst du, ich habe nicht bemerkt, wie du ihm hinterherstarrst, wenn du dich unbeobachtet fühlst?«

Hazel blickte ins Leere. Sie schluckte betroffen.

»Lord Simon wird bald heiraten. Im Frühjahr. Er hat sich auf dem großen Ball im September verlobt«, sagte Mrs Edwards leise.

Hazel spürte, wie es sie im Halse würgte. Ein beklemmendes Gefühl breitet sich in ihrer Brust aus. Er war verlobt und er würde heiraten. Das konnte nicht wahr sein. Sie legte langsam das Messer auf den Tisch und nahm dann das nächste, und das nächste, und das nächste. Sie sprach kaum noch, bis sie Broom Park am Abend verließ. Die Sonne war schon lange untergegangen und es war eisig kalt, als sie den Pfad nach Hause ging. Der Vollmond erhellte die ganze Bucht und das Meer und der Schnee glitzerten in seinem Schein. Hazel blieb auf dem Hügel über der Bucht stehen. Sie weinte. Was Mrs Edwards gesagt hatte, war wie der Stich eines Messers in ihrem Herzen. Sie liebte Lord Denby so sehr, obgleich er so viel älter war als sie, und sie ihn kaum kannte. Erst jetzt war ihr bewusst, dass sie immer das Gefühl hatte, ihre eigene Seele am Grunde eines tiefen Sees zu sehen, wenn sie in seine sanften Augen sah. Ihr wurde bewusst, dass sie, seit sie ihm das erste Mal begegnet war, einen Traum geträumt hatte, der sich nie erfüllen würde. Einen Traum, in dem er sie zärtlich in seine Arme nahm und sie küsste.

Als Hazel am nächsten Morgen nach Broom Park ging, war ihr so schwer ums Herz wie noch nie in ihrem Leben. Sie hatte an diesem Morgen geschwankt, ob sie gehen sollte, doch sie wollte lieber in der Nähe von Lord Denby sein, als ihn überhaupt nicht mehr zu sehen. Dieser Gedanke hatte sie die halbe Nacht wachgehalten, und sie wusste, dass es schlimmer wäre, ihn gar nicht mehr zu sehen, als ihm Tag für Tag zu begegnen und gleichzeitig zu wissen, dass es ihm gut ging. Sie sprach wenig an diesem Tag und nur Mrs Edwards ahnte, was der Grund für Hazels bedrückte Stimmung war.

Die Weihnachtstage kamen und Hazel ließ sich von all der Pracht, die das Haus in diesen Tagen entfaltete, ein wenig ablenken. Aber jedes Mal, wenn sie Lord Denby begegnete, wich sie seinen Blicken aus und verschwand so schnell sie konnte im Personaltrakt und dessen versteckten Gängen.

Am Neujahrstag durfte Hazel zum ersten Mal seit langer Zeit bereits zur Mittagszeit nach Hause gehen. Es war ein strahlend sonniger Tag. In der Nacht hatte es frisch geschneit und das Land war bis hinunter ans Meer mit einer dünnen Schneedecke überpudert. Der Schnee glitzerte im Sonnenlicht, nur hier und da unterbrochen von einem der grauen Felsen oder einem kahlen Baum. Das Meer war ruhig und von einem tiefen dunklen Blau, wie es dies nur an wenigen Tagen im Winter war, und ein leichter Wind trieb kleine Wolken über die Berge drüben auf Mull. Hazel schob das Wolltuch von ihren Haaren und genoss die Sonne und den Ausblick. Sie ging langsam den Pfad entlang, als sie hinter sich ein leises Geräusch hörte. Sie wandte sich um und sah Lord Denby zu Pferd hinter sich herkommen. Sie blieb nicht stehen.

»Ein frohes neues Jahr, Hazel«, sagte er, als er sie erreicht hatte.

»Danke, Mylord, das wünsche ich Ihnen auch«, erwiderte sie knapp, blickte ihn nur kurz an und ging immer weiter. Das Wissen um seine Verlobung lastete zu schwer auf ihrem Herzen und sie fürchtete sich davor, mit ihm von Angesicht zu Angesicht zu reden. Furcht, ihm länger in die Augen zu sehen, weil er dann vielleicht erahnen würde, was in ihr vorging.

»Was ist los mit dir?«, fragte er.

»Nichts, Mylord.« Sie versuchte ihre Stimme fest klingen zu lassen und doch konnte sie ihre Traurigkeit nicht verbergen.

»Nicht schwindeln, Hazel. Irgendetwas bedrückt dich. Du bist schon seit Weihnachten so still.« Er hielt sein Pferd an.

»Es ist nichts, wirklich.« Sie blieb stehen und fixierte den glitzernden Schnee unter ihren Füßen, um Lord Denby nicht ansehen zu müssen. In ihrem Inneren kämpfte sie dagegen, nicht in Tränen auszubrechen, denn danach war ihr eigentlich zumute.

»Sieh mich an, Hazel«, bat er sie erneut mit seiner, sanften warmen Stimme.

»Ich kann nicht, Mylord.« Hazel war der Verzweiflung nahe. Am liebsten wäre sie weggerannt, aber sie blieb stehen. Es war, als würde irgendeine unsichtbare Kraft sie festhalten.

»Warum nicht?« Seine Stimme wurde fordernd und er ließ sein Pferd vor Hazel auf der Stelle tänzeln, damit sie nicht weiter ging.

»Weil ich es nicht will. Können Sie das nicht verstehen?« Sie schrie ihn fast an. Ihre Verzweiflung schlug um in Ärger. Warum zum Teufel ließ er sie nicht einfach in Ruhe?

»Nein. Hazel. Das kann ich wirklich nicht verstehen. Und ich werde ein weiteres *Nein* auch nicht akzeptieren.«

Er stieg ab und kam auf sie zu.

»Bitte gehen Sie, Mylord.« Hazel wandte ihm den Rücken zu.

»Ich möchte nur, dass du glücklich bist auf Broom Park, und es würde mich schmerzen zu wissen, dass du es nicht bist.« Er kam noch näher bis er dicht hinter ihr stand.

»Ich bin glücklich«, log sie und wusste selbst, dass ihre Worte nicht überzeugend klangen.

Sie spürte, wie ihr die Tränen in die Augen stiegen. Warum musste er sie so quälen? Sie liebte ihn, doch das konnte sie ihm nicht sagen. Niemals. Er war doch verlobt, und alles, was sie sich in den letzten Monaten in ihrer Fantasie so lebhaft ausgemalt hatte, war und würde ein Traum bleiben.

»Sieh mir in die Augen und wiederhole, was du gesagt hast.«

Er fasste sie sanft an der Schulter und drehte sie herum.

»Gehen Sie, Mylord. Ich bitte Sie. Wenn mein Bruder Sie hier sieht ... Ich weiß nicht, was er dann tut.« Hazel sah flehend zu ihm auf. Sie kämpfte noch immer gegen das Wasser in ihren Augen und dagegen, von dem Schmerz tief in ihr übermannt zu werden.

»Er schlägt dich doch nicht?«, fragte er besorgt.

»Mich nicht«, sagte sie angstvoll und eine erste Träne fand ihren Weg über ihre inzwischen glühenden Wangen.

»Heißt das, du hast Angst um mich? Angst, dein Bruder könnte mir etwas tun?« Er klang jetzt ebenso besorgt wie Hazel selbst angesichts ihrer Tränen.

»Ich habe Angst, Mylord. Schreckliche Angst und ich flehe Sie an, gehen Sie!«, schluchzte sie leise.

»Ich werde nicht gehen, Hazel. Dies ist mein Land und ich lasse mir von niemandem vorschreiben, was ich zu tun habe, auch wenn er so bezaubernd ist wie du.«

Hazel bebte. Ihr Herz schlug so heftig, dass sie glaubt es selbst zu hören. Er hatte ihr ein Kompliment gemacht. Hatte er das wirklich gesagt oder träumte sie nur? Plötzlich schien alles vergessen. Das furchtbare, klamme Gefühl in ihrer Brust war plötzlich verflogen. Und doch hatte sie Zweifel.

Er schien es zu erraten.

»Habe ich dich entsetzt? Das tut mir leid, aber ich bin auch nur ein Mensch, Hazel. Ein Mann wie jeder andere und es gibt wohl keinen Mann, der nicht hingerissen wäre von der Art, wie du einen mit großen braunen Augen ansiehst, und von deinem lieben Wesen.« Er kam zu ihr und berührte zärtlich ihre Wange.

Hazel schob seine Hand langsam weg und schüttelte energisch den Kopf. Sie wandte sich um, atmete tief durch und versuchte, Ordnung in das Durcheinander in ihrem Kopf zu bekommen. Sie konnte nicht mehr klar denken. »Du magst mich doch, Hazel, ich weiß es«, sagte er leise.

»Sie werden im Frühjahr heiraten. Ist es nicht so?«, fragte sie mit einem Mal laut und sachlich.

»Woher weißt du das?«, fragte er überrascht und zog eine Augenbraue hoch.

»Von Mrs Edwards.«

»Es stimmt. Aber es ist eine Ehe, die meine Mutter eingefädelt hat. Ich kenne Alice kaum, geschweige denn, dass sie mir etwas bedeutet. Sie stammt aus bestem

Hause, ist sehr gut erzogen und sie verfügt offensichtlich über alle Tugenden, die eine schöne Frau wie sie haben sollte. Ich mag sie, aber sie weckt keine tiefen Gefühle in mir.«

»Tiefe Gefühle?« Hazel lachte spöttisch auf und wandte sich von ihm ab. Was wusste er schon von tiefen Gefühlen? Dass man nicht schlafen konnte und nicht essen, dass man sich in einer Sekunde wie im siebten Himmel fühlte und in der nächsten wie in der tiefsten Tiefe des dunkelsten Abgrundes eines gebrochenen Herzens, weil man nur noch das Gesicht des Liebsten vor Augen hatte und nur noch an ihn denken konnte. Er, der so nahe war und doch so unendlich weit weg.

»Glaubst du etwa, ich bin dazu nicht fähig? Nur weil ich ein Lord bin und mich immer bemühen muss, die Beherrschung nicht zu verlieren? Du weißt nicht, wie es in meinem Inneren aussieht.« Seine Stimme klang traurig und müde und sein Blick wanderte hinaus auf das Meer wo er eine Weile auf dem Spiel der Wellen ruhte. Nichts außer der Brandung und dem Wind war zu hören.

»Verzeihen Sie, Mylord. Ich wollte Sie nicht verletzen.« Hazel berührte seinen Arm. Er empfand tatsächlich etwas für sie. Sie seufzte. Was sollte sie nur tun? Es war so hoffnungslos und trotzdem sehnte sie sich in diesem Moment unendlich danach, dass er sie schützend in seinen Armen hielt.

»Hazel. Wie soll ich es nur sagen?« Er legte seine Hand auf die ihre.

»Sie brauchen nichts zu sagen, Mylord. Es würde uns beiden nur wehtun«, sagte Hazel zu ihrer eigenen Verwunderung und ihre Augen sagten ihm, was ihre Lippen nicht zu sagen vermochten.

Seine Hand berührte wieder vorsichtig ihre Wange und diesmal ließ Hazel es geschehen. Seine Finger fuhren in ihre vollen weichen Locken und er zog sie zu sich. Sie schloss ihre Augen. Als sich ihre Lippen berührten und er sie küsste, fühlte Hazel, wie ihre Knie nachgaben und ihr heiß und schwindelig wurde. Sie ließ sich in seine Arme sinken und wurde von dem schönsten Gefühl durchströmt, das sie je empfunden hatte. Eine herrliche Wärme, die sich in ihrem Herz und ihrem ganzen Körper ausbreitete. Es war ein wundervoller Augenblick. Nichts stand zwischen ihnen in diesem Moment.

Als er sie losließ, taumelte Hazel nach hinten. Er hatte sie geküsst, wirklich geküsst, und es war unbeschreiblich schön gewesen. Doch plötzlich hatte sie Alistairs Stimme im Ohr: *Ich werde nicht zulassen, dass du die Hure dieses feinen Pinkels wirst. Ich schwöre, ich bringe ihn um.* Immer wieder und wieder wiederholte sich der Satz in ihrem Kopf. Sie blickte Lord Denby panisch an und versuchte Alistairs Worte aus ihren Gedanke zu verbannen, aber es ging nicht.

»Was hast du?«, fragte er sorgenvoll.

»Tun Sie das nie wieder! Bitte ...«, sagte sie mit stockender Stimme.

»Aber ich ...« Er verstand nicht, was plötzlich mit ihr los war.

Hazel drehte sich um und rannte den Pfad hinunter, ohne sich noch einmal umzusehen, bis der Wald sie schützend umgab. Erst dort blieb sie stehen und lehnte sich kraftlos an einen Baum. Tränen liefen über ihre Wangen. Sie war verloren. Ihr Herz gehörte ihm und doch fürchtete sie, dass ihre Gefühle nicht richtig waren. Was, wenn Alistair recht hatte? Wenn sie nur ein wenig älter und erfahrener wäre! Noch nie hatte sie einen Mann so geküsst. Sie selbst hatte es nie zugelassen. Sie wollte Lord Denby so gerne vertrauen, aber wollte er wirklich sie und nicht nur das, was alle Männer von Frauen wollten, wie ihre Freundinnen behaupteten?

Hazel glitt an den Stamm gelehnt in den Schnee. Wie um Gottes Willen konnte sie am nächsten Morgen wieder nach Broom Park gehen? Wie sollte sie das über sich bringen? Aber wenn sie nicht ginge, würde Alistair nach dem Grund fragen und Hazel kannte sich selbst gut genug, um zu wissen, dass sie ihn nicht anlügen konnte, ohne dass er etwas merken würde. Aber wenn Alistair von dem Kuss erfahren würde oder es auch nur erahnen, wer wusste, wozu er dann fähig war. Hazel weinte, bis sie merkte, dass sie steif vor Kälte war. Mühsam stand sie auf und ging langsam nach Hause. Sie wischte sich das Gesicht mit Schnee ab um die Spuren ihrer Tränen zu verbergen und versuchte, sich möglichst ruhig zu benehmen.

Als sie durch die Tür ins Cottage trat, blickte sie in Colins vorwurfsvolles Gesicht und erschrak, als sie ihn im Kilt in der Küche sitzen sah.

»Wieso kommst du so spät? Hast du vergessen, dass wir alle ins Dorf wollten, um das neue Jahr zu feiern?« Er stand auf und kam auf sie zu.

Diese Frage und sein Anblick rissen Hazel abrupt aus ihren trüben Gedanken. Sie hatte es wirklich vergessen und sich noch am Vorabend so darauf gefreut.

»Das habe ich tatsächlich«, entgegnete Hazel. »Es war ein so aufregender Tag«, schwindelte sie und war froh, dass sie Colin dabei nicht ansehen musste.

»Alistair hat Mutter schon mit dem Wagen mitgenommen. Da du zu spät bist, müssen wir jetzt laufen.« Colin seufzte.

»Ich beeile mich.«

Hazel verschwand in ihrem Zimmer und holte ihre Sonntagssachen aus ihrer Kiste. Der lange Schal aus Tartanstoff im blau-rot-grünen Karomuster ihrer Familie war ordentlich zusammengelegt. Hazel streifte rasch das schwarze Sonntagskleid über, legte sich den Schal um, wie es Tradition war, und befestigte ihn auf ihrer linken Schulter mit dem Wertvollsten was sie besaß: der großen silbernen Spange, die schon ihre Großmutter getragen hatte.

Colin und sie beeilten sich sehr, doch sie brauchten mehr als eine halbe Stunde, bis sie endlich die Musik von Dudelsäcken hören konnten. Die Feier im alten Versammlungshaus der Clans war Tradition. Mitglieder aller Familien der Appin-Halbinsel trafen sich an diesem Tag. Es wurde gegessen, Unmengen getrunken und mit Musik und Tanz bis spät in die Nacht gefeiert. Es gab Wettstreite aller Art wie den des besten Dudelsackspielers oder den um den besten Schwertertanz und einen Ringkampf der stärksten Männer.

Das alte Versammlungshaus war ein großes aus Steinblöcken aufgebautes Gebäude mit einem aus grauen Schieferplatten gedeckten Dach. Colin öffnete

Hazel die schwere Tür. Der Innenraum war nur ein einziger großer Raum, über dem sich das hohe aus dicken, geschwärzten Eichenbalken gezimmerte Dach erhob. Der gestampfte Lehmboden war mit großen Steinplatten belegt und nur an einer der Schmalseite befand sich ein hölzernes Podest, das sich über die ganze Breite des Raumes zog. Hier saßen sonst die Clanchefs und die Ältesten zusammen und von diesem Podest aus wurde auch Gericht gehalten. Am heutigen Abend diente das Podest als Bühne, auf der die Wettkämpfe ausgetragen wurden. Der Saal empfing sie mit wohliger Wärme und dem wunderbaren Geruch nach gebratenem Fleisch, der von dem riesigen Kamin an der anderen Schmalseite des Raumes herüberzog. Vier kräftige Männer drehten dort einen ganzen Ochsen über dem Feuer. Hazel blickte sich suchend nach Alistair und ihrer Mutter um. Alistair war nirgends zu sehen, doch ihre Mutter saß auf einer Bank an einem der Tische auf der anderen Seite und Colin ging mit Hazel hinüber.

»Da seid ihr ja endlich.« Fiona MacAllen blickte ihre Tochter sorgenvoll an. »Ich hatte schon Angst, dir wäre etwas zugestoßen.«

»Nein, Mutter, es ist alles in Ordnung«, entgegnete Hazel und hoffte, dass sie nicht merken würde, wie schwer ihr noch immer ums Herz war.

»Sie war wieder länger in Broom Park«, sagte Colin knapp. »Haben wir den Wettbewerb um den besten Dudelsackspieler verpasst?«

»Nein. Keine Sorge, Colin, der ist erst in ein paar Stunden.« Mrs MacAllen lachte Colin an. »Aber der Gesangswettbewerb fängt gleich an. Alistair hat dich schon angemeldet«, wandte sie sich an Hazel.

»Er hat mich angemeldet?«, fragte sie etwas entsetzt.

»Ja. Du wolltest doch teilnehmen, das hast du vor ein paar Wochen noch gesagt.«

»Vor einigen Wochen, Mutter, aber nicht heute.«

»Hazel, ich bitte dich. Du warst im letzten Jahr die zweite und Moreg Rawley ist dieses Jahr nicht da. Sie erwartet in wenigen Tagen ihr erstes Kind.«

Hazel dachte nach. Sie hatte den Wettbewerb völlig vergessen und ihr war, nachdem was geschehen war, auch nicht nach singen zumute, doch wenn sie es nicht tat, wäre dies ein Anlass für Spekulationen. Sie seufzte.

»Also gut. Ich werde singen. Aber erst muss ich etwas trinken. Ist das dort Alistairs Becher?«, fragte sie ihre Mutter, die nur nickte.

Hazel nahm den Becher und trank den Rest Ale in einem Zug. Es schmeckte köstlich und sie bedauerte, dass sie es nur zu besonderen Gelegenheiten trinken durfte.

»Wünsch mir Glück, Mutter«, lachte sie, ging durch die Menge hinüber zum Podest, an dessen Fuß Alistair mit ein paar Männern aus dem Dorf stand.

Hazel gesellte sich zu ihnen. Nur wenige von ihnen trugen den Kilt, denn obgleich das 1746 nach der Schlacht von Culloden von den Engländern verhängt Verbot, diese Kleidung zu tragen, bereits seit 1782 wieder aufgehoben war, war er noch nicht wieder ganz in Mode. Die Männer hatten sich an andere Kleidung gewöhnt und nur wenige wie Colin, die wirklich stolz auf Familie und Herkunft waren, und natürlich auch die Clanchefs, trugen den Kilt wieder an Feiertagen.

Nach einer Weile brachte ein Trommelwirbel die Menge im Saal zum Schweigen und der alte Clanchef der MacDougalls erhob oben auf dem Podium die

Stimme: »Freunde. Es ist mir eine Ehre, wie in jedem Jahr, nun den Wettstreit um die beste Sängerin dieses Abends anzukündigen. Wir haben heute acht Bewerberinnen um diesen Titel, von denen sechs bereits im vergangenen Jahr beteiligt waren. Wie ihr wisst, dürfen diese Ladys nicht das gleiche Lied wie im Vorjahr vortragen. Die Bewertung erfolgt durch euch alle anhand des Applauses, den die Ladys erhalten, wenn sie nachher alle gemeinsam hier oben stehen. Aber ich will euch nicht länger warten lassen und bitte die erste Sängerin zu mir herauf.«

Er hatte in breitestem Gälisch gesprochen und die Menge applaudierte in freudiger Erwartung.

»Ich bitte Catriona Ferris, als Erste vorzutragen.«

Catriona hatte fuchsrotes Haar und ein derbes Gesicht. Sie war schon vierundzwanzig und mit einem der Arbeiter aus der Schiefermine in Ballachulish verheiratet. Sie hatte in den vergangenen drei Jahren schon einmal gewonnen, und Hazel hoffte, sie würden sie nicht nach ihr aufrufen, denn sie wusste um Catrionas schöne Stimme. Es war ein Gesangswettbewerb ohne Begleitung durch Instrumente und es war eine große Kunst, die gesamte Halle mit nur einer Stimme in andächtige Stille zu versetzen. Catriona schaffte es ohne Mühe. Sie sang *For A' That*, ein aufrührerisches Lied von Robert Burns. Hazel seufzte, als sie den begeisterten Applaus hörte. Die Worte, die Catriona vorgetragen hatte, waren das, was die Männer hören wollten in diesen Zeiten, doch Hazel fand, es hatte Catriona der Glaube an diese Worte gefehlt. Hazel selbst war sich noch immer nicht im Klaren, was sie vortragen würde. Sie wusste nur, wenn sie gewinnen wollte, musste es ein Lied sein, das aus ihrem Herzen kam.

Die anderen Mädchen kannte Hazel nur flüchtig. Aber sie alle waren keine Konkurrenz für Hazel. Schließlich kam endlich der Moment, als ihr Name aufgerufen wurde. Sie war die Fünfte. Das war gut. Besser mittendrin als am Schluss. Alistair hob sie auf das Podest und Hazel stellte sich in die Mitte. Sie hatte keine Angst vor all den Menschen, die zu ihr aufblickten. Schon zweimal hatte sie so vor ihnen gestanden. Dieses Mal fühlte sie sich sicherer und stärker als je zuvor. Sie dachte für einen Sekundenbruchteil an Simon, an den Kuss vorhin auf dem Hügel und an das Gefühl von Kraft und Stärke, das sie in all den Monaten empfunden hatte, seit ihr bewusst war, dass sie ihn liebte. Sie schloss die Augen und sang laut und kraftvoll das schönste Liebeslied, das sie kannte: *My Love is like a Red, Red Rose.*

Als sie geendet hatte, herrschte einen Moment lang noch absolute Stille im Saal. Hazel öffnete die Augen und starrte auf die Menge.

*Hat es ihnen nicht gefallen?*, schoss es ihr durch den Kopf, doch in dieser Sekunde brach ein schier unglaublicher Jubel los. Alistair kam auf das Podest gesprungen und Colin hinter ihm her. Sie nahmen Hazel auf ihre Schultern und bevor sie wusste, wie ihr geschah, trugen die beiden sie hinunter in den Saal. Es bedurfte eines erneuten Trommelwirbels, um die Menge wieder zur Ruhe zu bringen damit Duncan MacDougall wieder seine Stimme erheben konnte, um die nächste Sängerin anzukündigen. Hazel bekam von den anderen kaum noch etwas mit. Immer wieder kamen Männer und Frauen, um ihr zu gratulieren und ihr zu sagen, wie wunderbar sie gesungen hätte. Schließlich hatte die letzte Sängerin geendet und Colin brachte Hazel wieder zum Podest, damit sie sich mit allen anderen zur Bewertung aufstellen konnte. Die Frauen und Mädchen traten nacheinander vor, aber die Entscheidung war längst gefallen, und als Hazel an die Reihe kam, tobte der Saal wie die See im Sturm. Sie stand oben und nahm die Menschen vor sich kaum noch wahr. All das nur, weil sie gesungen hatte. Sie konnte es nicht fassen. Noch nie hatte sie sich so beachtet gefühlt wie in diesem Augenblick. Hazel dankte ihnen allen. Einen Preis gab es für sie nicht. Es war Ehre genug, wenn man gewonnen hatte. Als Alistair sie wieder von der Bühne hob, fühlte sich Hazel, als wäre sie zwischen all den Menschen und doch nicht dort. Erst als ihre Mutter sie in die Arme schloss und Hazel die Tränen in ihren Augen sah, wurde ihr bewusst, was dieser Wettbewerb bedeutete. Sie war nicht mehr nur die kleine Hazel Mac-Allen. Ab heute würde sich jeder an sie erinnern, zumindest bis zum nächsten Jahr, und man würde sie auf viele der nächsten Feste wie Hochzeiten oder andere Familienfeiern einladen, damit sie sang.

»Du hast so wunderschön gesungen, mein Kind. Ich bin so stolz auf dich«, sagte ihre Mutter und drückte Hazel fest die Hand.

Hazel und sah Colin und Alistair an, die neben ihr standen.

Wenn auch nur einer von ihnen geahnt hätte, was der Grund für die Kraft ihres Gesanges gewesen war. Sie lachte leise.

»Warum lachst du so eigenartig?«, fragte Colin und kniff sie in den Arm.

»Nichts, ich habe nur an etwas gedacht, und daran, dass ich jetzt feiern möchte.«

Sie fiel ihrem Lieblingsbruder um den Hals.

»Lass uns tanzen, Colin.«

Hazel zog ihn mit sich fort und sie verschwanden zwischen den Tänzern.

Colin gewann später am Abend noch den Wettbewerb um den besten Dudelsackspieler und es wurde eine lange Nacht.

Als Hazel am nächsten Morgen neben ihrer Mutter auf der mit Farnkraut ausgestopften Matratze erwachte, wusste sie nicht mehr, wie sie ins Bett gekommen war. Es musste sehr spät oder besser früh gewesen sein. Sie erinnerte sich dumpf, dass sie irgendwann sogar mit Rory Campbell getanzt hatte und sie schüttelte sich bei dem Gedanken daran. Sie zog sich an und ging in die Küche, um das Frühstück zuzubereiten, aber es war schon alles fertig. Ein Topf Porridge hing über dem Feuer. Alistair und Colin waren nirgends zu sehen. Als Hazel die Tür öffnete, fiel ihr das gleißende Sonnenlicht ins Gesicht. Es war schon heller Tag und niemand hatte sie geweckt. Sie schrak auf. Sie musste doch nach Broom Park! Sie blickte in die Sonne, es musste schon fast zehn Uhr sein.

Hazel beeilte sich und verließ das Cottage, ohne etwas zu essen. Sie rannte den halben Weg durch den Schnee. Als sie durch die Hintertür in die Küche trat, glühten ihre Wangen hochrot und ihre Haare hingen ihr in wilden Strähnen ins Gesicht. Susan und Patricia, die beiden Küchenmädchen blickten sie todernst an und kicherten. Hazel wäre am liebsten im Boden versunken. Die beiden waren neidisch auf sie und daher nicht gut auf sie zu sprechen. Hazel ahnte nichts Gutes. Sie huschte rasch hinauf und zog sich um. Dann ging sie in den Speisesaal, wo sie den Tisch für den Lunch eindecken sollte, aber diese Arbeit war bereits erledigt. Mrs Edwards stellte eben die letzten Gläser an ihren Platz.

»Ich hoffe, du hast eine gute Entschuldigung für dein Zuspätkommen, Hazel.«

»Nein, Ma'am. Die habe ich leider nicht und ich kann Sie nur um Verzeihung bitten.« Hazel senkte den Blick.

»Ich wünsche, dass das nicht noch einmal vorkommt«, sagte die Hausdame streng. »Jetzt geh ins Kaminzimmer, Lord Denby will dich sehen.«

Hazel stand wie erstarrt.

»Geh schon. Worauf wartest du noch?«

Hazel drehte sich langsam um. Sie wollte nicht zu ihm gehen, aber sie musste.

Bedächtig ging sie durch die Halle und öffnete vorsichtig die Tür zum Kaminzimmer, als auf ihr Klopfen nicht geantwortet wurde. Die Hunde hoben schlaftrunken die Köpfe und ließen sie mit einem brummenden, knurrigen Laut wieder sinken, als Hazel eintrat. Lord Denby war nicht zu sehen, nur aus dem Lehnstuhl, der vor dem Kamin mit dem Rücken zur ihr stand, kräuselte sich eine kleine Rauchwolke in den Raum und es duftete nach Pfeifentabak.

»Komm herein, Hazel«, sagte die vertraute Stimme.

Hazel schloss die Tür hinter sich.

Lord Denby stand auf und legte seine Pfeife in den Aschenbecher.

»Setz dich.« Er bot ihr mit einer Geste an, auf dem Stuhl vor seinem Schreibtisch Platz zu nehmen. Er selbst setzte sich halb auf die Ecke des Tisches.

Hazel sah zu ihm auf und versuchte, in seinen Augen zu lesen. Sie hatten einen traurigen Ausdruck.

»Ich möchte dich um Verzeihung bitten. Ich bin wohl zu weit gegangen gestern. Das ist mir heute Nacht bewusst geworden. Ich hätte dich nicht küssen dürfen. Ich werde dir nie wieder zu nahe treten, das verspreche ich dir.«

Er hatte leise gesprochen.

»Nicht, Mylord, bitte. Es gibt nichts, was Ihnen verziehen werden müsste.« Hazel sah ihn direkt an. »Ich hoffe nur, dass Sie mich nicht wegschicken von Broom Park, denn das könnte ich nicht ertragen.«

»Nein, ich schicke dich nicht weg. Du kannst hierbleiben und arbeiten so lange du willst, freiwillig und nicht mehr als Schuldausgleich für die Wilderei deiner Brüder.«

»Ich danke Ihnen, Mylord.« Sie senkte den Blick. Ein eigenartiges Gefühl, wie ein Anflug von unendlicher Traurigkeit und doch gleichzeitig Erleichterung darüber, dass diese aussichtslose Situation so zu einem guten Ende kam. Es war besser so. Besser für sie beide.

Er stand auf und ging zum Fenster. Die Unterhaltung war beendet. Hazel schlich sich leise aus dem Raum.

# Kapitel 3

Von diesem Zeitpunkt an war Lord Denby Hazel gegenüber sehr reserviert. Die kleinen Gesten, mit denen er ihr in der Vergangenheit gezeigt hatte, dass sie im Haus eine Sonderstellung einnahm, unterließ er. Hazel war von diesem Zeitpunkt an nur eine unter vielen. Sie litt nur anfangs darunter, doch dadurch, dass sie wie alle von ihm behandelt wurde, verhielten sich die anderen Mädchen ihr gegenüber viel netter. Hazel freundete sich mit Sally, der Zofe von Lord Denbys Mutter an. Sie war dreißig und schon lange in den Diensten der alten Dame und hatte diese schon auf vielen Reisen begleitet.

Sally war mit in den Kolonien gewesen, wo der Vater von Lord Denby vor seinem plötzlichen Tod mehrere Jahre auf seiner Plantage verbracht hatte. Hazel lauschte immer wieder begeistert Sallys Geschichten über die fremden Länder und Menschen, denn es war so anders, die Beschreibungen von jemandem zu erhalten, der selbst dort gewesen war. Welches Buch enthielt schon eine Schilderung der Farbenpracht und der Gerüche und Geräusche in der Art, wie Sally sie vermitteln konnte? Ihre grünen Augen leuchteten, wenn sie erzählte und dabei mit den Händen gestikulierte.

Mit den Darstellungen von Sally machte es Hazel noch mehr Freude, in den Büchern der Bibliothek zu stöbern, wenn sie sich unbeobachtet wusste. Neben einem Haufen uralter Bücher der klassischen Literatur gab es auch neuere Werke über Wissenschaft und Kunst aus aller Welt, mit denen das, was Reverend Bain in seinem Hause gehabt hatte, nicht mithalten konnte. Hazel wünschte sich sehr, die Bücher in Ruhe lesen zu können, aber während der Arbeit wollte sie das nicht und wo sonst sollte sie sie lesen? Alistair hätte sicherlich kein Verständnis für ihre Ambitionen gezeigt. Er war sowieso mürrischer als je zuvor und ließ alle seine Unzufriedenheit spüren. Fiona MacAllen beobachtete ihren Sohn mit wachsender Sorge und Hazel teilte ihre Bedenken, dass Alistair früher oder später fortgehen würde. Es war nur eine Frage der Zeit.

So vergingen der Januar und der halbe Februar. Hazel sah Lord Denby nur selten. Doch immer, wenn an den verregneten grauen Tagen melancholische Klaviermusik aus dem Salon ertönte, hatte sie das Gefühl, dass er an sie dachte; so wie sie an ihn dachte, wenn sie sang. Dreimal hatte man sie schon auf Familienfeiern eingeladen nach ihrem Sieg auf dem Neujahrsfest und jedes Mal war sie mit einem Korb voller Essen nach Hause geschickt worden. Das letzte Mal hatte sie sogar zwei lebende Hühner bekommen. An den Festen teilnehmen zu können, war Hazels ganzer Stolz, zumal Alistair sie meist allein oder gemeinsam mit Colin gehen ließ. War sie dagegen zu Hause oder auf Broom Park war Hazel oft melancholisch.

Anfang März reisten die Denbys nach Glasgow, wo die Hochzeit von Lord Denby stattfinden sollte. Hazel hatte gehofft, er würde sich von ihr verabschieden, aber er hatte sich immer mehr zurückgezogen. Als die Kutsche Broom Park verließ, stand sie am Fenster hinter dem Vorhang und blickte ihm nach, noch immer in der Hoffnung, es würde ein Wunder geschehen und er würde nicht heiraten. Einige Tage später, als sie gerade das Klavier abstaubte, wurde Hazel bewusst, dass er weg war, und das für eine ganze Weile. Sie empfand daraufhin eine innere Leere, die sie, trotz allem, was geschehen war, und trotz der Zeit die seitdem vergangen war, nicht erwartet hatte. Sie fühlte sich verlassen und einsam, denn obwohl seit jenem Kuss auf dem Hügel nichts mehr zwischen ihnen vorgefallen war, hatte sie es nicht geschafft, ihn aus ihren Träumen zu verbannen.

Als sich die Nachricht wie ein Lauffeuer verbreitete, dass Napoleon Anfang März von Elba geflohen war und bereits wieder Truppen um sich gesammelt hatte, sorgte sich Hazel um Lord Denby, denn die Hochzeitsreise sollte über Frankreich nach Italien führen. Als schließlich der Schnee auf den Bergen Mitte Mai gänzlich verschwunden war und sich die Frühjahrsnebel immer seltener zeigten, begannen in Broom Park die Vorbereitungen für die Ankunft von Lord Denby und seiner Frau, die von der Hochzeitsreise zurückkehren würden.

Es war ein kühler, regnerischer Junitag, als zwei Kutschen die Einfahrt hinaufrollten. Hazel horchte auf, als in der Halle der Gong laut geschlagen wurde. Der Augenblick war gekommen, vor dem sie sich lange gefürchtet hatte. Der Augenblick, in dem sie Lord Denby wiedersehen würde. Ihn und seine Frau.

Hazel hoffte, es würde ihr gelingen, sich nichts anmerken zu lassen. Weder von ihrer Zuneigung für ihn, noch von ihrer Abneigung gegen seine Frau, die sie ja noch nicht einmal kannte.

Sie beeilte sich zur Aufstellung des Personals zur Begrüßung der Herrschaft vor dem Haus zu kommen. Hastig rückte sie ihr Häubchen zurecht und strich ihre Schürze glatt. Die einzige Person, auf die sie sich wirklich freuen konnte, war Sally, wenn die überhaupt mitkam und nicht bei Lord Denbys Mutter geblieben war.

Der Kutscher nahm die Zügel an und brachte das prächtige Vierergespann der ersten Kutsche vor dem Haus zum Stehen. Einer der Diener eilte zum Wagen, öffnete den Schlag und klappte den Tritt herunter. Hazel stockte der Atem, als sie Lord Denby im Fenster des Wagens sah. Er stieg als Erster aus, wandte sich um und half einer jungen Frau aus dem Wagen. Hazels Augen waren starr auf sie gerichtet. Es war die junge Frau, die sie schon im vergangenen Jahr einmal mit ihm gesehen hatte. Jetzt konnte sie einen direkten Blick auf deren Gesicht werfen.

Sie war unglaublich schön.

Unter ihrem aufwendig gearbeiteten Hut mit dunkel- und hellblauen Bändern linsten goldblonde Löckchen heraus und sie besaß sehr helle, blaue Auge, die aus einem Gesicht schauten, das dem einer zarten Porzellanpuppe glich. Sie trug ein himmelblaues Reisekleid und schien nicht zu laufen, sondern zu schweben, als sie an Lord Denbys Seite auf das versammelte Personal zuschritt. Hazel ließ keinen Blick von ihr, bis sie fast bei ihr war, und erst, als sie geknickst hatte, hob sie wieder ihren Kopf und sah Lady Alice Denby zum ersten Mal in die Augen. Was sie sah, erschreckte sie. Die Augen waren so eiskalt, wie ihre Farbe es vermuten ließ, und Hazel vermied es, lange hineinzuschauen. Sie blickte stattdessen sorgenvoll zu Lord Denby. Er schenkte ihr nur einen kurzen Blick, doch der Ausdruck in seinen Augen, als er sie ansah, war trauriger und schwermütiger als je zuvor. Hazel spürte, wie sich etwas um ihr Herz legte und es zusammenpresste, während sie noch Angst hatte, es könnte zerspringen. Sie wäre am liebsten schreiend davongelaufen, aber sie blieb stehen, während Lord und Lady Denby ins Haus gingen und sich die Versammlung des Personals wieder auflöste.

»Na, was ist denn mit dir los?«, sprach sie eine Stimme von hinten an und jemand klopfte ihr auf die Schulter. Es war Sally, die mit dem Gepäck von Lady Alice in dem zweiten Wagen gekommen war.

»Oh, Sally.« Hazel fiel der Freundin um den Hals. »Ich habe dich so vermisst.«

»Mich, oder jemand anderen?« Sally sah sie ernst an.

Hazel entgegnete nichts. Sie wusste, dass Sally es wusste, obgleich sie es ihr nie gesagt hatte.

»Wieso bist du denn schon hier und nicht bei der alten Lady Denby?«

»Sie meinte, ich sollte lieber mitfahren, und mich um Lady Alice kümmern. Der alte Drache hat auf dem Familiensitz in Galloway mehr als genug Personal und ich bin froh, sie eine Weile los zu sein.«

»Na, so schlimm ist sie nun auch wieder nicht«, lachte Hazel.

»Ich habe dir übrigens etwas aus Glasgow mitgebracht«, bemerkte Sally. »Ich hoffe, das muntert dich auf.«

»Mir?« Hazel war ehrlich überrascht.

»Hilf mir die Sachen ins Haus zu tragen, dann zeige ich es dir.«

Hazel ließ sich von Sally mit einem Berg von Hutschachtel beladen und folgte ihr ins Haus, die Treppe hinauf und in das Ankleidezimmer von Mylady. Sally lachte, als sie alles ablud.

»Mylady hat eine Unmenge von Hüten, und die Kleider erst ...« Sally gestikulierte wild mit den Händen. »Morgen kommen noch zwei Wagen mit Sachen von ihr nach. Wir haben gar nicht alles unterbekommen.«

»Sie ist sehr schön«, bemerkte Hazel wie beiläufig.

»Lady Alice?« Sally blickte Hazel fragend an verzog das Gesicht, als hätte sie in eine Zitrone gebissen. »Schön ist sie, aber nur äußerlich, das sage ich dir. Ihr fehlt die Wärme und Schönheit des Herzens, und wenn du mich fragst, wird Lord Denby nicht sehr glücklich mit ihr werden«, entgegnete Sally und rollte die Augen dramatisch, während sie die Hutschachteln ins Regal räumte.

»Ich wünsche es ihm so, dass er glücklich wird.« Hazel seufzte.

»Ich weiß, wie sehr du ihn magst, Hazel, aber jeder ist seines eigenen Glückes Schmied und du kannst ihm dabei wohl kaum helfen.«

»Ja und ich habe überlegt, ob ich Broom Park nicht verlassen soll, aber ich bringe es einfach nicht fertig.« Hazel betrachtete den Hut in der Schachtel, die sie neugierig geöffnet hatte.

»Wo ist er denn nur?«, schimpfte Sally und öffnete die nächste Schachtel, um hineinzusehen.

»Wer?«, fragte Hazel.

»Der Hut für dich, Dummerchen.«

»Der hier gefällt mir«, lachte Hazel und nahm den Hut aus der Schachtel.

»Ja, das ist er ja auch.«

Sally kam zu ihr und nahm ihr das gute Stück aus den Händen, bevor Hazel etwas sagen konnte. Der Hut war eine Schute aus hellem Stroh mit einem breiten Rand und einem Band darum, in das verschiedenfarbige Seidenblumen eingearbeitet waren. Sally nahm ihn, setzte ihn Hazel so über ihr Häubchen, das dieses nicht mehr zu sehen war und band mit den beiden dunkelblauen Bändern unter Hazels Kinn eine seitliche Schleife. Dann schob sie Hazel vor den Spiegel.

»Na, was sagst du?«

Hazel sah voller Verwunderung ihr Spiegelbild an. Das war nicht sie. Das konnte nicht sein. Dieser Hut, der ihr Gesicht umrahmte, war so schön. Viel zu schön für ein einfaches Mädchen wie sie. Sie schlug sich die Hand vor den Mund und biss sich auf das Fingergelenk ihres Zeigefingers.

»Gefällt er dir etwa nicht?« Sally sah ihr zweifelnd im Spiegel über die Schulter.

»Er ist einfach – umwerfend.« Hazel wusste nicht, ob sie lachen oder weinen sollte. »Aber wann, um Gottes willen, soll ich den denn tragen?«

»Wie wäre es mit sonntags im Sommer zur Kirche.«

»Meinst du?«

Hazel überlegte noch immer. Er würde zu ihrem dunklen Sonntagskleid sicher nicht schlecht aussehen, aber vielleicht ergab sich ja die Möglichkeit, dass sie endlich ein neues Kleid bekam. Wie vor zwei Jahren, als Colin zu ihrem Geburtstag nach Fort William gefahren war.

»Ich wollte ihn dir eigentlich erst zu deinem Geburtstag in drei Tagen geben, aber ich hätte es wohl selbst nicht bis dahin ausgehalten.« Sally kicherte.

Hazel stand auf und umarmte Sally. »Du bist so lieb. Wie kann ich dir nur danken?«

»Du musst mir die Lieder beibringen, die du immer singst.« Sally hielt Hazels Hände fest. »Auch, wenn ich niemals so schön singen werde wie du.«

»Abgemacht.« Hazel lachte.

In diesem Moment waren Stimmen vom Gang zu hören. Hazel packte den Hut hastig in die Schachtel zurück und Sally stellte ihn neben die Tür, als Lady Alice eintrat. Sally und Hazel knicksten erneut. Lady Alice würdigte sie keines Blickes. Sie musterte nur den Raum, der fast ganz in Weiß gehalten war. Sie befühlte die mit Spitzen besetzten Vorhänge des Himmelbettes und prüfte, ob das Bett weich genug war. Dann drehte sie sich zu Lord Denby, der hinter ihr hereinkam.

»Es ist so, wie ich es mir vorgestellt hatte. Nichts Besonderes, aber ich werde damit leben können«, sagte sie kühl.

Hazel hätte sie am liebsten geohrfeigt. All die Pracht und sie war nicht einmal zufrieden damit.

»Richtet mir ein Bad«, wandte sie sich an Sally und rauschte aus dem Raum.

Lord Denby folgte ihr wortlos.

»Richtet mir ein Bad«, wiederholte Hazel und imitierte die Stimme, den Gang und die Handbewegung von Lady Alice.

Sally lachte leise.

»Ich gehe hinunter und kümmere mich darum«, sagte Hazel und verließ mit ihrer Hutschachtel das Zimmer.

Lady Denby entpuppte sich in den nächsten Tagen als äußerst schwierig und alle waren froh, als endlich ihre Zofe mit dem restlichen Gepäck eintraf. Hazel war seit ihrer Ankunft geradezu erleichtert, wenn sie am Abend das Haus verlassen konnte. Sie ließ sich immer Zeit, den Pfad hinunterzugehen, in der Hoffnung, sie würde das Geräusch von Hufen hinter sich hören. Sie hoffte vergeblich.

Zu Hause empfand sie es als quälend, wenn ihre Mutter und Colin sie über die neue Lady ausfragten. Am Mittwoch, Hazels Geburtstag, fuhr Colin tatsächlich mit ihr nach Fort William. Sie bekam das neue Kleid, auf das sie gehofft hatte und eine weiße Bluse mit Spitzenbesatz, wie sie die Damen zu den Clanfeiern trugen. Colin hatte von dem Geld, das er verdiente, immer etwas für sie beiseitegelegt und Hazel hatte von dem wenigen, was sie bekam, auch etwas gespart. Das Kleid war sehr einfach geschnitten und die Nähte waren nicht sehr sauber gearbeitet, aber das war etwas, das Hazel selbst nachbessern konnte. Es hatte einen modischen Schnitt, bei dem die engste Stelle direkt unter dem Busen lag, nicht wie ihren anderen alten Kleidern, bei denen diese noch immer altmodisch in der Taille saß. Und es hatte einen richtigen Ausschnitt, den man mit einem dünnen hellen Tuch verdeckte, der in das Kleid gesteckt wurde. Das Schönste aber war, dass es ein heller, bedruckter Stoff war, ein helles Grün, wie die Farbe der Lindenblüten im Frühjahr, mit kleinen Blüten darauf. Hazel wusste, mit dem Hut von Sally dazu würde sie alle am Sonntag zum Kirchgang überraschen.

Die Überraschung gelang tatsächlich und Hazel bedauerte es, dass ihre Mutter nicht mit zur Kirche kam. Der neue Hut führte zwar zu einigen Diskussionen mit Alistair, doch Colin ließ Hazel an diesem Tag voller Stolz vorn auf dem Bock des Ponywagens mitfahren und verbannte Alistair nach hinten. Hazel wartete lange vor der Kirche, bis alle anderen bereits saßen. Leider schien Lord Denby nicht zu kommen und sie ging ebenfalls hinein. Die Glocken waren schon verstummt, als Hazel das Rattern einer Kutsche von draußen hören konnte. Kurz darauf schritten Lord und Lady Denby durch das kleine Portal. Reverend Bain geleitete sie persönlich bis zu ihrem Platz in der ersten Reihe und die ganze Gemeinde verrenkte sich die Hälse nach Lady Denbys Kleid und ihrem aufwendigen Kopfputz. Nach der Predigt warteten fast alle vor dem Portal, bis die Denbys wieder hinauskamen. Während Alistair sich auf den Weg ins Alehouse gemacht hatte, hatte Hazel Colin mit sich in die Nähe von Reverend Bain gezerrt, der wie immer alle an der Tür verabschiedete. Heute musste Lord Denby sie sehen. Sie wollte, dass er sie richtig ansah, und das würde er tun müssen, wenn sie nahe beim Reverend stand. Hazel war geradezu zappelig.

»Sag mir, wenn sie kommen«, bettelte sie Colin an, der mehr als einen Kopf größer war als sie.

»Schon gut. Du wirst sie schon nicht verpassen«, lachte er nur.

»Kannst du sie sehen?« Hazel zog ihn ungeduldig am Ärmel.

»Ja«, lachte er. »Sie kommen gerade.« Colin schüttelte den Kopf.

Hazel bis sich auf die Lippen. Dann sah sie endlich Simon.

»Es war eine recht treffende Predigt heute, Reverend Bain«, sagte er und wandte sich an seine Frau. »Nicht wahr, meine Liebe?«

»Allerdings.« Lady Denby ließ ihren ganzen aufgesetzten Charme spielen, reichte dem Kirchenmann die Hand und verwickelte ihn in ein längeres Gespräch.

Lord Denby wandte sich ab.

Hazel folgte ihm mit den Augen. Er musste sie doch sehen, aber sein Blick schien wieder über sie hinweg zu wandern. Sie war versucht zu rufen: *Hier bin ich.* In diesem Augenblick kam sein Blick voller Erstaunen zu ihr zurück, bis ihre Augen sich trafen und einander nicht mehr losließen. Sie sagten sich in wenigen Sekunden stumm all die Dinge, die sie in den letzten Wochen nicht hatten sagen können.

»Habe ich nicht recht?«, fragte Lady Alice plötzlich. Ihr Gatte reagierte nicht. Sie folgte seinem Blick und sah, dass er Hazel anblickte.

»Hörst du mich nicht, mein Lieber?«, wandte sie sich ihm weiter zu und ergriff seinen Arm.

Lord Denby drehte sich leicht erschrocken um.

»Doch, doch – natürlich«, entgegnete er.

»Na so was«, bemerkte Lady Denby mit Blick auf Hazel. »Ist das nicht eines von unseren Hausmädchen?« Sie kam einen Schritt auf Hazel zu.

»Du bist gar nicht wiederzuerkennen, Kindchen. So herausgeputzt für den Sonntag. Ich glaube fast, wir zahlen dir zu viel Geld. Und dieser Hut, man könnte dich fast für eine Dame halten. Kleider machen eben immer noch Leute«, sagte sie laut und theatralisch.

»Ich kenne den Spruch auch anders, Mylady«, ertönte Colins Stimme.

Er stand neben Hazel und sie beobachtete, wie Lady Denby ihn unauffällig und doch ausgiebig musterte.

»Warum lassen Sie ihn uns nicht hören, junger Mann?«, fragte Lady Denby herausfordernd.

»Nun, man sagt ebenfalls, eine Kuh bleibt eine Kuh, auch wenn sie in Gold gewickelt ist.« Colin grinste.

Hazel knuffte Colin ungehalten in den Arm. Wie konnte er nur so etwas sagen?

Ein Raunen ging derweil durch die Leute vor der Kirche. Alle wussten, dass Colin nicht Hazel mit diesem Spruch gemeint hatte, sondern Lady Denby.

»Da haben Sie wohl recht«, entgegnete Lady Denby mit einem unverständigen Blick auf Colin.

Hazel blickte kurz und beschämt zu Lord Denby. Auch er hatte Colin verstanden und schmunzelte zu ihrem Erstaunen verschmitzt. Er reichte seiner Frau wortlos den Arm und sie gingen. Als die Kutsche davonfuhr, brachen die Leute vor der Kirche in schallendes Gelächter aus. Hazel machte sich allein den Heimweg, während Colin nachdenklich Richtung Alehouse schlenderte und noch einmal der Kutsche der Denbys hinterherblickte.

Als Hazel am nächsten Morgen nach Broom Park kam, wurde sie von Sally auf der Personaltreppe abgefangen.

»Was, um Gottes willen, ist denn gestern vor der Kirche passiert?«, fragte diese halb neugierig, halb sorgenvoll. »Lady Denby ist unausstehlich und sie will dich sofort in ihrem Zimmer sehen.«

Hazel erzählte, was am Vortag vorgefallen war.

»Lady Denby hat es wohl erst nach einer Weile verstanden, aber beim Abendessen hat sie eine wirklich große Szene gemacht«, erklärte Sally und konnte ein Kichern nicht unterdrücken. »Du machst dich wohl besser auf einiges gefasst«, fügte sie dann ernst hinzu.

»Heute kann selbst sie mir nichts anhaben«, lachte Hazel und ging die Treppe hinauf.

Lady Denby lag in ihrem voluminösen seidenen Spitzennachthemd in ihrem Bett und frühstückte, als Hazel eintrat.

»Guten Morgen, Mylady«, grüßte Hazel ordnungsgemäß in Erwartung einer Standpauke und knickste.

»Guten Morgen, Hazel – war das richtig?« Hazel nickte und betete im Stillen, dass Lady Denby ihr nicht sagen würde, sie wäre entlassen. Doch nichts dergleichen geschah.

»Ich werde heute das neue hellbeige Kleid mit den blauen Seidenbändern tragen. Bitte suche alles heraus und hilf mir beim Ankleiden«, bat Lady Denby ausnehmend freundlich.

»Oh, Mylady, ich weiß nicht. Sollte das nicht lieber Mary machen?«

»Nein, du wirst mir heute helfen. Du weißt, wo im Ankleidezimmer alles ist?«

»Ja, Mylady.« Hazel ging verwundert in den Nebenraum, suchte alles was benötigt wurde, vom Unterkleid bis zu den Schuhen und den passenden Haarbändern für Lady Denbys Frisur heraus und brachte es zu ihr.

»Nimm mir das ab«, gebot Lady Denby.

Hazel nahm das Frühstückstablett, stellte es auf den kleinen Tisch neben dem Fenster und half der Hausherrin aus dem Bett. Lady Denby streifte ihr Nachthemd ab und Hazel sah, dass sie einen makellosen Körper hatte.

»Wer war der unverschämte Bursche gestern neben dir?«, fragte Lady Denby beiläufig, als Hazel ihr Kleid zuhakte.

»Mein Bruder Colin«, antwortete Hazel beschämt.

»Dein Bruder. Sehr interessant. Wie alt ist er?«

»Vierundzwanzig«, antwortet sie wahrheitsgemäß und fragte sich, warum Lady Denby das wissen wollte.

»Er scheint ein wenig rebellisch zu sein.«

»Colin? Oh nein, Mylady. Er ist der liebste Mensch, den es gibt.« Hazel sprach voller Stolz über ihn.

»Du magst deinen Bruder sehr, nicht wahr?«

»Ja, Madame. Alistair, mein älterer Bruder macht mir manchmal richtig Angst, aber Colin ist wie ich. Er liebt Schottland, die Berge, die Seen und das Meer.«

»Wie kann man dieses Land nur lieben? Es ist nass, kalt und gar nicht so romantisch, wie es einen alle glauben machen wollen.«

Hazel half Lady Denby in ihr Kleid.

»Es ist wunderschön, Mylady, aber man muss es mit dem Herzen sehen, das Land und die Leute und nicht nur das Wetter.«

»Sei nicht vorlaut.« Lady Denby schenkte ihr einen bösen Blick. »Du kannst jetzt gehen und schick Mary, damit sie mir die Haare richtet.«

Hazel knickste, nahm das Tablett mit und ging hinunter. Sie schickte Mary nach oben und ging in die Küche. Unten warteten Mrs Edwards und Sally mit einem sorgenvollen Gesicht. Hazel sagte kein Wort, als sie eintrat. Sally schlich um sie herum wie eine Katze um den Futternapf.

»Nun hab dich nicht so! Was hat sie gesagt?« Sally versperrte Hazel den Weg, als diese das Tablett abgestellt hatte.

»Nichts, gar nichts«, lachte Hazel und tippte Sally mit der Fingerspitze auf die Nase. »Ich habe jedenfalls keine Standpauke bekommen.«

»Das glaube ich nicht.« Sally sank auf die Holzkiste neben dem Herd.

»Ich ebenfalls nicht«, bemerkte Mrs Edwards und blickte von der Liste auf, die sie gerade schrieb.

»Ihr könnt es mir ruhig glauben. Lady Denby war sogar ausnehmend freundlich, und hat mich nach Colin gefragt.«

»Das ist es also. Wahrscheinlich hat sie ein Auge auf deinen Bruder geworfen. An deiner Stelle würde ich ihr nicht zu viel erzählen.« Sally schüttelte den Kopf.

»Was sollte sie denn an Colin finden, sie hat ja Lord Simon.« Hazel sah Sally ungläubig und etwas vorwurfsvoll an.

»Sie ist vielleicht mit ihm verheiratet, aber das heißt noch lange nicht, dass sie ihn auch liebt und die Herzen der Frauen sind so unergründlich wie der Loch Ness.«

»Wenn sie es wagt, sich an Colin zu vergreifen, dann weiß ich nicht, was ich tue.« Hazel stemmte die Hände in die Hüften.

»Nun warte erst mal ab. Es gehören immer zwei dazu, und wenn dein Bruder Verstand hat, lässt er die Finger von ihr.«

»Sie werden ja auch kaum Gelegenheit haben, sich zu sehen«, lachte Hazel und öffnete den Herd, um Holz nachzulegen.

Sally stand von ihrem Sitzplatz auf und Hazel packte zwei der großen Scheite in den dunklen Bauch des Herdes.

»Ich gehe mal lieber wieder an die Arbeit«, bemerkte Sally und verschwand aus der Küche.

Mrs Edwards war noch mit ihrer Liste beschäftigt, doch als Sally ging, blickte sie wieder auf.

»Deck bitte den Tisch für den Lunch ein, Hazel und leg ein Gedeck mehr auf, seine Lordschaft hat Besuch. Hazel nickte und ging hinauf in die Halle. Als sie den Speiseraum betreten wollte, hörte sie ein unregelmäßiges lautes metallisches Geräusch aus dem Ballsaal. Hazel kam das ungewöhnlich vor, und sie beschloss nachzusehen. Sie blickte sich um. Niemand war außer ihr in der Halle, und so ging sie hinüber zur Tür des Ballsaals, die einen Spalt offenstand, und spähte hinein. Was sie sah, verschlug ihr den Atem. Zwei Männer schlugen sich in dem Saal mit Degen. Sie hatten eigentümliche Masken auf und helle Westen an. Sie waren beide gute Fechter und trieben einander mit schnellen Ausfällen und Angriffen durch den ganzen Raum. Es schien ihnen Spaß zu machen, denn sie lachten dabei ab und zu. Hazel verhielt sich still, bis einer der Männer den anderen am Arm traf.

»Touché!«, rief derjenige, der getroffen hatte.

»Autsch. Verdammt, Miles, kannst du nicht aufpassen?«, fluchte der Getroffene und griff an seinen blutenden Arm.

Hazel entfuhr ein kleiner Schrei. Die Stimme des Mannes unter der Maske gehörte Lord Denby. Er blickte sich sofort nach ihr um.

»Ah, Hazel. Gut, dass du da bist«, lachte er und zog die Maske ab. »Sei so gut und hole etwas heißes Wasser und ein sauberes Tuch für den Kratzer hier.« Er hatte kleine Schweißperlen auf der Stirn und lachte sie an, als er auf seinen, sich langsam rot färbenden, Ärmel zeigte.

Hazel stolperte hinunter in die Küche, wo Mrs Edwards sie entsetzt ansah, als Hazel wortlos, aber eilig eine Schüssel mit heißem Wasser füllte und eines der frisch gewaschenen, kleinen Leintücher aus dem Schrank riss. Als Hazel zurück in den Saal kam, war niemand dort.

»Mylord?«, rief sie leise in der Halle.

»Hier sind wir, in der Bibliothek«, sagte eine fremde Stimme und ihr wurde die Tür geöffnet.

Sie lächelte den Fremden kurz an und trat in die Bibliothek. Lord Simon hatte die Fechtweste abgelegt. Sein Hemd steckte locker und unordentlich in seiner Hose und er lag mehr in seinem großen Lehnstuhl, als dass er saß. Der linke Ärmel des Hemdes war noch etwas röter geworden. Er hielt ein Glas Whisky in der rechten Hand und gestikulierte damit herum. Hazel konnte sich nicht erinnern, wann sie ihn das letzte Mal in so guter Laune gesehen hatte. Sie ging zu ihm und stellte die Sachen neben ihm auf dem Fußboden ab.

»Ich möchte dir jemanden vorstellen, Miles«, sagte Lord Simon und blickte zu seinem Bruder, der näherkam. »Dies ist Hazel MacAllen. Sie war der erste Mensch, der mir hier in diesem Hause begegnet ist, als ich aus London kam. Was hältst du von ihr?«

Hazel blickte zu dem Fremden auf. Ihr fiel auf, dass er die gleichen, blonden Haare hatte wie Colin.

»Reizend«, sagte Miles Denby, ohne heranzukommen. Hazel sah Lord Denby an, wie sie sonst ihren Bruder ansah, wenn dieser mal wieder aus Versehen einen Teller zerschlagen hatte. Es war ein Blick aus Strenge und Unmut und er zeigte prompte Wirkung.

»Entschuldige, Hazel. Ich sollte dich wohl besser an meinen Arm heranlassen«, sagte Lord Denby und krempelte den kaputten Ärmel seines Hemdes nach oben.

»Ich werde mich nach der Fechtstunde erst einmal frisch machen«, bemerkte Lord Denbys Bruder und verschwand aus dem Raum. Hazel betrachtete die Wunde auf Simons Oberarm. Sie war nicht tief, aber lang und sie würde sicher eine Narbe hinterlassen. Hazel nahm das Leintuch und riss es in mehrere Streifen. Dann benetzte sie eine Ecke mit heißem Wasser und wusch vorsichtig das Blut ab, bevor sie ein weiteres Stück zusammenfaltete.

»Würden Sie bitte Ihren Whisky hier drauf schütten, Mylord«, bat sie Lord Denby sachlich.

»Wie?« Er sah sie erstaunt an. »Oh ja, natürlich.« Er goss den Inhalt seines Glases auf das Tuch.

Hazel drückte den mit Alkohol getränkten Lappen auf die Wunde.

»Ich hoffe, es brennt nicht zu sehr.« Sie sah ihn besorgt an.

»Nein, Hazel.« Lord Denby sah ihr in die Augen.

Hazel erwiderte seinen Blick. So lange hatte er sie nicht so angesehen.

»Würden Sie es bitte festhalten«, sagte sie sanft und er legte die Hand auf das Tuch.

Wie zufällig berührten sich dabei ihre Finger und lagen einen Moment länger als nötig aufeinander. Hazel schoss augenblicklich das Blut in die Wangen und ihr lief ein heißer Schauer über den Rücken. Wie damals am Neujahrstag, als er sie geküsst hatte.

Auch Lord Denby konnte nicht verbergen, wie nahe ihm ihre Berührung ging. Er atmete schwer.

Hazel nahm die Streifen, verband den Arm sorgfältig und knotete das geteilte Ende des letzten Streifens vorsichtig zusammen.

»So. Das war es.« Sie lächelte Lord Denby an.

»Danke, Hazel«, sagte er und legte seine Hand beruhigend auf die ihre.

»Wenn es rot wird um die Wunde oder schmerzt, sagen Sie es mir. Ich bringe dann etwas Kräutersalbe von zu Hause mit, Mylord.«

Hazel entzog ihm ihre Hand. Sie versuchte, nicht die Beherrschung zu verlieren.

»Wie geht es dir?«, fragte er, als sie die Reste des Tuches zusammensuchte.

»Danke, gut.« Sie mied seinen Blick.

»Und deine Familie?«

»Sie sind alle wohlauf, Mylord.« Hazel nahm die Schüssel und ging. Bevor sie durch die Tür in die Halle trat, sah sie ihn noch einmal an.

»Das neue Kleid steht dir übrigens sehr gut«, sagte er nur und schmunzelte.

Seine Worte zauberten ein Lächeln auf ihr Gesicht. Es hatte ihm gefallen. Sie schloss die Tür hinter sich und ging wieder in die Küche.

Am Abend hatte sie Servierdienst und lauschte gebannt auf die Diskussion der Herren am Tisch, die sich mit den Geschehnissen in Frankreich befasste. Napoleon schien stärker als je zuvor und es wurden immer mehr Männer zu den Waffen gerufen: Lord Denbys Bruder spielte mit dem Gedanken, als Offizier nach Frankreich zu gehen und Hazel war froh, dass Lord Denby selbst keine Ambitionen in dieser Richtung zeigte. Sie hoffte, auch Colin und Alistair würden den Werbern entgehen, die durch das Land zogen, um junge Männer zum Militärdienst zu überreden.

$$Kapitel\ 4$$

In den nächsten Wochen kamen die ersten Vorboten des Sommers. Der Ginster ließ den Hügel von Broom Park wieder goldgelb leuchten und Hazel dachte mit Wehmut daran, dass bereits ein Jahr vergangen war, seit sie Lord Denby das erste Mal gesehen hatte. Sie wünschte sich, ihn noch einmal so zu treffen wie am Neujahrstag, aber er ritt nur selten den Pfad an der Küste entlang. Eines Nachmittags, Ende Mai, hörte Hazel endlich hinter sich ein Pferd schnauben. Sie wandte sich erwartungsvoll um, doch ihre Hoffnungen wurden enttäuscht. Es war nicht Lord Denby, sondern Rory Campbell.

»Wen haben wir denn da?« Er musterte sie vom Pferd aus, als er sie erreichte und sie ihn misstrauisch ansah. »Wenn das nicht die kleine Wildkatze Hazel ist.«

»Eine Katze mit Krallen«, erwiderte sie. Sie konnte diesen Kerl nicht ausstehen.

»Vielleicht sollte man dir deine Krallen ziehen«, grinste Rory. Er sprang vom Pferd und kam auf Hazel zu.

»Was willst du?«, fauchte sie ihn streitlustig an.

»Du bist sehr hübsch geworden, fast erwachsen.« Er griff mit einer Hand nach ihren Haaren.

»Lass mich in Ruhe!« Sie schlug nach seinem Arm.

Eine unterschwellige Angst überkam sie. Sie waren ganz allein hier draußen und die Art wie er sie ansah, ging ihr durch Mark und Bein. Ihr Puls ging schneller und sie atmete kurz und hastig.

»Ein hübsches Mädchen wie du sollte nicht alleine auf einsamen Pfaden durch die Heide laufen.« Rory griff nach ihrem Arm. »Ich beobachte dich schon seit längerer Zeit.«

»Fass mich nicht an!« Hazel versuchte vergeblich ihn abzuschütteln.

»Ein Mädchen wie du sollte lieber heiraten und nur für ihren Mann da sein.« Rory zog sie zu sich heran und sie konnte seinen heißen Atem auf ihrem Gesicht spüren. »Hast du jetzt Angst?«, fragte er und seine Hand fuhr über ihren Körper.

Auch wenn sie es nie zugegeben hätte: Sie hatte Angst und es würgte sie im Hals vor Ekel. Ihr Herz raste und sie spürte kalten Angstschweiß auf ihrer Stirn.

»Wie wäre es mit einem Kuss?«, sagte Rory und presste ihr seine Lippen auf den Mund, dass es schmerzte, während er sie fest an sich zog. Hazel zappelte und wehrte sich. Rory warf sie unsanft auf den Boden und bevor sie wusste was geschah, umschlossen seine Finger ihren Hals. Er saß auf ihr und sie konnte sich nicht bewegen. Seine Hand suchte den Weg unter ihre Röcke und Hazel verharrte in einer erschreckten Starre, als er sie berührte, wo noch kein Mann sie berührt hatte.

Rory grinste sie siegessicher an.

»Na? Gefällt dir das?«, fragte er hämisch, ohne den Griff um ihren Hals zu lockern.

Hazel bekam kaum noch Luft. Sie fürchtete ohnmächtig zu werden. Doch in ihr regte sich weiter zunehmender Widerstand. Nein! Sie würde das nicht zulassen!

Rory schob seinen Körper auf ihren und fingerte dabei an seinem Hosenbund herum.

Sie ließ ihn scheinbar gewähren und konnte seine nackte Haut auf ihrer spüren, als ihre Bewegungsfähigkeit vollständig zurückkehrte.

Er versuchte erneut, sie zu küssen. Hazel ließ ihn herankommen und als ihre Gesichter sich fast berührten, biss sie ihn aus Leibeskräften in die Lippe, bis sie sein Blut schmecken konnte. Rory ließ sie augenblicklich los und griff sich fluchend an den Mund.

Hazel wich auf dem Rücken liegend vor ihm zurück.

»Du Biest!«, brüllte er und wischte sich das Blut ab. »Dafür wirst du büßen.«

Er wollte sie wieder greifen. Hazel war schneller. Sie sprang auf die Füße, wandte sich um und rannte den flachen Hang hinunter, quer durch die Heide. Rory zog sich die Hose hoch und stieg in aller Ruhe auf sein Pferd. Er folgte ihr langsam.

Hazel lief weiter und weiter. Als sie sich umsah, kam Rory im Galopp hinter ihr angeritten. In dem offenen Gelände konnte sie nicht entkommen. Sie fiel hin, rappelte sich wieder auf und wollte weiter, sie sah nicht das Wollgras und die kurzen Binsen. Zeichen, die sie sonst vor einem unter Schwingrasen versteckten Moorloch gewarnt hätten. Sie bemerkte den weichen Untergrund erst nach einigen Schritten, als das kalte Wasser ihre Schuhe durchnässte, und blieb stehen. Im selben Moment brach sie schon mit beiden Beinen ein.

Sie versuchte sich zu befreien, doch die dicke Moosdecke brach immer weiter auf und schnell war sie bis weit über die Knie in der weichen braunen Masse, die sich darunter verborgen hatte, gefangen.

Rorys Pferd war klüger als er selbst gewesen und vor der Moorfläche stehen geblieben. Nun betrachtete er Hazel, wie sie langsam tiefer versank.

»Hilf mir!«, beschwor Hazel ihn verzweifelt.

Rory sagte kein Wort. Er lachte nur leise, wendete das Pferd und ritt davon.

Hazel rief ihm, so laut sie konnte, hinterher.

Rory sah sich nicht noch einmal um; sie wussten beide, niemand würde sie hören.

Simon Denby hatte, wie so oft, den kleinen Pfad eingeschlagen, den sein Pferd mittlerweile entlang der Küste ausgetreten hatte. Über diesen Weg kam er unbemerkt in die Bucht, in der das Cottage stand, in dem Hazel mit ihrer Familie lebte. Dort wo er das Pferd angebunden hatte, standen ein paar Büsche und er wusste, dass er zwischen den großen Steinen vom Haus aus nicht zu sehen war. Meist kam er an den Tagen, wenn Hazel früher von Broom Park aufbrach. Er hatte ihr gestattet, außer am Sonntag zum Kirchgang, einmal in der Woche auch am Nachmittag früher zu gehen, damit sie sich um ihre Mutter und das Haus kümmern konnte. Heute war einer dieser Tage und er wartete auf ihre Rückkehr. Jedes Mal beobachtete er sie dabei, wie sie die Hühner fütterte, im Garten arbeitete oder hinunter in die Bucht ging, um Holz oder Muscheln zu sammeln. Sie war immer pünktlich, aber heute schien sie sich zu verspäten, dachte er mit einem Blick auf seine Taschenuhr. Er erwartete Gäste zum Dinner und es würde nicht mehr viel Zeit bleiben, wenn er noch lange wartete. Zu allem Überfluss begann es auch noch zu nieseln. Seufzend stieg er auf sein Pferd und schlug den Weg nach Hause ein. Als er am Fuß des Hügels entlangritt, blieb das Pferd plötzlich stehen, hob den Hals an, spitzte aufmerksam die Ohren und drehte den Kopf zur Seite. Simon beobachtete das Tier. Es schien etwas zu hören, und auch er lauschte.

Ein leiser Hilfeschrei nicht weit entfernt.

Er gab dem Pferd die Sporen und galoppierte in die Richtung, aus der die Schreie kamen.

Hazel war bis zur Brust in dem Moorloch versunken. Obwohl sie sich, wie ihre Brüder es ihr immer wieder eingeschärft hatten, nicht bewegte, wurde sie immer weiter nach unten gezogen. Tränen der Verzweiflung liefen über ihr Gesicht, während sie laut um Hilfe rief und gleichzeitig stumm zu Gott betete, dass sie irgendjemand hören würde. Sie spürte, wie ihre Kräfte in der kalten, nassen Masse, die ihre Kleider durchnässte, schwanden. Je tiefer sie sank, desto schwerer fiel ihr auch das Atmen und sie musste zwischen den Rufen größere Pausen machen. Dann schloss sie die Augen und ihre Gedanken waren bei Simon und jedes Mal, wenn sie sein Gesicht vor sich sah, schöpfte sie neue Kraft und schrie wieder um Hilfe. Sie wollte nicht sterben.

»Hilf mir, Simon«, flüsterte sie leise. »Hilf mir.« Sie legte ihren Kopf auf ihre Arme, die mittlerweile auf der Moosoberfläche lagen. Es schien ihr, als würde sie aus einem Traum erwachen, als sie eine Stimme rufen hörte: »Hallo, ist da jemand?«

»Hier bin ich, im Moor!«, schrie Hazel so laut sie konnte.

Simon kam langsam herangeritten. Er kannte diese Stelle der Heide, an der es mehrere tückische Moorlöcher gab. Als er die Stimme deutlich hörte, hielt er das Pferd erschrocken an. Schließlich sah er Hazel.

Sie war nur noch wenige Meter von ihm entfernt und bereits bis über die Brust versunken.

»Oh mein Gott«, sagte er halblaut und rief dann: »Ich bin es, Simon. Ich hole dich da raus!«

Hazel schossen wieder die Tränen in die Augen und sie schluchzte.

»Ganz ruhig und nicht bewegen, ich komme gleich«, sagte er und musterte den Untergrund.

Er musste näher an sie heran, aber die restlichen Meter ohne Seil zu versuchen, an Hazel heranzukommen, war Wahnsinn. Er stieg vom Pferd und blickte sich suchend um, bis ihn das Pferd mit der Nase stupste. Er drehte sich zu dem Tier und sein Blick fiel auf das Zaumzeug. Zwei Zügel und die einzelnen Teile des Kopfstückes, dazu die Riemen von den Steigbügeln. Hastig nahm er dem Tier das Kopfstück ab, zerlegte es und verband die einzelnen Schnallen miteinander, so dass die einzelnen Riemen ein langes Stück ergaben, daran die Zügel und die Steigbügelriemen. Zusammen waren es wohl fast vier Meter. Er prüfte die Festigkeit und seufzte. Es musste einfach reichen. Vorsichtig ging er näher an Hazel heran, bis an den Rand des Schwingrasens, in dessen Mitte sie eingebrochen war.

»Halt dich daran fest, ich ziehe dich raus.«

Er warf ihr das Ende des Riemens zu, aber er war nicht lang genug.

»Bitte!«, flehte Hazel verzweifelt. »Ich sinke immer schneller ein.«

Lord Denby legte sich auf den Boden und schob sich mit dem Oberkörper auf den Schwingrasen. Er zog den Riemen ein und warf das Ende erneut zu Hazel. Es lag nur wenige Zentimeter vor ihren Fingern. Hazel streckte ihren Arm, doch sie erreichte den Riemen nicht.

»Komm schon, Hazel, du schaffst es. Tue es für mich«, rief Lord Denby ihr zu und sah sie an. Ihre Blicke hielten einander gefangen und Hazel war es, als würde alleine sein Willen sie zu ihm ziehen. Sie streckte ihren Arm, ihren ganzen Körper. Endlich fühlten ihre Fingerspitzen das nasse Leder und zogen es immer weiter in ihre Hand hinein.

»Gut so, gut. Wickle es dir um das Handgelenk«, ermunterte sie Lord Denby und Hazel tat es.

»Fertig?«, fragte er und sie nickte nur.

Dann begann er zu ziehen. Langsam und gleichmäßig. Er hatte das Gefühl, ihm würde der Arm aus dem Gelenk springen. Er gab nicht nach und Hazel kam immer weiter frei. Während er zog, kroch er zurück, bis er aufstehen konnte. Jetzt war es ein Leichtes, Hazel ganz herauszuziehen. Als sie in Reichweite war, griff er ihren Arm und zog sie zu sich.

Er schloss sie beschützend in die Arme und sie weinte hemmungslos.

»Es ist vorbei. Ist ja gut«, sagte er tröstend.

Hazel löste sich von ihm. Sie sah ihn an. Ihr ganzer Körper war mit Moorschlamm beschmiert und sie zitterte vor Kälte. In diesem Augenblick sagte sie ihm wieder mit ihren Augen, dass sie ihn liebte und er erwiderte ihren Blick für einen Moment, bis Hazel nieste.

»Du bist ja eiskalt«, sagte er besorgt und begann damit, sie warm zu reiben. Er zog hastig seine Jacke aus und half ihr hinein. »Ich bringe dich nach Hause.«

Hazel nickte nur. Er nahm die Lederriemen wieder auseinander und legte sie dem Pferd an, das die ganze Zeit brav stehen geblieben war. Dann hob er Hazel in den Sattel und stieg hinter ihr auf.

Sie erreichten das Cottage rasch. Schon von Weitem sah Lord Denby, dass Colin und Alistair vor dem Cottage standen. Colin flickte das Fischernetz und Alistair lud den Fang auf den Ponywagen, um ihn hinüber ins Dorf zu fahren.

Der kleine Tommy wieherte aufgeregt, als er ein Pferd kommen sah.

»Ist das nicht Lord Denbys Pferd?« Colin erkannte den großen Braunen.

Seine Worte ließen Alistair aufsehen.

»Allerdings und …« Alistair hielt für einen Moment inne. Er traute seinen Augen nicht. »Verdammt noch mal, das ist ja Hazel, die er vor sich auf dem Pferd hat«, fluchte er ungehalten. Er knallte die letzte Kiste auf den Wagen. »Der Kerl kann was erleben.«

Alistair griff nach dem langen, dicken Stock, der neben der Tür stand.

»Hör dir wenigstens an, was er zu sagen hat, bevor du ihn verprügelst.« Colin grinste nur und flickte weiter am Netz.

Das Pferd näherte sich und bald sahen sie, dass Hazel in Lord Denbys Jacke gehüllt war. Sie war ohnmächtig geworden, und er hatte alle Mühe, sie zu halten. Colin legte das Netz weg, öffnete die Tür und rief ins Haus hinein: »Mutter, komm schnell. Es ist was mit Hazel.«

Alistair ließ den Stock fallen und lief mit Colin auf Lord Denby zu, der Hazel vom Pferd hinunter in die Arme ihrer Brüder gleiten ließ.

»Was ist passiert?«, fragte Colin sorgenvoll.

»Ich habe sie gerade noch rechtzeitig aus einem Moorloch gezogen.«

Lord Denby stieg ab und band sein Pferd am Ponywagen fest.

Alistair blickte ihn zweifelnd und fragend an. Hazel kannte das Moor zu gut.

»Ich habe sie nicht angerührt«, sagte Lord Denby nur ernst. Er hatte noch immer Hazels Warnung im Ohr, ihr Bruder würde ihm womöglich etwas antun.

Colin trug Hazel hinein ins Haus, wo ihrer Mutter sie entsetzt empfing. Sie ließ ihn Hazel in den Stuhl vor dem Feuer setzen und legte ihr eine Decke um. Hazel kam durch den Geruch einer verbrannten Hühnerfeder, die ihre Mutter ihr unter die Nase hielt, wieder zu sich.

Das Erste was sie sah, war das offene Feuer und sie wusste, sie war zu Hause.

»Gott sei Dank, Kind. Was ist denn nur geschehen?« Ihre Mutter strich ihr liebevoll die dreckigen Haare aus dem Gesicht.

»Rory hat mich bedrängt. Er hat mich angefasst, mich geküsst und Gott weiß was er sonst noch wollte. Ich bin weggelaufen und er hat mich mit dem Pferd verfolgt. Ich habe den Schwingrasen einfach nicht gesehen. Als ich eingebrochen war, hat er mich nur angesehen und ist weggeritten. Wäre Lord Denby nicht gekommen, wäre ich jetzt tot.« Hazel blickte zu ihm auf.

»Ich danke Ihnen, Mylord. Wir stehen für immer in Ihrer Schuld«, sagte ihre Mutter.

»Nein, Mrs MacAllen. Sie schulden mir gar nichts. Ich werde dafür sorgen, dass dieser Campbell Sie nie wieder belästigt.«

»Dafür werde ich schon sorgen«, sagte Alistair laut. Seine Augen blitzten wütend.

»Unsinn, Sohn. Das überlässt du seiner Lordschaft.« Mrs MacAllen war ungewöhnlich streng. »Biete unserem Gast lieber einen Whisky an. Siehst du nicht, dass er friert?« Sie reichte ihm seine Jacke.

Alistair sah seine Mutter mit einem Anflug von Widerspruch an, aber er holte den großen Steinkrug und die drei Männer nahmen alle einen Schluck.

»Ich hoffe, Sie nehmen es mir nicht mehr übel, dass ich Ihre Schwester nach Broom Park geholt habe«, wandte sich Lord Denby an Alistair, als er den Krug an ihn weitergab.

»Nein, Sir«, erwiderte Alistair, obgleich er noch immer Zweifel hatte, dass Lord Denbys Interesse nur Hazels Arbeitskraft galt.

»Schön.« Lord Denby zog seine Taschenuhr hervor. »Ich erwarte Gäste zum Dinner, die ich nur ungern warten lasse«, sagte er zu Alistair und blickte zu Hazel. »Erholen Sie sich morgen erst einmal, Miss MacAllen, während ich mich um Campbell kümmere.«

»Danke, Mylord.« Hazel senkte den Blick. Sie konnte ihn im Beisein ihrer ganzen Familie nicht so ansehen, wie sie es gerne getan hätte.

Lord Denby verließ das Cottage und ritt über den Hügel davon.

Alistair sah ihm von der Tür aus nach und spuckte auf den Boden. In der Nacht schlich er davon.

Als Lord Denbys Männer am nächsten Morgen in den Laden kamen, fanden sie Rory Campbell bewusstlos in einer Ecke liegend. Lord Denby kaufte ihm den Laden ab und ließ Rory von zwei Männern bis nach Glasgow bringen – unter der Androhung, ihn zu erschießen, wenn er es jemals wagen würde, sich Broom Park auch nur auf fünfzig Meilen zu nähern.

Nach diesem unerfreulichen Abschnitt hielt der Sommer endgültig Einzug und die klaren, sonnigen Tage wurden immer seltener von kurzen Regenschauern getrübt. Mit dem Sommer kam die Zeit, in der die meisten Hochzeiten gefeiert wurden und Hazel wurde immer wieder gebeten, ihre Lieder vorzutragen. Da die Hochzeiten am Wochenende gefeiert wurden, war es immer sehr schwierig, Mrs Edwards darum zu bitten, dass sie Broom Park früher verlassen konnte. Die Hausdame wusste um die Bedeutung der alten Traditionen und sie gab Hazel für diese Gelegenheiten frei, wenn diese vorher ihre Arbeiten erledigte.

Es war kurz vor der Mittsommerzeit, als der Sohn vom Clanchef der MacDougalls seine Hochzeit auf dem großen Hof der Familie einige Meilen südlich von Broom Park feierte. Die MacDougalls hatten große Ländereien mit einem alten Manorhouse. Hazel freute sich unbändig über die Einladung und Colin fuhr sie in seinem Sonntagsanzug am Nachmittag hinunter. Sie trug ihre neue weiße Bluse zu ihrem Sonntagsrock und die Tartanschärpe mit der Nadel ihrer Großmutter. Sally hatte ihr das Haar kunstvoll aufgesteckt. Alistair hatte sie nur missmutig angesehen, als sie das Haus verließ. Aber ihre Mutter war stolz auf sie.

Sie fuhren eine Stunde mit dem Wagen. Hazel war entsetzt, als sie sah, dass auch einige herrschaftliche Kutschen vor dem Haus standen, doch die Feier fand im Innenhof des Anwesens statt und man hatte die Gäste ihrem Stand entsprechend auseinandergesetzt.

Hazel und Colin wurden an einen Tisch am Rande geführt, an dem bereits einige Freunde saßen. Colin war rasch im Gespräch vertieft. Hazel betrachtete die Gäste. Die Braut trug ein wunderschönes helles Kleid mit einem langen Schleier aus Spitze und einen Kranz frischer Blumen im Haar. Die Männer der verschiedenen Clans waren alle im Kilt, außer den feineren Herren, die es ablehnten, einen Kilt zu tragen oder nicht aus schottischen Familien stammten. Hazel ließ ihren Blick langsam über die ganze Tafel wandern.

Plötzlich stockte ihr der Atem.

Lord Denby war auch anwesend. Er saß mit seiner Frau am Tisch des Hausherrn und wandte Hazel den Rücken zu. Sie erkannte ihn sofort. Wie sollte sie nur singen, wenn er da war, ihr zuhörte und sie womöglich noch dabei ansah? Sie hätte sich am liebsten wie eine Schnecke in ihrem Haus verkrochen.

»Hast du keinen Hunger?«, lachte Colin und hielt ihr eine Hühnerkeule unter die Nase. »So gut wie hier wirst du lange nicht mehr essen.«

Hazel seufzte. »Nein, Colin. Ich kann unmöglich etwas essen. Ich bin so aufgeregt und wenn ich mich jetzt vollstopfe, kann ich nachher überhaupt nicht singen.«

»Aufgeregt? Du? Die letzten Male konntest du es kaum erwarten zu singen und hast immer viel gegessen. Was ist anders als sonst? Vielleicht die feinen Leute. Vergiss sie einfach Hazel.« Colin lachte und stupste sie in die Seite. Hazel wehrte ihn ärgerlich ab.

Nachher würde sie wieder selbst das Pony lenken müssen, wenn Colin zu viel Ale getrunken hatte und es war ein weiter Weg nach Hause. Sie wünschte insgeheim, Mrs Edwards hätte ihr nicht freigegeben. Die Gesellschaft feierte und nachdem der Tisch des Gastgebers den Kuchen genossen hatte, begannen die Darbietungen. Zuerst spielte ein Dudelsackpfeifer und die Kinder tanzten. Einer der Gäste trug ein Gedicht vor und ein Feuerschlucker trat auf. Dann war Hazel an der Reihe. Der Hausherr selbst kündigte sie an und die Gäste applaudierten. Lord Denby traute seinen Augen und Ohren nicht. Er hatte sie noch nie in ihrer traditionellen Kleidung und mit den Farben ihrer Familie gesehen, geschweige denn, dass er gewusst hatte, dass sie sang und nun wurde sie als Höhepunkt der Darbietungen angekündigt.

Lady Denby war nicht minder erstaunt.

»Hazel MacAllen? Wusstest du davon?«, fragte sie ihren Ehemann.

»Jaja«, antwortete er nur kurz und falsch, und ließ kein Auge von Hazel, als sie stolz und selbstbewusst durch die Gäste auf den Tisch zugeschritten kam, an dem er saß. Hazel blieb in respektvoller Entfernung vom Tisch des Hausherrn stehen.

»Ich fasse es nicht. Wie kann MacDougall unsere Dienstmagd auf der Hochzeit seines Sohnes singen lassen?«, bemerkte Lady Denby abfällig und musterte das hübsche Mädchen fast etwas neidvoll. »Es ist so Tradition, Alice. Das wirst du erst verstehen, wenn du ein paar Jahre hier bist«, antwortete Lord Denby beiläufig, ohne seine Frau anzusehen.

Hazel erhob ihre Stimme. Erst etwas zögerlich, aber als die Leute ruhiger wurden und ihr zuhörten, sang sie mit der ganzen Kraft ihrer Stimme ein freches Lied über frisch gebackene Eheleute. Sie sang auf Gälisch. Ihre Stimme erfüllte mit ihrer Ausdruckskraft und Schönheit den ganzen Innenhof und niemand wagte zu sprechen. Der Applaus nach dem ersten Lied war entsprechend und als Hazel sah, dass Lord Denby begeistert klatschte, wusste sie, welches Lied sie als Nächstes singen würde. Es war eine Hochzeit und niemand würde sich etwas dabei denken, wenn sie ein Liebeslied sang, außer Lord Denby, wenn er verstand, was er verstehen sollte. Nämlich dass sie für ihn sang und sonst für niemanden. Hazel begann auf Englisch mit der ersten Strophe von *Bonnie Wee Thing* und sah Lord Denby nur einmal kurz an, dann schloss sie die Augen und öffnete sie erst wieder, als sie geendet hatte. Alle klatschten, außer Lord Denby.

»Wirklich außergewöhnlich, Simon, findest du nicht auch?« Lady Denby riss ihn aus seinen Gedanken.

»Ja – ja, du hast recht«, sagte er langsam und sah in die kalten blauen Augen der Frau an seiner Seite.

»Sie könnte ja auch einmal für uns singen, wenn sie schon für uns arbeitet.« Lady Denby lachte übertrieben.

»Vielleicht. Du könntest sie ja auf dem Klavier begleiten«, sagte Lord Denby spitz, wohl wissend, dass seine Frau nicht einmal halb so gut Klavier spielte, wie Hazel sang.

Er sah sich nach ihr um, aber sie war bereits verschwunden. Er war versucht aufstehen, um sie zu suchen. Genau in diesem Moment sprengte ein Reiter auf einem schweißnassen Pferd in den Innenhof.

»Napoleon ist geschlagen. Wellington hat ihn am 18. Juni bei Waterloo besiegt!«, rief der Mann laut aus und galoppierte wieder aus dem Hof.

Die Leute blickten sich eine Weile schweigend an und brachen dann urplötzlich alle gleichzeitig in Jubelgeschrei aus.

»Verdammter Mist.« Colin fluchte und trat gegen das gebrochene Rad des Wagens. Er hielt sich den Fuß. Tommy war auf dem Heimweg durchgegangen. Hazel wäre fast vom Wagen gestürzt und nun war auch noch das Rad kaputt. Seit fast einer Stunde versuchte er nun, es wieder fest zu bekommen. Vergeblich.

»Was machen wir denn jetzt?« Hazel hielt das Pony fest.

»Erst mal Tommy ausspannen. Dann sehen wir weiter. Ich hoffe, es kommen noch ein paar Wagen vorbei und einer kann dich mitnehmen bis nach Hause. Ich nehme Tommy und reite nach Port Appin. Vielleicht kann mir dort jemand helfen, das Rad zu richten, bevor es dunkel wird.« Colin blickte auf das gesplitterte Holz.

»Du willst mich doch hier nicht alleine lassen?« Hazel sah ihn ungläubig an.

»Hast du einen besseren Vorschlag?« Colin blickte vorwurfsvoll zurück. Schließlich war er ihretwegen hier.

Hazel schüttelte den Kopf. Sie spannten das Pony aus und wollten ihm eben das Geschirr abnehmen, als eine

Kutsche die Straße hinaufkam und an ihnen vorbeifuhr. Hazel glaubte auf der Tür das Wappen der Denbys gesehen zu haben. Colin fluchte, weil der Wagen einfach vorbeigefahren war.

»Ho, ho!«, hörte Hazel in diesem Moment den Kutscher rufen und das Gespann in einiger Entfernung zum Stehen bringen.

Die Tür des Wagens öffnete sich, Lord Denby stieg aus und kam auf sie zu gelaufen.

»Mir scheint, es gibt hier ein Problem«, sagte er an Colin gewandt.

»Allerdings, Mylord.« Colin kratzte sich verlegen.

»Kann ich irgendwie helfen?«, fragte Lord Denby freundlich.

»Das Rad ist hinüber und den Wagen werden wir wohl heute nicht mehr von hier fort kriegen.«

»Wieso fahren Sie nicht bei uns mit? Das Pony binden wir hinten an und morgen können Sie den Wagen in Ordnung bringen.« Lord Denby lächelte, als wäre es das Selbstverständlichste der Welt.

»Ich weiß nicht, Mylord. Was wird Ihre Frau dazu sagen?«, entgegnete Colin mit einem Blick auf die Kutsche, von der Lady Denby ungeduldig herüberblickte.

»Sie ist meine Frau und wird gar nichts dazu sagen, wenn ich es Ihnen anbiete, mit uns zu fahren. Wenn Sie nicht wollen, lassen sie wenigstens Ihre Schwester bei uns mitfahren an diesem besonderen Tag.«

»Besonderer Tag?«, fragte Colin.

»Sie haben es ja vorhin gehört. Napoleon ist besiegt und er wird diesmal wohl nicht mehr davonkommen«, lächelte Lord Denby. Colin sah den anderen Mann nachdenklich an und blickte dann zu Lady Denby, die zu ihnen herübersah.

»Also gut. Wenn Ihre Frau einverstanden ist.« Colin nickte.

Hazel stockte der Atem. Sie würde zum ersten Mal in ihrem Leben in einer Kutsche fahren und Lord Denby würde mit ihr darinsitzen. Lord Denby ging vor. Er öffnete selbst die Tür und half Hazel beim Einsteigen, während Colin das Pony hinten an die Kutsche band.

»Ich hoffe, du hast nichts gegen etwas Gesellschaft«, sagte Lord Denby zu seiner Frau, als er sich neben sie setzte.

Lady Alice musterte Hazel abfällig, die gegenüber von Lord Denby saß.

»Ich muss sagen, es ist das erste Mal, dass Dienstboten außer meiner Zofe mit mir im selben Wagen fahren«, entgegnete sie zynisch.

In diesem Moment wurde die Tür erneut geöffnet und Colin stieg ein. Hazel bemerkte, dass sich Lady Denbys Gesichtsausdruck veränderte. Ihre Gesichtszüge schienen weicher zu werden und die Andeutung eines Lächelns huschte über ihr Gesicht.

»Mylady.« Colin nickte ihr verlegen zu, als er ihr gegenübersaß.

Hazel dachte an Sallys Worte in der Küche einige Wochen zuvor, und sie wusste nicht, ob sie Lord Denby ansehen oder ständig beobachten sollte, wie sich Colin und Lady Denby fixierten.

»Ihre Schwester singt ganz bezaubernd«, bemerkte Lady Alice mit einem sanften Lächeln zu Colin.

»Sie hat in diesem Jahr den Neujahrswettbewerb gewonnen«, entgegnete Colin stolz.

»Stimmt das, Hazel?«, fragte Lord Denby.

»Ja«, antwortete sie leise.

»Wie du sicherlich schon von Mrs Edwards weißt, geben wir in zwei Monaten einen Sommerball. Wir würden uns freuen, wenn du an diesem Abend für unsere Gesellschaft singen würdest.« Simon sah sie erwartungsvoll an.

»Ich weiß nicht, ob Mrs Edwards mich dann entbehren kann, Mylord.« Hazel blickte zweifelnd zurück.

»Sie wird es müssen, wenn ich es will.« Er lächelte sanft.

»Natürlich, Mylord. Ich weiß nur nicht, was die anderen Mädchen im Haus dann von mir halten. Ich möchte nicht, dass sie denken, ich wäre etwas Besseres, nur, weil ich für Sie singen darf.«

»Ich werde mich darum kümmern. Mrs Edwards hat mir gesagt, dass du dich sehr gut gemacht hast in der Haushaltsführung, und ich hatte sowieso vor, den Kreis deiner Aufgaben etwas zu erweitern und dich direkt Mrs Edwards zu unterstellen. Sie braucht Hilfe bei der Buchführung, und ich weiß, dass du lesen und schreiben kannst. Daher wirst du dich in Zukunft damit abfinden müssen, dass du eine Sonderstellung einnimmst.« Er hatte sehr ernst gesprochen und dabei zeitweise aus dem Fenster gestarrt.

»Mylord, ich weiß nicht, was ich sagen soll ...« Hazel wäre ihm am liebsten um den Hals gefallen.

»Du wirst natürlich auch eine entsprechend höhere Bezahlung erhalten.« Er blickte sie wieder nur kurz an.

»Oh, mein Lieber, wenn wir gerade dabei sind«, begann Lady Denby. »Ich hatte dich doch gebeten, dich nach einem neuen Stallburschen umzuhören. Du weißt, dass mir die Art, wie Max mit den Pferden umgeht, nicht gefällt.« Lady Denby blickte ihren Mann an und dann zu Colin. »Mr MacAllen hier scheint mir durchaus geeignet zu sein, um ihn zu ersetzen, vorausgesetzt er kann reiten.«

»Hätten Sie Interesse, für uns zu arbeiten, MacAllen?« Lord Denby sah Colin fragend an.

»Natürlich, Mylord.« Colin antwortete ohne zu zögern.

Hazel wusste, das war die Chance für ihn, endlich der Fischerei und der verdammten See zu entgehen, die schon seinen Vater das Leben gekostet hatte. Er konnte in der Nähe bleiben, seine Mutter regelmäßig sehen, und die Familie mit Sicherheit besser unterstützen. Trotzdem hoffte sie, er würde ablehnen.

»Wenn Sie wollen, fangen Sie am Montagmorgen an.« Lord Denby ließ ihm noch die Wahl.

»In Ordnung.«

»Sie können auch eine von den Wohnungen über dem Stall beziehen«, ergänzte Lady Alice überaus freundlich.

Hazel starrte sie an. Erst heiratete diese Frau Lord Simon, und jetzt würde sie auch noch Colin von ihr wegholen. Das durfte nicht geschehen! Sie biss sich auf die Lippen.

»Das ist also eine Zusage.« Lady Denby lehnte sich selbstzufrieden in die Ecke der Sitzbank.

»Ja.« Colin grinste ebenfalls sichtlich zufrieden.

Hazel hatte es beobachtet und schwieg, bis der Wagen in der Dunkelheit vor dem Tor von Broom Park hielt und sie ausstiegen. Sie verabschiedete sich und schlug den Pfad nach Hause ein. Colin kam kurze Zeit später hinter ihr hergerannt.

»Was zum Teufel ist los mit dir?« Er packte sie am Arm.

»Du willst einfach so von zu Hause fortgehen?«, fauchte Hazel ihn vorwurfsvoll an.

»Natürlich. Es wird Zeit. Ich habe lange genug gewartet. Glaubst du, ich verbringe mein ganzes Leben mit stinkendem Fisch? Oh nein! Entweder ich arbeite für die Denbys und du kannst mich jeden Tag sehen oder ich gehe nach Fort William und arbeite beim Bau des Kaledonischen Kanals und bin ganz weg. Überleg dir also, was dir lieber ist.«

»Dann sprich wenigstens vorher mit Mutter und Alistair«, sagte Hazel resigniert.

»Nein. Mein Entschluss steht fest.«

»Dann halte dich wenigstens von Lady Alice fern. Versprich mir das.« Hazel suchte in der Dunkelheit Colins Augen.

»Wieso? Was hat sie dir getan, dass du das von mir verlangst?«

»Lass dich nicht von ihrer Schönheit täuschen, Colin. Sie hat ein kaltes Herz.«

»Was weißt du denn von solchen Sachen, Kleines?« Colin lachte und stupste ihr mit dem Finger auf die Nase. Dann legte er ihr den Arm um die Schulter und zog sie mit sich.

Hazel weinte leise in ihr Kissen in dieser Nacht. Er hatte ihr nicht versprochen, sich von Lady Alice fernzuhalten und das beunruhigte sie zutiefst.

# Kapitel 5

Am Sonntagmorgen holten die Brüder den Wagen nach Hause. Alistair hatten einen Tobsuchtsanfall bekommen, als Colin ihm mitteilte, er würde nach Broom Park gehen, um dort als Stallbursche zu arbeiten. Es hatte nicht viel gefehlt und er hätte Colin verprügelt. Nur seine Mutter konnte ihn zurückhalten.

Noch am selben Abend packte Colin wortlos seine Sachen zusammen, und am Montagmorgen war er schon fort, als Hazel nach Broom Park aufbrach. Drei Tage später sah Hazel vom Fenster des Speisezimmers aus, wie Colin nach dem Frühstück Lady Alice ihr Pferd brachte. Er selbst stieg auf ein weiteres Pferd und begleitete sie bei ihrem Ausritt. Hazel beobachtete von da an jeden Tag mit wachsender Sorge, dass Lady Alice eine Vorliebe für Ausritte und die freie Natur zu entwickeln schien. Sogar wenn es leicht regnete, ließ sie sich nicht davon abhalten auszureiten. Lord Denby schien es dagegen gar nicht zu bemerken.

Nach vier Wochen hielt es Hazel nicht mehr aus. Alistair war schon früh zum Fischen rausgefahren, und ihre Mutter schlief noch. Sie holte Tommy von der Weide, legte ihm nur das Zaumzeug an und ritt ohne Sattel mit ihm nach Broom Park. Sie wartete im Schutz der Bäume, bis Lady Denby und Colin den Besitz zu ihrem morgendlichen Ausritt verließen. Sie hatte anfänglich Mühe, mit dem kleinen Tommy den großen Pferden zu folgen. Als sie den Wald erreichten, wurden die beiden Verfolgten langsamer. Sie schlugen den Weg Richtung Port Appin ein, wo sie schließlich einen kleinen Pfad hinunter zu einer einsamen Bucht nahmen. Hazel sah, wie Colin Lady Alice vom Pferd half. Er band die Tiere im Schutz der Bäume an und ging zu seiner Herrin. Einen Moment lang schien es, als würde nichts geschehen, doch dann sah Hazel, wie Lady Alice ihre Arme um Colins Nacken schlang und die beiden sich leidenschaftlich küssten. Colin hob Lady Alice auf seine Arme und trug sie hinüber zu dem kleinen Bootshaus am Rande der Bucht.

Hazel stockte der Atem.

Sie wartete eine Weile, ehe sie abstieg und Tommy an einen Ast band. Sie schlich unter den Bäumen bis auf die andere Seite der Bucht, und dort von oben an das Bootshaus heran. Es war verfallen und wurde offenbar nicht mehr benutzt. Hazel hörte leise Stimmen von drinnen. Lady Alice flüsterte immer wieder Colins Namen. Hazel wollte es nicht, doch irgendeine unsichtbare Kraft zwang sie noch näher an das Bootshaus heran. Sie kniete sich hin und spähte durch ein Astloch in einem der Bretter. Es dauerte eine Weile, bis sich ihre Augen an die Dunkelheit im Inneren gewöhnt hatten. Drinnen sah sie Colin und Lady Alice. Ihre beiden Körper lagen eng umschlungen auf einer alten Decke auf dem Boden. Hazel sah die nackten Schenkel von Lady Alice, die um Colins Lenden geschlungen waren. Sie stöhnten beide. Hazel beobachtete nur für einige Sekunden, was passierte, dann fuhr sie abrupt von der

Wand des Bootshauses zurück. Sie stolperte nach hinten, kroch auf allen vieren den kleinen Hügel hinauf und rannte zurück in den Wald. Dort sank sie auf die Knie und musste sich übergeben. Sie weinte.

Nach einer Weile rappelte sie sich auf und ging zurück zu Tommy. Ohne, dass ihre Mutter sie bemerkte, brachte sie das Pony nach Hause und ging nach Broom Park. Sie sah weder den Pfad, noch die Landschaft, so sehr grübelte sie vor sich hin. Die *feine* Lady Alice, die den Mann geheiratete hatte, den Hazel liebte, betrog ihn jetzt mit ihrem Bruder. Hazel wusste, dass sie es Simon unmöglich sagen konnte. Es würde ihn zu sehr in seiner Ehre verletzen und womöglich würde er Colin etwas antun. Aber sie würde Colin zur Rede stellen und sie würde alles tun, damit Simon glücklich werden würde. Sie würde ihm das geben, was er bei seiner Frau nicht fand, und was diese wohl bei ihrem Bruder suchte – Liebe. Sie erinnerte sich an das Gefühl, das sie bei Simons erstem Kuss durchströmt hatte. Ein Gefühl, das ihr bis tief in ihr Innerstes gegangen war und in ihr Wünsche geweckt hatte, die alle Welt für sündhaft hielt. Bis sie Broom Park erreicht hatte, stand ihr Entschluss fest.

Sie entschuldigte sich bei Mrs Edwards mit der Begründung, ihrer Mutter ginge es sehr schlecht, für ihre Verspätung und die Hausdame akzeptierte dies, ohne zu fragen. Hazel erledigte zunächst ihre täglichen Arbeiten. Anschließend ging sie in den Garten und schnitt frische Blumen für einige der Zimmer im Haus und für die Tischdekoration. Als sie mehrere Vasen arrangiert hatte, trug sie diese aus dem Hauswirtschaftsraum hinauf. Lord Denby saß an diesem Morgen in seinem

Schreibzimmer. Hazel wusste das, doch sie trat ein, ohne zu klopfen.

»Guten Morgen, Mylord«, sagte sie und tat überrascht. »Verzeihen Sie, ich wollte nicht stören, aber ich dachte, ein paar Blumen auf Ihrem Schreibtisch würden Ihnen Freude machen.«

»Das ist lieb von dir, Hazel.«

Er sah sie dankbar an und Hazel lächelte zurück.

»Werden Sie am Sonntag in die Kirche kommen?«, fragte sie dann geradezu unerhört direkt.

»Ja. Ich hatte es vor.« Er blickte von seiner Schreibarbeit zu ihr auf, als sie die Vase auf den Schreibtisch stellte. Ihre Wangen leuchteten rosig, und sie sah ihn in einer Weise an, die seinen Blick gefangen hielt.

»Wirst du auf dem Ball Ende des Monats singen?«, fragte er sie und schmunzelte, wie er es so oft tat.

Hazel beugte sich zu ihm herunter und flüsterte mit einem sehr zweideutigen Unterton in sein Ohr: »Ich tue alles, was Sie glücklich macht, Mylord.«

»Alles?« Seine Augen weiteten sich, sichtlich überrascht.

Hazel bückte sich, um ein paar heruntergefallene Blütenblätter aufzuheben, die neben den Schreibtisch gefallen waren.

»Alles«, sagte sie unmissverständlich, als sie sich wieder aufrichtete.

Er sah sie einen Moment verwirrt an.

In diesem Augenblick schlug die Uhr auf dem Kaminsims elf und ließ sie beide wie aus einem Traum erwachen.

»Verzeihen Sie, Mylord«, sagte Hazel leise.

Sie wollte eben gehen, als von draußen das laute Lachen einer Frau zu hören war.

Hazel ging ans Fenster und blickte hinaus auf den Vorplatz.

Lady Denby und Colin, die eben von ihrem Ausritt zurückgekehrt waren, saßen noch auf ihren Pferden. Colin stieg ab und half Lady Denby aus dem Sattel.

Hazel spürte unbändige Wut in sich aufsteigen, als sie sah, wie er sie betont langsam herunterhob. Erst jetzt merkte sie, dass Lord Denby aufgestanden und neben sie getreten war. Sie erschrak. Was wenn er es ebenfalls gesehen hatte? Sie versuchte in seinem Gesicht und seinen Augen zu lesen, doch es gelang ihr nicht.

»Du gehst jetzt besser«, sagte er nur distanziert und bitter.

Sie verließ das Zimmer.

Am folgenden Sonntag ging Hazel allein zur Kirche. Colin hatte sich, auch am Samstagabend, nicht daheim sehen lassen, und Hazels Mutter fühlte sich nicht wohl. Alistair hatte Hazel zwar begleitet, war aber schon vor dem Gottesdienst ins Alehouse gegangen. So saß sie allein auf ihrem Platz in der Kirche. Wieder trug sie ihr neues Kleid und ihren Hut. Sie hatte sich selbst die Haare aufgesteckt, wie Sally es ihr beigebracht hatte. Vor der Kirche wartete sie, bis Lord Denby eintraf. Zu ihrer Freude kam auch er allein und zu Pferd. Sie blickten einander kurz an, als er an ihr vorbei in die Kirche ging. Drinnen beobachtete sie ihn die ganze Zeit verstohlen und hörte kaum die Worte der Predigt. Ihr Herz raste, und sie konnte den Pulsschlag in ihrem Hals fühlen. Während alle anderen beteten, bat sie heimlich um Vergebung für das was sie vorhatte. Endlich waren die

Predigt und das letzte Gebet beendet, und Hazel verließ
die Kirche mit den anderen. Sie ging nur ein Stück bis
an die Friedhofsmauer. Dort blieb sie stehen und wartete, während Lord Denby noch ein Stück mit Reverend
Bain ging und sein Pferd am Zügel führte. Als sie sicher
war, dass er sie gesehen hatte, schlug Hazel den Weg
nach Hause ein. Sie blickte sich noch einmal um, als sie
zwischen den Steinmauern der Gärten verschwand, die
im Dorf den schmalen Weg begrenzten. Sie sah, dass
Lord Denby ihr nachblickte.

Sie schritt langsam aus, doch er folgte ihr wohl nicht.
Sie hatte den Wald erreicht und die Hoffnung schon
aufgegeben, als sie plötzlich ein Pferd schnauben hörte.
Kurz blieb sie stehen und sah sich um. Er kam auf sie
zu galoppiert. Kurz vor ihr hielt er sein Pferd an.

Hazel sah ihm in die Augen, und wusste, dass sie beide
verloren waren. Simon war ihr Schicksal.

Er sagte kein Wort, sprang vom Pferd, legte ihr seine
Hand auf die Schulter, zog sie sanft an sich und hielt sie
fest. Hazel zitterte am ganzen Körper.

»Du ahnst nicht, wie sehr ich mir gewünscht habe,
dich in die Arme zu schließen, Hazel«, sagte er und berührte zärtlich ihre Wange.

»Ich konnte es einfach nicht vergessen, wie Sie mich
am Neujahrstag geküsst haben, Mylord«, hauchte
Hazel.

»Nicht *Sie*, Hazel. Sag meinen Namen. Sag ihn. Ich
bitte dich.«

»Simon«, erwiderte sie zärtlich, und ihre Finger berührten erst vorsichtig seine Stirn und dann sein ganzes Gesicht. Er küsste die Innenseite ihrer Handfläche.

»Ich wünschte bei Gott, ich hätte im Frühjahr genug Courage gehabt, Alice nicht zu heiraten«, sagte er leise und senkte seinen Blick. »Und ich kann mir nicht verzeihen, dass ich sie geheiratet habe, obwohl mein Herz schon damals einer anderen gehört hat.«

»Einer anderen?«

»Dir, Hazel. Ich liebe dich seit jenem Tag, als ich dich im Ballsaal tanzen sah, und ich weiß, dass du mich auch liebst.«

»Das habe ich nie gesagt.«

»Das musst du auch nicht. Ich weiß es, denn ich kann in dein Herz sehen, ebenso wie du in das meine. Unsere Seelen sind verwandt. Wir wissen beide, was der andere denkt und fühlt, ohne dass es ausgesprochen wird.«

Hazel blickte zu ihm auf. Er sagte das, was auch sie immer dachte, seit ihr klargeworden war, dass sie ihn liebte.

»Küss mich«, sagte sie leise.

Er zog sie an sich, und sie küssten sich. Hazel ließ ihren Gefühlen freien Lauf. Nach anfänglichem Zögern erwiderte sie seine Leidenschaft, und seine Küsse verschlossen ihren Mund, bis sie nach Atem rang. Dann ließ er sie abrupt los und starrte auf das Meer.

»Ich komme mir vor wie ein Schwein«, sagte er leise. »Jedes Mal, wenn ich bei meiner Frau war, sind meine Gedanken bei dir gewesen. Jedes Mal, wenn ich sie gehalten habe, hatte ich in meine Gedanken dich in meinen Armen und Angst, deinen Namen zu flüstern, wenn ich ihr nahe war. Ich habe dich mit meiner Frau betrogen, Hazel. Kannst du mir verzeihen?«

»Ich liebe dich Simon und ich könnte dir niemals böse sein.« Hazel schmiegte sich an seinen Rücken.

Er drehte sich wieder zu ihr herum und sie küssten sich erneut. Wohlige Schauer liefen ihr über den Rücken.

»Nimm mich in deine Arme und berühre mich als wäre ich deine Frau«, hauchte Hazel, als seine Lippen ihren Hals hinunter wanderten.

»Willst du das wirklich?«, fragte er leise.

Hazel nickte nur. Sie nahm seine Hand und zog ihn mit sich. Das Pferd folgte ihnen wie ein Hund. Simon band es ein Stück weiter drinnen zwischen den dicht stehenden Bäumen an und folgte Hazel auf eine kleine Lichtung. Deren Boden war von weichem Moos und Farnkraut bedeckt. Junge Birken am Rande umrahmten sie mit ihren weißen Stämmen und die Sonne erwärmte den windgeschützten Platz angenehm. Die Lichtung lag so versteckt, dass sie nicht einmal die Mücken heimsuchten.

Hazel löste die Bänder ihres Huts und ließ ihn auf den Boden fallen. Simon kam zu ihr und zog ihr langsam die Kämme aus dem Haar, bis ihre braunen Locken über ihre Schultern fielen. Seine Finger fuhren in ihre weichen Haare. Er zog sie an sich und berührte die Konturen ihres Körpers durch den Stoff ihres Kleides hindurch. Hazel wurde unter seinen zärtlichen Liebkosungen schwindelig, und als wüsste er es, hob er sie hoch und legte sie sanft in das weiche Moos. Hazel dachte einen Moment an das, was sie wenige Tage zuvor im Bootshaus beobachtet hatte, und der Gedanke daran verstärkte ihre Erregung. Sie presste sich an Simons Körper und als seine Hände den Weg unter ihr Kleid fanden, stöhnte sie auf. Wie anders waren seine Berührungen als die des verhassten Rory Campbells. Simons Finger bereiteten ihr ein ungekanntes Vergnügen und Hazel fühlte keinen Schmerz, als er zu ihr kam. Ihrer beider Sehnsucht nacheinander war so lange unterdrückt gewesen und nun brach sie mit aller Macht über sie beide herein. Nahm Besitz von Körper und Geist bis sie beide in völliger Harmonie in eine andere Welt getragen wurden und sie sich nassgeschwitzt in den Armen lagen. Für den Bruchteil einer Sekunde dachte Hazel an Alistairs Worte, bevor sie glaubte, ohnmächtig zu werden vor Glück. Aber wenn das, was sie tat, falsch war, so wollte sie lieber eine Hure sein, als auf Simons Liebe zu verzichten.

Simon küsste Hazels Haar. Ihr Kopf lag auf seiner Brust und seine Hand streichelte unter seiner Jacke, mit der sie sich zugedeckt hatten, ihren Rücken.

»Ich werde Alice verlassen«, sagte er bestimmt.

»Meinetwegen?« Hazel schaute auf.

»Unseretwegen.« Er strich ihr das Haar aus dem Gesicht.

»Gibt es denn ein uns?«

»Es wird eines geben. Wenn nicht hier, dann irgendwo anders auf dieser Welt. Ich werde alles in Kauf nehmen, um dich glücklich zu machen. Eine Scheidung, einen Skandal – ich würde selbst Broom Park verlassen und alles aufgeben für ein Leben mit dir.«

»Heißt das, du willst dich scheiden lassen?«

»Ja.« Er liebkoste ihren Arm.

»Und wir gehen von hier fort?« Hazel sah ihn ungläubig an.

»Wohin du willst.« Er lachte.

»In die Kolonien. Sally hat mir so viel davon erzählt.«

»Ach du liebe Güte. Du weißt doch gar nicht, wie es dort ist.«

»Ich weiß nicht, wie es irgendwo anders ist als hier. Ich bin noch nicht einmal in Edinburgh gewesen. Alles was ich von der Welt kenne, ist hier im Umkreis von zwanzig Meilen, und das ist mir nicht genug. Das was Sally mir erzählt hat, hat mir gefallen und ich möchte dorthin.«

»Nun gut, wenn du es willst. Vater hatte beste Kontakte in alle Länder und ich denke, wir könnten vielleicht auf unsere Zuckerrohrplantage in der Karibik. Das wollte ich schon eine ganze Weile.«

Hazel streichelte über Simons Brust und hauchte ihm einen Kuss auf das Ohr. Dann griff sie nach ihrem Kleid, das neben ihr lag.

»Ist dir kalt?«, fragte Simon besorgt.

»Nur ein bisschen.« Hazel lachte. Sie stand auf, zog sich an und genoss es, dass er sie dabei beobachtete.

»Du bist wunderschön«, sagte er leise.

»Das hast du mir in den letzten Stunden bestimmt schon fünfmal gesagt.«

»Und ich werde es immer wieder sagen, auch wenn du siebzig bist.«

Hazel hob seine Sachen vom Boden auf und warf sie nach ihm. Er lachte, zog sich an und half Hazel, ihr Kleid wieder zu schließen. Hand in Hand gingen sie zurück zum Weg.

»Wann sehen wir uns wieder?«, fragte er sie.

»Wenn du mich sehen willst, musst du nur die Klingel in der Bibliothek ziehen oder bis heute Abend beim Dinner warten. Ich habe Servierdienst.«

»Ich werde dafür sorgen, dass du das nicht mehr machen musst.«

Er nahm ihre Hände in die seinen.

»Nein. Ich bitte dich. Lass alles so wie es ist. Ich will keinen Verdacht erwecken bei den anderen. Sie vermuten sowieso schon, dass ich dir etwas bedeute und jede Veränderung wird beobachtet.«

»Ist es wirklich so schlimm unter dem Personal?«

»Oh ja. Schlimmer, als du dir vorstellen kannst. Außer Sally und Mrs Edwards habe ich keine Freundinnen im Haus.«

»Ich hoffe, das wirst du nicht vergessen, wenn du einmal die Herrin bist.«

»Ich weiß nicht, ob ich für ein Leben als Herrin geschaffen bin.« Hazel senkte den Kopf.

»Doch das bist du. Niemand ist dafür geschaffen. Wir alle lernen das, was man uns beibringt, Hazel.« Simon stieg in den Sattel.

»Soll ich dich nicht doch mitnehmen?«, fragte er.

»Nein, lieber nicht. Ich kann Alistairs Drohung nicht vergessen. Allein schon seinetwegen müssen wir sehr vorsichtig sein.«

»Das glaube ich dir sogar, seit ich ihn kennengelernt habe.«

Er wollte ihre Hand nicht loslassen, aber sie entzog sie ihm.

»Nimm das hier von mir und trag es immer bei dir«, sagte Hazel und gab ihm eine der kleinen Seidenrosen von ihrem Hut. »Sie soll dich daran erinnern, dass mein Herz auf ewig dir gehört.«

Er steckte die Rose in den Aufschlag seines Handschuhs.

»Ich liebe dich«, sagte er.

Dann schlug er dem Pferd die Gerte auf die Flanke und galoppierte davon.

Hazel wusste nicht, wie sie heimgekommen war. Sie schwebte wie auf Wolken. Was geschehen war, war die Erfüllung all ihrer Träume. Sie würden zusammen sein. Für immer. Dass seine Frau ihn betrog, würde sie ihm zu gegebener Zeit schon sagen, aber nicht jetzt. Sie ließ sich nichts anmerken und war glücklicher als je zuvor, als sie am Nachmittag wieder nach Broom Park kam. Sie hatte Angst, beim Dinner würden ihr die Hände zittern, aber sie war die Ruhe selbst.

Simon verstand es in den darauffolgenden Tagen und Wochen geschickt, immer wieder Gelegenheiten zu finden, damit sie sich ungestört sehen konnten. Sie trafen sich noch ein paarmal auf der kleinen Lichtung. Leider schlug das Wetter um, und Hazel wünschte, sie hätte einen Platz wie das alte Bootshaus gewusst. Schließlich stand der Sommerball unmittelbar bevor, und Hazel sehnte den Tag herbei, denn Simon hatte ihr versprochen, danach mit Alice zu sprechen und die Scheidung einzureichen. Er hatte dafür gesorgt, dass Hazel von den Hausarbeiten an diesem Abend freigestellt war. Es würde ein Maskenball werden und er hatte ihr zu ihrem Rock und der Schärpe eine Maske mit Spitze am Rand für ihre Augen und einen verschnörkelten Schäferstecken besorgt. So als schottische Schäferin verkleidet würde sie sicher nicht auffallen. Hazel half den ganzen Tag bei den Vorbereitungen. Erst als die ersten Gäste eintrafen, zog sie sich zurück. Mrs Edwards hatte ihr eines der kleinen Mansardenzimmer zugewiesen, wo sie sich waschen und umziehen konnte, und Sally war begeistert, ihr zu helfen.

»Ich bin so nervös, als müsste ich heute Abend singen und nicht du«, lachte sie, als sie Hazel die Haare frisierte.

»Ich bin auch nervös, Sally, ich lasse es mir nur nicht anmerken.«

»Halt das einen Moment.« Sally gab Hazel die Bänder, die sie in ihre Haare einflechten wollte. Sie waren blau, dunkelgrün und rot wie die Farben im Tartan der MacAllens.

»So jetzt schließ die Augen und mach sie erst wieder auf, wenn ich es dir erlaube.«

Hazel tat, wie ihr geheißen und genoss das entspannende Gefühl, als Sally ihr die Haare aufsteckte.

»Fertig«, sagte diese nach einer Weile.

Hazel öffnete die Augen.

»Du hast dich selbst übertroffen.« Hazel prüfte ihr Spiegelbild voller Stolz.

»Wenn alle Frauen so herrliches Haar hätten wie du, könnte ich das öfter. Du brauchst wahrlich keinen Schmuck, um wie eine Königin auszusehen.«

Hazel schluckte.

»Ich hoffe, du gefällst Lord Denby so, wenn er dich überhaupt erkennt, mit der Maske dazu.« Sally lächelte sie im Spiegel an.

»Ach, Sally«, seufzte Hazel.

Nicht einmal Sally hatte sie erzählt, was sich zwischen ihr und Simon entwickelt hatte.

»Du liebst ihn sehr?« Die andere legte ihr die Hand auf die Schulter und Hazel blickte sie über den Spiegel an und nickte. »Ich wünsche dir Glück, Kindchen. Ihr verdient es. Alle beide.«

»Wie meist du das?« Hazel drehte sich um und stand auf.

»Nun, man sagt, Lady Denby hätte einen Liebhaber.« Sally blickte unschuldig.

Hazel schluckte. Ihre Hände wurden mit einem Mal feucht und sie wischte sie an ihrem Rock ab.

»Und du und ich, wir wissen, wer es ist«, kam es aus Sallys Mund.

»Kein Wort darüber! Zu niemandem. Ich beschwöre dich, Sally!« Hazel fasste ihre Freundin bei den Schultern und hätte sie fast geschüttelt. »Von mir erfährt keiner was, das verspreche ich dir.«

»Danke. Du bist meine beste Freundin.« Hazel atmete heftig aus umarmte Sally erleichtert.

»Na, das hoffe ich doch. Aber komm jetzt, das Dinner wird bald beendet sein und du musst noch eine Kleinigkeit essen, bevor du singst. Mrs Edwards hat bestimmt ein paar Leckereien für dich gerettet.« Sally schob Hazel aus dem Zimmer und sie gingen hinunter in die Küche.

»Verzeihen Sie, Mylady, aber Sie sind hier sicherlich falsch«, sprach sie einer der Diener an, als Hazel an dem großen Tisch im Esszimmer des Personals saß.

»Ich bin es, Keith. Hazel. Erkennst du mich denn nicht?«

»Heiliges Kanonenrohr. Hazel MacAllen. Ich fasse es nicht. Entschuldige.« Er stolperte davon und Hazel lachte.

Sie wartete, bis ihr der Betrieb in der Küche und Stapel von leeren Tellern zeigten, dass das Dinner vorbei war. Simon hatte sie gebeten, danach in den Ballsaal zu kommen. Der passende Zeitpunkt für ihre Darbietung würde sich schon ergeben, hatte er gesagt. Hazel ging nach oben, über den versteckten Gang in die Halle und von dort in den Ballsaal. Sie blieb nahe der Tür stehen und beobachtete eine ganze Weile die Damen der Gesellschaft. Die Herrschaften waren in den verschiedensten Kostümen erschienen. Männer mit Turbanen und wallenden Gewändern, Damen mit phantasievollen Federhauben, Hüten oder mit altmodischen, weißen Perücken. Hazel war fasziniert. Sie studierte, wie die Frauen sich bewegten, ihre Gesten und wie sie die Herren begrüßten. Sie wusste, was Simon tragen würde und suchte ihn im Raum. Schließlich sah sie ihn mit Lady Alice tanzen. Seine Augen wanderten dabei durch den Raum, und Hazel trat ein Stück weiter in den Saal hinein, damit er sie sehen konnte. Sie stand allein, als ein elegant gekleideter Herr mit einer schwarzen Gesichtsmaske auf sie zukam, der ihr von der Statur her bekannt vorkam.

»Miss MacAllen. Sie gestatten.« Er verneigte sich. »Mein Bruder hat uns einander vorgestellt. Sie erinnern sich sicher an den kleinen Fechtunfall?« Er lächelte sie freundlich an.

»Miles Denby, richtig.« Unter der Maske hatte er fast die gleichen blauen Augen wie Colin. »Woher wissen Sie, dass ich es bin?«

»Mein Bruder hat mich gebeten, mich um Sie zu kümmern heute Abend und mir gesagt, was Sie tragen werden. Ich muss gestehen, dass es mir ein Vergnügen sein wird, seiner Bitte nachzukommen.«

Er reichte ihr den Arm.

»Sie sind sehr charmant«, entgegnete Hazel und legte ihre Hand auf den dargebotenen Arm, wie sie es bei den anderen Damen gesehen hatte.

»Ich möchte Ihnen ein paar der Gäste vorstellen.«

»Mir? Was wollen Sie denen erzählen, wer ich bin?«

»Eine schöne Schäferin und begabte junge Sängerin, nach dem, was mir Simon gesagt hat.« Miles machte Hazel mit einigen der Gäste bekannt und forderte sie zu ihrer Überraschung anschließend zum Tanzen auf.

»Ich weiß nicht, ob ich das kann«, sagte sie, als der nächste Walzer erklang.

»Ich weiß von Simon, dass Sie es können«, lachte Miles.

Hazel ließ sich einfach von der Musik tragen und vergaß bald das anfängliche Zählen. Oft hatte sie seit dem Ball im vergangenen Jahr geübt und ihr Tanz mit Miles blieb nicht der letzte. Schließlich setzte die Musik aus und Simon kündigte sie als Sängerin an. Als Hazel in die Mitte der Tanzfläche trat, erfüllte sich der Traum ihrer Kindertage, als sie allein hier getanzt hatte. Es war ihr Saal an diesem Abend und sie sang sich in die Herzen aller, außer in das von Lady Alice. Als Hazel geendet hatte, kam Simon zu ihr. Er küsste ihr vor allen Augen die Hand.

»Ich hoffe, Sie geben mir die Ehre des nächsten Tanzes«, sagte er nur und gab dem Orchester ein Zeichen. Sie spielten einen Walzer und Hazel schwebte in Simons Armen über das Parkett. Sie ließen keinen Blick voneinander.

Sie bemerkten nicht, dass Lady Alice sie unablässig vom Rande der Tanzfläche aus beobachtete und dann zu Miles hinüberging.

»Tanz mit mir. Sofort!«, fauchte sie ihn herrisch an.

»Aber was ist denn, Alice?«, Miles lächelte nur.

»Frag nicht, tu es einfach.« Er folgte ihrem Wunsch und sie reihten sich in die Tänzer ein.

Der Walzer war recht schwungvoll und schnell.

Plötzlich entfuhr einer der Damen ein Schrei. Ein Raunen ging durch die Gäste und die Musik brach ab. Alle im Saal starrten auf Miles Denby und Lady Alice, die am Boden lag.

Simons Gesicht wurde ernst und seine Stirn legte sich in Falten. Er löste sich von Hazel, nickte ihr wortlos zu und ging hinüber zu seiner Frau.

»Was ist passiert?«, fragte er seinen Bruder und kniete sich neben ihn.

»Keine Ahnung. Sie ist einfach ohnmächtig geworden.«

»Schnell, bring sie hinauf.« Simon ging voran und Miles folgte ihm, die noch immer ohnmächtige Alice auf seinen Armen tragend.

Die Gäste tuschelten. Hazel blickte Simon und Miles nach und blieb allein zurück. Mit einem Mal sprachen alle im Saal nur über Lady Alice und sie hatte das Gefühl, zu ersticken. Sie ging durch eine der großen Türen hinaus in den Garten und nahm ihre Maske ab.

Oben im Zimmer von Lady Alice schloss Miles eben die Vorhänge. Eine halbe Stunde später erklang wieder Musik aus dem Saal und Miles kam in den Garten, um Hazel zu suchen.

»Was ist geschehen?«, fragte sie, als er sie auf der Bank unter der alten Eiche gefunden hatte.

»Ich weiß es auch nicht, Miss MacAllen.« Er zuckte die Schultern. »Sie ist wieder bei Bewusstsein, aber der Arzt ist noch bei ihr.«

»Ich sollte wohl besser nach Hause gehen.«

»Nein, bleiben Sie, bitte. Simon hat mich gebeten, Sie nicht fortzulassen.«

»Er will, dass ich bleibe?«

»Sie bedeuten ihm sehr viel, Miss MacAllen. Ich habe ihn seit dem Tod unseres Vaters nicht mehr so glücklich gesehen wie heute Abend, als er mit Ihnen getanzt hat. Sie haben die Gabe, die Menschen zu verzaubern und ich muss gestehen, dass das auch für mich gilt.« Er küsste ihr die Hand.

Hazel wandte den Blick ab und sah auf die Menschen im Ballsaal. Da hob sich die Silhouette eines Mannes gegen das Licht ab. Es war Simon, der auf sie zukam. Sie ging ihm mit Miles entgegen.

»Nun, Simon. Was ist?«, sprach Miles ihn an.

»Das erkläre ich dir später. Geh bitte hinein und kümmere dich um die Gäste. Ich muss unter vier Augen mit Hazel sprechen.« Seine Stimme und auch sein Blick waren todernst.

Hazels konnte kaum atmen. Sie konnte nur erahnen, dass das, was er *nur* ihr sagen wollte, sie beide betraf.

Simon wartete, bis Miles wieder im Saal war. Er kam zu Hazel, nahm sie sanft am Arm und führte sie mit sich in den Schatten des Baumes.

»Alice ist schwanger«, sagte er in der Dunkelheit.

»Was?« Hazels Entsetzen war nur ein Flüstern. Sie schwankte und musste sich mit einer Hand am Stamm der großen Eiche festhalten.

»Sie bekommt ein Kind«, erklärte er, als hätte sie es nicht schon beim ersten Mal verstanden, mit trauriger Stimme.

Hazel weinte stumme Tränen und versuchte, ihn ihren Schmerz nicht sehen zu lassen. Es war, als hätte ihr jemand ein Messer in den Rücken gestoßen.

»Ich habe Alice seit Wochen nicht angerührt, Hazel.« Er nahm ihr Gesicht in seine kalten Hände. »Das musst du mir glauben.«

»Ich glaube dir, Liebster. Aber was wirst du jetzt tun? Was wird aus uns?« Sie legte ihre Hände auf seine als wollte sie sie wärmen, doch ihre eigenen waren ebenso klamm wie seine

»Ich weiß es nicht. Wenn es mein Kind ist, was ich ehrlich gesagt bezweifle, dann muss ich bei ihr bleiben, um des Kindes willen«, sagte er schulterzuckend und ließ die Hände sinken.

»Und wenn es nicht deines ist?« Hazel war versucht, ihm die Wahrheit zu sagen.

»Gibt es etwas, das ich nicht weiß?«, fragte er zurück.

»Nein«, log Hazel und war froh, dass die Dunkelheit ihre Augen verbarg.

»Du weißt, ich liebe dich, Hazel, aber ich kann unter diesen Umständen mein Versprechen nicht halten, noch nicht. Ich muss erst Gewissheit haben.«

Er schlug mit der Faust gegen den Stamm des Baumes.

»Ich weiß. Ich werde warten, bis du sie hast.« Hazel schmiegte sich an seinen Rücken.

Er atmete schwer ein. Hazel wusste, wie sehr er in diesem Moment litt und es belastete sie mehr, ihn leiden zu sehen, als der eigene Schmerz, der ihr fast das Herz zerriss.

»Ich muss gehen«, sagte sie leise.

Er wandte sich zu ihr und sie hielten einander fest. Hazel küsste ihn nicht. Sie löste sich langsam von ihm und ging über die Küche zurück ins Haus. Sie wollte nur noch nach Hause. Sie warf die Maske auf den Küchentisch, legte den Schäferstecken daneben und verließ Broom Park. Der Mond schien hell genug und sie würde keine Lampe brauchen, wenn sie sich beeilte. Als sie auf den Pfad einbog, der von der Zufahrt zur Küste führte, sprach eine Stimme sie an.

»Warte, Hazel!«, rief es aus der Dunkelheit und eine Gestalt kam auf sie zu.

»Herrgott, Colin! Du hast mich zu Tode erschreckt.« Hazel zittert noch, als sie ihn erkannte.

»Was ist passiert? Ich habe gehört, Lady Alice ist krank«, fragte er.

»Krank?« Hazel lachte halb hysterisch auf. »Sie ist nicht krank, Colin. Sie ist in einem Zustand, an dem du nicht unbeteiligt sein dürftest.«

»Wie meinst du das?« Er fasste sie unsanft am Arm.

»Du hast sie geschwängert!«, schrie sie ihm ins Gesicht.

»Wie kommst du denn darauf?«

»Ich habe euch in eurem kleinen Versteck bei Port Appin gesehen.«

»Du hast was?!«

Colin schüttelte sie und Hazel fiel zu Boden. In derselben Sekunde war er jedoch über ihr und hob sie auf.

»Verzeih mir, Schwester. Verzeih mir. Ich bin nicht mehr ich selbst.«

Er hielt sie fest in seinen Armen.

Hazel weinte hemmungslos.

»Wie konntest du mir das antun, Colin?«, schluchzte sie immer wieder.

»Aber ich habe dir doch gar nichts angetan und immerhin hat Lady Alice ja auch noch einen Ehemann.«

»Er ist nicht der Vater.«

»Woher willst du das denn wissen?« Colin lachte spöttisch.

»Weil ich ihn liebe und er liebt mich. Er hat sie seit Wochen nicht angerührt. Er wollte sich scheiden lassen, aber das wird er jetzt nicht mehr tun, es sei denn, er erfährt, wer wirklich der Vater ist. Du! Und wer weiß, was er dann tut!«

»Willst du damit sagen, dass du ein Verhältnis mit Lord Denby hast?« Colin sah sie an. Sein sonst so sanftes Gesicht war unglaublich ernst.

»Ich bin kein Kind mehr Colin.« Sie straffte sich.

»Mein Gott!« Colin schüttelte den Kopf und wich zurück.

»Bist du jetzt entsetzt?« Hazel lachte übertrieben. »Dann sei zuerst auch über dich entsetzt.«

Sie riss sich von seiner Hand los, die noch immer ihren Arm hielt und lief den Pfad hinunter.

Colin sackte in sich zusammen und blieb auf dem Weg sitzen.

Hazel rannte fast den ganzen Weg zum Cottage. Tränen rannen über ihre Wangen. Sie war hin und her gerissen zwischen ihrer Liebe zu Simon und der zu ihrem Bruder, obgleich sie nicht wusste, ob sie Colin lieben oder hassen sollte. Für den Moment aber überwog ihre Wut.

# Kapitel 6

Alistair saß in der Küche und trank Whisky aus der großen tönernen Flasche.

»Sieh da. Mylady ist zurück«, sagte er nur trocken und ohne aufzusehen, als Hazel eintrat.

»Wieso nennst du mich so?«, fragte Hazel gereizt.

»Du hast heute mit seiner Lordschaft getanzt, nicht wahr?« Alistair stand auf und kam auf sie zu.

»Woher weißt du das?«

»Das tut nichts zur Sache. Aber du wirst auf keinen Fall wieder nach Broom Park gehen.«

»Das kannst du mir nicht verbieten!«

»Doch, das kann ich und wenn ich dich hier anbinde.« Er kam auf sie zu. »Sei froh, wenn ich deinem Lord nicht den Schädel einschlage.«

»Wenn du ihn anrührst ...«, entfuhr es Hazel.

Alistair packte ihren Arm. »Ich hatte also recht«, zischte er ihr ins Ohr und sie konnte den Whisky in seinem Atem riechen.

»Du Hure!« Er schleuderte sie mit einem Schlag ins Gesicht auf den Boden in die Ecke. »Verschwinde! Ich will dich heute Abend nicht mehr sehen!«

Hazel kroch langsam in der Ecke hoch, mit dem Rücken an die Wand gelehnt. Sie berührte ihre schmerzende Wange und drückte sich langsam an der Wand nach oben. Sie spürte den Geschmack von Blut in ihrem

Mund. Es schmerzte, aber in ihre regte sich Widerstand. Heute würde sie nicht einfach so klein beigeben. Es war ja sowieso egal.

»Du wirfst mir also vor, ich wäre die Hure von Lord Simon. Und was ist dann mit Colin? Der Bock von Lady Alice?« Sie lachte verächtlich.

»Was?« Alistair sah sie mit hochgezogenen Augenbrauen an.

»Ja. Dein Bruder hat Lady Alice geschwängert. Erzähl mir nicht, das wäre nicht verwerflich, nur, weil er ein Mann ist.«

»Halt bloß den Mund!«, sagte Alistair bitter.

»Ich hasse dich!« Hazel verschwand im Nebenraum.

Als sie durch die Tür trat, sah sie ihre Mutter im Bett sitzen und leise weinen.

»Du hast alles gehört?«, fragte Hazel leise.

Fiona MacAllen erhob ihren Blick und nickte. Hazel setzte sich zu ihr und sie hielten einander fest.

»Gott wird uns strafen«, sagte Hazels Mutter leise.

»Oder Alistair«, antwortete Hazel lakonisch.

»Hat er dir was getan?« Mrs MacAllen nahm das Gesicht ihrer Tochter am Kinn und zog es näher in den Schein der Kerze. Sie hatte sich verletzt, als sie gegen die Wand geprallt war.

»Du solltest etwas Ringelblumensalbe auf die Wunde tun«, sagte sie traurig.

Hazel stand auf und holte den kleinen Tontopf aus der Kommode.

»Was gibt Männern das Recht, uns so zu behandeln?«, fragte sie.

»Das Recht des Stärkeren. Wir sind Frauen, das ist nun mal unser Schicksal. Alistair hat das wohl von deinem Vater geerbt.«

»Hat Vater dich auch geschlagen?«, fragte Hazel zu tiefst schockiert. »Ja, vor allem am Anfang unserer Ehe, bis Colin geboren wurde, danach wurde es etwas besser.«

»Ich dachte, du hast Vater geliebt.«

»Das habe ich.«

»Obwohl er dich geschlagen hat?«

»Er war ein guter Mann. Besser als die meisten anderen.«

»Ich will jedenfalls keinen Mann, der mich schlägt.«

»Glaubst du, Lord Denby wird seine Frau nicht verprügeln, wenn er erfährt, was du vorhin über Colin gesagt hast?«

»Nein. Nicht Simon. Niemals.« Hazel hätte sich am liebsten auf die Zunge gebissen.

»Simon, soso.« Ihre Mutter blickte sie fragend an. »Hat Alistair am Ende recht mit seiner Vermutung?«

Hazel schloss die Augen. Sie wusste, sie würde ihre Mutter nicht anlügen können.

»Komm her.« Fiona MacAllen klopfte mit der Hand auf das Bett und bedeutete ihrer Tochter sich zu setzen.

Hazel folgte der Aufforderung zögernd.

»Liebst du ihn?«

Hazel nickte.

»Und erwidert er deine Gefühle?«

»Er wollte Lady Alice meinetwegen verlassen.«

Hazels Mutter seufzte. »Es ist eigenartig, wie sich die Dinge des Lebens wiederholen.«

»Was meinst du damit, Mutter?«

Fiona MacAllen begann zu erzählen.

»Broom Park war zu der Zeit, als ich ein junges Mädchen war, ein herrliches Anwesen und Lord Douglas Denby, Simons Vater, war ein sehr attraktiver Mann. Ich weiß noch genau, wie ich ihn zum ersten Mal sah. Die Familie hatte viele Jahre im Ausland verbracht und er war mit seiner Frau und den beiden Söhnen gerade nach Schottland zurückgekehrt. Alistair war etwa zwei Jahre alt zu der Zeit. Ich wusch gerade die Wäsche am Bach, als Lord Douglas auf einem prächtigen Pferd vorbeikam. Ich werde nie diesen Ausdruck in seinen Augen vergessen. So viel Wärme und Freundlichkeit. Wir haben uns auf der Stelle ineinander verliebt. Ein Jahr später wurde Colin geboren.«

Fiona MacAllen blickte Hazel an, die mit offenem Mund dasaß und schluckte.

»Ich habe keinem Menschen davon erzählt. Davon nicht, und auch nicht darüber, dass ich der Grund war, warum sich die Mutter von Lord Douglas vor mehr als zwanzig Jahren in der Halle erhängt hat. Lord Douglas hat daraufhin mit seiner Familie Broom Park fluchtartig verlassen, aber er hat nie erfahren, dass Colin sein Sohn ist.«

»Willst du damit sagen, Colin ist der Halbbruder von Simon?«

»Ja, Hazel. Das ist er.«

Hazel schüttelte nur den Kopf. Mit einem Mal war ihr klar, wieso ihre Brüder so verschieden waren und wieso sie Colin so sehr liebte. Plötzlich wurden ihr die Ähnlichkeiten zwischen Colin und den Denby-Brüdern bewusst, die sich in so vielen kleinen Dingen äußerten.

»Wie soll das alles enden?«, fragte sie tonlos. Was für eine Nacht war das nur? Das waren mehr grausame Neuigkeiten, als sie verkraften konnte.

»Erwarte nichts, Hazel. Das Schicksal wird dir den Weg weisen.«

»Wirst du es Colin jemals sagen?«

Ihre Mutter schüttelte den Kopf. »Niemals! Er darf es nie erfahren, das musst du mir versprechen.«

»Aber er hat ein Recht, es zu erfahren.«

»Recht, Unrecht ... Was hätte Colin davon, wenn er es wüsste? Außer Streit, und Hass auf mich und auf die Denbys. Es gibt nicht nur schwarz und weiß, Hazel. Der Bereich dazwischen ist groß und gewisse Dinge bleiben besser im Grau verborgen, als dass sie auf die eine oder andere Seite gezerrt werden.«

Hazel sah ihre Mutter an. Sie war fassungslos. Nie hätte sie es für möglich gehalten, dass die Frau, die all die Jahre ihre Kinder großgezogen und die Armut ertragen hatte, ein derartiges Geheimnis mit sich herumgetragen hatte.

»Was sollen wir jetzt tun, Mutter?« Hazel nahm ihre Hände und drückte sie fest.

»Warten. Du darfst Lord Simon kein Sterbenswörtchen sagen, von dem was du weißt. Weder über die Sache mit Lady Alice und Colin, noch über Colins Vater.«

»Ich weiß, aber ich habe solche Angst, dass ich Simon deswegen verlieren werde.« Hazel hatte Tränen in den Augen. »Wenn wir die Wahrheit ans Licht brächten, könnte dann Colin nicht Lady Alice heiraten und Simon wäre frei?«

»Daran darfst du nicht einmal denken, Hazel. Glaubst du denn ernsthaft, irgendjemand würde die Geschichte glauben, die ich dir erzählt habe?«

»Was ist mit Simons Mutter?«

»Sie hat nie etwas davon gewusst.«

Hazel erhob sich. Sie hatte das Gefühl zu ersticken.

»Ich muss darüber nachdenken«, sagte sie.

Sie schlang sich ihr großes Wolltuch um die Schultern und ging, von Alistair, der inzwischen mit dem Kopf auf dem Tisch seinen Rausch ausschlief, unbemerkt, hinunter an den Strand. Der Mond ließ das Meer glitzern. Hazel setzte sich zwischen die großen Steine oberhalb der Brandungslinie. Sie schaute mit leerem Blick auf die gleichmäßig hereinlaufenden Wellen, die mit einem leisen Knistern über den Kies glitten. Das monotone Geräusch betäubte ihre Sinne, aber die kalte Nachtluft hielt sie wach.

Alles war zerbrochen.

Wenn Lady Alice das Kind bekäme ... *Sie darf es nicht bekommen,* schoss es Hazel durch den Kopf. Das war es!

Sie richtete sich auf. Es gab diese Frau im Dorf, die Frauen half, die ungewollt schwanger wurden. Hazel hatte davon gehört, aber sie kannte weder den Namen der Frau, noch wusste sie, wo sie wohnte, geschweige denn, dass sie eine Vorstellung davon hatte, wie so etwas vor sich ging. Vielleicht gab es ja irgendeinen Trank, den Lady Alice zu sich nehmen konnte oder ein paar Kräuter, die dem Essen beigefügt eine entsprechende Wirkung hatten. Es war ja ein uneheliches Kind und Lady Alice würde es, wie Hazel hoffte, nicht haben wollen. Der Gedanke schien ihr wie eine Rettungsleine einem Ertrinkenden erscheinen musste. Sie klammerte sich daran und malte sich die Möglichkeiten aus. Morgen Abend würde sie ins Dorf gehen und herausfinden, was sie wissen musste. Sie würde natürlich darüber mit Lady Alice sprechen müssen. Noch wusste sie nicht, wie sie das anstellen sollte, doch sie würde einen Weg finden.

Stockend ging sie zurück zum Haus. An Schlaf war kaum zu denken und sie wälzte sich die ganze Nacht hin und her. Sobald sie die Augen schloss, sah sie Lady Alice lächelnd mit dem prallen Bauch einer Schwangeren – und Simon neben ihr.

Hazel erwachte wie gerädert, und sie war froh, dass ihre Mutter das Frühstück gemacht hatte. Sie aß etwas und ging nach Broom Park, nachdem sie von Fiona MacAllen noch einmal eindringlich ermahnt worden war, ihr Versprechen zu halten.

Mrs Edwards machte ein sehr ernstes Gesicht an diesem Morgen. Als Hazel die Küche betrat, flüsterten die anderen Mädchen unauffällig miteinander. Hazel versuchte, sich nichts anmerken zu lassen. Sie fragte Mrs Edwards nach ihren Aufgaben für den Tag und begann mit ihren Arbeiten. Als sie mit der Tischwäsche für den Lunch hinauf in die Halle kam, hörte sie laute Stimmen aus Simons Arbeitszimmer. Er und Lady Alice stritten sich unüberhörbar. Hazel schlich an die Tür und lauschte.

»Wie kannst du es wagen, mich derart anzuschreien, in meinem Zustand?«

»Zustand ist das richtige Wort.«

»Freust du dich denn gar nicht, dass wir ein Baby bekommen?«

»Wenn ich nicht berechtigte Zweifel hätte, dass ich der Vater bin, würde ich das vielleicht tun.«

»Aber Simon, du denkst doch nicht etwa, ich …? Wir sind noch nicht mal ein halbes Jahr verheiratet. Wie kannst du nur!«

»Du weißt genau, was ich denke, Alice. Das halbe Jahr war schon zu lange, wenn du mich fragst.«

»Ach ja. Du wirfst mir also Untreue vor? Was ist denn mit dir und diesem Bauerntrampel? Schlimm genug, dass du sie hast singen lassen, aber wie konntest du es wagen, gestern auch noch mit ihr zu tanzen? Du hast nicht nur mich, sondern auch dich vor allen Leuten lächerlich gemacht.«

»Mach dir darüber keine Gedanken, Alice. Wenn ich herausfinde, dass wahr ist, was ich vermute, werde ich unsere Ehe annullieren lassen, wegen eben dieses *Bauerntrampels*, wie du sie nennst.«

Lady Alice brach vollends in Tränen aus. Hazel hörte, wie sie sich der Tür näherte. Sie wich zurück, aber es wurde schneller geöffnet, als sie gedacht hatte. Lady Alice warf Hazel einen hassvollen Blick zu. Diese ahnte was sie dachte. Schließlich war sie die Schwester des Vaters ihres Kindes und sie wusste, dass sich Lady Alice dessen voll bewusst war. Lady Alice schluchzte laut, warf Hazel wütend ihr Taschentuch vor die Füße und lief die Treppe hinauf. Hazel blickte ihr beschämt nach.

Simon stand im Arbeitszimmer am Fenster und sah hinaus in den Garten. Die Uhr auf dem Kaminsims schlug mehrmals und er schaute auf das Zifferblatt. Es war elf und plötzlich erinnerte er sich daran, was er vor einigen Wochen gesehen hatte. Es war der Tag gewesen, an dem ihm zum ersten Mal aufgefallen war, wie lange Alice und der Stallbursche unterwegs gewesen waren. War er denn blind gewesen? Er schlug sich die Hand vor die Stirn und lief hinaus in den Garten.

Hazel trat in das Arbeitszimmer. Die Fenstertür stand offen und der Wind blähte die Gardinen auf. Sie trat hinaus und sah, wie Simon auf die Stallungen zulief. Sie biss sich auf die Fingerknöchel, raffte ihre Röcke und rannte ihm nach. Sie befürchtete das Schlimmste.

Simon erreichte den Hof rasch. Außer dem alten Stallknecht, der grade den Misthaufen ordentlich aufsetzte, war niemand zu sehen, nur aus der Scheune war ein leises Rascheln zu hören und Staubwolken quollen ab und an aus dem Tor ins Freie. Jemand warf Heu vom Boden herunter.

Simon ging in die Scheune. Er zog seine Jacke aus, ließ sie auf den Boden fallen, krempelt sich die Ärmel hoch und kletterte die Leiter auf den Heuboden hinauf.

Oben stand Colin und gabelte das lose Heu durch eine offene Luke etwas weiter hinten in die Stallgasse hinunter. Durch eine Wolke feinen Staubs sah er Lord Denby an der Leiter stehen.

»Suchen Sie mich, Sir?«, fragte er und steckte die Gabel in das Heu.

»Allerdings.« Simon ging auf ihn zu.

»Was kann ich für Sie tun?«

»Sagen Sie mir, um Ihrer Schwester willen, dass es nicht wahr ist«, forderte Simon eindringlich.

»Was?« Colin zog die Augenbrauen zusammen.

»Das, was ich über Sie und meine Frau zu wissen glaube.« Simons Augen weiteten sich.

»Ich verstehe nicht, was Sie meinen«, erwiderte Colin tonlos und wandte sich wieder seiner Arbeit zu.

»Sie wissen ganz genau, was ich meine«, rief Simon ungehalten, packte Colin fest am Oberarm und riss ihn herum.

»Bei allem Respekt, Sir.« Colin baute sich vor Simon auf und hielt die Heugabel hoch. Er war ein Stück größer als sein Gegner und deutlich kräftiger als dieser.

»*Du* sprichst von Respekt?« Simon lachte bitter. »Glaubst du, ich wüsste nicht, was zwischen dir und meiner Frau vorgeht?«

Die Art, wie er sprach, schien Colin zu reizen und er entgegnete geradezu spöttisch: »Sir, ich habe nichts, getan, was Ihre Frau nicht gewollt hätte.«

Das war zu viel für Simon. Er holte aus und verpasste Colin einen heftigen Faustschlag ins Gesicht, bevor dieser reagieren konnte.

Als Hazel in die Scheune kam, hörte sie, wie sich die Männer auf dem Heuboden schlugen. Hastig kletterte sie die Leiter hinauf. Sie schrie leise auf, als sie die beiden kämpfen sah. Die Männer nahmen sie gar nicht wahr. Eben zog Colin die Gabel aus dem Heu und hielt Simon die metallenen Spitzen gefährlich unter die Nase. Simon blickte sich nach einer Waffe um. Das Einzige, was er sah, war die lange Eisenkette, die über einem der Balken hing. Nach einem Sprung, konnte er sie greifen und riss sie herunter. Er schlug nach Colin und traf ihn so stark am Rücken, dass dieser sich krümmte.

»Nicht, Simon. Er ist doch mein Bruder!«, schrie Hazel.

Simon blickte sie überrascht an und hielt einen Moment inne. Colin nutzte dies und schlug nun seinerseits zu. Er traf seinen Gegner mit der Gabel hart am Kopf. Simon fiel in das weiche Heu und rührte sich nicht mehr. Colin war außer sich vor Wut, hob die Gabel, bereit zuzustoßen. Hazel sprang dazwischen.

»Bist du wahnsinnig? Geh mir aus dem Weg, Hazel!«, brüllte Colin.

»Willst du ihn töten?«, schrie sie.

»Er hat alles, was ich immer wollte und jetzt wird seine Frau mein Kind bekommen.« Colin stieß Hazel weg.

»Du tötest deinen Bruder, wenn du es tust!«, rief Hazel in ihrer Verzweiflung.

Colin starrte sie an und wurde kreidebleich.

»Mutter hat es mir gestern Abend gesagt«, fuhr Hazel leise fort. »Sie hatte ein Verhältnis mit Lord Douglas Denby.«

Colin blickte seine Schwester an, die sich zu Simon kniete und dann zu Simon, der noch immer bewusstlos im Heu lag. Ganz langsam ließ er die Gabel sinken. Konnte das möglich sein? Er atmete schwer. Er sah, wie Hazel Simon zärtlich die Haare aus der Stirn strich und ihm mit ihrem Taschentuch das Blut von der Schläfe tupfte. *Das kann doch nicht wahr sein*, dachte Colin. Er ging einen Schritt zurück und noch einen. Er schrie nicht, als er fiel.

Hazel blickte auf. Was war das für ein Geräusch gewesen? Und wo war Colin so plötzlich hin? Sanft legte sie Simons Kopf ins Heu zurück und stand auf. Erst jetzt erkannte sie die offene Luke im Boden und ein erstickter Schrei entfuhr ihr. Langsam ging sie auf das Loch zu und blickte hinunter. Unten lag auf einer dünnen Schicht Heu ihr Bruder, in dessen weit aufgerissene Augen nur noch ausdruckslose Leere war. Hazel nahm die Hände vor den Mund. Kein Laut kam aus ihrer Kehle, die wie zugeschnürt war. Sie stützte sich an den großen Balken ab und ging bis hin zur Leiter, die sie mühsam herunterkletterte.

Simon kam zu sich. Sein Kopf brummte; er fühlte eine große Beule und hatte Blut an den Fingern, als er sich an die Schläfe griff. Er konnte sich nicht erinnern, was passiert war. Dann sah er Hazels Taschentuch neben sich im Heu. Er griff es, stand auf und hörte ein leises Weinen von unten. Durch die Luke blickte er nach unten und sah Hazel, die neben Colins leblosem Körper kniete und ihren Oberkörper vor und zurück wiegte. Simon rief ihren Namen, aber sie reagierte nicht. Bestürzt kletterte er zu ihr hinunter.

»Oh mein Gott«, sagte er leise, als ihm klar wurde, dass Colin tot war.

Hazel reagierte noch immer nicht.

»Hazel.« Er sprach sie leise an und sie blickte zu ihm auf. »Habe ich das getan?«

Hazel sah das Entsetzen in seinen Augen, schüttelte den Kopf und schluchzte noch heftiger.

Simon kniete sich zu ihr und schloss sie in seine Arme.

»Ich kann mich an nichts erinnern, Hazel. Wenn ich deinen Bruder auf dem Gewissen habe, dann musst du es mir sagen.«

»Nein, Simon. Ich habe es getan.« Sie wurde von einem Weinkrampf geschüttelt.

»Wie meinst du das?«, fragte er und zwang sie, ihn anzusehen.

»Das würdest du nicht verstehen. Ich habe ihn nicht berührt, aber ich bin schuld, dass er gefallen ist.«

»Es war ein Unfall, Hazel, du kannst nichts dafür.«

Hazel antwortete nicht. Sie konnte nicht widersprechen, denn sie hätte Simon sagen müssen, was er gottlob nicht wusste.

Sie schloss Colin die Augen und küsste ihn auf die Stirn. Dann ließ sie sich teilnahmslos von Simon ins Haus führen, wo er sie in der Bibliothek der Obhut von Mrs Edwards übergab. Er selbst ließ einen Wagen anspannen, um Hazel und Colins Leichnam nach Hause zu bringen. Hazel saß neben Mrs Edwards, die liebevoll den Arm um sie gelegt hatte, als eines der Mädchen in die Bibliothek kam und sagte, Lady Alice wäre ohnmächtig zusammengebrochen, als sie vom Tod des Stallknechtes erfahren habe. Sie sei wieder bei Bewusstsein, hätte jedoch einen schrecklichen Weinkrampf. Die Hausdame blickte Hazel kurz an und erhob sich.

»Warten Sie«, rief Hazel leise, als Mrs Edwards den Raum verlassen wollte.

»Ja?«

»Reden Sie mit ihr. Lord Simon soll nicht erfahren, dass sie ohnmächtig war. Sie soll es versprechen.«

»Ich werde tun, was ich kann«, nickte Mrs Edwards nur. Auch sie ahnte wohl, was der Grund für die Ohnmacht gewesen war.

Hazel blickte aus dem Fenster in den Park. Wolken verdunkelten die Sonne und es begann leicht zu regnen.

Fiona MacAllen kam aus dem Hühnerstall, als sie einen Wagen und einen Reiter den Weg herunterkommen sah. Sie stellte den Korb mit den Eiern auf den Boden und wischte sich die Hände an ihrer Schürze ab.

Der Wagen wurde langsamer und hielt. Der Reiter stieg ab, und sie erkannte Lord Denby, dessen Gesicht wie versteinert war. Mrs MacAllen sah ihm entgegen. Simon sah seinem Vater wirklich sehr ähnlich. *Viel mehr als Colin*, dachte sie für einen Moment. Dann wurde die Tür des Wagens geöffnet und Hazel stieg aus. Als Mrs MacAllen das Gesicht ihrer Tochter sah, ahnte sie, dass etwas Schreckliches geschehen war.

Lord Denby griff nach ihrem Arm. Sie wandte sich der Kutsche zu. Sie blickte ein letztes Mal auf Hazel, in der Hoffnung, dass diese ihre Ahnung verneinen würde, doch Hazels Gesicht war aschfahl und Fiona MacAllen ging an ihr vorbei und blickte in den Wagen.

Sie sagte nichts.

Sie weinte nicht.

Doch was sie sah, brach ihr das Herz. Für immer.

Colin wurde drei Tage später beerdigt. Der Friedhof, auf dem er beigesetzt wurde, lag draußen in der Bucht auf einer kleinen Insel vor Ballachulish. Es war ein trüber Tag und kein Wind ging, als die Familie und einige von Colins Freunden nach der Trauerfeier in der Kirche in kleinen Booten auf die Insel übersetzten. Auf diesem Friedhof ruhten Mitglieder des Clans der MacDonalds und deren Nachfahren, die im Februar 1692 in Glencoe massakriert worden waren. Da der Clan der MacAllens zu dem der MacDonalds von Clanranald gehörte, wurde Colin auf der Insel beigesetzt.

Hazel schauderte, als das Boot anlangte. Die großen keltischen Steinkreuze ragten bedrohlich in den Himmel und machten ihr die Bedeutung der kleinen, sonst so idyllischen Insel, bewusst.

Zusammen mit Alistair stützte Hazel ihre Mutter, die, seit sie Colins Leichnam nach Hause gebracht hatten, kein Wort gesprochen hatte. Es erforderte Hazels ganze Kraft, sich selbst aufrecht zu halten, als die Männer Colins Sarg in die kalte dunkle Erde hinunterließen. Sie blieben noch eine ganze Weile. Dann frischte der Wind auf und Alistair mahnte zum Aufbruch. Hazel blickte sich noch einmal um, als das Boot die Insel verließ. Sie sah, wie ein schmaler Sonnenstrahl aus den Wolken herunterdrang und durch die kleinen Öffnungen im Ring eines der keltischen Kreuze fiel. Hazel seufzte. Plötzlich spürte sie, wie ihre Mutter, deren Hand sie noch immer hielt, diese fest drückte und sie ansah.

»Sei stark, Hazel. Stärker als ich es war. Das musst du mir versprechen«, sagte sie eigentümlich.

»Ich werde stark sein, Mutter. Ich verspreche es.«

»Und du passt gut auf sie auf«, sagte Mrs MacAllen zu Alistair. »Aber sei nicht so streng und grob zu ihr.«

Hazel blickte ihre Mutter verwundert an. Diese entzog ihr die Hand und mit einer plötzlichen Bewegung stand sie auf und sprang aus dem Boot ins Meer. Hazel schrie auf und beugte sich über die Seite, als Alistair auch schon hinter seiner Mutter hersprang und nach ihr tauchte. Hazel versuchte vergeblich im Wasser etwas zu sehen, aber ihre Mutter war bereits in der dunklen Tiefe verschwunden.

# Kapitel 7

Hazel stand apathisch in der Küche des Cottages, als Alistair sein Bündel vom Tisch nahm und sie mit sich zog. Sie blickte sich ein letztes Mal in der Küche um. Außer dem großen Eichentisch war nicht mehr viel da. Klaglos folgte sie ihm hinaus. Er verschloss sorgfältig die Tür und legte den Schlüssel unter die große Steinplatte vor dem Eingang zum Stall. Dann warf er sein Bündel auf den Kutschbock des vollgeladenen Wagens und schob Hazel ebenfalls hinauf. Er setzte sich neben sie, nahm die Zügel und brachte das neue Pferd, das er für den kleinen Tommy, die Kuh, die Schafe und etwas Geld bekommen hatte, mit einem lauten Schnalzen zum Laufen.

Hazel ließ alles mit sich geschehen. Fünf Tage war es jetzt her, seit ihre Mutter ins Meer gesprungen war. Zwei Tage später hatte man ihre Leiche aufgedunsen ein paar Meilen weiter im Süden am Strand gefunden. Für Hazel war es der schrecklichste Anblick ihres Lebens gewesen und sie war in eine teilnahmslose Apathie verfallen. Es war alles aus und vorbei und es war ihr gleichgültig, was mit ihr geschah.

Sie hatte nichts gesagt, als Alistair nach der Beerdigung vorgeschlagen hatte, nach Edinburgh zu gehen, und nun saß sie auf dem Wagen, den Blick in die Ferne gerichtet, ohne etwas wahrzunehmen. Ihr großer Bruder fuhr den Weg zum Dorf hinüber. Die wenigen

Leute, die zu dieser frühen Stunde draußen waren, schauten ihnen hinterher und Alistair ließ das Pferd die Straße entlangtraben, die Richtung Fort William und zum Glencoe führte. Es war ein weiter Weg nach Edinburgh und er wollte noch an diesem Tag die Passhöhe von Glencoe und das Rannoch Moor hinter sich bringen, bis sie nach dreißig Meilen Bridge of Orchy erreichen würden, wo sie die Nacht verbringen wollten. Das Wetter war gut und er war zuversichtlich, dass das kräftige neue Pferd es schaffen würde, den schweren Wagen in einem Tag bis dorthin zu bringen.

Sie erreichten Glencoe zügig. Bald entfernte sich die Straße, die einst General Wade für das Militär hatte bauen lassen, vom Meer und wand sich dem Fluss folgend stetig ansteigend in die Berge hinein. Die felsigen grünen Steilhänge begrenzten das Tal links und rechts und waren weiter oben von grauen Wolken verhangen, durch die nur ab und zu die Sonne ihre Strahlen auf den Boden schickte. Das Pferd arbeitete schwer und nach einer Weile stieg Alistair ab und nahm es am Zügel. Als sie die Passhöhe fast erreicht hatten, blickte er sich um. Im Süden erhoben sich majestätisch die fast senkrechten Felswände der Three Sisters, während die Hänge auf der Nordseite etwas sanfter waren. Auf beiden Seiten fielen kleine Wasserfälle über hunderte moosbewachsener Felstreppen ins Tal hinunter. Man konnte das Rauschen auch noch aus dieser Entfernung hören – in einer unglaublichen Stille, in der sonst nichts, als das leise Rascheln des Windes in der Heide zu vernehmen war.

»Sieh dir das an«, sagte Alistair laut.

Hazel hob den Kopf. »Was ist?«, fragte sie verwirrt.

»Sieh es dir an, Hazel. Vielleicht wirst du es nie wiedersehen, das Tal von Glencoe.« Alistair seufzte.

Es schien, als würde es sogar ihm nahe gehen die Westküste zu verlassen.

Hazel sah sich um. Ihr Blick wanderte über die Ehrfurcht gebietende Landschaft und weit weg, unten im Tal, glitzerte das Wasser des Loch Achtriochtan in der Morgensonne. Sie schüttelte langsam den Kopf.

»Nein, nein«, sagte sie leise.

Sie stand auf und stieg vom Wagen. Was ging denn nur vor sich? Dort unten waren Broom Park und Simon. Sie konnte nicht einfach so gehen.

Sie machte einige Schritte vom Wagen weg, da packte sie Alistair am Arm.

»Wo willst du hin?«, fragte er verständnislos.

»Ich kann nicht gehen, Alistair.« Sie sah ihn verzweifelt aus glanzlosen Augen an. Er musste das doch verstehen, dass sie nicht fort konnte. Der Mann, den sie noch immer liebte war dort und Alistair würde sie von ihm wegreißen. Einfach so. Sie würde alles verlieren. Sie hatte Colin und ihre Mutter verloren und jetzt auch noch Simon und ihre Heimat. Das Einzige, was ihr noch Kraft gegeben hatte. Sie musste sich an dem Rad des Wagens festhalten um nicht auf den Boden zu sinken.

»Du wirst es müssen, Hazel. Du bist noch keine einundzwanzig. Ich bin für dich verantwortlich und ich habe entschieden, dass du mit mir kommst«, sagte er streng und sein Blick ließ keinen Zweifel daran, dass er es bitterernst meinte.

»Ich kann nicht. Simon ...« Hazel begann zu weinen.

»Ist dieser verdammte Kerl alles, woran du denken kannst? Vergiss ihn, Hazel. Er ist es nicht wert.«

»Wie kannst du es wagen? Du weißt nichts von ihm, gar nichts.« In Hazels Blick flackerte wieder ein Hauch von rebellischem Feuer und sie richtete sich auf.

»Ich weiß nur, dass seinetwegen Colin und Mutter tot sind.« Alistair packte sie bei den Schultern. »Jetzt steig auf den Wagen – sofort! Oder ich prügle dich und binde dich nachher oben an.«

Seine Augen blitzten zornig und Hazel wusste, er würde ihr keine Wahl lassen. Sie stieg auf. Alistair gebrauchte die Peitsche, um das Pferd wieder anzutreiben.

Die Berglandschaft vor ihnen war wie eine weite Schüssel geformt. Die Gipfel traten bald zurück und die weite Hochebene von Rannoch Moor lag vor ihnen. Die Landschaft hob sich dunkel gegen das Grau der tief liegenden Wolken ab. Nur die vielen kleinen Seen glänzten silbrig weiß, wie Spiegel auf grünem Samt. Alistair ließ am Mittag das Pferd an einem der kleinen Moortümpel direkt neben der Straße saufen. Dies war eine wenig einladende Gegend. Kalt und feucht zu jeder Jahreszeit und im Winter oft meterhoch von Schnee bedeckt, mit tückischen Moorlöchern unmittelbar links und rechts neben der Straße, die wegen der ständigen Regengüsse voller Löcher war.

Hazel nahm von alledem kaum etwas wahr. Sie fuhren weiter und weiter durch eine graue Nebelsuppe, die immer dichter wurde. Schließlich begann die Straße langsam bergab zu führen. Sie verließen endlich die Wolken, es wurde klarer und unten im Tal war ein großer See zu sehen.

»Am Ende des Sees liegt die Bridge of Orchy. Dort ist eine Poststation, wo wir übernachten.« Alistair zeigte mit dem Finger auf einen Punkt in weiter Ferne.

Simon trieb sein Pferd an. Er musste mit Hazel sprechen. Nach wie vor war er fest entschlossen, Alice zu verlassen. Er hatte mit ihr am Morgen erneut einen heftigen Streit gehabt, bei dem sie zugegeben hatte, dass er nicht der Vater des Kindes war. Zu seinem Erstaunen hatte sie in eine Trennung eingewilligt, nachdem er ihr einen horrenden Betrag und eine feste, jährliche Summe angeboten hatte. Er musste Hazel diese Neuigkeit noch heute mitteilen. Ihrer beider Zukunft stand auf dem Spiel und er musste wissen, ob sie ihn nach dem, was mit Colin geschehen war, noch liebte oder nicht. Er war ganz in Gedanken, als er das Ende des Waldes erreichte. Als er das kleine Haus unten am Meer sah, wusste er, dass seine Entscheidung richtig war. Er ritt näher heran. *Eigenartig, dass kein Rauch aus dem Kamin aufsteigt*, dachte er. Als er sah, dass die Fenster mit Brettern vernagelt waren, sprengte er im Galopp auf das Haus zu, hielt das Pferd an und sprang herunter. Er rüttelte an der Tür, aber sie war fest verschlossen. Drüben im Stall waren die Hühner, die Kuh und das Pony, von dem Hazel immer erzählt hatte, fort. Er atmete schwer, lehnte sich mit beiden Händen an die Wand des Stalles und schlug mit der Hand dagegen, bis der Schmerz unerträglich wurde. Unselig starrte er auf das Meer.

»Wo bist du, Hazel?«

Wie mechanisch ging zu seinem Pferd zurück. Als er aufgestiegen war, sah er von oben die Spuren eines schwer beladenen Wagens auf dem Boden. Er ritt ein paarmal darüber hinweg und folgte ihnen bis ins Dorf. Sein Pferd war schweißnass, als er dort ankam. Er sah den Reverend im Kirchhof und ritt direkt hinein.

»Reverend Bain, Sie müssen mir helfen!«, rief er außer Atem.

»Mylord, was ist denn geschehen?«

»Die MacAllens. Wo sind sie?«

»Ich weiß es nicht, Mylord. Ich weiß nur, dass Hazel und ihr Bruder heute Morgen mit einem Wagen, beladen mit ihrer ganzen Habe darauf, durch das Dorf gefahren sind.«

»Hazel und ihr Bruder. Aber wenigstens Mrs MacAllen muss doch wissen, wo sie sind.«

»Mrs MacAllen ist tot, Mylord. Sie hat sich aus Kummer über den Tod ihres Sohnes ins Meer gestürzt.«

»Was?« Simon sah den Reverend entsetzt an. »Wann war das?«

»Vor fünf Tagen.«

Simon atmete tief ein. Es war kein Wunder, dass Hazel weg war. Sie hatte ihren Bruder und ihre Mutter verloren und er hatte sie glauben lassen, dass sie auch ihn verloren hatte. Er hatte zu lange gewartet.

»Wo könnten sie hin sein, Reverend?«

»Das kann ich nicht sagen, aber Alistair wollte immer nach Amerika. Er hat einen Freund dort, der ihm angeboten hat, eine Weile bei ihm zu bleiben. Ich denke, da ihn nichts mehr in Schottland hält, wird er irgendwie versuchen, dorthin zu kommen.«

»Aber wieso ist Hazel bei ihm? Sie hat nie so etwas erwähnt.« Simon verstand es nicht.

»Sie war völlig teilnahmslos, als ich sie das letzte Mal gesehen habe. Ich fürchte, sie verkraftet das alles nicht,

Mylord. Wahrscheinlich ist es sogar das Beste, wenn sie von hier fortkommt.« Er nickte traurig.

»Ich danke Ihnen für die Auskunft, Reverend«, sagte Simon bitter.

Er verließ das Dorf. Sie war gegangen, einfach so. Wie sehr musste sie ihn hassen. Auch wenn es vielleicht ein Unfall gewesen war fühlte er sich verantwortlich für Colins Tod. Hätte er nur nicht Alice Wunsch nachgegeben und ihn nach Broom Park geholt. Durch Colins Tod war er auch indirekt verantwortlich für den Tod von Hazels Mutter. Das Pferd schlug von allein den Weg an der Küste entlang zurück nach Broom Park ein. Oben auf dem Hügel, wo Simon Hazel zum ersten Mal geküsst hatte, hielt er den Braunen an. Seine Finger suchten in seiner Brusttasche nach der kleinen silbernen Dose, die er an seinem Herzen trug. Er biss sich auf die Lippen. Männer weinen nicht, hatte man ihm beigebracht, doch er fühlte in diesem Moment heiße Tränen auf seinem Gesicht. Wie sehr wollte er ihren Namen laut herausschreien, in der Hoffnung, sie würde ihn irgendwo weit entfernt von hier hören, aber er blieb stumm und ließ das Pferd nach Hause laufen.

Er würde sich das nie verzeihen.

Im Haus angekommen, ging er in sein Arbeitszimmer. Er trank Whisky und dachte nach. Er hatte Hazel verloren und Alice würde, gehen, wenn er es wollte. Schließlich war es nicht sein Kind und sie sollte ihre Strafe erhalten und ... *Nicht mein Kind*, dachte er wieder. Aber es war das Kind von Hazels Bruder, das Alice erwartete. Wenn er schon die Verantwortung für Colins Tod trug, war es dann nicht seine Pflicht, die Verantwortung für dessen Kind zu übernehmen, und wenn nicht um Colins willen, dann, weil es mit Hazel verwandt war? Simon stand auf und ging im Zimmer auf und ab. Auch wenn Hazel ihn vielleicht hasste. Dieses Kind würde er lieben. Er stellte sein Glas ab und ging hinauf zu Lady Denby.

Hazel erwachte am Morgen neben Alistair in der winzigen Kammer, in der sie übernachtet hatten. Sie zog sich ihre Sachen an und schaute aus dem Fenster. Unten im Hof stand der Wagen. Alistair wachte auf, ging hinunter und spannte das Pferd an. Das Wetter war bestens und es schien ein sonniger Tag zu werden. Sie aßen von dem, was sie mitgenommen hatten. Die Straße führte von hier nur noch bergab und sie erreichten am Mittag das nördliche Ufer des Loch Lommond. Die Sonne schien warm und es ging kein Wind. Die sanften Berge am Ufer des Sees und die Bäume spiegelten sich in dem ruhigen blauen Wasser. Es war ein herrlicher Anblick, doch Hazel schmerzte er mehr, als dass er ihr wohltat. Sie stellte sich vor, mit Simon auf dem Weg nach Glasgow zu sein. Wie musste er sich jetzt fühlen? Wahrscheinlich dachte er, sie würde ihn hassen. Sie wünschte, sie hätte ihm eine Nachricht hinterlassen. Aber sie würde ihm schreiben. Auch wenn sie ihn an Lady Alice verloren hatte, sollte er wissen, dass sie ihn noch immer liebte.

Nach einigen Reisetagen wusste Hazel nicht mehr, wo sie sich befanden und wie weit sie von zu Hause fort waren. Sie wollte nur, dass diese Reise ein Ende hatte. Sie war durchgeschüttelt und durchgefroren, nachdem sie eine Nacht im Freien unter dem Wagen verbracht hatten. Irgendwie waren ihre Sinne langsam zurückgekehrt und ihr Verstand arbeitete wieder. Ihr jugendlicher Lebenswillen war stärker und sie musste an die letzten Worte ihrer Mutter denken und an das Versprechen, das sie ihr gegeben hatte. Ja, sie würde stark sein, weil sie es musste.

So nahm Hazel, je weiter sie sich von der Westküste entfernten, immer mehr von ihrer Umgebung wahr, und es war ihr nicht mehr so gleichgültig. Schottland war ihre Heimat und das Schicksal würde ihr den Weg weisen. Auch wenn ihr Herz gebrochen war, sie musste weiterleben und das Land und die Arbeit würden ihr dabei helfen. Sie beobachtete die Landschaft, während sie fuhren. Sie hatten die Highlands hinter sich gelassen, ebenso wie Glasgow und fuhren in einem leicht hügeligen Gelände immer weiter Richtung Osten mit Ziel Edinburgh. Die dreckige Straße voller Löcher schien sich endlos dahinzuwinden und Hazel hoffte nach jeder Wegbiegung, endlich ein Ende zu sehen. Nach sechs Tagen tauchte vor ihnen die Silhouette einer Stadt auf. Weithin sichtbar war die große Festung auf einem Felsen zu sehen an deren Füßen sich ein Meer aus grauen Häusern ausbreitete. Je näher sie der Stadt kamen, desto dichter rückten die Häuser zusammen, bis sich Haus an Haus reihte wie Mauern, die in den Himmel wuchsen.

Hazel musterte die grauen Fassaden. Sie hatte nie etwas dergleichen gesehen. Häuser bis zu acht Stockwerke hoch, die sich an den Burgberg lehnten, unterteilt von mit Kopfstein gepflasterten Straßen und schmalen Gassen, in denen der Himmel nur als blauer Streifen zu sehen war. Es herrschte ein scheinbar heilloses Durcheinander. So viele Menschen liefen hin und her. Marktschreier priesen an kleinen Ständen ihre Waren an und Kutschen und Wagen fuhren an ihnen vorbei. Fort William war in der Tat ein winziges Nest gegen die betriebsame Hauptstadt, die vor Übervölkerung aus allen Nähten platzte.

Alistair lenkte den Wagen immer weiter und sie fuhren in eine breite Straße hinein. Hazel bebte. Während der Wagen langsam die High Street entlangfuhr, zogen prächtige Häuser, die Kathedrale und das Parlamentsgebäude an ihr vorbei. Von irgendwo erklang die Musik von Dudelsäcken und sie sah eine Hochzeitsgesellschaft die Straße hochkommen.

Hazel blickte nach allen Seiten. Dies war die schottische Hauptstadt, von der sie aus Sallys Erzählungen nur eine vage Vorstellung gehabt hatte. Am Ende der langen Straße lag ein riesiger Palast mit einer überwältigenden Fassade, eingerahmt von spitz abgeschlossenen Türmchen.

Alistair wendete den Wagen und fuhr zurück. Er hielt an einem Kutschenstand an und fragte den Kutscher, wo Neuankömmlinge in der Stadt Unterkunft und Arbeit finden könnten. Der Mann beschrieb ihm einen Weg nach Norden, dem Alistair folgte. Bald erreichten sie einen Bereich, in dem rege Bautätigkeit herrschte. Steine wurden auf Karren antransportiert, Häuser gebaut, bei anderen bereits die Dächer gedeckt. Die Straßen waren hier noch nicht gepflastert und voller Löcher.

»Hier bauen sie einen neuen Stadtteil, die New Town«, erklärte Alistair. »Wahrscheinlich gibt es hier Arbeit für mich und für dich werden wir auch etwas finden.« Er sah sie ernst an.

Alistair fragte sich weiter durch und nachdem sie fast einmal die ganze Stadt durchquert und wieder zurückgefahren waren, standen sie am Nachmittag vor einem einfachen vierstöckigen Haus am Rand der Altstadt, in dem ein Zimmer frei sein sollte.

Alistair und Hazel folgten der Hauswirtin die schmale Treppe hinauf bis unter das Dach. Es war laut. Kinder schrien und weinten, Frauen schimpften und Leute stritten laut miteinander.

Das kleine Zimmer, in das die Frau sie führte, hatte außer einer geraden Wand am Giebel nur Dachschrägen und ein einziges kleines Fenster. Immerhin stand in dem Raum ein kleiner Ofen, der auch als Herd diente. Es roch leicht feucht und der Boden war verdreckt. Alistair blickte Hazel an und sie nickte. Fürs Erste würde es schon gehen. Sie schleppten die wenigen Sachen, die sie hatten, nach oben. Dann ließ er sie allein und verkaufte das Pferd und den Wagen, damit sie die Miete für einige Wochen im Voraus bezahlen konnten.

Hazel bemühte sich, das Zimmer ein wenig einzurichten und kochte aus den letzten Resten eine Suppe. Während Alistair noch loszog, um Arbeit zu suchen, lag sie bereits im Bett. Sie wollte schlafen, aber der Krach im Haus schien nicht enden zu wollen. Draußen ratterten Karren die Straße rauf und runter, Männer lachten und grölten. Hazel hielt sich die Ohren zu und versuchte sich an das Geräusch der Brandung in der Bucht zu erinnern und an die Ruhe, doch die Stadt war stärker. Irgendwann schlief sie trotzdem ein. Alistair weckte sie bei Sonnenaufgang und sie kochte Porridge.

Er hatte tatsächlich Arbeit in einem der Neubauten gefunden und würde erst mit Einbruch der Dunkelheit zurück sein.

Hazel ertrug es allein in dem Zimmer nicht lange. Sie ging an das kleine Fenster und ihr Blick wanderte über die Dächer mit den Hunderten von Kaminen, aus denen kleine Rauchschwaden in den Himmel zogen. Alles war so eingeengt, und die einzigen Berge, die Hazel über den Dächern sehen konnte, waren die träge dahingleitenden, hoch aufgetürmten grauen Wolken, die nur ab und zu einen Blick auf ihre scheinbar schneebedeckten Gipfel erlaubten. Nach einer Weile holte Hazel die Sachen ihrer Mutter aus der Kiste. Sie rochen noch nach ihr und Hazel weinte lange. Sie fühlte sich so allein. Verlassen von allen Menschen, die sie geliebt hatte, saß sie in dieser großen fremden Stadt eingesperrt in dem Dachzimmer.

Sie musste hinaus!

Alistair hatte ihr eingeschärft, vorsichtig zu sein. Sie sollte mit niemandem reden, sich den Weg einprägen, und auf keinen Fall in der Dunkelheit nach draußen gehen. Alistair hatte ihr erzählt, wie es gewesen war, als er vor einigen Jahren in Glasgow Halt gemacht hatte. Er hatte ihr klar gemacht, wie gefährlich die Stadt für junge Mädchen wie Hazel sein konnte. Sie hoffte, die Trauerkleidung, die sie trug, würde sie zumindest tagsüber schützen. Doch sie wünschte, er hätte wenigstens die ersten Tage etwas Zeit für sie, um auf sie aufzupassen, wie es der letzte Wunsch ihrer Mutter gewesen war.

Hazel verließ schließlich das Haus nur zögernd. Nach kurzer Zeit reihte sie sich in die Menge ein, die die

Straße Richtung Altstadt einschlug, und folgte ihr wie
ein Schaf der Herde. Hazel versuchte sich den Weg ein-
zuprägen, den sie ging, doch das war nicht einfach. In
dem Gewirr der engen Gassen roch es ekelerregend.
Der Abfall wurde einfach aus den Fenstern auf die
Straße gekippt und erst der nächste Regen würde ihn
davonspülen. Es roch ekelerregend. In all dem Durcheinander lagen Bettler und Betrunkene am Boden.
Händler in dreckigen Sachen verkauften unappetitlich
aussehendes Gemüse, Hühner, Brot und alles, was man
zum täglichen Leben brauchte.

Hazel wollte bald nur raus aus diesen Gassen und sie
fragte einen Kutscher, der ihr den Weg in die
Highstreet wies. Die breite, saubere Straße, die den
Burgberg nach Osten hinabführte, wirkte wie eine andere Welt. Elegant gekleideten Ladys und Herren fla-
nierten die Straße entlang, oft begleitet von Dienern be-
packt mit Kisten. In den Schaufenstern der Läden waren wundervolle Dinge zu sehen und Kinder drückten
sich die Nasen an den Scheiben platt. Hazel betrachtete
all die hohen grauen Häuser mit den eleganten Holztü-
ren interessiert. Das war ihre Welt, wie auf Broom
Park, hier musste sie Arbeit suchen. Sie hatte nicht umsonst mit Feuereifer alles gelernt, was Mrs Edwards ihr
beigebracht hatte. Sie ging immer wieder die Straße
entlang, unschlüssig, wie sie es am besten anstellen
sollte, nach Arbeit zu fragen. Schließlich fasste sie sich
ein Herz und läutete einfach an der erstbesten Tür. Es
wurde rasch geöffnet und Hazel blickte in das abwei-
sende Gesicht eines Hausmädchens.

»Was willst du?«, fragte sie barsch. »Wir geben Bett-
lern nichts.«

»Ich suche Arbeit.«

Das Mädchen musterte Hazel abfällig von oben bis unten. »Für so was wie dich haben wir keine Verwendung«, antwortete sie und klappte die Haustür zu.

Hazel streckte ihr die Zunge heraus. *Blöde Kuh*, dachte sie und ging zum nächsten Haus. Auch hier wurde sie durch einen älteren Butler, wenn auch sehr höflich, abgewiesen. Nachdem es ihr bei den nächsten zehn oder fünfzehn Häusern ebenso erging, wurde ihr klar, dass sie es auf diese Weise nicht schaffen würde. Sie setzte sich in einen schmalen Durchgang, der neben einem Hauseingang nach unten führte und barg den Kopf auf ihren Armen.

»Ist alles in Ordnung?«, fragte plötzlich eine freundliche Frauenstimme hinter ihr. Hazel blickte auf.

»Schon gut, du kannst ruhig hier sitzen, aber du könntest mir auch helfen, die Einkäufe ins Haus zu bringen«, sagte die Frau weiter und lächelte Hazel an.

Hazel nickte und nahm ihr zwei Körbe ab. Die Frau ging an ihr vorbei die Treppe hinunter. Hazel staunte nicht schlecht. Als sie die schmale Gasse durchschritten hatten, öffnete sich vor ihnen ein, von allen Seiten mit hohen grauen Häusern eingeschlossener, Innenhof.

»Wo sind wir hier?«, fragte sie die Frau, die zielstrebig auf einen der Hauseingänge auf der anderen Seite zuging.

»In einem Close.«

»Was ist das?«

»Innenhöfe wie diesen gibt es viele links und rechts der Highstreet. Jeder von ihnen ist ein bisschen anders. Komm mit in die Küche.«

Hazel folgte der Aufforderung gern.

»Setz dich, mein Kind. Du siehst nicht gerade glücklich aus.« Die Frau schob ihr fürsorglich einen Stuhl hin. »Ich mache dir einen Tee. Oder hast du Hunger?«

»Nein, danke, Madame«, entgegnete Hazel. »Ich suche nur Arbeit.«

»Wie so viele hier in der Stadt.« Die Frau schüttelte den Kopf und brühte den Tee auf. »Ich verstehe nicht, wieso Tag für Tag immer mehr Menschen herkommen. Seit wann bist du hier?«

»Wir sind gestern angekommen«, sagte Hazel und blickte in die freundlichen, warmen Augen der Frau, die ihr eine Tasse Tee hinstellte.

»Ich dachte mir so etwas. Und du bist noch voller Illusionen, hm?«

»Nein, ich bestimmt nicht und ich wollte auch nicht hierher. Mein Bruder hat mich gezwungen, nach dem Tod meiner Mutter und meines zweiten Bruders.«

»Deswegen also deine Trauerkleidung. Ich habe mir gedacht, dass du jemanden verloren hast, aber das hört sich ja ganz furchtbar an. Gut, dass du mit hereingekommen bist. Lass uns ein bisschen reden.«

Hazel nickte.

»Ich bin Mrs Napier. Ich führe hier den Haushalt.« Die Frau streckte Hazel die Hand hin.

»Hazel MacAllen.«

»Wo kommst du her, Hazel MacAllen?«

»Von der Westküste, zwischen Oban und Fort William.«

»Oh! Das ist Stewart-Land nicht wahr?«

»Ja. Teilweise. Meine Familie kam im vorigen Jahrhundert dorthin, als der Clan der MacDonalds of Clanranald, zu dem wir MacAllens gehören, kam, um dem Marquise of Montrose zu dienen.«

»Tja. Meine Familie ist schon immer hier in der Gegend von Edinburgh ansässig. Ich kenne die Stadt, seit ich ein kleines Mädchen war und sie hat sich seit dieser Zeit sehr verändert.«

»Ich war noch nie in einer Stadt, die so groß ist, und sie macht mir Angst.«

»Du wirst dich an alles gewöhnen, mit der Zeit.«

»Wieso sind Sie so nett zu mir?«

»Du erinnerst mich an meine Tochter. Sie ist vor ein paar Jahren mit der Herrschaft nach London gegangen, und nicht zurückgekommen. Gott weiß, wie es ihr jetzt geht. Sie schreibt mir kaum. Vielleicht braucht sie auch Hilfe in diesem Moment.« Mrs Napier rührte nachdenklich in ihrem Tee.

»Ich danke Ihnen sehr, Mrs Napier. Vielleicht können Sie mir ja auch sagen, wie ich Arbeit finde.«

»Hier im Haus brauchen wir leider derzeit niemanden, aber ich könnte mich umhören, wenn du willst. Hast du denn etwas gelernt?«

»Ich kann lesen und schreiben und ich habe fast ein Jahr lang auf Broom Park für Lord Denby gearbeitet und die Grundlagen der Haushaltsführung sind mir vertraut.«

»Haushaltsführung? Du meinst sicherlich Küchendienst?«

»Nein, Madame, ich hatte immer nur Servierdienst und habe gelernt, was dazugehört, um einen großen Haushalt in Ordnung zu halten.«

»Das ist recht viel für dein Alter. Hast du Referenzen?«

»Sie meinen ein Schriftstück?«

»Genau.«

»Nein, wir sind so überstürzt von zu Hause weg, dass ich nicht mehr darum bitten konnte.«

»Du solltest dir unbedingt ein Zeugnis ausstellen lassen, sonst wirst du kaum eine Stelle bekommen, es sei denn, du willst wieder ganz unten anfangen.«

Hazel seufzte. Dazu müsste sie zumindest Mrs Edwards schreiben und dann würde Simon erfahren, wo sie war. Nein. Das war unmöglich.

»Ihr seid nicht nur weg, weil deine Mutter tot ist, nicht wahr?« Mrs Napier sah Hazel forschend an.

»Es sind eine Menge Dinge passiert, über die ich nicht reden möchte.«

»Schon gut. Ich werde sehen, was ich für dich tun kann. Kannst du sonst noch etwas?«

»Ich kann singen.«

»Singen?«

»Ja, ich habe in den vergangenen Monaten auf vielen Hochzeiten gesungen, und zuletzt auf dem Ball auf Broom Park.«

»Nun ja. Ich werde sehen, was sich machen lässt. Ich …« Mrs Napier wollte noch etwas sagen, aber es läutete und sie blickte an das Bord mit den Glöckchen der verschiedenen Zimmer. Das kleine Schild zeigte, dass die Glocke zum Salon gehörte.

»Du gehst jetzt lieber, meine Herrschaft braucht mich, es ist Zeit für den Tee.« Sie standen auf und Hazel ging an die Tür.

»Vielen Dank«, sagte sie.

»Komm in drei Tagen wieder. Ich hoffe, ich habe bis dahin etwas für dich.« Mrs Napier ließ Hazel hinaus.

Hazel ging hinauf auf die Straße. Es dämmerte bereits und sie musste sich beeilen. Auch zu essen hatte sie noch nichts eingekauft. Sie fühlte die Pennys in ihrer Tasche. Das wenige Geld reichte gerade für ein Brot und einen Kohlkopf und ein paar Kartoffeln. Als Alistair nach Hause kam, roch bereits das ganze Zimmer danach.

Er schien wie ausgewechselt an diesem Abend.

»Du kannst dir nicht vorstellen wie es ist, Hazel, etwas anderes zu tun, als tagein tagaus zu Fischen. Ich habe heute so viel gesehen und gelernt! Na ja, auch wenn ich nur die Steine von den Karren geladen habe, und ich habe zwei Burschen kennengelernt, die auch nach Amerika wollen. Der eine, Ben, arbeitet schon seit mehr als einem Jahr und er sagt, noch sechs Monate und er hat das Geld für die Überfahrt für sich, seine Frau und die beiden Kinder zusammen und er zahlt mehr an Miete als wir.«

»Was, wenn ich nicht nach Amerika will? Hast du dir darüber schon einmal Gedanken gemacht?«

»Du hast wieder deinen Lord im Kopf, hm? Vergiss es. Du gehst mit mir.«

»Nein, Alistair. Ich bleibe auf jeden Fall hier. Vielleicht nicht in Edinburgh, aber ich verlasse Schottland nicht. Nicht mit dir.«

»Du bist ein undankbares Biest. Seit Jahren sorge ich für dich und nur, weil du auf Broom Park gearbeitet hast, glaubst du, du kannst dich alleine durchschlagen. Hast du vergessen, was Rory mit dir machen wollte? Denkst du, er ist der einzige Mann auf der Welt, der

Mädchen wie dich so behandelt? Glaubst du, alle sind so edel wie dein Lord? Oh nein. Ich gebe dir kein halbes Jahr in dieser Stadt und du bist mindestens einmal vergewaltigt worden, vermutlich auch schwanger und ohne Arbeit. Was dann?«

Hazel entgegnete nichts. Er hatte recht, auch wenn sie es nicht wahrhaben wollte.

»Ich habe heute versucht, Arbeit zu finden«, sagte sie stattdessen.

»Du warst alleine in der Stadt?«

»Ja, aber ich war vor Einbruch der Dunkelheit zurück.«

»Und, hast du etwas gefunden?«

»Nein, aber ich habe eine Frau kennengelernt, die mir helfen will, eine Stelle als Hausmädchen zu bekommen.«

»Du solltest lieber versuchen, Arbeit in einer der Tavernen zu finden.«

»Und mich jeden Abend von betrunkenen Kerlen anfassen lassen? Willst du das?«

Alistair blickte sie über den Rand seines Löffels an. »Nein, aber es ist vermutlich das Einzige, was dir übrigbleibt.«

»Das denke ich nicht.«

In den nächsten Tagen versuchte Hazel selbst weiter Arbeit zu bekommen, doch vergeblich. So stand sie am dritten Tag wieder bei Mrs Napier vor der Tür zur Küche.

»Guten Tag, Madame.«

»Du bist es, Hazel. Komm herein. Ich habe gute Neuigkeiten.«

»Wirklich?«

»Die Hamiltons am Canongate, eine wirklich feine Familie, suchen einen Ersatz für ihr Hausmädchen, das geheiratet hat. Du musst dich noch heute dort vorstellen. Ich werde dich begleiten.«

»Ich weiß nicht, was ich sagen soll, Mrs Napier.«

»Gar nichts. Jetzt lass dich mal ansehen.« Die ältere Frau drehte Hazel herum. »Das Kleid ist in Ordnung, aber deine Haare, Kind. Du kannst dich unmöglich so vorstellen.«

Hazel griff nach ihren wilden Locken, die sie, seit sie von zu Hause fort waren, wieder offen trug.

»Ich würde es hochstecken, wenn ich ein paar Kämme und Nadeln hätte«, sagte sie.

»Kein Problem, davon habe ich genug, wenn du sie mir wiedergibst, leihe ich sie dir. Du hast doch keine Läuse, hoffe ich?«

»Nein, Madame.«

Mrs Napier huschte aus der Küche und kam bald darauf mit dem Benötigten zurück. Hazel steckte sich rasch die Haare zu der Frisur auf, die sie auf Broom Park immer unter ihrem Häubchen getragen hatte.

»Du bist sehr geschickt«, sagte die Hausdame und musterte Hazel. »Und sehr hübsch.«

»Danke, Mrs Napier.«

»Nun denn, wir müssen uns beeilen.« Die andere griff sich ihren Mantel und Hazel nahm ihr Wolltuch wieder um die Schultern. Sie gingen die Highstreet hinunter, bis diese in das Canongate überging. Nach kurzer Zeit erreichten sie ein nahe an der Straße stehendes, dreistöckiges Haus mit einem winzigen Vorgarten voller Herbstblumen. Mrs Napier ging vor und betätigte den schweren Messingklopfer in Form einer Hand, die eine

Kugel hielt. Ein Butler öffnete und bat sie herein und Mrs Napier winkte Hazel, die am Fuße der Treppe gewartet hatte, herauf. Der Butler musterte Hazel sorgfältig.

»Mein Name ist Mr Duncan. Ich bin der Butler und Vorsteher des Haushaltes. Ich werde dich Mrs Hamilton vorstellen. Sprich nur, wenn du dazu aufgefordert wirst.« Hazel nickte und folgte Mr Duncan, der an eine Tür klopfte und eintrat, nachdem er dazu aufgefordert wurde.

»Madame, hier ist die junge Dame, die mir von einer Freundin für die Stelle als Hausmädchen empfohlen wurde.«

»Gut, Duncan, führen Sie die junge Frau herein«, ertönte eine Frauenstimme und der Butler winkte Hazel herein.

Die Dame des Hauses war etwa so alt wie Hazels Mutter. Sie war elegant und doch schlicht gekleidet und ihre grauen Augen hatten einen strengen Ausdruck.

»Wie ist dein Name, mein Kind?«, fragte Mrs Hamilton, als Hazel knickste, und musterte sie kritisch.

»Hazel MacAllen, Madame.«

»Mrs Napier hat dich an Mr Duncan empfohlen. Sie sagte, du hast für die Denbys gearbeitet. Ist das richtig?«

»Ja, Madame, fast ein Jahr.«

»Du hast zwar keine Referenzen, wie ich erfahren musste, aber du scheinst mir geeignet zu sein und da Mrs Napier sehr viel Erfahrung hat und Duncan ihr, was ihre Menschenkenntnis anbetrifft voll vertraut, tue ich dies auch. Du wirst eine Chance erhalten, bei uns zu arbeiten. Vorerst für einen Monat. Bewährst du dich, darfst du bleiben.«

»Ich werde mich bemühen, Sie nicht zu enttäuschen, Madame.«

»Ich erwarte von dir ein sehr ruhiges Benehmen, Gewissenhaftigkeit in allem was du tust und Pünktlichkeit. Alles Weitere wird dir Duncan erklären. Du fängst morgen an.«

»Danke, Madame.« Hazel knickste erneut.

»Weisen Sie Hazel gleich heute in alles ein, Duncan«, wandte sich Mrs Hamilton an den Butler. »Und zeigen Sie ihr das Zimmer, wo sie wohnen wird.«

»Verzeihen Sie, Madame«, unterbrach Hazel sie, »aber wenn es möglich wäre, würde ich gerne dort wohnen bleiben, wo ich jetzt untergebracht bin, bei meinem Bruder. Er ist der einzige Mensch, den ich auf der Welt noch habe und er braucht mich.«

Mrs Hamilton blickte sie nachdenklich an.

»Sie haben erst vor Kurzem Ihre Mutter verloren, stimmt das?«

»Und meinen anderen Bruder.« Hazel senkte, Tränen fortblinzelnd, den Blick.

»Nun gut. Sie können bei Ihrem Bruder bleiben. Duncan wird Ihnen entsprechend den täglichen Arbeiten mitteilen, wann und wie lange Sie im Hause zu sein haben. Gehen Sie jetzt.« Mrs Hamilton schickte sie mit einer Handbewegung hinaus und Hazel und Mr Duncan verließen den Raum. Er ging voran und in der Küche trafen sie wieder auf Mrs Napier.

Hazel wäre ihr am liebsten um den Hals gefallen, aber sie drückte ihr nur die Hand.

»Ich weiß nicht, wie ich Ihnen danken soll.«

»Mach mir keine Schande, Kind. Ich lege Wert darauf, dass Angestellte, die ich vermittle, nicht meinem guten Ruf schaden.«

»Das werde ich bestimmt nicht tun.«

Jetzt war es Mrs Napier, die sie in die Arme schloss. »Viel Glück, Hazel. Ich muss jetzt gehen, aber ich hoffe, du vergisst mich nicht und besuchst mich mal.«

»Gerne und ich werde Ihnen das nie vergessen.«

Mrs Napier ging und Mr Duncan führte Hazel herum. Das Haus, das von außen relativ klein gewirkt hatte, entpuppte sich als verschachtelte Konstruktion der verschiedensten Räume: Küche, Vorratsraum und Weinlager und dem Essraum für das Personal im Keller. Einem kleinen Salon einem Speisezimmer und einem Arbeitszimmer im Erdgeschoss. Die erste Etage dagegen war ein einziger großer Raum, in dem Feste gefeiert werden konnten. In den beiden oberen Stockwerken folgten die Zimmer der Herrschaft und unter dem Dach die Mansarden der Hausangestellten. Es war ein freundliches, helles Haus und Hazel wusste, sie würde sich trotz Mr Duncans sehr distanzierter Art darin wohlfühlen.

Am Abend konnte Hazel es kaum erwarten, ihrem Bruder die Neuigkeit mitzuteilen. Sie hatte von dem letzten Geld, das sie noch hatten, eingekauft und überraschte Alistair mit einem geradezu üppigen Essen: einer dicken Kartoffelsuppe mit Speck.

Nach dem Essen rückte sie mit allem heraus und er sah sie abschätzig an.

»Ich glaube langsam, ich habe dich unterschätzt, Hazel. Du scheinst gut mit den feinen Leuten zu stehen, dass du so rasch Arbeit bekommen hast.«

»Ich habe viel gelernt auf Broom Park, ob du es glaubst oder nicht.«

»Hast du deiner neuen Herrschaft auch von deiner Liebschaft erzählt?«, stichelte Alistair.

Hazel schenkte ihm nur einen bitterbösen Blick.

»Ich muss morgen früh um fünf Uhr dort sein«, sagte sie nur.

Alistair erwiderte nichts.

# Kapitel 8

Hazel ging in den nächsten Wochen ganz in ihrer Arbeit auf. Nur in ruhigen Momenten dachte sie an ihre Mutter und an Simon. Der Schmerz, den sie anfangs empfunden hatte, war irgendwo tief in ihr verborgen und sie ließ ihn nicht hinaus. Sie wusste, wenn sie es sich selbst gestatten würde darin zu versinken, würde sie nicht durchhalten.

Die vier Wochen Probezeit bei den Hamiltons vergingen schnell und Hazel konnte zeigen, was sie gelernt hatte. Mr Duncan hatte sie mit den einfachsten Arbeiten beginnen lassen, doch als er feststellen musste, wie schnell und gewissenhaft sie diese erledigte, war ihm rasch klargeworden, dass Hazel mehr konnte. So war sie bereits in der fünften Woche im Servierdienst und nach acht Wochen gestattete der Butler ihr sogar, gelegentlich einige seiner Aufgaben zu übernehmen.

Hazel besuchte auch Mrs Napier ein paarmal in dieser Zeit und diese wurde ihr eine mütterliche Freundin. Sie ermunterte Hazel schließlich dazu, einen Brief an Simon zu schreiben und Hazel tat es tatsächlich. Sie teilte ihm mit, wo sie war und dass es ihr gutging. Sie wählte ihre Worte betont sachlich. Zu groß war ihre Angst, jemand anderer könnte den Brief lesen. Als sie ihn endlich abgeschickt hatte, fühlte sie sich wie befreit, erleichtert und voller neuer Hoffnung.

Alistairs Launen wurden dagegen immer schlimmer. Er wurde schweigsamer und unzufriedener. Seine anfängliche Begeisterung legte sich und er fluchte oft. Hazel fragt sich, ob es nur an dem kalten, nassen Herbst lag, der die Stadt zu einem Meer aus grauen Steinen in einem Meer von grauem Nebel werden ließ. Oder doch etwas anderem. Bald würde der erste Schnee fallen. Alistair war noch immer Tag für Tag von Sonnenaufgang bis Sonnenuntergang fort. Nur sonntags besuchten sie gemeinsam den Gottesdienst in der Kathedrale. Danach verschwand Alistair regelmäßig. Hazel gegenüber verlor er kein Wort, doch sie ahnte, dass etwas vorging, und sie war umso glücklicher, dass sie ihre eigene Welt im Haus der Hamiltons gefunden hatte.

Schließlich kamen die Weihnachtstage und die Hamiltons gaben eine Gesellschaft nach der anderen. Es war, wie immer bei festlichen Anlässen, viel vorzubereiten und Hazel bezog für sechs Tage eines der Mansardenzimmer. Der festlich gedeckte Tisch am Neujahrsabend war ihr Werk und ihr ganzer Stolz an diesem Tag. Mr Duncan lobte sie zwar nicht, doch sein wohlwollendes Nicken war genug. Jetzt musste nur noch das Abendessen so ablaufen, wie er es mit allen Angestellten generalstabsmäßig geplant hatte. Hazel hatte Servierdienst und freute sich sehr. Endlich würde sie wieder ein paar der wunderschönen Kleider der Damen aus nächster Nähe sehen und auch die eleganten Herren.

Das Dinner verlief ohne Probleme und Hazel bemerkte, wie einer der Herren sie immer wieder ansah. Er war groß und dunkelhaarig mit einem dunklen

Schnurrbart und trug eine Uniform der Soldaten im Castle. Aus dem Gespräch beim Essen konnte sie erfahren, dass sein Name Captain Stewart war. Er war als Offizier in Spanien gewesen und hatte gegen Napoleons Truppen gekämpft. Jetzt gehörte er zur Wache im Schloss. Die Blicke aus seinen dunklen Augen machten sie verlegen und freuten sie andererseits auch. Doch sie wusste, kein Mann würde mit seinem Blick je so ihr Herz berühren wie Simon und so wich sie Captain Stewarts Blicken nach einer Weile aus. Nach dem Essen ging die Gesellschaft hinauf in den großen Saal. Dort wurde getanzt, und Hazel hatte dafür zu sorgen, dass die Getränke in ausreichender Menge nach den Wünschen der Gäste serviert wurden. Als sie ein Tablett mit Champagnergläsern hereinbrachte und sich umsah, wer ohne Getränk war, bedeutete ihr eine Geste von Captain Stewart, dass er ein Glas wollte. Hazel ging zu ihm.

»Bitte sehr, Sir«, sagte sie freundlich.

»Ich danke Ihnen.« Er hatte eine tiefe volle Stimme und Hazel sah ihn einen Augenblick an. Er war noch recht jung. Wahrscheinlich hatte er eine rein militärische Karriere hinter sich und war sicherlich mit Herkunft aus gutem Hause sofort in die Offizierslaufbahn eingestiegen. Hazel schätzte ihn auf Anfang dreißig.

»Zu schade, dass Sie hier nur servieren«, sagte er leise zu ihrem Erstaunen.

»Wie meinen Sie das, Sir?«

»Ich denke, Sie wären eine Zierde für diese Gesellschaft in einem entsprechenden Kleid.« Er war sehr direkt.

Hazel schluckte. »Ich muss gestehen, dass ich für mein Leben gern wieder einmal einen Walzer tanzen würde«, flüsterte sie und blickte sich nach Mr Duncan um. Wenn er sah, dass sie mit einem der Gäste sprach, würde sie sicherlich etwas zu hören bekommen.

»Sie können Walzer tanzen?« Captain Stewart schaute sie erstaunt an.

»Ja, und singen, aber sagen Sie es nicht weiter.« Hazel lächelte spitzbübisch. »Ich muss weitermachen«, sagte sie und ging, ohne ihn noch einmal anzusehen.

Als das Fest weit nach Mitternacht zu Ende ging, und auch das Personal seine Neujahrsfeier beendet hatte, ging Hazel, nachdem sie bereits den Tisch für das Frühstück wieder gedeckt hatte, todmüde ins Bett. Morgen, am zweiten Tag des neuen Jahres, würde sie wieder nach Alistair sehen. Es waren so viele Reste übriggeblieben vom Abendessen und sie hatte ihren Teil davon abbekommen; Alistair konnte es wirklich vertragen. Sie hoffte, alles würde sich bis zum übernächsten Abend halten.

Bevor Hazel am Nachmittag des zweiten Januars das Haus verließ, läutete Mrs Hamilton zur Teezeit und Mr Duncan sagte, dass Hazel den Tee servieren sollte. Also nahm sie das schwere Tablett und folgte Mr Duncan hinauf, wo er ihr selbst die Tür zum Salon öffnete. Hazel zelebrierte das Einschenken des Tees und wollte sich zurückziehen, als Mrs Hamilton sie ansprach.

»Duncan sagt, du machst dich sehr gut.«

Hazel blickte die Hausherrin erstaunt an. Mr Duncan sagte für gewöhnlich sehr wenig.

»Daher möchte ich dich mit neuen Aufgaben betrauen«, fuhr die Hausherrin fort. »Du sollst auch Aufgaben außerhalb des Hauses wahrnehmen. Ich weiß, dass du lesen und schreiben kannst. In Zukunft wirst du die täglichen Einkäufe übernehmen. Einer von den Laufburschen wird dich begleiten. Dazu gehört auch, dass du entsprechend gekleidet bist. Ich mag es nicht, wenn meine Angestellten außerhalb des Hauses schlechter gekleidet sind als bei der Arbeit. Ich habe Duncan angewiesen, deine Garderobe anzupassen. Er wird dir einen entsprechenden Laden nennen. Hier habe ich eine Liste der Kleidungsstücke aufgeschrieben und der Brief wird dir in dem Laden den Kredit dafür gewähren. Die Kosten übernehme ich.« Mrs Hamilton hatte gesprochen, ohne eine Pause zu machen.

Hazel senkte den Blick. »Ich danke Ihnen, Madame«, sagte sie leise und knickste, als sie den Brief entgegennahm.

»Ich erwarte, dich morgen in den neuen Sachen zu sehen«, rief Mrs Hamilton noch, als Hazel den Raum verließ, und Hazel nickte ihr zu. Sie rannte die Treppe in die Küche hinunter. Mr Duncan lächelte sie kaum merklich an und nannte ihr den Namen des Ladens.

Hazel nahm ihren Korb und ging hinaus. Der Nebel, der den ganzen Tag die Stadt eingehüllt hatte, lichtete sich, und ein paar Flecken blauen Himmels waren zu sehen, bevor eine frische Brise die Wolken ganz vertrieb. Hazel ging zu Mrs Napier, die sich freudig bereit erklärte, sie zu begleiten.

Als die Dunkelheit hereinbrach, stieg Hazel die Treppe in die kleine Wohnung hinauf. Sie trug ihren Korb und in der anderen Hand ein in Papier verpacktes

Paket mit neuen Sachen. Den langen schwarzen Wollumhang mit Kapuze, den ihr Mrs Napier als Erstes ausgesucht hatte, hatte sie gleich anbehalten, genau wie das neue Paar halbhoher Schnürstiefel. Oben angekommen, verstaute sie jedoch alles in ihrer Holzkiste. Alistair würde sicherlich kein Verständnis für derlei Dinge haben. Zu ihrer Enttäuschung war noch immer kein Brief von Simon für sie gekommen und Hazel hoffte, das gute Essen würde wenigstens ihren Bruder für diesen Abend friedlich stimmen. Sie hatte alles warm gemacht und den Tisch gedeckt, als Alistair die Tür öffnete.

»Was ist denn hier los?«, fragte er angesichts der doch recht ansehnlichen Menge von Essen.

»Das ist nur das, was ich vom Fest mitbekommen habe«, sagte Hazel und stellte zwei Teller mit Braten auf den Tisch.

»Da haben wir es wieder. Wir sind ja nur die Schweine der feinen Gesellschaft. Was sie selbst nicht essen, kriegen wir zu fressen.« Alistair ging an den Waschtisch und wusch sich die Hände.

»Willst du lieber hungern?« Hazel blickte ihn wütend an.

»Ich will Sachen essen, die ich mit ehrlicher Arbeit verdient habe. Aber in dieser gottverdammten Stadt kostet in diesem Winter alles was wir brauchen fast so viel, wie wir verdienen.« Alistair packte Hazel bei den Schultern. »Ist dir das noch nicht aufgefallen, Hazel? Sie beuten uns aus. Wir werden nie von hier wegkommen, weil wir nie genug Geld zusammenbekommen werden, um die Überfahrt nach Amerika zu bezahlen.«

»Ich will nicht nach Amerika.« Hazel stieß Alistair weg.

»Aber ich und ich werde alles tun, damit diese Ausbeuterei in der New Town ein Ende hat.«

»Ich erinnere mich an andere Worte aus deinem Mund. Was ist mit deinem Freund Ben?«

»Alles faule Geschichten. Selbst Ben sagt, dass sich in den letzten Monaten einiges verändert hat. Obwohl seit dem Sieg über Napoleon die Einfuhrsperren für viele Waren wieder aufgehoben wurden und die Preise eigentlich sinken müssten, werden sie von den Händlern künstlich oben gehalten. Viele Waren sind jetzt über den Winter sogar weiter im Preis gestiegen. Eines von Bens Kindern ist krank und er sagt, er weiß noch nicht, wie sie alle den Winter überstehen sollen, wenn es so weitergeht.«

»Wieso hast du mir nie davon erzählt?« Hazel blickte ihn unverständig an und begann, ihren Braten zu essen.

»Weil du es wohl nicht verstehst, sonst würdest du das jetzt nicht so einfach essen.« Er blickte sie vorwurfsvoll an und zeigte mit dem Finger auf das Fleisch.

»Ich weiß nur, dass ich nicht hungern will, nur, weil du so ein Querkopf bist«, entgegnete sie aufmüpfig.

Alistair war versucht, sie zu ohrfeigen und machte eine entsprechend Handbewegung.

Hazel sprach rasch weiter: »Hast du vergessen, was du Mutter versprochen hast?«

Alistair atmete hörbar aus. Nein, er hatte es nicht vergessen und er hatte verdammten Hunger an diesem Abend. Er setzte sich und aß. Aber er würde sich am

Abend noch mit den anderen treffen. Sie wollten besprechen, was man gegen die schlechten Arbeitsbedingungen in der New Town machten konnte. Ein neuer Mann war vor einigen Tagen aus dem Süden gekommen und hatte von Aufständen von Arbeitern in Birmingham berichtet.

Jetzt gärte in allen Köpfen diese neue Idee.

Alistair war schon fort, als Hazel am Morgen das Haus verließ. Sie ging direkt zu Mrs Hamilton und brachte ihr die Abschrift der Rechnung, die sie sich hatte ausstellen lassen. Die Hausherrin war sehr zufrieden und als Hazel wieder in der Küche war, übergab ihr Mr Duncan die Einkaufsliste und eine Geldbörse. Hazel starrte auf den Betrag darin. Sie hatte noch nie so viel Geld auf einmal in den Händen gehabt. Mr Duncan erläuterte ihr, dass sie jeden Penny zu notieren hatte, den sie ausgab und drückte ihr ein kleines Buch und einen Bleistift in die Hand. Dann rief er nach dem Laufburschen und Hazel ließ den Jungen den Korb tragen, als sie zum Markt gingen. Es war ein kalter, aber schöner Tag und Hazel war zum ersten Mal nicht mehr schwer ums Herz. Sie war schon öfter auf dem Hauptmarkt gewesen, doch hatte sie nie etwas gekauft, da hier die besseren und sehr viel teureren Waren verkauft wurden. Rund um den Markt lagen die Läden der Fleischer und Bäcker einer neben dem anderen. An den Markständen lag das Gemüse sauber und ordentlich gestapelt in Kisten und alles wirkte appetitlich. Hazel wählte die Sachen nach ihrer Liste sorgfältig aus. Sie war ganz und gar damit beschäftigt und merkte nicht, dass sich ihr ein junger Mann in Uniform näherte. Während sie einige Äpfel auswählte, griff plötzlich eine Hand in einem weißen Handschuh nach dem Apfel, den sie eben greifen wollte. Sie blickte auf.

»Captain Stewart.« Sie lächelte ihn an.

»Wenn ich Ihren Namen wüsste, könnte ich Sie auch begrüßen.« Er lächelte zurück.

»Leider ist hier niemand, der uns einander vorstellen könnte«, erwiderte Hazel.

»Nun dies ist auch kein sehr offizieller Ort«, lachte er.

»Nein, das ist er wohl nicht. Ich bin Hazel MacAllen«, antwortete sie ohne Umschweife.

»Stewart, Captain John Stewart.« Er reichte ihr die Hand.

Hazel ergriff sie und drückte fest.

»Ein erstaunlich kräftiger Händedruck für eine Frau«, bemerkte er.

»Ich bin es gewöhnt, hart zu arbeiten, Captain.«

»Das ist sehr bedauerlich. Ein hübsches und kluges Mädchen wie Sie sollte nicht dazu gezwungen sein.«

»Wie kommen Sie darauf, dass ich klug bin, Captain Stewart? Sie kennen mich doch überhaupt nicht.«

»Ich sehe es an der Art, wie Sie einkaufen. Ihre Liste sagt mir, dass Sie mindestens lesen können, Ihre Art sich auszudrücken, sagt mir, dass sie schon längere Zeit für die bessere Gesellschaft arbeiten und ihre Art sich zu bewegen zeigt, dass Sie sich ihrer Wirkung auf Männer sehr wohl bewusst sind.«

Hazel sah ihn an mit einem leicht vorwurfsvollen Blick an. »Finden Sie das nicht ein wenig zu unverschämt?«, entgegnete sie, während sie die Äpfel bezahlte und sich dem nächsten Stand zuwandte.

Captain Stewart folgte ihr.

»Wo kommen Sie her, Miss MacAllen?«, fragte er weiter.

»Ich wüsste nicht, warum ich Ihnen das erzählen sollte.« Sie sah ihn nicht an, sondern wählte sorgfältig die besten Zwiebeln aus.

»Weil es mich interessiert.«

»Captain Stewart, ich bin nur ein einfaches Mädchen. Ich bin die Tochter eines Fischers und mehr nicht.« Ihre Antwort war geradezu schnippisch.

»Das glaube ich nicht.«

»Nun, das ist Ihre Angelegenheit, Sir. Guten Tag.« Hazel wollte ihn stehen lassen, aber er ließ sie nicht fort.

»Verzeihen Sie, Miss MacAllen, ich wollte nicht aufdringlich sein. Es tut mir leid.«

Hazel sah ihn an. Sie war wohl doch zu unfreundlich mit ihm gewesen.

»Nein, es tut mir leid. Ich habe nur einige Dinge erlebt, Captain Stewart, die mich vorsichtig gemacht haben und das Letzte, was ich möchte, ist, in irgendeiner Weise verletzt zu werden.« Hazel senkte den Blick.

»Das hört sich nach einem gebrochenen Herzen an.«

»Das auch.« Hazel lachte leise und bitter. »Und deswegen habe ich keinerlei Interesse an Männern der Gesellschaft.« Er war zwar nett, aber sie wollte ihn loswerden.

»Es tut mir leid, wenn ein Herr aus der Gesellschaft die Ursache für Ihren Kummer ist, aber ich kann Ihnen versichern, dass ich auch nicht aus der sogenannten Gesellschaft stamme, Miss MacAllen. Ich bin nur der Sohn eines Landarztes und meine Karriere verdanke ich ausschließlich meiner Arbeit und einigem Glück. Ich bin nicht, wie andere Offiziere, über Beziehungen zu meinem jetzigen Rang gekommen. Ich habe hart dafür gekämpft.«

Hazel hob den Blick. »Was wollen Sie von mir, Captain Stewart?«

»Nun, ich würde mich schon freuen, wenn Sie mir ein wenig Ihrer Zeit erübrigen könnten.«

»Ich habe sehr wenig Zeit, Sir. So wenig, dass ich in den dreieinhalb Monaten, die wir schon hier sind, noch kaum etwas von der Stadt gesehen habe.«

»Wir?«, fragte er erstaunt.

»Mein Bruder und ich.«

»Das ist sehr schade. Edinburgh ist eine wundervolle Stadt. Haben Sie denn keinen freien Tag?«

»Nur einen im Monat.«

»Ich würden Ihnen an einem dieser Tage gerne die Stadt zeigen, wenn Sie gestatten. Sie können eine Freundin mitbringen, dann ist es auch nicht unschicklich.«

Hazel dachte an Mrs Napier. Sie würde sich ihren Rat einholen und Captain Stewart solange vertrösten.

»Also gut. Ich werde es mir überlegen. Ich sage Ihnen auf dem Markt am Samstag Bescheid.« Sie blickte sich um. »Dort drüben vor MacDonalds Fleischerei um zehn Uhr.«

»Samstag?« Er blickte sie noch einmal fragend an und sie nickte.

»Ich wünsche einen schönen Tag, Miss MacAllen.« Er grüßte sie mit einer leichten Verbeugung zum Abschied und verschwand in der Menge.

Hazel sah ihm einen Moment lang nach. Er war so ganz anders als Simon, mit seinen dunklen Haaren und

Augen und dem Schnurbart, und doch wirkte er attraktiv auf sie. Sie fragte sich, ob das vielleicht nur an der schneidigen Uniform lag. Als sie sich wieder umwandte, blickte sie in das Gesicht des Laufburschen, der mit dem Korb noch immer neben ihr stand. Der Bengel grinste bis über beide Ohren.

»Kein Wort zu Mr Duncan oder irgendjemand sonst aus dem Haus, hörst du.« Hazel warf ihm einen bösen Blick zu, der seine Wirkung nicht verfehlte. Der Junge nickte nur und das Grinsen verschwand aus seinem Gesicht. Sie erledigten die Einkäufe und kehrten in das Haus der Hamiltons zurück. Hazel konnte es nicht erwarten, ihre Arbeit zu beenden. Sie hatte keinen Servierdienst an diesem Abend und musste noch heute bei Mrs Napier vorbei. Es war bereits dunkel, als sie an die Küchentür klopfte und ihre Freundin öffnete. Hazel erzählte was geschehen war und Mrs Napier versprach, sie zu begleiten. Zudem würde sie versuchen, über eine Freundin, deren Mann bei der Wache diente, etwas über Captain Stewart zu erfahren. An diesem Abend konnte Alistairs mürrisches Gesicht ihr nichts anhaben und sie beschloss, einen Brief an Sally zu schreiben. Vielleicht würde ja diese ihr antworten.

Der Rest der Woche verflog und am Samstagmorgen ging Hazel mit dem Jungen wieder auf den Markt. Sie erledigte den größten Teil der Einkäufe und blickte immer wieder auf die große Uhr am Turm der Kirche. Als es kurz vor zehn Uhr war, ging sie langsam in Richtung des vereinbarten Treffpunktes. Sie suchte nach einem Mann in Uniform, aber es war niemand zu sehen. Nur ein Mann in einem grauen Anzug mit Hut blickte auf seine Taschenuhr. Hazel ging näher heran. Es war tatsächlich Captain Stewart, der auf sie zukam.

»Ich hatte schon Angst, Sie würden nicht kommen«, sagte er.

»Ich hoffe, ich habe Sie nicht zu lange warten lassen.« Hazel gefiel, was er gesagt hatte.

Mrs Napier hatte ihr berichtet, dass Captain Stewart einen sehr guten Ruf unter den Männern der Wache und des Regimentes hatte und einen untadeligen Ruf in der Edinburgher Gesellschaft. Zudem hatte Mrs Napier versprochen, Hazel zu begleiten.

»Ich hätte wohl noch eine ganze Stunde gewartet.« Er lächelte sie an. »Ich musste doch Ihre Antwort hören.«

»Ich habe beschlossen, Ihre Einladung anzunehmen und würde mich freuen, wenn Sie meine Freundin und mich am kommenden Dienstag in der Highstreet Nummer 73 abholen würden. Wir werden um elf Uhr vor dem Haus warten.«

»Wirklich?« Er schien überrascht.

»Ja. Nun sagen Sie nicht, Sie hätte es nicht ernst gemeint mit Ihrem Angebot, mir die Stadt zu zeigen.«

»Doch, das habe ich.«

»Also dann bis Dienstag.«

»Gestatten Sie, dass ich Sie noch ein Stück begleite?«, fragte er.

»Ich denke, es wäre nicht sehr klug, wenn Sie mich bei meinen Einkäufen verfolgen.«

»Wie Sie meinen, Miss MacAllen. Ich werde am Dienstag pünktlich sein.«

Hazel ließ ihn gehen und zweifelte, obgleich sie zugesagt hatte, ob das alles eine gute Idee war.

*Du bist jung, Hazel. Verbringe nicht die schönsten Jahre deines Lebens damit, einem Mann hinterherzutrauern, den du niemals haben kannst*, hatte Mrs Napier gesagt. Hazel glaubte ihren Worten nicht so recht.

Es war ein ruhiges Wochenende im Hause der Hamiltons und zu Hause bekam Hazel ihren Bruder kaum zu sehen. Er ging abends immer öfter weg und verlor kein Wort darüber wohin. Doch Hazel hatte ein ungutes Gefühl. Irgendetwas ging vor. Das war auch in der Stadt zu spüren. Es war wie die Ruhe vor dem Sturm. Eine geradezu angespannte Stille. Hazel verschwieg Alistair ihre bevorstehende Verabredung. Zu groß war ihre Angst, er könnte sie wieder schlagen, wie in der Nacht, als sie nach dem Ball von Broom Park zurückgekehrt war. *Männer dürfen alles glauben, aber sie müssen nicht alles wissen.* Diesen Rat von Mrs Napier hatte sie berücksichtigt.

Sie zog am Dienstagmorgen, nachdem Alistair fort war, ihr dunkles Sonntagskleid an und ihren neuen Umhang um. Sie war versucht, Sallys Hut aufzusetzen. Leider passte er nicht zu dieser Jahreszeit, und so setzte sie die einfache Haube auf, die sie auf Anraten von Mrs Napier gekauft hatte.

Es hatte in der Nacht geschneit und es war ein ruhiger, klarer Morgen, als sie durch den frischen Schnee in die Highstreet ging, wo Mrs Napier sie schon erwartete. Captain Stewart erschien pünktlich zur verabredeten Zeit in Zivil.

»Guten Morgen, Ladys«, begrüßte er sie bester Laune.

Hazel machte ihn mit Mrs Napier bekannt, die ihr bei seinem Anblick nur wohlwollend zunickte.

»Ich hoffe, Sie lassen sich durch das Wetter nicht von unserem Rundgang abhalten, Miss MacAllen«, wandte er sich an Hazel.

»Auf keinen Fall«, antwortete sie. »Ich bin sehr gespannt.«

»Nun, dann will ich Ihnen auch nicht vorenthalten, was ich für den heutigen Tag geplant habe. Ich schlage vor, wir fangen mit dem ehemaligen Parlamentsgebäude an und folgen danach der Highstreet zum Holyrood House, das ich Ihnen gerne zeigen möchte. Nach dem Lunch bringt uns dann noch ein Wagen auf den Calton Hill. Der Blick von dort auf die Stadt ist einzigartig und man kann von dort das Meer sehen, wenn es nicht zu diesig ist. Anschließend können wir uns die Wachablösung im Castle ansehen. Letzteres ist zwar meine tägliche Routine, aber ich denke, es wird Ihnen gefallen.«

Es wurde ein herrlicher Tag. Captain Stewart zeigte ihnen die Stadt und erzählte Hazel ganz nebenbei seine halbe Lebensgeschichte. Das er in Dunkeld am River Tay aufgewachsen war und mit seinen Eltern erst nach Perth und später nach Edinburgh gekommen war. Dort war er Soldat geworden und hatte in Spanien gegen Napoleon gekämpft. Seine Art zu erzählen ließ Hazel immer wieder lachen, doch er verlor nie diesen gewissen Ernst, der wohl durch seine Stellung bedingt war. Er war höflich und zuvorkommen und in jeder Hinsicht ein Gentleman. Zum Abschied küsste er Hazel die Hand und bat sie, ihn zukünftig mit seinem Vornamen, John, anzusprechen.

Hazel blieb, nachdem er sie wieder zurück zum Haus begleitet und sich dort verabschiedet hatte, noch eine

Weile bei Mrs Napier in der Küche und sie unterhielten sich.

»Gefällt er dir?«, fragte die Ältere, als sie eine Kanne Tee brühte.

»Er sieht gut aus und er ist sehr nett«, antwortete Hazel sachlich.

»Ist das alles? Ich finde ihn umwerfend. Wenn ich jung wäre, ich würde nicht zögern.«

Mrs Napier goss Hazel eine Tasse Tee ein.

Hazel seufzte. Ihr fehlte etwas an ihm, was sie, wie sie glaubte, bei keinem anderen Mann als Simon finden würde: der Ausdruck in seinen Augen.

»Du kannst nicht erwarten, dass er so ist wie dein Lord, Kindchen.« Mrs Napier setzte sich zu ihr.

»Ich weiß, aber es geht mir alles ein bisschen schnell. In meinem Herzen ist nun mal kein Platz für einen anderen Mann.«

»In deinem Herzen ist mehr Platz, als du denkst.« Mrs Napier nippte an ihrem Tee.

»Ich kann einfach keinen anderen Mann lieben.«

»Unsinn, Hazel. Willst du vielleicht den Rest deines Lebens allein bleiben?«

Hazel schüttelte den Kopf. »Ich bin nur noch nicht soweit und ich hoffe, Captain Stewart macht sich keine allzu großen Hoffnungen nach dem heutigen Tag.«

»Er ist ein sehr vernünftiger Mann, Hazel. Er weiß, was er will und ich denke, er ist sehr geduldig. Er wird warten, wenn er dich wirklich mag. Lass dir und auch ihm nur Zeit.«

Die Glocke der Kathedrale schlug acht Uhr.

»Ich muss gehen, Alistair wird sonst böse. Wenn er mich so herausgeputzt sieht, wer weiß, was er dann macht.«

»Sag ihm, du hättest Mrs Hamilton bei ihren Einkäufen begleitet. Das wird er schon glauben.«

Mrs Napier reichte Hazel ihre Handschuhe und brachte sie an die Tür.

»Pass auf dich auf, Hazel, und mach dir nicht so viele Gedanken über die Zukunft.«

Hazel küsste Mrs Napier auf die Wange, dankte ihr und verließ das Haus.

Alistair war noch nicht zu Hause, als sie in die kleine Wohnung zurückkehrte. Sie zog sich rasch um, machte einen Rest Stew für ihn warm und wartete. Als Alistair nach Mitternacht noch immer nicht zurück war, schlief sie endlich ein, um gegen ein Uhr durch laute Geräusche von der Treppe wieder geweckt zu werden. Sie tat, als würde sie schlafen und konnte Alistair im Zimmer hin und her torkeln hören. Er rülpste laut und lallte unverständliches Zeug, als er neben ihr ins Bett fiel. Am Morgen weckte Hazel ihn mit einem nassen Lappen. Er roch noch immer nach Schnaps und Bier und sah furchtbar aus, doch er aß die Reste vom Vorabend und verließ erstaunlich gut gelaunt das Haus.

Hazel ging weiter ihrer Arbeit bei den Hamiltons nach. Ende Januar kehrte eine beschauliche Routine im Haushalt ein. Ab und an traf sich Hazel mit John, wenn sein Dienstplan es zuließ und Hazel war glücklich, dass er sie in keiner Weise bedrängte, sondern ihr das Gefühl gab, ihre Freundschaft sei ihm wichtiger als alles andere.

Auch Alistairs Launen besserten sich über den Januar, obwohl Hazel ihn fast nur noch zum Essen morgens und abends sah.

Als Hazel an einem Montagmorgen zu den Hamiltons ging, fielen ihr in der Stadt neue Schilder auf. *Nieder mit den Ausbeutern*, stand dort geschrieben. *Wir wollen mehr Lohn* und *Ihr lasst unsere Kinder hungern*. Als Hazel in die Küche bei den Hamiltons kam, diskutierte das Personal heftig über eben diese Plakate. Sie setzte sich zu ihnen an den Tisch und hörte aufmerksam zu.

»Es wird wohl einen Streik geben von den Arbeitern in der New Town«, sagte eines der Hausmädchen, deren Mann dort arbeitete.

»Wenn es nur das wäre. Sie wollen den Hafen bestreiken und die Kohleverladung«, entgegnete einer der Butlergehilfen. »Was ist mit deinem Mann, Abigail, wird er auch mitmachen?«

»Ich denke schon. Wer nicht mitmacht, hat nichts mehr zu sagen. Ich hoffe nur, sie ziehen nicht durch die Stadt und schlagen alles kurz und klein, wie sie es in Liverpool gemacht haben.«

»Du meinst, es gibt einen Aufstand?« Hazel starrte Abigail entsetzt an.

»Mein Mann hat so etwas angedeutet. Sie warten auf eine günstige Gelegenheit. Ich bin nur froh, dass Charly nicht zu den Anführern gehört.«

»Ich bin sicher, das Regiment wird sie schon in die Schranken verweisen«, bemerkte Mr Duncan beiläufig. »Ein paar Gewehrsalven und sie werden Ruhe geben.«

Hazel schluckte angsterfüllt. Alistair würde sicherlich auch bei diesem Aufstand mitmachen. Sie musste unbedingt mit John darüber reden und erfahren, was an der Sache wirklich dran war. Er müsste eigentlich an diesem Tag wieder auf den Markt kommen, um sie zu sehen.

Sie beeilte sich, mit Mrs Hamilton noch die letzten Ergänzungen der Einkaufsliste zu besprechen und trat den mittlerweile vertrauten Gang zum Markt an. Sie hatte mit John eine Übereinkunft, dass sie an den Marktagen um zehn Uhr eine Viertelstunde vor MacDonalds Fleischerei auf ihn warten würde, aber heute wartete sie vergeblich. Sie war unruhig, als sie den Heimweg antrat. Sie hatte das Haus der Hamiltons fast erreicht, als sie einen Reiter auf sich zukommen sah. Es war Captain Stewart. Hazel winkte ihm zu und lachte, doch er machte nur ein sehr ernstes Gesicht. Er hielt das Pferd an und stieg ab.

»Ich muss mit dir reden«, sagte er nur und zog sie mit sich in die nächste Seitenstraße.

»Was ist denn geschehen?« Entsetzen schlug in Panik um.

»Wo ist dein Bruder, Hazel?« Er fasste sie bei den Schultern und sah sie eindringlich an.

»Bei der Arbeit, in der New Town.«

»Bist du sicher?«

»Nicht ganz, nachdem ich gehört habe, dass die Männer streiken wollen.«

»Genau darum geht es auch. Dein Bruder steckt in Schwierigkeiten.«

»Wie meinst du das, John?«

»Dein Bruder hat den Streik mit organisiert, den sie heute Morgen ausrufen werden.«

»Alistair? Das glaube ich nicht. Er hat nie etwas darüber gesagt.« Hazel schüttelte zweifelnd den Kopf.

»Glaube mir, Hazel. Wenn du willst, dass ich etwas für ihn tue, dann musst du mir sagen, wo er ist.«

»Ich weiß nicht, wo er ist, John.«

»Geh nach Hause, Hazel, und wenn er dort ist, warne ihn. Das Regiment hat Befehle, die Anführer in Gewahrsam zu nehmen, notfalls mit Gewalt, und du weißt, was das heißt bei einer aufgebrachten Menge.«

»Du darfst mir das gar nicht sagen, nicht wahr?«

»Nein, das darf ich nicht, Hazel. Aber ich will nicht, dass du ihn auch noch verlierst, nach allem, was du hinter dir hast.«

Hazel blickte zu Boden. Sie hatte John von Colins Tod und dem Tod ihrer Mutter berichtet.

»Ich danke dir.« Hazel sah die Wärme in seinem Blick.

»Geh jetzt und beeile dich.«

Hazel wandte sich zum Gehen.

Captain Stewart saß schon im Sattel, als ihr Ben in den Sinn kam.

»Warte, John. Mir ist etwas eingefallen. Ich weiß, dass Alistair einen Freund hat. Sein Name ist Ben Travis. Vielleicht weiß seine Frau, wo die Männer sind.«

»Weißt du, wo sie wohnt?«

»In der Potterrow, ganz am Ende.«

»Ich werde sehen, was ich tun kann.«

Er gab dem Pferd die Sporen und stob davon. Hazel sah ihm nach. Dann nahm sie den schweren Korb und rannte zu den Hamiltons. Sie knallten den Korb in der Küche auf den Tisch.

»Was ist denn los?«, fragte Abigail, als sie Hazels hochrotes Gesicht sah.

»Ich muss gehen. Sag Mr Duncan, ich hätte Fieber und Abby, du solltest beten, dass dein Mann nicht bei dem Aufstand mitmacht.«

Abigail sah Hazel schockiert hinterher, als diese aus der Küche stürmte.

Hazel rannte fast den ganzen Weg. Sie merkte nicht, dass die sonst so bevölkerten engen Gassen merkwürdig leer waren. Nassgeschwitzt erreichte sie schließlich die Wohnung. Alistair war nicht da.

Sofort lief sie die Treppe wieder hinunter und hinaus auf die Straße. Die wenigen Leute, die noch unterwegs waren, liefen inzwischen alle in Richtung der Highstreet, und Hazel folgte ihnen. Bevor die Straße, aus der sie kam, in die Highstreet einmündete, wurde Hazel von einer Menschenmenge aufgehalten. Sie lehnte sich einen Moment lang an eine Hauswand und rang erschöpft nach Atem. Immer mehr Menschen kamen und nach einigen Minuten war sie Teil der Menge. Ein Zurück gab es nicht mehr. Sie musste mit der Masse laufen, auch wenn sie es nicht wollte. Kurz sah sie in die Gesichter der Menschen neben ihr, einige wutentbrannt, andere angstvoll. Schließlich erreichte die Menge die Highstreet und stoppte. Hazel drängte weiter nach vorn. Vor der Menge stand eine große Gruppe von rund zweihundert Männern, die ständig wuchs. Sie trugen Schaufeln, Stöcke und viele hatten Steine in der Hand. Das würde nicht nur einen ruhigen Aufmarsch geben. Nein. Was sich anbahnte, war weit schlimmer. Hazel suchte mit ihren Blicken nach Alistair, noch immer in der Hoffnung, Captain Stewart hätte sich getäuscht. Schließlich sah sie ihren Bruder. Er und Ben Travis standen in vorderster Reihe. John hatte recht gehabt. Hazel drängte sich an den Männern vorbei und lief auf ihren Bruder zu.

»Alistair!«, rief sie ihn laut. »Was in Gottes Namen tust du?«

»Was zum Teufel willst du denn hier?«, rief er überrascht.

»Du bist in Gefahr, Alistair.«

»Wovon redest du?« Er sprach leiser und zog sie zu sich heran.

»Das Regiment hat Befehl, die Anführer zu verhaften.«

»Woher weißt du das?« Alistairs Griff verstärkte sich.

»Ich habe einen Freund beim Regiment und er hat mich heute Morgen gewarnt, dass sie gegen euch vorgehen werden.«

Alistair lachte höhnisch auf.

»Glaubst du, das macht uns Angst? Das wussten wir von Anfang an, aber niemand wird uns heute zurückhalten. Wir ziehen von hier bis zum Rathaus und werden uns mal mit den feinen Herren unterhalten.«

»Willst du für mehr Lohn dein Leben riskieren?«

»Nicht nur mehr Lohn, Hazel. Es kann so nicht weitergehen. All das Elend in der Stadt. Dir und mir geht es noch gut. Ich kenne andere, die weit schlimmer dran sind und wieso das alles? Weil eine kleine Hand von Reichen die ganze Stadt besitzt!«

»Du redest, als wären wir in Frankreich kurz vor der Revolution.«

»Was weißt du denn davon?« Alistair lachte nur.

»Ich habe darüber gelesen und ich weiß, dass Tausende für ihre Ideen mit dem Leben bezahlt haben. Willst du das auch? Ist es das wert? Was aus dir oder mir wird, scheint dir ja egal zu sein, aber was ist mit den anderen, mit Ben? Er hat Frau und zwei Kinder.« Hazel versuchte ein letztes Mal ihren Bruder zu überzeugen.

»Jeder, der heute hier ist, weiß, was er aufs Spiel setzt. Geh jetzt. Es wird Zeit.« Er sah sie ernst mit einem Blick der Entschlossenheit an, der ihr sagte, dass ihre Bemühungen vergeblich waren.

»Sei vorsichtig«, sagte sie leise.

Entgegen seiner sonst so rauen Art umarmte sie Alistair und hielt sie einen Moment fest.

»Pass auf dich auf, Kleines«, sagte er und schob sie von sich weg.

In diesem Moment zog Ben ihn am Ärmel.

»Es geht los.«

Hazel trat ein paar Schritte zurück. Sie stand noch immer auf der Straße, als sich die Männer in Bewegung setzten. Sie machten alle einen Bogen um sie, bis Hazel allein zurückblieb und ihnen hinterherschaute. Sie biss sich auf die Lippen. Die halbe Stadt war auf den Beinen und Hazel sah, wie die Zuschauermenge, die an den Rändern der Straße gewartet hatte, sich langsam ebenfalls in Bewegung setzte. Hazel folgte ihnen erst langsam und dann immer schneller.

Die Aufrührer zogen mit lauten Rufen die Highstreet hinunter bis zum ehemaligen Parlamentsgebäude wo sie anhielten. Hazel konnte erst nichts sehen, doch irgendwie schaffte sie es, sich an den Zuschauern vorbei zu drängeln. Ihr stockte der Atem. Das Regiment hatte die Straße versperrt, genau dort, wo sie wieder enger wurde. Zwei Reihen berittener Soldaten blockierten die

Straße. Vor den Reitern und vor den umliegenden Gebäuden standen und knieten Soldaten mit dem Gewehr im Anschlag.

Die Rufe der protestierenden Männer wurden lauter und lauter, bis ein Schuss in die Luft sie zum Schweigen brachte. Hazel sah, wie die Soldaten Platz machten und einen der Reiter nach vorn ließen. Hazel schrie leise auf, als sie den kommandierenden Offizier erkannte.

Es war John, der nun laut und ruhig sprach.

»Männer, hört mir zu. Wir haben den Befehl, diese Versammlung aufzulösen. Ich weiß, dass das, wofür ihr kämpfen wollt, berechtigt ist und ich weiß, dass ihr vor allem hier seid, weil euch eure Familien am Herzen liegen, aber ich kann nicht anders, als meine Befehle zu befolgen. Daher bitte ich euch alle, geht nach Hause. In Ruhe und zwingt mich nicht, einen Befehl zu geben, den ich nicht geben möchte.«

Die Menge brüllte wieder laut durcheinander, bis Alistair die Hand hob und vortrat.

»Lassen Sie uns durch!«, rief er. »Wir wollen keinen Ärger machen. Wir wollen nur mit den feinen Herren im Rathaus reden und wir wollen eine Zusage von denen, dass etwas gegen die Missstände in der Stadt unternommen wird.«

»Ich glaube Ihnen«, antwortete Captain Stewart. Er sah sich den Mann genau an, der das Wort erhoben hatte. Er hatte dunkle, braune Augen, und ebensolches Haar und er war sich sicher, dass er mit Hazels Bruder sprach. Die Ähnlichkeit war unverkennbar. »Aber ich kann nichts gegen meine Befehle machen.«

»Doch das können Sie.« Alistairs Augen funkelten den Offizier an.

»Das Einzige, was ich zulassen kann, ist eine kleine Abordnung, die unbewaffnet und eskortiert von meinen Männern zum Rathaus gebracht wird.«

Wieder wurden die Männer laut und diskutierten heftig. Alistair sprach weiter.

»Wir gehen alle gemeinsam, oder keiner. Sie wollen doch nur die Anführer in ihre Gewalt bekommen und wenn Sie uns erst mal haben, verschwinden wir in irgendeinem finsteren Loch, bevor sie uns nach Australien deportieren.«

»Ich werde nichts dergleichen tun, das verspreche ich Ihnen.« Captain Stewart wollte um jeden Preis eine gewalttätige Auseinandersetzung vermeiden.

»Ihnen nehme ich das sogar ab, mein Freund«, lachte Alistair, »aber es gibt andere Mächte in der Stadt, vor denen Sie uns nicht schützen können. Deswegen gehen wir jetzt alle weiter. Kommt Männer!« Alistair schritt voran und seine Anhänger folgten ihm schweigend.

Hazel bebte. Die Zuschauer, die anfänglich so zahlreich gewesen waren, hatten sich immer mehr zurückgezogen. Es schien unvermeidlich zu einem Kampf zu kommen. Frauen zogen ihre Kinder mit sich davon und auch die meisten Männer verließen die Highstreet. Hazel war auf einen Treppenabsatz gestiegen, um alles sehen zu können. Sie lehnte sich an die dicke steinerne Säule vor der Haustür und beobachtete mit Entsetzen, was vorging. Johns Befehle konnten Alistair das Leben kosten und sie betete, dass es nicht so weit kommen würde. Trotzdem spürte sie, dass sie sich in dieser Sekunde mehr um John sorgte als um ihren Bruder.

Sie hörte John leise fluchen. Dann rief er laut: »Zum letzten Mal. Geht zurück, oder ich lasse das Feuer eröffnen!«

Doch die Männer reagierten nicht.

»Feuer!«, brüllte John.

Hazel barg ihr Gesicht hinter die Säule, als der Knall von gut zwanzig Schüssen die Stille zerriss. Es roch beißend nach verbranntem Schwarzpulver und sie blickte angsterfüllt auf die Straße zurück.

Die Soldaten hatten nur in die Luft geschossen und luden ihre Gewehre nach.

Die Männer um ihren Bruder hielten einen Moment inne und Hazel sah, wie sich John und Alistair mit Blicken fixierten.

Plötzlich ging alles sehr schnell.

Alistair rannte vor, und die anderen Männer folgten ihm brüllend und schreiend. Wieder wurde geschossen und diesmal brachen einige der Aufrührer schreiend zusammen, doch sie ließen sich nicht aufhalten. Die Schützen machten Platz und die Reiter sprengten im Galopp aus den hinteren Reihen hervor, allen voran John Stewart. Er hatte eine Pistole in der Hand.

Hazel sah, wie er genau auf Alistair zuhielt und auf ihren Bruder schoss. Alistair brach zusammen, noch bevor John ihn vom Pferd herunter ansprang. Sie wollte zu ihrem Bruder laufen, aber es war unmöglich. Die Menge war nur noch ein einziges Gewirr von kämpfenden Männern aus dem die roten Uniformen der Soldaten hervorleuchteten. Hazel sah, wie einer der Männer am Fuße der Stufen, auf denen sie stand, durch einen der Soldaten mit dem Bajonett niedergestreckt wurde. Der Soldat wandte sich dem nächsten zu, ohne von Hazel Notiz zu nehmen. Sie starrte den Verwundeten an. Der Stoß war nicht tödlich, doch der Mann stöhnte und blutete heftig. Sie kroch geduckt zu ihm hinunter und half ihm die Stufen hinauf, wo sie ihn notdürftig verband, während auf der Straße weitergekämpft wurde.

John Stewart hatte Alistair niedergeschlagen und ihn in all dem Getümmel einfach auf die Schulter genommen und unbemerkt in das nächste Close getragen, wo er ihn an eine Wand gelehnt hingesetzt hatte. Alistair war ohnmächtig. Ein paar leichte Ohrfeigen in sein Gesicht ließen ihn zu Bewusstsein kommen. Er blickte hasserfüllt in das Gesicht des Offiziers, der vor ihm kniete. Er wollte ihn angreifen, doch der Schmerz in seinem Arm hielt ihn zurück. Der Offizier stieß ihn fest nach hinten an die Wand. John sah Alistair eindringlich an.

»Sie sind Alistair MacAllen, nicht wahr.«

»Woher wissen Sie das?«

»Von Hazel.«

Alistair geriet wieder in Rage. »Du Schwein!« Er versuchte erneut, John anzugreifen, aber dieser hielt ihm eine zweite Pistole unter die Nase.

»Lassen Sie das, MacAllen. Ihrer Schwester haben Sie es zu verdanken, dass ich Sie nicht gleich erschossen habe. Ich habe Befehl, Sie mitzunehmen, MacAllen, tot oder lebendig und ich schieße Sie über den Haufen, wenn Sie sich noch einmal rühren.«

»Da werden Sie mich schon töten müssen«, lachte Alistair bitter.

»Ich will Sie weder mitnehmen noch Sie töten, Mac-Allen. Ich will nicht schuld sein, dass Hazel auch noch Sie verliert.«

»Was haben Sie mit ihr zu schaffen?« Alistairs Augen blitzten John feindselig an, während er sich mit einem Tuch die blutende Wunde an seinem Arm zuhielt.

»Ihre Schwester bedeutet mir sehr viel, MacAllen, und ich verspreche, ich werde mich um sie kümmern.«

Die Kampfgeräusche wurden weniger und John stand auf und blickte sich vorsichtig um. Wenn auch nur einer seiner Männer ihn hier so sehen würde, wäre er seine Stellung los.

»Was wollen Sie jetzt tun?«, fragte Alistair.

»Sie laufen lassen. Was dachten Sie denn?«

»Sie lassen mich gehen?« Alistair lachte ungläubig auf.

»Ja, das tue ich.« John senkte die Pistole, sicherte sie und steckte sie in seinen Gürtel. Dann reichte er Alistair die Hand und half ihm aufzustehen. »Gehen Sie und verlassen Sie die Stadt, MacAllen.«

»Ich werde gehen, aber ich werde nicht die Stadt verlassen.« Alistair ballte die Hand zur Faust.

»Nachdem was gerade passiert, sollten Sie morgen nicht mehr hier sein. Man wird Sie suchen und vielleicht eine Belohnung auf Sie aussetzen, denn man wird Sie für das verantwortlich machen, was hier geschieht. Dann kommen Sie vielleicht schneller nach Australien als Sie denken können.«

Alistair senkte seine Hand und blickte durch die schmale Gasse auf die noch immer kämpfenden Männer draußen in der Highstreet. Das Gefühl von Macht, das er als Anführer der Männer gehabt hatte, hatte ihn verlassen. Es war von ihm abgefallen, in dem Moment, als John auf ihn geschossen hatte. Er sah den Mann an, der ihm gegenüberstand.

»Sagen Sie mir Ihren Namen«, sagte er ruhig.

»Ich bin Captain John Stewart.«

»Ich danke Ihnen, Captain Stewart.« Alistair wandte sich zum Gehen.

»Warten Sie.« John griff nach einem kleinen Beutel mit Geld an seinem Gürtel und riss ihn herunter. »Nehmen Sie das, Sie werden es brauchen.«

Alistair drückte den Lederbeutel. Er war ansehnlich voll. War das der Preis, den er für seine Schwester erhielt? Verkaufte er Hazel an diesen Mann? Er blickte Captain Stewart kritisch an.

»Ich werde gehen, aber ich werde mein Versprechen gegenüber meiner Mutter halten, sagen Sie das Hazel. Ich werde weiter auf sie aufpassen. Ich habe Freunde und ich werde alles erfahren. Wenn ich höre, dass Sie sich nicht um Sie kümmern, ich schwöre, dann komme ich zurück, und dann gnade Ihnen Gott«, sagte er laut mit erhobenem Zeigefinger.

»Ich habe Ihnen mein Wort gegeben«, sagte John und schob Alistairs Hand zur Seite.

Die beiden Männer sahen sich noch einen Moment lang wortlos an, bevor Alistair die Treppe durch die Gasse auf der anderen Seite des Closes hinunterlief und nur noch einmal stehen blieb. Der Offizier war schon wieder in der Highstreet verschwunden.

Langsam verstummte das Kampfgeräusch auf der Straße. Viele der Männer waren verwundet oder bereits davongelaufen. Die Soldaten ließen jeden gehen, der noch konnte. Nur die Anführer hielten sie zurück.

Hazel sah, wie sie Ben und zwei andere Männer fesselten und abführten. Alistair sah sie nicht. War er einer der leblosen Körper am Boden? Hazel musste Gewissheit haben.

Langsam ging sie die Treppe hinunter auf die Straße und zwischen den Toten hindurch. Blut färbte das Pflaster dunkel. Ihr wurde schlecht und sie hielt sich die Hand vor den Mund. Unter all den Körpern suchte sie nach Alistairs blauer Jacke. Wo war er nur? Sie hatte doch gesehen, dass Johns Schuss ihn getroffen hatte. Als sie sich über einen der Männer beugte, fasste sie eine Hand an der Schulter und sie fuhr erschrocken herum. Es war John. Hazel riss sich von ihm los, trat einen Schritt zurück und spuckte ihm ins Gesicht.

John wischte sich mit dem Handschuh über die Wange.

»Ist das der Dank für das Leben deines Bruders?«, sagte er ärgerlich und sein Gesicht verfinsterte sich deutlich.

»Alistair ist tot. Ich habe gesehen, wie du auf ihn geschossen hast!«, schrie Hazel ihn an. In ihren Augen standen Wut und Verzweiflung. Sie hob die Hände, ballte die Fäuste und wollte auf ihn losgehen.

»Nein, er ist nicht tot. Er ist geflohen.« John packte ihre Handgelenke und hielt sie fest.

Hazel beruhigte sich etwas und John ließ ihre Handgelenke los. Sie blickte ihm noch immer hasserfüllt in die Augen. »Aber du hättest ihn fast umgebracht«, fauchte sie.

»Unsinn, Hazel.« John wollte sie bei den Schultern fassen.

»Geh weg!« Sie stieß seine Hand grob von sich. »Ich will dich niemals wiedersehen!«, rief sie und rannte, ohne seine Reaktion abzuwarten, davon.

Hazel ging zurück in das kleine Zimmer unter dem Dach. Sie hatte John nie gesagt, wo sie wirklich wohnte und ihn im Glauben gelassen, sie hätte ein Zimmer im Haus der Hamiltons. Hier würde sie niemand suchen. Bis zum Abend wartete sie vergeblich auf Alistair und als er am Morgen noch immer nicht erschienen war, wurde ihr langsam klar, dass er entweder doch tot war, oder sie allein gelassen hatte. Sie suchte seine Sachen zusammen und packte sie in ein Bündel, in der Hoffnung, er würde irgendwann kommen und es holen. Als sie alles fertig hatte, saß sie auf dem Bett und weinte hemmungslos. Sie hatte geglaubt, allein zu sein, als sie mit Alistair die Westküste verlassen hatte, aber trotz der Unstimmigkeiten zwischen den ungleichen Geschwistern war er immer für sie da gewesen. Wie ein Rettungsanker, an den man sich klammern konnte. Nun war auch er fort und sie war ganz auf sich gestellt. Hazel weinte auf dem Bett zusammengekrümmt für eine ganze Weile, bis ihr Verstand wieder zu arbeiten begann. Sie musste für sich selbst sorgen, sie hatte gar keine andere Wahl. Die Miete für das Zimmer war wieder fällig und wenn sie das Dach über ihrem Kopf behalten und nicht verhungern wollte, musste sie arbeiten, das war jetzt das Wichtigste. Vor allem war es wichtig, die Stellung zu behalten, die sie hatte, sonst würde sie womöglich doch noch so enden, wie Alistair es ihr prophezeit hatte. So ging sie, wenn auch etwas später als sonst, wie gewohnt zum Hause der Hamiltons.

Ihr Eintreten in die Küche verursachte ein eisiges Schweigen aller Angestellten. Es herrschte Totenstille, als Mr Duncan auf sie zukam. Hazel befürchtete eine Standpauke, weil sie zu spät war. Was der Butler sagte, war allerdings weitaus schlimmer.

»Was wollen Sie noch hier, Miss MacAllen?«, fragte er mit einem eiskalten Blick und nannte sie *Miss*, was er sonst nie getan hatte.

»Ich arbeite hier, Mr Duncan.«

»Seit heute nicht mehr, fürchte ich.«

»Ich weiß, dass ich gestern einfach gegangen bin und heute zu spät komme und es tut mir leid.«

»Darum geht es gar nicht«, antwortete er trocken.

»Wie meinen Sie das?«

»Nun es hat sich bereits herumgesprochen, dass der Anführer des gestrigen Aufstandes Ihr Bruder war, Miss MacAllen.«

»Was hat mein Bruder mit meiner Arbeit zu tun?« Hazel zog die Augenbrauen zusammen und blickte ihn trotzig an.

»Mehr, als Sie denken und Mrs Hamilton wünscht nicht, dass Sie weiter hierbleiben«, erklärte er sachlich und offensichtlich völlig unberührt.

Hazel nahm ihre Schürze vom Haken und legte sie an.

»Wenn Mrs Hamilton dieser Ansicht ist, soll sie es mir selbst sagen«, fuhr sie den Butler ungehalten an und ging Richtung Treppe.

»Wo wollen Sie hin?« Mr Duncan vertrat ihr den Weg.

»Zu Mrs Hamilton.«

»Das gestatte ich nicht.«

»Oh doch, das tun Sie.«

Hazel drückte ihn zur Seite und bevor er sie zurückhalten konnte, lief sie die Treppe hinauf. Sie klopfte an die Tür zum Salon, wo die Hausherrin für gewöhnlich um diese Zeit ein zweites Frühstück einnahm. Hazel ging direkt auf Mrs Hamilton zu, bis diese zu ihr aufsah.

»Hazel, was tust du hier?« Mrs Hamilton blickte sie überrascht und entrüstet zugleich an.

»Ich möchte es von Ihnen hören, wenn es wahr ist, was Mr Duncan mir mitgeteilt hat.«

»Wenn du darauf anspielst, dass ich nicht wünsche, dich weiter in diesem Hause zu beschäftigen, das kann ich hiermit bestätigten.«

»Aber ich bin doch nicht für das verantwortlich, was mein Bruder getan hat und ich brauche diese Arbeit, Madame. Bitte!«

»Nun, es ist mir klar, dass du nicht verantwortlich für die Taten deines Bruders bist, Hazel, und ich würde dich gerne hier im Hause behalten. Aber du musst auch verstehen, dass nicht nur meine eigenen Wünsche dahinterstehen. Mein Mann war, wie du weißt, jahrelang der Kommandeur des Regimentes und es ist einfach nicht möglich, dass wir in diesem Hause Angestellte beschäftigen, die mit Leuten verwandt sind, die von der Polizei gesucht werden. Man hat einen Preis auf deinen Bruder ausgesetzt und alle Welt redet darüber. Wie glaubst du, werden die Damen reagieren, die ich heute Mittag erwarte, wenn du ihnen den Tee servierst? Ich kann mir einen solchen Skandal nicht erlauben, so leid es mir tut. Wenn eine Weile vergangen ist, stelle ich dich vielleicht wieder ein, aber im Moment bleibt mir nichts anderes übrig, als dich zu entlassen.«

Mrs Hamilton hatte Hazel ernst angesehen, während sie sprach. Hazel liefen die Tränen über die Wangen und sie schluckte. Alistair hatte so recht gehabt mit seiner Meinung über die reichen Leute. All dieser schöne Schein ohne Menschlichkeit und immer nur bedacht auf den eigenen guten Ruf.

»Die Sachen, die du bekommen hast, kannst du behalten und Mr Duncan wird dir noch einen Wochenlohn ausbezahlen. Ich hoffe, das wird dir ein wenig helfen.« Mrs Hamilton machte ein hoffnungsvolles Gesicht, doch sie wusste vermutlich, dass es Hazel kaum etwas nutzen würde.

»Danke, Madame«, brachte Hazel noch hervor, dann ging sie langsam wieder hinunter in die Küche.

Sie legte ihre Schürze ab. Die anderen Angestellten starrten sie an, als Mr Duncan ihr den zugesagten Wochenlohn in die Hand drückte.

»Es tut uns leid, Hazel, uns allen«, sagte er.

»Das glaube ich Ihnen nicht«, antwortete sie nur tonlos, nahm ihren Umhang und verließ das Haus.

# Kapitel 9

Captain Stewart hatte dienstfrei und an diesem Abend wollte er sich mit ein paar Freunden in der Taverne *The Hawke* treffen. Dort wurde bestes Bier ausgeschenkt und der hervorragende Whisky kam aus den entlegensten Destillerien. Die Kneipe war daher immer gut besucht und der alte Geiger war ein Meister auf seinem Instrument wenn er einen Jig und Reel nach dem anderen spielte. John war lange nicht dort gewesen, aber seine beiden Freunde hatten ihn überredet, die neuste Attraktion der Taverne kennenzulernen. Sie hatten ihm verschwiegen, was es war, doch John rechnete mit einem vollbusigen neuen Schankmädchen, das den Gästen gegenüber besonders offenherzig war. Das waren für gewöhnlich die Dinge, die eine Kneipe für die Männer interessant machten, abgesehen von der Qualität der Getränke.

Frank und Shawn waren bereits vor der Tür, als John um die Ecke aus der Seitenstraße kam. Die drei Männer begrüßten sich. Schon von hier draußen war das Gejohle der Männer in der Schankstube zu hören, und obgleich es erst acht Uhr am Abend war, taumelten zwei Betrunkene aus der Tür, als die Männer hineinwollten. Die Stimmung schien gut zu sein. John lachte, als Frank ihn mit sich zog.

Der alte Geigenspieler saß in seiner Ecke auf einem hohen Schemel und gab sein Bestes, leider war die Musik in all dem Geschwätz kaum zu hören. Die Männer kamen auch wegen der ›Damen‹ her, die die Herren nicht nur bedienten, sondern gelegentlich auch sehr persönlich betreuten. Der Wirt war ein zwei Zentner Koloss, der früher geboxt hatte und er achtete sowohl auf die männlichen Gäste, als auch auf die ›Ladys‹. Prügeleien waren daher selten im *Hawke*.

Die drei Freunde suchten sich einen Platz in einer der etwas versteckten Nischen an der Wand. Von hier aus konnte man das Treiben in der Schankstube beobachten, ohne dass man Gefahr lief, einen Schwapps Bier aus den großen Krügen abzubekommen. John winkte einem der Mädchen zu und machte das Zeichen für einen Krug Bier und drei Becher. Es dauerte nicht lange und das Mädchen brachte das Gewünschte. John musterte sie. Sie war neu und in der Tat so, wie er es sich vorgestellt hatte. Sie lächelte ihn frech an, als sie das Bier eingoss.

»Haben Sie sonst noch einen Wunsch, Sir?«, fragte sie mit einem Blick aus den Augenwinkeln.

»Nein, danke«, entgegnete John, bezahlte und gab ihr Trinkgeld.

»Vielen Dank, Sir.« Die Bedienung strahlte über seine Großzügigkeit und steckte die beiden Pennys in ihren Ausschnitt.

Die Männer stießen an.

»War sie die neue Attraktion, die ihr mir versprochen habt?«, fragte John, nachdem er sich den Schaum aus seinem Schnurrbart gewischt hatte.

»Wer, das Schankmädchen?« Frank lachte. »Nein, John, du solltest uns besser kennen.«

»Warte noch ein paar Minuten. Du wirst es schon merken. Hab ein Auge auf die Ecke, wo der Geiger sitzt.« Shawn deutete mit einer Kopfbewegung in die entsprechende Richtung.

John tat wie geheißen, aber es verging eine ganze Weile, ohne dass etwas geschah. Der Krug Bier war längst geleert; John wandte sich ab und winkte dem Schankmädchen wieder zu, die sofort einen neuen Krug brachte.

»Da ist sie!«, rief Frank.

John konnte die Ecke des Geigers nicht einsehen, denn das Mädchen goss ihm eben das Bier ein. Mit einem Mal wurde es merkwürdig still. Die Geige spielte ein neues Lied an und nach einigen Takten hörte John die schönste Stimme, die er jemals hatte singen hören. Ein trauriges Lied in gälischer Sprache, die er kaum noch verstand, doch der Klang der Stimme berührte ihn sehr. Endlich trat das Schankmädchen zur Seite und John konnte die Sängerin durch den Rauch in der Schankstube neben dem Geiger sehen.

Er traute seinen Augen nicht.

Ungläubig ging er aus der Nische heraus, bis er sich sicher war.

Es war Hazel.

Zwei Monate hatte er vergeblich versucht, sie in der Stadt wiederzufinden, seit sie ihn nach der Niederschlagung des Arbeiteraufstandes auf der Straße hatte stehen lassen. Nicht einmal die Hamiltons hatten gewusst, wo sie wohnte. Seit er wusste, dass man sie entlassen hatte, war er die ganze Zeit in Sorge um sie gewesen. Nicht nur, weil er Alistair versprochen hatte, sich um sie zu kümmern, sondern weil er sie liebte.

Er hatte zuerst Mrs Napier aufgesucht, aber sie hatte geschwiegen wie ein Grab, ihn wütend hinausgeworfen und als eine einzige große Enttäuschung bezeichnet, ohne sich seine Version der Geschichte anzuhören. John hatte das Haus eine Weile beobachtet, um zu sehen, ob Hazel die Hausdame noch besuchen würde, aber Hazel ließ sich dort nicht mehr sehen. Also hatte John versucht, über die Frau von Ben Travis etwas über Hazel zu erfahren. Ohne Erfolg. John war in Zivil in die Potterrow gegangen, doch Mrs Travis erkannte ihn, denn auch sie war am Tag des Aufstandes in der Highstreet gewesen. Er hatte das Haus fluchtartig verlassen müssen, als sie auf ihn losgegangen war und die Nachbarschaft gegen ihn aufgebracht hatte.

So war Hazel wie vom Erdboden verschwunden gewesen, bis zu diesem Abend.

»Na, John, bist du beeindruckt?«, fragte Shawn, der mittlerweile neben ihm stand.

John sah ihn nicht an und erwiderte nichts. Seine Augen folgten noch immer Hazel, die nun ein sehr keckes und fröhliches Lied angestimmt hatte und singend mit frechen Gesten und augenzwinkernd zwischen den Gästen hindurchging. Sie kam in Richtung der Nische, wo die Männer gesessen hatten. John setzte sich rasch wieder und zog sich zurück in die Dunkelheit, in der Hoffnung, sie würde ihn nicht sehen; Hazel ging vorbei, ohne ihn zu bemerken. Sie sah ganz verändert aus. Ihr langes lockiges Haar fiel bis weit über ihre Schultern und umschmeichelte ihr Gesicht. Sie trug eine weit ausgeschnittene Bluse und ein enges Mieder, das ihre weiblichen Formen zu Geltung brachte.

Hazel beendete eben ihr Lied und alle Gäste applaudierten.

»Was ist, gefällt sie dir nicht?« Frank blickte John forschend an, der noch immer keinen Blick von Hazel ließ.

»Nein, im Gegenteil«, antwortete dieser ernst.

»Mir scheint, unser Freund hat gerade sein Herz verloren«, lachte Shawn, als er sich wieder setzte. »An eine kleine Sängerin.«

»Wieso gehst du nicht und fragst sie, ob sie ein wenig Zeit für dich übrig hat?«, stichelte Frank.

John packte ihn mit einer schnellen Bewegung am Kragen und zog ihn über den Tisch zu sich heran.

»Kein Wort in dieser Richtung über dieses Mädchen«, fauchte er und ließ den anderen langsam wieder los.

»Schon gut, ich habe doch nur Spaß gemacht.« Frank zog sich auf seine Sitzbank zurück und brachte seinen Kragen in Ordnung. »Ich konnte ja nicht wissen, dass du ...« Er brach ab und sah John forschend an.

»Kennst du sie etwa?«, fragte Shawn im selben Augenblick.

John nickte. »Ja, ich kenne sie«, sagte er leise. »Und ich bin dafür verantwortlich, dass sie hier singt.«

»Du? Aber wie?« Frank starrte seinen Freund ungläubig an.

»Das ist meine Sache. Ich weiß nur, dass ich sie hier herausholen muss.«

»Und wenn es ihr hier gefällt?«

»Frank. Ich kenne sie und sie gehört nicht hierher, und nun Schluss damit.«

John wandte sich ab und blickte Hazel nach, wie sie in einer Schale das Geld sammelte, das der Lohn für ihren Gesang war. Sie holte zwei Bierkrüge von der Theke und begann, die Gäste zu bedienen. Ab und an legte einer der Männer seine Hand auf ihren Hintern, wenn sie neben ihm stand oder steckte ihr einen Penny in den Ausschnitt. John konnte das nicht mitansehen. Er stand auf und ging auf sie zu. Sie stand an einem der Tische und drehte ihm den Rücken zu. Der fette Kerl auf der Bank neben ihr hatte bereits eines der Mädchen auf dem Schoß und nun legte er Hazel seine speckigen Finger um die Taille.

John legte Hazel die Hand auf die Schulter und sie wandte sich um.

Das aufgesetzte Lächeln verschwand augenblicklich aus ihrem Gesicht, als sie in seine Augen sah. Sie schluckte.

»Ich muss mit dir reden«, sagte John, fasste ihre Hand und zog sie mit sich in die nächste Ecke des Raumes.

»Nein, John, nicht.« Sie folgte ihm widerstrebend.

»Was tust du hier, Hazel? Das ist kein Platz für dich!«

»Ich arbeite hier, und dass ich das muss, ist dein Verdienst.«

Sie wollte sich abwenden. John hielt sie zurück.

»Das mit deinem Bruder ist alles ein furchtbarer Irrtum und das Letzte was ich wollte, ist, dass du deine Stelle bei den Hamiltons verlierst.«

»Es ist aber nun einmal so gekommen und ich kann dir nicht verzeihen, dass ich Alistair durch dich verloren habe. Auch wenn er nicht tot ist, für mich ist es fast dasselbe.«

Ihre Augen funkelten zornig.

»Das mit deinem Bruder war ganz anders, als du denkst. Wenn du mich doch wenigstens anhören würdest, könnte ich es dir erklären.«

»Ich will nichts mehr hören, John. Was ich gesehen habe, reicht aus.«

»Aber ich habe deinem Bruder versprochen, für dich zu sorgen, Hazel. Wie soll ich mein Versprechen halten, wenn du dich dagegen wehrst?«

»Ich will deine Hilfe nicht. Geh jetzt und lass mich meine Arbeit machen, sonst zieht man mir Geld vom Lohn ab.«

John sah sie ungläubig an. »Du willst hierbleiben?«

»Ja, das will ich.«

»Aber ich ... Ich liebe dich, Hazel«, brachte er stockend hervor.

Sie sah ihn mit einem Blick unendlicher Traurigkeit an. »Aber ich liebe dich *nicht*«, antwortete sie sachlich. »Ich hätte dich vielleicht lieben können, irgendwann einmal, aber du hast alles zerstört.«

Sie sah ihm ein letztes Mal in die Augen, wandte sich ab und ging zwischen den Leuten hindurch zum Wirt, um sich ihren leeren Bierkrug wieder füllen zu lassen.

John sah ihr nach. Dann ging er zurück zu Frank und Shawn, nahm seinen Hut und seinen Mantel und verließ wortlos die Taverne.

Hazel arbeitete den Rest des Abends wie in Trance. So wie jeden Abend ließ sie sich in einen Zustand der Leere fallen, der es ihr möglich machte, nach ihrer Gesangsdarbietung der Arbeit nachzugehen, die sie aus tiefstem Herzen hasste. Sie hasste es, wie die Männer sie ansahen. Sie hasste den Geruch von Schweiß und Bier, den sie ausströmten und sie hasste es, wenn die Kerle sie berührten. Sie lächelte, doch in ihrem Inneren schrie sie.

Wenn sie mitten in der Nacht nach Hause ging, trug sie ein großes Messer mit sich, das sie schon mehr als einmal davor bewahrt hatte, überfallen zu werden. War sie wieder in dem Zimmer unter dem Dach, verschloss sie die Tür und konnte fast jede Nacht nicht schlafen, bis auf einige Stunden kurz vor dem Morgengrauen. Sie saß dann oft auf einer Kiste, die sie an das Fenster geschoben hatte und sah zu, wie sich der Rauch aus den Kaminen in den Himmel kräuselte. Vor allem in mondhellen Nächten sah es geradezu unwirklich aus und sie sehnte sich sehr nach dem kleinen Cottage am Meer, nach dem Geräusch der Wellen auf dem Strand und dem Geruch nach Salz und Moor in der Luft. Sie sehnte sich nach Broom Park und nach Simon, dessen Augen sie Nacht für Nacht im Schlaf verfolgten und von deren Blicken sie sich streicheln ließ, wenn es ihre verletzte Seele am meisten brauchte.

Als Hazel am Morgen nach der unerwarteten Begegnung mit John erwachte, fühlte sie sich noch schlimmer als sonst. Er war wie ein Licht aus der Vergangenheit gewesen, die – obwohl erst einige Wochen vergangen waren – schon endlos weit weg erschien. Hazel wusste selbst, dass ihr Leben so nicht weitergehen konnte. Tag für Tag war sie ab dem Mittag im *Hawke.* Mit Grauen dachte sie an diesen Kerl, der ihr am vergangenen Abend die Hand um die Taille gelegt hatte. Er hatte ihr schon einmal aufgelauert und allein der Gedanke an seine Lippen auf ihrem Hals beim letzten Mal, ekelte sie an. Nur ihr Messer hatte sie vor Schlimmerem bewahrt.

Die Wochen vergingen, in denen ein Tag wie der andere erschien. Manchmal hatte Hazel das Gefühl, dass John in der Schänke war, aber zu Gesicht bekam sie ihn nur ein einziges Mal. An diesem Abend hatte sie ein schönes Gefühl von Sicherheit, zumal sie seit einiger Zeit den Verdacht hatte, dass ihr abends jemand folgte. Sie dachte, es wäre der fette Kerl und war in ständiger Angst vor ihm. So hoffte sie insgeheim sogar, John zu sehen. Er hatte Alistair versprochen, auf sie aufzupassen. Wann war das wohl gewesen? Vielleicht hätte sie ihm doch zuhören sollen. Hazel nahm sich vor, ihn beim nächsten Mal anzusprechen.

John kam an einem Abend Anfang April wieder in den *Hawke*, wie an so vielen Abenden in den letzten drei Wochen. Seit er Hazel wiedergefunden hatte, wachte er insgeheim über sie. Er hatte einer Gruppe von Jungen, die sonst nur in der Stadt herumlungerten, den Auftrag erteilt, sie ständig zu beobachten. Für ein paar Pennys die Woche taten die Kinder, was sie konnten. John wusste bereits, wo Hazel wohnte und er wusste, wie sie ihre Tage verbrachte.

An seinen freien Abenden kam er zur Taverne. Manchmal blieb er draußen, in einem der Türeingänge auf der anderen Straßenseite, und wartete, bis Hazel nach Hause ging. Er folgte ihr immer, bis er sicher war, dass sie in ihrem Zimmer war. Wenn es regnete, dann ging er in die Schänke, blieb dort in der dunkelsten Nische und beobachtete sie.

Auch an diesem Abend war das Wetter kalt und unfreundlich, der Wind peitschte den Regen durch die Straßen und John war froh, als er in die warme Schankstube trat. Es war schon spät. Hazel bediente bereits und John suchte wieder seinen Stammplatz auf. Dieser war besetzt und er musste die Gäste am Tisch mit ein paar Münzen dazu überreden, ihm Platz zu machen. Er blickte auf Hazel, wie sie sich bewegte, wie ihr die langen Haare um die Schultern fielen. Er hatte sich in sie verliebt, als er sie bei den Hamiltons gesehen hatte. Nun war er ihr verfallen. Sie sah so aufregend aus.

Hazel holte einen neuen vollen Krug beim Wirt ab.

»Kümmere dich ein bisschen um den Dicken«, sagte der Wirt zu ihr.

»Ich kann ihn nicht leiden, und er macht mir Angst.«

»Dafür wirst du hier nicht bezahlt. Esther ist heute nicht da, also wirst du dich um ihn kümmern. Basta!«

Sie atmete tief ein, nahm ihren Krug und ging hinüber. Für heute hatte sie schon genug über sich ergehen lassen müssen, der Kerl hatte ihr gerade noch gefehlt.

Sie versuchte trotzdem zu lächeln, als sie ihm das Bier eingoss.

»Da ist ja meine kleine Freundin«, lallte er und fasste sie am Arm.

»Lassen Sie bitte los.« Hazel versuchte es mit Freundlichkeit, doch er hielt sie fest und zog sie näher zu sich heran.

»Wie wäre es mit einem Kuss, hm? Esther hat nie etwas dagegen.«

»Ich bin nicht Esther und ich küsse keine Gäste«, erwiderte Hazel schon etwas gröber.

»Stell dich nicht so an.«

Der Kerl zog sie auf seinen Schoß herunter und fasste nach ihren Brüsten.

Hazel ließ vor Schreck den Bierkrug fallen, der auf den Boden knallte und zerbrach. Bier spritzte durch die

Gegend. Die in der Nähe sitzenden Männer fuhren herum.

»Kannst du nicht aufpassen?«, brüllte einer, ohne sich darum zu kümmern, was da mit ihr geschah.

Der fette Kerl hatte Hazel fest im Griff. Sie wehrte sich, aber er wollte etwas Bestimmtes und bevor sie es verhindern konnte, hatte seine Hand ihren Weg in Hazels Ausschnitt gefunden und fordernd ihre Brust umfasst. Er küsste sie wieder auf den Hals.

Hazel strampelte sich frei, wandte sich um und verpasste dem Kerl eine schallende Ohrfeige, so dass dieser nach hinten von der Bank kippte. Sie atmete hastig. Alle Männer um sie herum lachten nur laut und zeigten mit dem Finger auf sie. Als sie an sich heruntersah, merkte sie erst, dass ihre Bluse zerrissen war. Sie brach in Tränen aus, raffte den Stoff über ihrem Busen zusammen und rannte auf die Tür zu.

Draußen regnete es in Strömen. Hazel rannte die Straße entlang. Schnell hingen ihr die nassen Haare vor dem Gesicht und sie konnte kaum noch etwas sehen, aber das war auch egal. Alles war ihr gleichgültig. Sie wollte nur weg. Weg von der Taverne, weg von diesem Leben. Wie betäubt lief sie immer schneller, bis sie glaubte, jemand würde ihren Namen rufen. Kurz blickte sie auf.

In diesem Moment sah sie einen dunklen Schatten sehr schnell auf sich zukommen – hörte das Geräusch von Kutschpferden und Rädern. Sie wollte noch zur Seite springen, aber es war zu spät. Sie schrie auf, fühlte einen furchtbaren Schmerz und schließlich gar nichts mehr, als die Dunkelheit erlösend über sie kam.

John sprang zur Seite. Die Kutsche fuhr noch an ihm vorbei, bevor der Kutscher endlich die Pferde zum Stehen brachte.

Er fluchte. Das, was in der Taverne geschehen war, war so schnell gegangen. Bevor er aus der Nische heraus war, war Hazel schon auf die Tür zugerannt. Der fette Kerl hatte sich aufgerappelt und wollte hinter ihr her. John war mit ihm zusammengeprallt. Er hatte dem Mann einen Faustschlag verpasst, so dass dieser zu Boden gegangen war. Dann war John hinaus gestürmt. Er hatte Hazel im Regen die Straße hinunterlaufen sehen und war ihr nachgerannt. Doch er kam zu spät.

John rannte bis zu der Stelle, wo noch vor wenigen Sekunden Hazel gestanden hatte. Ihr lebloser Körper lag auf dem nass glänzenden Pflaster. Er kniete sich neben sie. Ihre Augen waren geschlossen und Blut lief über ihre Schläfe. Er fühlte ihren Puls an ihrem Hals.

»Gott, bitte, lass sie nicht sterben«, murmelte er leise und atmete erleichtert auf, als er ihren Herzschlag an seinen Fingern spürte.

Der Kutscher kam angelaufen und beugte sich zu John hinunter.

»Ich habe sie nicht gesehen in der Dunkelheit, sie stand mitten auf der Straße. Ist sie tot?«, fragte der Mann außer Atem.

»Nein, aber sie wird es bald sein, wenn sie noch lange hier liegt.«

»Bringen Sie sie in die Kutsche, ich fahre sie zu einem Arzt.«

»Gut. Geben Sie mir Ihren Mantel. Wir müssen sehr vorsichtig mit ihr sein.«

Der Kutscher legte seinen Umhang ab und half John,
Hazel darauf zu legen, wobei John ihren Kopf abstützte,
und sie trugen sie gemeinsam in den Wagen. Einige Minuten später fuhr die Kutsche durch die Dunkelheit davon.

# Kapitel 10

Hazel erwachte nur langsam, sie war stark benommen. Sie hatte Mühe, die Augen zu öffnen und musste einige Male blinzeln, bis sie, wenn auch noch verschwommen, etwas sehen konnte. Es war dämmrig in dem Raum. Ihr erster Blick fiel auf einen Betthimmel aus zart gelbem Stoff. Sie blinzelte erneut und blickte die Stoffbahn entlang, bis sie den Bettpfosten aus dunklem Holz sehen konnte. Leicht drehte sie den Kopf und spürte einen heftigen Schmerz in ihrem Körper, der sie innehalten ließ. Der Schmerz, den sie jetzt bei jedem Atemzug fühlte, machte sie wach und ihr wurde bewusst, dass sie in einem großen Bett unter einer warmen, weichen Decke lag. Sie tastete den weichen Stoff mit ihrer rechten Hand. Auch dabei war der Schmerz in ihrem Körper heftig und sie stöhnte leise auf. Ein leises Geräusch neben ihr ließ sie den Kopf vorsichtig in diese Richtung wenden. In diesem Moment beugte sich jemand über sie.

»Scht, langsam. Nicht bewegen, Hazel.«

Sie blickte in das sorgenvolle Gesicht von John. Sie wollte etwas sagen, doch ihre Kehle war trocken. John goss ihr ein Glas Wasser ein, stützte ihren Kopf und setzte es ihr vorsichtig an die Lippen. Hazel trank ein paar kleine Schlucke.

»Du musst nichts sagen. Ich werde dir alles erklären.« John hielt ihre Hand fest und blieb stehen, so dass sie ihn ohne Anstrengung ansehen konnte.

»Du bist in meinem Haus. Schon seit drei Tagen. So lange warst du ohnmächtig. Der Arzt sagt, du hättest ein paar angebrochene Rippen und dein linker Arm ist gebrochen. Außerdem ist dein rechtes Bein gequetscht. Das sind die Schmerzen, die du spürst. Der Arzt hat Laudanum dagelassen, es wird dir helfen. Du musst nur nicken, wenn du noch etwas davon willst.«

Hazel sah ihn verwirrt an. Sie fühlte sich noch immer wie betäubt, als wäre ihr Kopf angeschwollen und zu groß für ihren Körper, was vielleicht von dem Laudanum kam. *Drei Tage.* Sie konnte sich an kaum etwas erinnern, außer daran, dass sie aus dem *Hawke* davongelaufen war. Was danach geschehen war, wusste sie nicht.

»Was ist passiert?«, fragte sie mühsam.

»Eine Kutsche hat dich angefahren.« John drückte wieder ihre Hand. Hazel blickte ihn fragend an.

»Es tut mir leid, dass ich nicht schneller war. Ich hätte verhindern müssen, dass so etwas geschieht. Ich hoffe, du kannst mir verzeihen.«

Hazel nickte nur vorsichtig.

»Möchtest du etwas essen?«, fragte er sanft.

Hazel nickte erneut.

»Mrs Napier wird dir etwas bringen. Ich habe sie bei ihrer Herrschaft weggeholt und sie eingestellt, damit sie sich um dich kümmert. Sie ist in der Küche.«

John zog an der Klingelschnur neben dem Bett.

Einige Minuten später wurde vorsichtig die Tür geöffnet und Mrs Napier steckte den Kopf herein.

»Sie ist wach und sie hat Hunger.« John strahlte Mrs Napier an, die sofort ins Zimmer gelaufen kam.

Hazel sah, dass ihre Freundin Tränen in den Augen hatte, als sie neben ihrem Bett stand und ihre Hand ergriff.

»Kindchen. Ich kann dir nicht sagen, wie froh ich bin.«

Hazel lächelte müde.

»Ich bringe dir eine gute Fleischsuppe, damit du wieder zu Kräften kommst.«

Mrs Napier war sehr aufgeregt und verschwand hastig aus dem Zimmer.

»Soll ich die Vorhänge aufziehen? Es ist noch heller Nachmittag draußen.«

John wartete auf Hazels Zustimmung, dann öffnete er die dunklen Vorhänge und die Sonne durchflutete den Raum. Hazel konnte von ihrem Bett aus vor dem Fenster einige Zweige sehen und dahinter die Dächer von Edinburgh. Sie sah John an, der noch am Fenster stand.

»Ich danke dir«, sagte sie leise.

Er kam zu ihr und setzte sich wieder an ihr Bett.

»Ich habe Alistair versprochen, auf dich aufzupassen. Ich habe ihn damals absichtlich angeschossen, Hazel. Es war nur ein Kratzer. Ich habe ihn bewusstlos geschlagen, in die Seitenstraße geschleppt und ihn dort laufen lassen. Hätte ich das nicht getan, wäre er jetzt vermutlich auf einem Schiff und unterwegs in die Strafkolonie nach Australien. Ich hätte ihm nie etwas getan, deinetwegen. Ich habe versucht, dir das zu sagen, aber du wolltest mich ja nicht anhören. Wenn ich gewusst hätte, dass die Hamiltons dich entlassen, hätte ich dich sofort hierhergeholt, aber du bist einfach verschwunden.« John seufzte.

Hazel liefen Tränen über die Wangen.

»Es tut mir so leid, John«, sagte sie mit stockender Stimme. »Ich hätte wissen müssen, dass du Alistair nichts getan hast, aber ich war so blind und ich wollte auch gar nichts sehen oder wissen nach alle dem, was geschehen war.«

»Du hast so viel durchgemacht. Aber nun bist du in Sicherheit. Du kannst hierbleiben, solange du willst und ich möchte, dass du weißt, dass ich nichts erwarte, nicht nachdem, was du vor einigen Wochen im *Hawke* zu mir gesagt hast.«

Hazel bekam ein schlechtes Gewissen. Er war so ein liebevoller Mann, der es verdiente, geliebt zu werden. Sie hasste sich selbst für die Worte, die sie ihm an den Kopf geworfen hatte.

»Ich werde jetzt gehen und erst heute Abend wieder nach dir sehen, wenn du erlaubst.«

»Komm, wann immer du willst.«

Er drückte ihre Hand noch einmal fest und verließ den Raum.

Mrs Napier kam Minuten später herein. Sie trug ein Tablett mit einer Schale dampfender Suppe und einem Korb mit kleingeschnittenem Brot.

»Nun wollen wir mal sehen, ob du etwas essen kannst«, lachte sie.

Sie hob Hazels Kopf vorsichtig an und legte ihr ein zweites Kissen in den Nacken.

»Ich hoffe, ich tue dir nicht zu sehr weh.«

»Es geht.«

Mrs Napier setzte sich ans Bett und fütterte Hazel mit der warmen Suppe. Dabei redete sie wie ein Wasserfall.

»Captain Stewart hat drei Tage lang Tag und Nacht an deinem Bett gesessen. Er hat sich solche Vorwürfe gemacht, weil er nicht schnell genug war, um dich zu retten, obwohl er an diesem Abend in der Taverne war. Er hat mir erzählt, dass er fast jeden Abend dort war, und wenn er selbst nicht konnte, hat einer seiner Freunde auf dich aufgepasst und sie sind dir bis nach Hause gefolgt, bis du in Sicherheit warst.«

Hazel verschluckte sich leicht und das Husten tat sehr weh.

»Langsam, langsam. Oh je. Vielleicht sollte ich dir das nicht alles jetzt erzählen, wo du noch so krank bist.«

Hazel schluckte die Suppe hinunter.

»Bis auf diese scheußlichen Schmerzen fühle ich mich gar nicht so krank, Edna.«

»Das bist du aber und der Arzt hat gesagt, du musst für einige Zeit das Bett hüten, vor allem wegen deiner angebrochenen Rippen. Er kommt morgen wieder und wird dich neu bandagieren. Du kannst dir nicht vorstellen, wie dein Körper aussieht. Blau und Rot an fast allen Stellen. Auf dem Oberschenkel kann man genau den Abdruck eines Pferdehufes erkennen. Ich habe noch nie jemanden gesehen, der so zugerichtet war wie du und es überlebt hat. Es ist ein wahres Wunder.«

Hazel wollte die Bettdecke anheben, um nach ihrem Bein zu sehen. Edna hielt sie davon ab und Hazel betastete ihr Gesicht.

»Jetzt wird gegessen, junge Dame, und wie du aussiehst, wirst du noch früh genug erfahren. Dein hübsches Gesicht hat übrigens keinen Kratzer abbekommen. Wenn du willst, hole ich dir nachher einen Spiegel.«

Hazel bejahte und aß die restliche Suppe auf.

Als Edna ihr den Spiegel brachte, erschrak sie. Ihr Spiegelbild sah furchtbar aus. Ihre Haare waren strähnig und ihr Gesicht sah bleich und kränklich aus mit den dunklen Ringen unter den Augen.

»Ich werde dir ein Häubchen für das Haar holen und dich ein wenig frisch machen.«

»Ich möchte erst noch ein bisschen schlafen.« Hazel gab Edna den Spiegel zurück.

»Tu das, Kind. Und glaube mir. Es wird alles wieder gut.«

Am Abend kam John mit einem Strauß frischer Blumen und er ließ es sich nicht nehmen, ihr selbst beim Essen zu helfen. Hazel aß mit Appetit, und nachdem John ihr etwas Laudanum gegeben hatte, schlief sie, leicht betäubt von dem Rauschmittel, rasch ein. Der Arzt war am nächsten Morgen sehr zufrieden mit seiner Patientin, die nicht wenig erschrak, als sie über den Handspiegel ihre Blutergüsse betrachtete. Ihre Beine sahen furchtbar aus, doch der Arzt konnte sie beruhigen, dass nichts davon zurückbleiben würde. Hazel verblüffte ihn mit ihrem Wissen über Heilkräuter. Er begrüßte ihr Verlangen nach kühlen Umschlägen mit einer Salbe aus Arnika für ihre blauen Flecken und er stimmte zu, dass sie Tee aus einer Kräutermischung trinken sollte, die sie ihm selbst nannte. Das Bandagieren ihres Brustkorbes war äußerst schmerzhaft, aber Hazel ertrug es so gut sie konnte. Von diesem Tag an kam der Arzt jeden zweiten Tag, um nach ihr zu sehen.

Hazel erholte sich zusehends und sie freute sich unbändig, als der Arzt ihr erlaubte, jeden Tag für einige Zeit in dem großen Lehnstuhl am Fenster zu sitzen. Draußen wurde es langsam Frühling und der Baum vor dem Fenster zeigte die ersten grünen Triebe. Eine ganze Schar kleiner Vögel bewohnte ihn und Hazel hatte ihre Freude daran, wenn sie an dem offenen Fenster in der Sonne saß und die Vögel draußen sangen.

Manchmal stand sie auch auf, stützte sich mit ihrem gesunden Arm auf das Fensterbrett und beobachtete das Treiben unten auf der Straße. Das Haus lag zwar nur in einer Seitenstraße der Highstreet, trotzdem waren immer erstaunlich viele Menschen unterwegs.

Die meiste Zeit verbrachte Hazel jedoch damit zu lesen. John und Edna versorgten sie mit immer neuen Büchern und Hazel ging ganz in der Schönheit der Sprache von Shakespeare, Robert Burns und Walter Scott auf. John teilte ihre Begeisterung für die romantischen Gedichte und Geschichten und abends lasen sie oft einander vor. Heimlich, wenn John nicht da war, las Hazel aber auch die neuen, skandalösen Geschichten von Lord Byron, die Edna ihr, wenn auch unter heftigstem Protest, verschafft hatte.

Es war eine Zeit des Umbruchs für Hazel. Ihr wurde klar, dass alles, was geschehen war, vor allem aber der Unfall und die Tatsache, dass sie ihn wie durch ein Wunder überlebt hatte, für sie den Beginn eines neuen Lebens bedeutete. Ein Leben, das mit jedem neuen Tag und neuer Kraft, die sie gewann, lebenswerter wurde, und das mit einer unglaublichen Macht nach ihr rief. John las ihr jeden Wunsch von den Augen ab und Hazel gewöhnte sich nur zu gerne an die schönen Sachen, die er ihr mitbrachte oder von Edna für Hazel auswählen ließ.

Vier Wochen nachdem sie zum ersten Mal aufgestanden war, traf Hazel eine Übereinkunft mit dem Arzt, dass er niemandem im Hause sagen durfte, wie gut es ihr bereits wieder ging. Nachdem der Arzt es ihr gestattet hatte, übte sie heimlich allein, bis sie auf einen Stock gestützt gut im Zimmer laufen konnte. In Begleitung von Edna wagte sich Hazel nach einer Weile bis an die Treppe und nach und nach ging sie diese immer weiter hinunter und wieder hinauf, bis sie sicher genug war. John gegenüber tat sie allerdings noch immer so, als könnte sie kaum laufen.

Als er ihr eines Abends von ihrem Stuhl aufhalf, tat sie, als würde sie fallen. John fing sie auf und hielt sie sicher in seinen Armen. Er sah sie lange an und als sie wieder sicher stand, berührte er zärtlich ihre Wange. Hazel schmiegte ihr Gesicht in seine warme, weiche Handfläche. John fasste, davon ermutigt, ihr Kinn und küsste sie. Hazel ließ es geschehen und als seine Lippen fordernder wurden, erwiderte sie den Kuss mit der gleichen Intensität. Es fühlte sich angenehm an, auch wenn sein Schnurbart ungewohnt kitzelte, und sie spürte, dass seine Berührungen sie unerwartet erregten.

Sie schwankte. John geleitete sie zu ihrem Bett.

»Verzeih mir«, sagte er leise. »Ich wollte die Situation nicht ausnutzen. Ich gehe Edna holen.«

»John!«, rief Hazel ihm hinterher, aber er lief schon die Treppe hinunter.

John hatte Ende Mai Geburtstag und Hazel wollte ihn an diesem Tag überraschen. Die letzte Woche bis zu diesem Tag war die schwierigste, denn es fiel ihr immer schwerer, es ihm nicht in irgendeiner Weise zu verraten. Hazel wollte an dem Dinner, das John gab, teilnehmen, und Edna hatte ihr in den langen Wochen alles beigebracht, was Hazel noch wissen musste, um sich wie eine wirkliche Lady zu benehmen.

Am Tag vor Johns Geburtstag hatte sie Hazel ein großes Paket überreicht. Darin fand sich ein wundervolles und doch sehr dezentes Abendkleid aus cremefarbenem Stoff mit Verzierungen aus dunkelgrünen Bändern. Dazu passend einen hellen Spitzenschal, Bänder für die Haare und ein Paar entzückender Schuhe. Hazel war Edna weinend um den Hals gefallen und hatte es sofort anprobiert.

Dann kam endlich der bewusste Abend. John hatte Hazel, die sich scheinbar bereits ins Bett gelegt hatte, mit einem Kuss auf die Wange begrüßt, als er vom Dienst gekommen war und sie hatte ihm sein Geschenk überreicht. John war sehr gerührt gewesen und er hatte es sehr bedauert, dass sie nicht beim Dinner dabei sein würde. Er hatte angeboten, sie hinunterzutragen. Hazel hatte jedoch abgelehnt und gesagt, sie fühle sich noch nicht so gut. Als John nach unten ging, schlich Edna zu Hazel ins Zimmer und half ihr beim Ankleiden. Die Haare hatten sie schon am Nachmittag aufgesteckt und unter dem Häubchen verborgen, das Hazel im Haus trug. Als sie endlich fertig waren, sah Edna sie an und hielt sich ihr Taschentuch vor den Mund.

»Ich freue mich, dich so zu sehen.« Sie schluchzte leise.

»Ohne dich hätte ich das niemals geschafft, Edna.«

Hazel selbst konnte es nicht glauben. Endlich trug sie eines der Kleider, von denen sie immer geträumt hatte und sie fühlte sich darin wie eine echte Lady.

Hazel umarmte die Frau, die ihr wie eine Mutter war und wischte ihr die Tränen aus dem Gesicht.

»Geh jetzt. Die ersten Gäste sind schon da.«

Hazel öffnete die Tür. Sie wünschte, sie hätte auf den Stock verzichten können, doch sie war noch nicht so weit. Ihr Arm und ihre Rippen waren gut verheilt, aber die Quetschung an ihrem Bein machte ihr noch immer Probleme.

Hazel blieb oben an der Treppe stehen, als sie unten Johns Stimme hörte. Er begrüßte eben Shawn und Frank, der sich im März verlobt hatte und in Begleitung seiner zukünftigen Frau und deren Anstandsdame erschien. Die Männer wollten in den Salon gehen, als Shawn Hazel oben an der Treppe entdeckte.

»Nanu, John. Wer ist denn die bezaubernde Lady dort oben? Willst du uns nicht vorstellen?«

John wandte sich um und sah Hazel an der Treppe stehen. Er wollte ihr entgegenlaufen in der Angst, sie könnte fallen. Allein ihr Blick hielt ihn davon ab.

Hazel kam mit ihrem Stock so elegant es nur ging die Treppe hinunter und reichte John die Hand. Doch statt dass er sie ergriff, umarmte er Hazel und hielt sie fest.

»Aber wie ist denn das möglich? Seit wann kannst du denn wieder laufen?«, fragte er noch immer völlig verblüfft, als er sie wieder losließ. »Und wie wundervoll du aussiehst.«

»Es geht schon eine ganze Weile, und ich wollte dich heute überraschen.«

»Das ist das schönste Geburtstagsgeschenk, das ich mir vorstellen kann.«

John nahm ihre Hand und hielt sie einfach einen Moment fest.

»Willst du mich nicht mit deinen Freunden bekannt machen?«, lachte Hazel und wandte ihren Blick zu Shawn, der sie trotz ihres veränderten Aussehens bereits erkannt hatte.

»Hazel, darf ich vorstellen, Shawn Kennedy und Frank Matheson mit seiner Verlobten, Miss Brodie. Meine Freunde, darf ich vorstellen: Miss Hazel MacAllen.«

Hazel reichte erst Miss Brodie und dann den Herren die Hand.

»Verzeihen Sie, Miss MacAllen, aber kann es sein, dass Sie eine sehr begabte Sängerin sind? Ich glaube fast, ich habe Sie schon einmal gesehen.«

Shawn hielt ihre Hand einen Moment länger fest als nötig.

Hazel musterte ihn genauer. Sie hatte ihn im *Hawke* gesehen, dessen war sie sich sicher.

»Das ist schon möglich, Mr Kennedy.«

Sie schenkte ihm ein strahlendes und sehr überlegenes Lächeln und ließ ihn so wissen, dass ihr klar war, dass er sie erkannt hatte.

»Nun Freunde, worauf warten wir noch? Ich denke, Mrs Napier wird es mir nicht verzeihen, wenn wir nicht bald mit dem Dinner beginnen.«

John war bester Laune. Er reichte Hazel den Arm und führte sie zu Tisch.

Hazel war trotz allem, was Edna ihr beigebracht hatte, beim Essen nervös. Es war etwas anderes, ein

Dinner in der Gesellschaft von so vielen Fremden Menschen einzunehmen. Hazel hatte anfangs das Gefühl, dass alle sie beobachteten, doch als sie bemerkte, dass eigentlich jeder jeden beobachtete, legte sich ihre Nervosität und nach einer Weile war alles eine Selbstverständlichkeit. Johns Blicke erfüllten sie mit Stolz.

»Sie müssen uns unbedingt erzählen, wie Sie es geschafft haben, den unnahbaren John zu erobern, Miss MacAllen«, scherzte eine der Damen am Tisch.

»Es war wohl weniger eine Eroberung als ein Unfall.«

»Ein Unfall?«

Die Damen wurden erst recht neugierig und Hazel fuhr fort.

»Ich wurde von einer Kutsche angefahren. John hat mir das Leben gerettet und mich hier in seinem Haus aufgenommen. Wäre er nicht gewesen, wäre ich jetzt tot.«

Hazel wandte ihren Blick John zu, der bescheiden abwinkte.

»Oh, wie romantisch. Von einem heldenhaften Mann gerettet zu werden. Welche Frau wünscht sich das nicht?« Miss Brodie war Feuer und Flamme.

»Derart gerettet zu werden, ist sicherlich etwas Wundervolles, aber wenn man dafür erst fast sein Leben verliert und die Schmerzen hat, die ich hatte, so kann ich Ihnen versichern, dass sich kaum eine Frau das wünschen würde.«

Die Männer machten zustimmende Bemerkungen und Hazel musste noch einige Details berichten.

John saß am Ende der Tafel und beobachtete die Frau, die neben ihm an der Längsseite des Tisches saß. Hazel war so bezaubernd schön und es schien ihm, als strahle sie von innen heraus. Sie hatte sich so sehr verändert und er bewunderte es, wie charmant und geistreich sie mit seinen Freunden Konversation betrieb. Er liebte sie aufrichtig. In den vergangenen Wochen hatte ihre wachsende Zuneigung, die sie ihm, seit er sie das erste Mal geküsst hatte, in so vielen kleinen Gesten zeigte, seinen Entschluss reifen lassen.

John tastete nach dem kleinen Kästchen, das er in seiner Jackentasche nun schon seit zwei Wochen immer bei sich trug. Vielleicht war heute Abend endlich der Zeitpunkt gekommen, Hazel zu fragen.

Nach dem Dinner teilten sich die Gäste in Ladys und Gentleman. Während die Damen im Salon an Port und Sherry nippten und Hazel alles erzählen musste, was nach dem Unfall geschehen war, bevor die Damen in eine angeregte Unterhaltung über Lord Byron verfielen, nahmen die Herren Cognac und Zigarren im Kaminzimmer zu sich.

»John, du musst mir sagen, ob ich recht habe, oder nicht.«

Shawn zog John näher zu sich heran und sprach leise weiter. »Ist sie die kleine Sängerin aus dem *Hawke*?«

»Ja, Shawn. Sie ist es, aber ich bitte dich, dass das unter uns bleibt. Sie hat weiß Gott mehr hinter sich, als nur den Unfall.«

»Du kanntest Sie schon, bevor es sie in den Hawke verschlagen hat, nicht wahr?«

»Ja. Und ich war schon vorher in sie verliebt.«

»Das hört sich sehr ernst an, mein Freund.«

»Das ist es mir auch.«

»Dann solltest du dich beeilen, sonst werde ich sofort damit anfangen, ihr den Hof zu machen.«

Shawn knufft John an den Arm.

»Untersteh dich.« John lachte und drohte Shawn spaßhaft mit der Faust.

Das Fest ging erst weit nach Mitternacht zu Ende. Als John eben die Tür hinter seinen Freunden schloss, kam Hazel aus dem Salon. Sie lehnte sich an den Türrahmen und sah John an, der nachdenklich in seiner Tasche kramte.

»Suchst du etwas?«, fragte sie leise.

»Was? Ich?« John fuhr erschrocken herum.

»Was hast du? Wieso siehst du mich so eigenartig an?« Hazel kam auf ihn zu und legte ihre Hand auf seinen Arm.

John seufzte. »Komm mit, ich muss mit dir reden.«

Hazel blickte ihn verwundert an, folgte ihm und setzte sich im Kaminzimmer in den großen Sessel, als er sie darum bat.

»Erinnerst du dich noch, was du mir im *Hawke* gesagt hast, als ich dich das erste Mal dort wiedergesehen habe?«

Hazel schaute reumütig auf ihre Hände.

»Damals hast du gesagt, dass du mich nicht liebst und ich hatte eher das Gefühl, du hasst mich.«

»Oh, John. Was ich da gesagt habe, das war nur wegen Alistair und bevor ich wusste, dass ...«

Hazel wollte aufstehen, aber John drückte sie sanft in den Sessel zurück.

»Nein, lass mich weiterreden. Du sagtest aber auch, du hättest mich lieben können, vielleicht, irgendwann einmal.«

Er machte eine Pause und atmete hörbar ein.

»Ich möchte nur wissen, ob du mich noch immer hasst, oder ob du deine Meinung geändert hast und mich vielleicht doch irgendwann lieben kannst?«

Hazel sah in seine Augen und schluckte. Er hatte noch nie so verletzlich auf sie gewirkt wie in diesem Augenblick.

»Ja, John. Ich habe meine Meinung geändert. Ich hasse dich nicht und ich könnte dich auch niemals hassen, schließlich verdanke ich dir mein Leben.«

»Das ist schön, Hazel. Aber es ist nicht das, was ich wirklich wissen will.«

Sie senkte erneut die Augen. »Du willst wissen, ob ich dich liebe.«

Er kam zu ihr, kniete sich vor ihr auf den Boden und fasste ihre Hände. »Mehr als das, Hazel. Ich möchte dich fragen, ob du meine Frau werden willst.«

Hazel schluckte. Es war, als lege sich ihr ein Band um den Hals, das sich langsam zuzog.

»Ich kann nicht Ja sagen, John. Nicht jetzt.«

Als sie Johns sichtlich enttäuschten, traurigen Blick sah, traten ihr Tränen in die Augen und sie sprach mit stockender Stimme weiter.

»Du bedeutest mir sehr viel, aber … Ich möchte dir noch nicht antworten und dir das Gefühl geben, dass ich dich vielleicht nur aus Dankbarkeit heirate. Ich muss gestehen, dass ich damit gerechnet habe, dass du mich irgendwann fragst, nur noch nicht jetzt. Ich … ich muss erst etwas für mich herausfinden, bevor ich dir sagen kann, ob das, was ich für dich empfinde, genug ist für ein ganzes Leben.«

»Es ist immerhin kein Nein.« John stand auf und wandte sich zum Kamin.

»Ich weiß zu sehr, wie es ist verletzt zu werden, als dass ich dir eine unüberlegte Antwort geben würde, John. Lass mir Zeit, nur eine Weile, und gib mir die Möglichkeit, nach Hause zurückzukehren. Darum bitte ich dich.«

»Du weißt, dass du tun kannst, was immer du willst, Hazel. Sag mir wann, und du kannst sofort fahren.«

Hazel erhob sich und ging zu ihm. Sie strich ihm zärtlich über den Rücken, schmiegte sich von hinten an ihn und umfasste für einen Moment seine Taille.

»Verzeih mir«, sagte sie leise. Sie ging hinauf in ihr Zimmer und weinte sich in den Schlaf.

Am nächsten Morgen schrieb Hazel einen Brief an Sally und adressierte ihn nach Broom Park. Sie wartete zwei Wochen vergeblich auf Antwort. Zwei Wochen, in denen John ihr merklich aus dem Weg ging und Hazel spürte, dass sie das tun musste, worum sie ihn gebeten hatte.

Sie musste nach Hause an die Westküste fahren.

Anfang Juni, kurz vor ihrem Geburtstag, saß Hazel schließlich begleitet von Edna in einer gemieteten Kutsche. Das Wetter war ungewöhnlich schlecht für diese Jahreszeit. Es war nass und noch immer viel zu kalt. Irgendwie wollte es in diesem Jahr nicht richtig Sommer werden.

Auf den Hügeln außerhalb von Edinburgh fing der Ginster gerade an, die ersten gelben Blüten zu zeigen. Als Hazel sie sah, wurde ihr schmerzvoll bewusst, dass fast zwei Jahre vergangen waren, seit sie damals ihr Herz an Simon verloren hatte.

Sie übernachteten in einer Kutschenstation und
Hazel ertappte sich selbst dabei, wie sie das Schank-
mädchen mit ihren Blicken verfolgte, als diese ihr das
Essen servierte. Sie erinnerte sich an Simons Worte: *Ich
hoffe, das wirst du nicht vergessen, wenn du einmal die
Herrin bist.*

Am nächsten Morgen durchquerte die Kutsche das
kalte und nasse Rannoch Moor und fuhr langsam das
Tal von Glencoe hinunter, über dem schwere, graue
Wolken hingen. Auf den Berggipfeln waren noch immer Spuren von Schnee. Hazel schaute die ganze Zeit
über aus dem Fenster des Wagens und fragte sich, ob
das, was sie tat, richtig war. Sie hatte von Sally keine
Antwort erhalten und war nun Hals über Kopf aufge-
brochen, um dem Mann gegenüberzutreten, den sie in
ihrem Herzen noch immer liebte. Mehr als einmal war
sie versucht, den Kutscher wenden zu lassen.

Schließlich erreichte der Wagen das Meer und folgte
der Straße dem Loch Linnhe entlang nach Süden. Hazel
weinte, als sie die vertrauten Berge und das Meer sah.
Es war, als wäre sie nie weg gewesen und für einen Moment erfüllte sie die Illusion, ihre Mutter könnte im
Cottage auf sie warten. Als die Kutsche das Tor von
Broom Park erreichte und der Pförtner sich beim Kutscher nach den Fahrgästen erkundigte, hatte Hazel das
Gefühl zu ersticken. Die Räder knirschten auf dem Kies
und kurz darauf hielt der Wagen vor dem Haus. Ein
Diener eilte herbei und öffnete ihnen den Schlag und
zum ersten Mal betrat Hazel das Haus als Gast durch
die Haustür, und trat in die Halle.

»Willkommen in Broom Park.«

Hazel wandte sich um, als sie die vertraute Stimme von Mrs Edwards hörte.

Diese griff sich an die Brust und trat einige Schritte zurück, als sie Hazel erkannte.

Hazel ging auf die Hausdame zu und reichte ihr die Hand als Stütze.

»Verzeihen Sie, Mrs Edwards, ich wollte Sie nicht erschrecken.«

»Bist du das wirklich? Ich meine, sind Sie …?«

»Ich bin es: Hazel.«

»Großer Gott! Wir dachten, Sie wären in Amerika oder vielleicht sogar tot, weil wir nie eine Nachricht von Ihnen bekommen haben.« Mrs Edwards blickte Hazel verständnislos und entsetzt zugleich an.

»Haben Sie denn den Brief an Sally nicht erhalten, den ich geschrieben habe?«

»Wahrscheinlich schon, aber da Sally nicht hier ist, haben wir ihr ihn wohl erst vor ein paar Tagen nachgeschickt.«

»Sally ist nicht hier?«

»Offen gesagt ist niemand hier, außer dem Personal.«

»Es ist niemand hier?«

»Nein. Aber kommen Sie erst einmal in den Salon, dann erkläre ich es Ihnen.«

Mrs Edwards ging vor in den Salon und Hazel folgte ihr mit Edna in den vertrauten Raum.

»Setzen Sie sich.«

Hazel stellte die beiden Frauen einander vor und Mrs Edwards begann zu erzählen.

»Ich muss Sie leider enttäuschen, wenn Sie gekommen sind, um jemanden von der Familie zu sehen. Die Denbys sind auf dem Familiensitz in Galloway, schon seit Monaten, und ich glaube nicht, dass sie in naher Zukunft hierher zurückkehren werden.«

Hazel schluckte heftig. Es war wie ein Stich in ihr Herz.

»In Galloway.« Hazel wiederholte den Namen der Grafschaft tonlos. »Aber wieso sollten sie den nicht zurückkommen?«

»Nun, die alte Lady Denby war sehr krank und ist im Winter verstorben und da es Lady Alice in ihrer Schwangerschaft sehr schlecht ging, sind die Denbys schon im November nach Green Hights gefahren. Lady Alice hat dort einen gesunden Jungen zur Welt gebracht, doch ihre Gesundheit ist sehr geschwächt und das Klima hier wäre ihr wohl nicht sehr zuträglich. Dieses Jahr ist aber auch viel zu kalt. Selbst jetzt noch.«

»Und Lord Simon? Wie geht es ihm?«

»Seit dem Ball und den Ereignissen danach war er völlig verändert. Er hat sich nächtelang in der Bibliothek eingeschlossen und ist tagsüber wie besessen in der Gegend herumgeritten. Es war, als läge ein Fluch über ihm und dem ganzen Haus. Manchmal hatte ich das Gefühl, der Wahnsinn käme über ihn. Ich glaube, es hat ihm das Herz gebrochen. Er hat es wohl nicht verkraftet – ich meine, das, was ohnehin alle wissen.«

»Was meinen Sie?« Hazel befürchtete, Mrs Edwards wüsste etwas über sie und Simon.

»Dass er nicht der Vater des Babys von Lady Alice ist«, fuhr die Hausdame fort.

»Es ist das Kind meines Bruders.« Hazel senkte den Blick.

»Ich weiß, Miss MacAllen.« Mrs Edwards ergriff ihre Hand. »Und ich weiß, dass Ihnen das Schicksal grausam mitgespielt hat. Doch wie es mir scheint, hat sich für Sie doch alles zum Guten gewendet, so wie Sie jetzt hier sitzen.«

»Das ist allerdings wahr, auch wenn mir das, was ich mir am meisten wünsche, offenbar versagt bleibt.«

»Ich kann mir vorstellen, dass sie den Sohn ihres Bruders sicherlich gerne einmal sehen würden, schließlich ist er außer ihrem Bruder der einzige Verwandte, den Sie haben.«

»Er ist wohl der einzige Verwandte überhaupt, denn ich habe keine Ahnung, wo mein Bruder Alistair sich aufhält, und ob er noch lebt.« Hazel war froh, dass Mrs Edwards glaubte, sie wäre nicht wegen Simon gekommen.

Mrs Edwards schüttelte voller Bedauern den Kopf. »Green Hights liegt etwa dreißig Meilen westlich von Dumfries. Ich bin sicher, Lord Denby würde sich sehr freuen, Sie zu sehen.«

Hazel hoffte, dass die andere ihr die Anspannung nicht anmerken würde, unter der sie stand.

»Ich danke Ihnen, Mrs Edwards und ich wünschte, wir könnten noch heute aufbrechen, aber ich fürchte, wir müssen vorher noch eine Nacht in Fort William bleiben.«

»Unsinn, Hazel. Sie bleiben heute Nacht hier im Haus.«

»Aber nur, wenn ich mit Ihnen und den anderen unten im Speiseraum essen darf, so wie früher. Ich könnte es nicht ertragen, hier oben im Speisesaal zu sitzen und ich denke es ist auch im Sinne von Edna.«

Hazel sah ihre Freundin an, die nur nickte.

»Natürlich ... Hazel. Ich bin sicher, einige werden große Augen machen, wenn sie Sie wiedersehen. Aber jetzt zeige ich Ihnen erst einmal die Zimmer«, sagte Mrs Edwards.

»Ich würde gerne in dem Erkerzimmer schlafen, wenn es möglich ist. Es war mir oben immer der liebste Raum.«

»Natürlich.«

Mrs Edwards ging voran und der Diener schleppte die Koffer von der Kutsche hinter ihnen her nach oben. Edna bekam das gelbe Zimmer auf der Ostseite des Hauses, während Hazel das Erkerzimmer mit dem herrlichen Blick über den Park und das Meer bezog.

Nachdem sie sich erfrischt hatte, zog sich Hazel ein einfaches Kleid an und legte sich, da es wirklich unangenehm kühl war, ein warmes, wollenes Tuch um die Schultern. Sie schlich, bevor Edna etwas bemerkte, hinunter in die Halle und ging in Simons kleines Arbeitszimmer. Der Geruch seines Pfeifentabaks hing noch immer im Raum und Hazel wurde derart von Gefühlen überwältigt, dass sie ihn fluchtartig wieder verließ.

Danach lief sie den Gang entlang und stand kurz darauf im Ballsaal. Sie betrachtete die Kronleuchter und plötzlich sah sie vor ihrem inneren Auge die Gäste des Balls, sah, wie Simon mit ihr tanzte und sie anlächelte – und sie dann plötzlich stehen ließ und zu Lady Alice ging. All die Erinnerungen kamen zurück.

Hazel riss eine der Fenstertüren zum Garten hin auf und lief hinaus in die klare Nachmittagsluft. Als wären die Erinnerungen im Haus nicht schmerzvoll gewesen, schlug sie den schmalen Pfad ein, der hinunter zum Cottage führte. Er war leicht zugewachsen, weil ihn kaum noch jemand benutzte. Hazel wusste nicht, wie lange sie gelaufen war, aber irgendwann stand sie auf dem kleinen Hügel oberhalb der Bucht und blickte auf das kleine Haus ihrer Kindheit. Sie sah Rauch aus dem Kamin aufsteigen und beschleunigte ihre Schritte. Als sie das Cottage fast erreicht hatte, trat eine junge Frau mit einem Baby auf dem Arm vor die Tür.

»Guten Tag, Madame.« Die Fremde begrüßte Hazel freundlich.

Hazel sah die Frau an, als hätte sie einen Geist gesehen. Das konnte nicht wahr sein. Das war *ihr* Zuhause. Das Einzige von dem sie gehofft hatte, es würde noch ihr gehören. Jetzt jemand anderen darin zu sehen, war zu viel.

»Was tun Sie hier?«, fragte Hazel die junge Frau vorwurfsvoll mit Tränen erstickter Stimme.

»Ich wohne hier.«

»Aber das ... das kann doch nicht sein.«

»Hören Sie, ich weiß zwar nicht wer Sie sind, aber Sie sehen so aus, als würden sie von Broom Park kommen, Madame. Ich weiß, dass dort lange niemand war, aber ich kann Ihnen versichern, dass wir das Haus hier gekauft haben.«

»Ge... gekauft?«, stammelte Hazel. »Von wem?«

»Einen Moment«, entgegnete die Frau etwas ungehalten und rief ihren Mann vom Stall herüber. »Sam, sag doch der Lady hier bitte, von wem du das Haus gekauft hast.«

»Aye, Madame. MacAllen hieß der Mann.«

»Alistair MacAllen?« Hazel stand wie erstarrt.

»Aye.« Er nickte.

»Wann und wo war das?« Hazel war versucht, den Mann am Kragen zu packen.

»Vor zwei Monaten in Glasgow. Er sagte, er braucht das Geld für die Überfahrt nach Amerika.«

»Und da haben Sie einfach so ein Haus gekauft, ohne es sich vorher anzusehen?« Hazel konnte die Geschichte nicht glauben.

»Nein, nicht einfach so. Meine Frau stammt aus Appin und sie wollte wieder in diese Gegend. Sie konnte sich sogar an das Haus hier erinnern, weil hier früher eine Kräuterfrau gelebt hat. Aber warum interessieren Sie sich denn überhaupt dafür?«

Hazel schüttelte den Kopf, wandte sich ab und blickte auf das Meer hinaus. »Die Kräuterfrau war meine Großmutter und der Mann, von dem Sie das Haus gekauft haben, war mein Bruder. Es war unser Zuhause und er hat es einfach verkauft.«

»Hören Sie, wenn Sie nichts davon wussten, tut uns das leid, aber die Dinge sind nun einmal so wie sie sind.« Die junge Frau trat hinter Hazel und versuchte sie zu beruhigen.

»Schon gut. Jetzt weiß ich wenigstens, dass er noch lebt. Seien Sie gut zu dem Haus und passen Sie mit dem Feuer auf, wenn es Sturm gibt. Der Wind drückt oft durch den Kamin herein.«

Hazel trocknete ihre Tränen, holte noch einmal tief Luft und schluckte.

»Leben Sie wohl«, sagte sie und ging langsam zurück nach Broom Park.

Edna kam ihr auf dem Pfad entgegen, kurz bevor sie das Tor erreichte.

»Alistair hat das Cottage verkauft.« Hazel fiel Edna verzweifelt und doch erleichtert um den Hals.

»Was?« Edna sah sie fragend an.

»Mein Bruder hat das Haus verkauft, in dem ich geboren wurde. Ich war gerade dort.«

»Ich wusste, dass es ein Fehler ist, so unüberlegt hierherzufahren«, sagte Edna und drückte Hazel die Hand.

»Ich dachte, ich könnte damit umgehen, alle wiederzusehen, aber das war ein Irrtum. Auch wenn ich jetzt weiß, dass Alistair tatsächlich lebt, ist es viel schlimmer, als ich erwartet hatte. Ich weiß nicht einmal mehr, ob ich nach Galloway fahren soll.«

»Das kann ich verstehen. Wir sollten, wenn wir es tun, vielleicht erst einmal in Dumfries bleiben und eine Nachricht schicken, ob man uns überhaupt empfängt. Dann können wir uns immer noch entscheiden.«

Edna hakte sich bei Hazel ein und sie gingen langsam durch den Park zurück ins Haus.

Sie aßen alle zusammen unten im Speiseraum des Personals neben der Küche. Alle freuten sich, Hazel wiederzusehen und sie musste alles erzählen, was sie erlebt hatte, vor allem von Edinburgh. Den Grund weshalb sie zurückgekommen war, und dass John Stewart ihr Wohltäter war, verschwieg sie jedoch.

In der Nacht schlich Hazel, eingehüllt in ihre Decke, leise in Simons Zimmer hinüber. Der Mond schien hell genug durch die beiden Fenster hinein und sie löschte ihre Kerze. Sie wollte hier allein sein. Sie ging durch den Raum und berührte alles, was er zurückgelassen hatte. Schließlich legte sie sich auf sein Bett und schlief zusammengekauert wie ein kleines Kind ein. Als sie am Morgen erwachte, warf sie einen letzten Blick auf alles.

Ihr Entschluss stand fest. Sie würde nach Dumfries fahren. Hazel wusste, sie würde nie Ruhe finden. Wenn sie Simon nicht jetzt gegenübertrat, würde er sie auf ewig in ihren Träumen verfolgen.

Als die Kutsche Broom Park am Vormittag verließ, war Hazel geradezu erleichtert. Sie brauchten zwei Tage bis nach Dumfries, wo sie Zimmer in einen hübschen kleinen Gasthof bezogen. Hazel schrieb einen kurzen Brief an Miles Denby. Er war der Hausherr auf Green Hights und sie wollte zunächst mit ihm Kontakt aufnehmen. Am Morgen nach ihrer Ankunft brachte ein Bote den Brief fort.

Hazel erkundete mit Edna am Vormittag die kleine Stadt am River Nith. Doch sie hatte kaum Augen dafür und die Geschichten über den Dichter Robert Burns, der in Dumfries an den Folgen übermäßigen Whiskygenusses gestorben war. Hazel war von innerer Unruhe geplagt und froh, als sie gegen Mittag zum Lunch in den Gasthof zurückkehrten. Sie wollten eben von der Straße aus hineingehen, als ein elegant gekleideter Reiter im Galopp die Straße entlang direkt auf sie zukam. Hazel blieb vor der Tür stehen. Ihr stockte der Atem, aber ihre Hoffnung erfüllte sich nur zu einem Teil. Der Reiter war Miles Denby.

»Miss MacAllen.« Er sprang vom Pferd, kam zu ihr und zog den Hut.

»Miles Denby. Wie schön, Sie zu sehen.«

»Die Freude ist ganz auf meiner Seite. Ich konnte es gar nicht fassen, als ich Ihre Nachricht bekam.«

Er küsste ihr die Hand.

»Dann wissen Sie auch, warum ich hier bin?«

»Ich weiß, Miss MacAllen, und deswegen bin ich selbst sofort gekommen. Aber wollen wir nicht hineingehen?«

Hazel bejahte und er öffnete den Damen die Tür. Drinnen bat er den Wirt um einen ruhigen Raum und sie folgten den Männern in den hinteren Teil des Gasthofes, wo sie alle vor einem kleinen Kamin Platz nahmen. Miles zog sich seinen Stuhl nahe an Hazel heran. Sie schluckte. Irgendetwas war nicht in Ordnung, das fühlte sie.

»Ich weiß, dass Sie gekommen sind, um Simon zu sehen, Hazel, aber ich muss Ihnen leider mitteilen ...«

Hazel brach in Tränen aus, bevor er den Satz beenden konnte.

»Er ist doch nicht tot, oder?«, schluchzte sie.

»Nein, nein, Hazel. Er ist nur nicht mehr hier.« Miles Denby versuchte sie zu beruhigen.

»Er ist zurück nach Broom Park?«, fragte Edna.

»Nein, leider nicht. Er ist nach London. Alice ist noch immer krank und ich weiß nicht, ob und wann sie nach Schottland zurückkehren. Simon hat sogar in Erwägung gezogen, das Land für eine ganze Weile zu verlassen.«

»Was?!« Hazel war fassungslos.

»Es tut mir leid. Wären Sie nur drei Tage früher hier gewesen, hätten sie ihn noch erreicht.«

Hazel stand auf, ging zu dem kleinen Fenster und blickte ernüchtert hinaus in den Garten des Gasthofes, wo ein paar Hühner im Gras herumkratzten. Simon war nun endgültig unerreichbar für sie.

»Ich weiß, wie viel Ihnen mein Bruder bedeutet hat. Und ich verstehe nicht, wieso Sie damals nach dem Ball und dem Tod Ihrer Mutter einfach so verschwunden sind.«

»Ich hatte keine Wahl, Miles. Mein Bruder hat mich gezwungen, mit ihm wegzugehen und ich war so durcheinander, dass ich es gar nicht richtig begriffen habe.«

»Aber wieso haben Sie Simon nicht geschrieben?«

»Das habe ich, mehr als einmal. Und ich habe an Sally geschrieben, aber ich habe nie eine Antwort erhalten.«

»Sally hat die Familie nach dem Tod unserer Mutter auf ihren eigenen Wunsch hin verlassen. Soweit ich weiß, hat sie mittlerweile geheiratet. Sie kann keine Post bekommen haben und Simon selbst sagte mir, er hätte nie eine Nachricht von Ihnen erhalten.«

»Lady Alice«, sagte Hazel nur laut und bitter.

»Was meinen Sie?«

»Sie hat schon damals alle eingehende Post kontrolliert. Wie konnte ich nur so dumm sein? Sie hat die Briefe wahrscheinlich schon an meiner Handschrift erkannt.«

»Es tut mir so leid.« Miles trat zu Hazel und legte ihr seine Hand auf die Schulter.

»Würden Sie Simon schreiben, dass Sie mich gesehen haben, und dass es mir gutgeht?«

»Das werde ich gerne tun, Hazel. Es wird allerdings sehr lange dauern, bis er den Brief erhält.«

»Das spielt keine Rolle mehr.«

»Und Sie? Was werden Sie jetzt tun?«, fragte Miles traurig.

»Ich werde nach Edinburgh zurückkehren. Es gibt dort jemanden, der auf mich wartet.«

Hazel dachte an John.

»Ich verstehe.« Miles begriff den Grund für Hazels Versuch, Simon wiederzusehen. »Ich hoffe, Sie finden Ihr Glück und die Liebe, die Sie verdienen, Hazel.«

»Ich danke Ihnen, Miles.« Hazel drückte seine Hand fest und wollte sie ihm entziehen, aber er ließ sie nicht los.

»Ich lasse Sie nicht gehen, ohne dass Sie mindestens eine Nacht in Green Hights verbracht haben. Tun Sie mir den Gefallen und seien Sie mein Gast. Wenigstens für ein paar Tage.«

»Nein, Miles. Ich war in Broom Park und das war schmerzhaft genug. Ich hoffe, Sie verzeihen mir, wenn ich die Einladung momentan ablehne. Vielleicht komme ich irgendwann darauf zurück.«

»Wann immer Sie wollen.«

»Leben Sie wohl, Miles.«

Miles küsste ihr die Hand und verabschiedete sich.

Als er den Raum verlassen hatte, blickte Hazel wieder hinaus in den Hof.

Edna trat neben sie und tat es ihr nachdenklich gleich.

»Wirst du John jetzt deine Antwort geben?«, fragte sie leise.

»Ja, das werde ich.«

»Und wie wird sie ausfallen.«

»Ich werde ihn heiraten, Edna. Ich hoffe nur, meine Gefühle für ihn werden noch etwas wachsen, wenn wir verheiratet sind.«

»Dessen bin ich mir sicher, auch wenn du Simon nie vergessen wirst.«

Hazel nickte.

Eine Stunde später brachen sie auf in Richtung Edinburgh.

# *Kapitel 11*

**August 1817**

Hazel und John heirateten an einem Samstag im August des Jahres 1816, das ein Jahr ohne Sommer war. Selbst jetzt war es kalt und ungemütlich. Dem schlechten Wetter zum Trotz war es eine schöne Feier im Kreis von Johns engsten Freunden. Hazel war glücklich und unsagbar stolz.

Soldaten der Wache hatte in ihren leuchtenden roten Uniformen mit ihren Säbeln vor der Kirche Spalier gestanden, als John und sie herauskamen. Anschließend hatten sie ein schönes Essen mit ihren Freunden eingenommen.

Jetzt war es Abend und sie standen unten im Hausflur. Edna hatte sich verabschiedet und sie hatten das ganze Haus für sich alleine. John hob Hazel auf seine Arme und trug sie die Treppe hinauf. Hazel kicherte, als er Probleme hatte die Schlafzimmertür zu öffnen. Drinnen setzte er sie auf die Füße.

Hazel bebte. Sie hatte keine Angst, aber es war erregend zu wissen, was sie beide jetzt tun würden.

John zog sie wortlos an sich und küsste sie erst auf den Mund, dann auf ihr Ohrläppchen, bevor seine Lippen ihren Hals hinunterwanderten. Heiße Schauer liefen Hazel über den Rücken, sammelten sich in ihrem Becken, um von dort noch tiefer in ihr eine wilde Lust zu entfachen. Sie löste selbst ihre Frisur, schüttelte den Kopf und ließ ihr Haar über die Schultern fallen. Johns Hände fuhren in die weiche Pracht und umfassten ihren Kopf. Er vergrub seine Nase darin und sog ihren Duft ein. Sie presste sich an ihn und stöhnte als sie spürte, wie erregt er bereits war. Schließlich trat er hinter sie, legte ihr ihre Haare nach vorne über die Schultern und öffnete endlich ihr Kleid. Langsam, und geradezu quälend, einen Knopf nach dem anderen. Hazel wünschte sich, er möge ihr den Stoff einfach vom Körper reißen. Endlich glitt das Kleid mit einem Rascheln zu Boden. Sie drehte sich zu ihm herum. Ihr Unterkleid verbarg noch immer ihren Körper. Johns Hand legte sich auf ihre Brust und er streichelte und massierte sie durch den Stoff hindurch. Zu spüren, wie sehr sie das entflammte, ließ ihn hastig atmen und er tat, was Hazel sich insgeheim gewünscht hatte. Mit einem raschen Griff zerriss er den leichten Stoff des Unterkleides und zog es ihr von den Schultern.

»Wie schön du bist«, flüsterte John, als sie nackt vor ihm stand.

Dann nahm er seine Halsbinde ab und öffnete sein Hemd.

Hazels Hände erkundeten nun ihrerseits seinen Körper. Sie streichelte seine breite, unbehaarte Brust.

Er war ein schöner Mann mit breiten Schultern und einem starken, muskulösen Oberkörper. Als er sein Hemd abgelegt hatte, sah sie, dass er einige Narben besaß und sie berührte jede einzelne vorsichtig. Schließlich hob er sie auf seine Arme und trug sie hinüber zum Bett.

»Hast du Angst?«, fragte er sanft.

»Nein«, hauchte sie.

Ihre neuen Pflichten als Dame des Hauses nahm Hazel sehr ernst, obgleich sie sich erst daran gewöhnen musste, plötzlich auf der anderen Seite zu stehen. Dennoch ließ sie es sich nicht nehmen, oft selbst mit in der Küche zu hantieren und die Einkäufe auf dem Markt meist gemeinsam mit Edna zu erledigen, die auf Hazels Wunsch hin zu ihrer offiziellen Gesellschafterin wurde, allerdings mehr wie eine Freundin im Haus lebte. Mit ihrer Hilfe meisterte Hazel jede neue Situation, sei es die Ehefrauen von Johns Freunden zum Tee zu empfangen oder die Einladungen zu einem Dinner zu formulieren.

Auf eine Hochzeitsreise mussten sie wegen Johns strengem Dienstplan verzichten. John verwöhnte sie daher in den ersten Wochen ihrer Ehe sehr. Ende August führte er seine Frau voller Stolz zum ersten Mal ins Konzert aus und sie lauschte mit tiefer Ehrfurcht der wundervollen Musik von Beethovens fünfter Symphonie, deren Musik ihr wie ein Spiegel ihres Schicksals erschien und die sie tief bewegte. Von diesem Abend an besuchte sie mit John regelmäßig Konzerte oder die Oper.

Der Spätsommer wurde fast so kalt wie es sonst im Oktober üblich war. Der *Haar*, jener eigenartige, kalte Nebel, den es so nur in Edinburgh gab, kam an vielen Tagen vom Meer her über die Stadt gezogen und verschleierte die wenigen, schönen Sonnentage.

An einem regnerischen Abend Anfang September kam John sehr spät vom Dienst. Hazel wartet bereits im Speisezimmer auf ihn. Er küsste sie hastig auf die Wange, goss sich einen Whisky aus der Karaffe auf dem Büfett ein und leerte das Glas in einem Zug, noch bevor er sich an den Tisch setzte.

»Was ist passiert?«, fragte Hazel sorgenvoll.

»Das wirst du nie erraten, Liebes, und ich werde es dir auch erst nach dem Essen sagen.«

Er lächelte stolz und glücklich während das junge Hausmädchen ihm das Essen auftrug.

»Sie haben dich befördert?«, sagte Hazel erwartungsvoll zwischen zwei Bissen.

»Mmmhmm«, brummte John mit vollem Mund unter seinem Schnurrbart. »Warte bis nach dem Essen.«

Hazel aß nervös und konnte es kaum erwarten, bis sie beide hinüber in den Salon gingen.

»Setz dich«, sagte John noch immer lächelnd.

Hazel folgte seiner Aufforderung und nahm im Sessel vor dem Kamin Platz.

»Du bist meine Frau und du liebst mich?« John stand vor ihr und sah sie fragend an.

»Das weißt du doch, John.« Hazel blickte fast vorwurfsvoll zu ihm auf.

»Ich muss dir etwas sagen.« Er kniete sich zu ihr.

Hazel brannte vor Neugierde.

»Sie befördern mich zum Major, wenn ich nach Indien gehe.« Er strahlte über das ganze Gesicht.

»Nach Indien?« Hazel war froh, bereits zu sitzen.

»Das hört sich nicht gerade begeistert an.«

»Du wirst mich doch mitnehmen?«

John blickte sie zweifelnd an.

»Es wäre eine lange, weite und gefährliche Reise. Man hat mir zwar versichert, dass ich einen ruhigen Außenposten übernehme, der eine der Handelsrouten der

East India Company überwacht. Ich habe, nachdem, was ich von Indien weiß, allerdings einige Bedenken.«

»Ich werde auf keinen Fall allein hier zurückbleiben!«

»Hast du denn gar keine Angst?«

»Ich weiß nicht.«

»Und trotzdem willst du mit?«

»Natürlich will ich mit. Ich habe immer davon geträumt, einmal in andere Länder zu reisen, und ich will hier nicht allein sein, John. Das war ich viel zu lange.«

»Du wärst also wirklich bereit, Schottland für ein paar Jahre zu verlassen?«

»Ja.«

»Also gut, aber ich möchte, dass du noch einige Tage darüber nachdenkst, bevor ich den Posten annehme. Schließlich ist es eine schwerwiegende Entscheidung, die unser Leben für die nächsten Jahre grundlegend verändern wird.«

»Ich weiß, John, aber ich weiß auch, was ich will und ich will mit dir gehen.«

»Nun gut. Ich werde mit Colonel Wallace sprechen, ob die Möglichkeit besteht, dass du mitkommst. Bis Freitag muss ich ihm meine Entscheidung mitteilen.«

»Wag es ja nicht, auch nur daran zu denken, ohne mich zu gehen«, lachte sie scherzhaft.

»Das würde ich niemals und schließlich müssen wir ja noch unsere Hochzeitsreise nachholen«, erwiderte er augenzwinkernd.

John Stewart drückte seiner Frau sanft die Hand und küsste sie zärtlich. Er sagte ihr nicht, dass er bereits zugesagt hatte.

Hazel schlief unruhig in dieser Nacht und sie träumte intensiv. In einem dunklen undurchdringlichen Wald sah sie Simon, der seine Hand nach ihr ausstreckte und nach ihr rief. Hazel wollte zu ihm, doch eine unsichtbare Kraft hielt sie zurück. Jedes Mal, wenn sie versuchte sich ihm zu nähern, schien er sich zu entfernen, ohne sich von der Stelle zu bewegen. Hazel schwitzte und wälzte sich im Bett hin und her, bis John sie weckte und sie in seine Arme nahm, bis sie wieder einschlief.

Als Hazel am Morgen erwachte, war John schon fort. Sie versuchte, sich an ihren Traum zu erinnern und wusste nicht, ob sie das, was sie gesehen hatte, als eine Warnung oder einen Aufruf deuten sollte.

Auch aufgrund dieses Traumes grübelte Hazel lange darüber nach, ob sie Schottland wirklich verlassen sollte oder nicht. Wie lange hatte sie im Hause des Reverends über den Büchern gesessen und sich in ferne Länder geträumt? Jetzt tatsächlich zu entscheiden zu gehen, war schwerer, als sie gedacht hatte. Was, wenn sie niemals nach Schottland zurückkehren würde? Sie musste sich eingestehen, dass sie unterschwellig einfach Angst hatte. Nach zwei Tagen war Hazel hin und her gerissen zwischen dem Wunsch zu gehen und dem zu bleiben, und es schmerzte sie furchtbar, als Edna ihr sagte, sie würde auf keinen Fall mit nach Indien kommen. Sie fühlte sich zu alt für eine solche Herausforderung, zu gebunden an ihre Freunde hier in Edinburgh und die Hoffnung, ihre Tochter wiederzusehen.

Hazel wusste, dass die Annahme des Postens für John eine einzigartige Chance war. Sie warf schlussendlich alle Ängste und Bedenken über Bord und stimmte zu, als John ihr am Donnerstag mitteilte, dass sie mit nach

Indien reisen könne. John war sehr erleichtert und hielt sie lange in seinen Armen, froh, ihr nicht gestehen zu müssen, dass er zugesagt hatte, ohne ihre Zustimmung zu haben.

»Wann werden wir fahren?«, fragte Hazel ihn nach dem Abendessen, als sie im Salon über einer Stickerei saß.

»Anfang November«, entgegnete John, während er sich genüsslich eine Zigarre anzündete.

»Wieso warten wir nicht bis zum Frühjahr? Im November sind doch die Winterstürme am schlimmsten.«

»Hier in Schottland vielleicht, aber auf der Südhalbkugel der Erde und am Kap der Guten Hoffnung, also der südlichen Spitze von Afrika, ist dann Sommer und die See ist verhältnismäßig ruhig.«

»Sommer im November?« Hazel runzelte skeptisch die Stirn.

»Ich weiß, das hört sich unlogisch an, aber ich verspreche, auf der Reise werde ich dir erklären, warum das so ist.« John lächelte sie an und blies Ringe aus Rauch in die Luft.

»Wie lange wird die Reise dauern?«

»Fünf Monate, vielleicht auch sechs, je nachdem, ob wir günstige Winde haben oder nicht und wo das Schiff unterwegs überall anlegt.«

Er goss sich ein Glas Portwein ein.

»Das ist sehr lange.«

»Ich weiß, Hazel, aber das ist es wert, glaube mir.«

Hazel seufzte. Eine derart lange Zeit auf See machte ihr Angst. Sie hatte ihren Vater und ihre Mutter an das Meer verloren und sie selbst kannte es nur von den wenigen Ausfahrten, bei denen Colin sie manchmal in dem winzigen Boot mit hinaus genommen hatte. Das war viele Jahre her und sie würde nie den schrecklichen Moment vergessen, als die riesige Rückenflosse eines Schwertwals unvermittelt neben dem kleinen Boot aufgetaucht war. Colin hatte Hazel erklärt, dass die prächtigen, schwarzweiß gefleckten Seetiere die Gewässer vor der schottischen Küste nur aufsuchten, um Robben zu jagen, keine Menschen.

Die Monate bis zu ihrer Abreise im November waren voller Arbeit. Das Haus musste für die Dauer ihrer Abwesenheit vorbereitet werden, und es musste ab und zu jemand nach dem Rechten sehen. John überließ Hazel die Auswahl eines passenden Verwalters. Zudem waren kleinere Möbelstücke auszuwählen, die mit nach Indien sollten. Es wurden auch einige neue angeschafft, die etwas weniger elegant, dafür aber robuster für eine lange Reise und das Klima in Indien waren. All dies war in stabile Holzkisten zu verpacken, die der Schreiner extra anfertigte. Hazel ließ sich von einer Schneiderin eine Auswahl sommerlicher Kleider anfertigen, die besser für warme Temperaturen geeignet waren und auch John bekam neue Sachen.

Als der November kam, war Hazel noch immer nicht zufrieden mit den Dingen, die sie zusammengestellt hatte. Sie konnte John bereits im Oktober überreden, vor dem Antritt der Reise nach Indien von Southampton aus, vorher noch einige Zeit in London zu verbringen. Dort gab es Handelshäuser, die direkt der East India Company angeschlossen waren und Hazel hoffte, dort alles Nötige zu bekommen, von dem sie das Gefühl hatte, es würde noch fehlen. Insgeheim hoffte sie auch, in London Simon wiederzufinden, oder zumindest eine

Spur von ihm. Doch für Gedanken an ihn blieb ihr kaum Zeit.

Der Abschied von Edinburgh fiel Hazel schwerer, als sie gedacht hatte, und sie weinte bitterlich, als sie sich von Edna Napier verabschiedete. Deren Tochter hatte ihr geschrieben, dass sie nach Edinburgh zurückkehren würde und Edna erwartete sie bereits.

Zwei Wagen würden das, was mit nach Indien reisen sollte, nach Southampton bringen. Das Paar selbst wollte mit der Kutsche vorfahren. John ahnte, wie schwer es Hazel fiel, Schottland zu verlassen, und er hoffte, die Überraschung, die er noch für sie hatte, würde sie aufheitern.

Als sich die Kutsche schließlich an einem kalten, grauen Tag Mitte November Richtung London in Bewegung setzte, saß Hazel schweigend in die Ecke des Wagens geschmiegt. Zu sehr erinnerte sie dieser erneute Weggang an den Tag, als sie damals das Cottage und Simon für immer verlassen hatte. Sie erwachte erst aus ihrem betrübten Zustand, als der Wagen nach einer halben Stunde Fahrt noch einmal anhielt und sie hörte, dass weiteres Gepäck aufgeladen wurde.

»Was ist los? Wieso halten wir?« Hazel blickte John, der ihr gegenüber saß, verwundert an.

»Es fährt noch jemand mit uns«, lächelte er verschmitzt.

In diesem Moment wurde der Schlag des Wagens geöffnet und ein Mann stieg ein.

Hazel konnte zunächst nur seinen Hut erkennen. Als er den Kopf hob und sie ansah, entfuhr ihr ein kleiner Freudenschrei.

»Shawn! Sie kommen doch nicht etwa mit uns?«, lachte sie Johns Freund an.

»Allerdings, Hazel. Von hier bis nach Indien. Sie machen mich zum Captain.«

»Du kannst wirklich ein Geheimnis bewahren, John.« Hazel strahlte ihn an.

Shawn war ein guter Freund für sie beide geworden. Er war ihr Trauzeuge gewesen und Hazel wusste, dass er sie insgeheim verehrte.

Sie benötigten sechs volle Tage für die Reise mit der Kutsche nach London und Hazel nahm die ständig wechselnden Landschaften in sich auf, bis sie zu erschöpft war. Als sie schließlich London erreichten, das für Hazel so lange ein Wunschtraum gewesen war, schien es ihr zunächst nur eine weitere große Stadt zu sein. Ein anderes Meer von Häusern mit Tausenden von Menschen darin, auch wenn London weitaus elegantere Viertel hatte als Edinburgh. Und Hazel wusste mit einem Mal, dass sie sich niemals in einer Stadt, wo auch immer diese stehen mochte, wohlfühlen würde. Sie bezogen am Abend alle Quartier in einem kleinen Gasthaus auf der Südseite der Themse in Sichtweite der London Bridge.

Am Tag nach ihrer Ankunft fuhren John und Shawn ins Außenministerium. Sie sollten dort noch wichtige Dokumente abholen, die für ihre zukünftigen Vorgesetzten in Indien bestimmt waren. Hazel blieb in dem Gasthof, bis die Männer sie gegen Mittag abholten. Vom Meer her zog mit der Flut langsam ein eisiger Nebel die Themse hinauf und breitete sich über die Stadt aus. Hazel schmiegte sich fröstelnd an John, während sie die London Bridge überquerten. Shawn ging hinter ihnen.

»Genieße die Kühle, Liebes. Wenn wir erst in Indien sind, wirst du dich danach zurücksehnen.« John drückte ihre Hand.

»Das glaube ich kaum.« Hazel sah zu ihm auf.

»Ich schon.« Shawn kam neben sie und Hazel und hakte sich mit ihrem noch freien Arm bei ihm ein

»Wo gehen wir denn jetzt eigentlich hin?«, fragte sie.

»Du wolltest so viel wie möglich über Indien wissen. Also gehen wir erst in die Hauptverwaltung der East India Company und anschließend ins Handelskontor und hinterher in den Park ins Palmenhaus und ins Museum für Naturkunde. Du hast zwar in den letzten Wochen viel über Indien gelesen, aber etwas Anschauungsunterricht tut uns sicher allen gut«, erklärte John.

»Sie sollen dort auch einen ausgestopften Tiger haben«, bemerkte Shawn.

»Sind die wirklich so groß, wie man sagt? Ich habe nur einmal ein Bild in einem Buch gesehen«, fragte Hazel.

Shawn wandte sich ihr zu.

»Allerdings. Mindestens so hoch wie ein Wolfshund und sie haben einen so riesigen Rachen, dass mein Kopf bequem zwischen die Kiefer passt.« Er ging neben ihr und schnitt Grimassen.

»Du machst Witze.« Hazel knuffte den Freund in den Arm.

»Warte, bis du im Museum warst. Aber kommt, da drüben ist eine Kutschenstation, von hier aus können wir fahren.«

Shawn ging zu dem ersten Wagen, nannte dem Fahrer das Ziel, öffnete Hazel den Schlag und ließ John und sie zuerst einsteigen. Der Wagen setzte sich in Bewegung. Das Gebäude der East India Company war ein großer Prachtbau mit hohen Säulen vor dem Eingang. Der Name *East India Company* prangte in schwarzen Lettern auf einem überdimensionalen und glänzend polierten Messingschild neben dem Tor.

Vornehmlich elegant gekleidete Herren gingen ein und aus und bereits vor dem Eingang herrschte eine Atmosphäre emsiger Arbeit und Unruhe. Als sie die Eingangshalle betraten, blickte Hazel sich ehrfürchtig in dem großen Raum um. In der riesigen hellen Halle standen große fremdländische Pflanzen. Die Wände waren mit herrlichen Teppichen dekoriert, die Szenen aus fremden Ländern zeigten. Bilder von Elefanten, Palästen und Menschen in prächtigen bunten Gewändern in einer Welt, die sich Hazel nicht in ihren kühnsten Träumen hätte ausmalen können. Sie stand wie gebannt davor und sah sich jedes kleine Detail an, bis John sie aus ihren Gedanken riss.

Sie verließen die Halle und schlugen den Weg zum zentralen Handelskontor der East India Company ein, das nahe der Themse und der Hafenanlagen lag. Vor dem Kontor stapelten sich Kisten, Säcke und Fässer in allen Größen. Andere wurden in die Lagerhäuser hineingetragen und wieder andere heraus. Über allem hing ein fremdartiger Geruch zwischen feucht muffig über süßlich bis aromatisch. John wandte sich an einen Mann, der mit einem Schreibbrett in der Hand zwischen all den Sachen vor dem Kontor hin und her ging und emsig Notizen machte. Hazel sah, wie der

Mann John mit einer Handbewegung die Richtung wies und er winkte Shawn und ihr zu, ihm zu folgen.

Über eine Treppe gingen sie hinauf in ein Büro im oberen Teil des Kontors, wo sie von einem Herrn in einem einfachen Anzug empfangen wurden, der sich bereiterklärte, sie durch das Kontor und die Lagerhallen zu führen.

Hazel lauschte aufmerksam den Erläuterungen des Mannes.

Die Führung begann in einem Lager für Stoffe. Dort war neben riesigen Ballen von weißer Baumwolle vor allem Seide in den herrlichsten Farben und Webmustern aufgewickelt und in Papier eingeschlagen. Die nächste Halle war voll mit Kunstwerken und Möbeln aus Indien. Figuren von halbnackten teilweise tanzenden Götterfiguren aus Stein, Messing und Holz, von denen manche einen Elefantenkopf hatten. Aus Holz geschnitzte Elefanten, riesige Platten aus kunstvoll verziertem Silber oder Messing, prächtige Sessel aus Korbgeflecht mit hohen fast runden Lehnen und vieles mehr. Die dritte Halle war voller großer Fässer, die mit Gewürzen gefüllt waren. Es duftete unbeschreiblich und Hazel ließ sich alle Gewürze erklären, auf die sie einen Blick werfen konnten, weil gerade das entsprechende Fass offen war. Gelbes Kurkuma, rotes, gemahlenes Paprika und getrocknete Rote Pfefferschoten, schwarzer und weißer Pfeffer, Nelken, Kardamom, Kümmel, Koriander und Zimt. Hazel bestand darauf, einige der Gewürze zu kosten und trotz dem gegenteiligen Rat ihres Führers sogar die kleinen roten Pfefferschoten. Ihre entsprechende Reaktion auf deren Schärfe brachte alle zum Lachen.

»Wie kann jemand so etwas essen?«, hustete Hazel noch beim Verlassen des Kontors.

»Niemand isst das Zeug pur und im Essen verleiht es diesem eine würzige angenehme Schärfe, wenn man nicht zu viel davon nimmt«, erklärte Shawn.

»Ich weiß nicht, ob ich mich daran gewöhnen werde.«

John besorgte ihnen wieder eine Kutsche. Sie fuhren in den Park und besuchten das Palmenhaus. Das Wetter hatte sich gebessert und die Sonne erwärmte das Innere des großen, kunstvoll aus Schmiedeeisen und Glas errichteten Gewächshauses erstaunlich schnell. Die Luft zwischen all dem Grün der tropischen Pflanzen darin war feuchtwarm und stickig. Hazel fragte sich, ob Sally ihr je von dieser unangenehmen Wärme der Tropen erzählt hatte.

Nachdem sie in London alles besucht hatten, was auch nur entfernt etwas mit Indien zu tun hatte, konnte Hazel den Zeitpunkt der Abreise kaum noch erwarten.

Am 12. November 1816 verließ das Schiff, ein großer Ostindienfahrer mit zwei Kanonendecks und drei riesigen Masten, Southampton mit Kurs auf Indien.

# Kapitel 12

**April 1817**

Hazel erwachte, wie schon seit so vielen Wochen, nass geschwitzt neben John in ihrer kleinen Kabine. Sie stand auf, goss sich etwas Wasser in die Waschschale, benetzte ein Tuch und rieb sich damit ihren Körper ab. Seit sie das Kap der Guten Hoffnung umschifft hatten, und sich dem Indischen Subkontinent näherten, wurde es immer wärmer und schwüler. Hazel sehnte die Kühle herbei, die sie in den Tagen rund um die afrikanische Südspitze genossen hatten, auch, wenn sie daran zum Teil nur eine schemenhafte Erinnerung hatte.

Die ersten Tage der Seekrankheit an Bord waren nichts gewesen im Vergleich zu dem, was ihr Magen und ihr ganzer Körper hatten um das Kap hatten erdulden müssen. Sie hatten bei schwerer See den Bereich durchquert, in dem die unterschiedlich temperierten Wässer des Atlantiks und des Indischen Ozeans mit aller Macht aufeinanderprallten. Das Schiff war nur ein Spielball der Wellen gewesen und Hazel hatte den Tag verflucht, an dem sie an Bord gegangen war. Trotz allem hätte sie jetzt für nur ein wenig mehr Wind und Kühle das Kap noch einmal umfahren. Vor gut zwei Wochen hatten sie Land gesichtet und waren den Hafen von Madras angelaufen, um einen Teil der

Ladung zu löschen und Wasser und Vorräte aufzufüllen. Nach nur zwei Tagen war das Schiff schon wieder ausgelaufen und hatte parallel zur Indischen Ostküste Kurs auf Kalkutta genommen. Das tropisch-grüne und feuchtwarme Madras hatte einen eigenartigen Eindruck bei Hazel hinterlassen. Es schien ihr, nach wenigen Tagen und der langen Zeit, die sie jetzt schon auf See waren, nur wie ein Trugbild. Die Illusion eines Zieles, von dem sie nicht wusste, wann sie es endlich erreichen würden. Hazel seufzte leise. Ein leichtes Schaukeln ging durch das Schiff und ließ die Planken ächzten. Hazel begann sich anzukleiden.

Auch John erwachte nur langsam,

»Du bist schon auf?«, fragte er noch schlaftrunken.

»Ich glaube, der Wind frischt auf und ich muss hier raus. Die Nacht war schrecklich heiß und Hunger habe ich auch.«

Sie beugte sich zu ihm hinunter und er küsste sie zärtlich.

»Du kratzt«, sagte sie entrüstet, als sie seine kräftigen Bartstoppeln in ihrem Gesicht spürte.

»Ich fürchte, ich muss mich mal wieder rasieren«, lachte John und strich sich über den Dreitagebart, als er aufstand.

Hazel fuhr mit den Fingernägeln über seinen nackten Rücken und er wollte sie erneut küssen, doch sie wehrte ihn ab.

»Geh schon rauf, ich komme bald nach«, sagte er und Hazel warf ihrem Mann einen koketten Blick zu, als sie die Tür hinter sich schloss.

Die Monate auf See, so zusammengepfercht mit all den Menschen, hatte sie beide zwangsläufig einander nähergebracht. Manchmal war die Enge, die es unmöglich machte ein wenig Abstand voneinander zu bekommen, so erdrückend gewesen, dass sie sich angebrüllt hatten. Hazel hatte Angst gehabt vor Auseinandersetzungen, denn John konnte sehr aufbrausend werden, aber mittlerweile wusste sie, dass John gerecht und fair ihr gegenüber war, selbst wenn sie es wagte zurückzubrüllen. Und wenn sie nach einer Versöhnung in seinen Armen lag, wusste sie, dass sie ihre Entscheidung, ihn zu heiraten, nie bereuen würde.

Sie ging über die schmale, steile Treppe aus dem muffig feuchten Bauch des Schiffes hinauf auf das Oberdeck. Shawn stand wie jeden Morgen nahe am Ruder und schwatzte mit dem Rudergänger. Er hatte sich von einem selbsterklärten schottischen Landei zu einem Seefahrer gemausert und war wohl der einzige Passagier, der den Ausguck im Großmast von oben gesehen hatte. Shawn war braungebrannt und hatte sich einen Vollbart stehen lassen. Hazel atmete tief ein. Die leichte Brise duftete ein wenig nach dem nahen Land, das sich im Westen noch im Dunst verbarg. Dann ging sie zu Shawn hinüber.

»Guten Morgen, Mylady«, begrüßte er sie überschwänglich. »Ich hoffe, du hattest eine angenehme Nacht.«

»Angenehm? Grauenvoll war es! Diese Hitze und der Gestank machen mich noch wahnsinnig und ich könnte schwören, dass wieder eine von den verdammten Ratten in unserer Kabine war«, fluchte sie undamenhaft.

»Du solltest dir auch eine Hängematte besorgen und hier oben an Deck schlafen so wie ich.«

»Wenn wir das alle täten, wäre das Deck von Menschen überfüllt. Was glaubst du, warum der Kapitän es nicht zulässt? Dass du hier oben bleiben kannst, ist nur eines deiner besonderen Privilegien, weil du dich so gut mit ihm verstehst.«

»Tja. Ich jedenfalls werde das Schiff vermissen, wenn wir heute Kalkutta erreichen.«

»Heute?« Hazel starrte ihn ungläubig an.

»Aye, Ma'am«, brummelte der Rudergänger zustimmend aus einem Mund voller Kautabak.

»Du meinst, heute ist diese Reise endlich zu Ende?«

»Ja, Hazel, und daher sollten wir das letzte Frühstück genießen. Kommst du also mit oder wartest du auf John?«

»Nein, er kommt nach.«

Sie gingen die Treppe hinunter. Dort mussten sie zwischen den Kanonen und den Hängematten der Matrosen durch. Die Männer, die zu dieser Zeit keinen Dienst hatten, schliefen noch. Ihr Ziel war die achtern liegende Messe. Der Raum war ein Ort der Ruhe auf dem Schiff. Er hatte ein wenig von einem Salon mit schönen Möbeln und edlen Stoffen. Hier hatten nur die Offiziere und die gut situierten Passagiere Zutritt und hier wurden die Mahlzeiten eingenommen. Hazel wusste, dass die Mannschaft ihnen jedes Mal hinterher sah, wenn sie zum Essen in die Messe gingen, während die Matrosen dort aßen, wo sie, wenn sie keine Wache hatten, die meiste Zeit verbrachten. Zwischen den Kanonen, die für ein Schiff auf der Ostindien-Handelsroute unerlässlich waren, wurde geschlafen, gegessen, gesoffen und manchmal auch getanzt. Hazel hatte in den fünf Monaten, die sie an Bord war, lernen müssen, dass ein Handelsschiff wie ein Kriegsschiff nur mit Disziplin geführt werden konnte. Dazu gehörten auch, dass die Matrosen vor der versammelten Mannschaft und den Passgieren bestraft wurden, wenn es erforderlich war. Hazel hätte es nie gewagt, den Kapitän an der Ausübung seiner Macht zu hindern, auch wenn sie das Auspeitschen für eine unmenschliche Strafe hielt. Gott sei Dank gab es nur wenige Vorfälle, die eine solche Maßnahme erfordert hatten.

Shawn schloss die Tür der Messe hinter sich. Der Raum duftete nach gebratenen Eiern und Speck, beides Dinge, die Hazel, nachdem sie diese für Wochen nicht zu essen bekommen hatte, in Mengen hätte in sich hineinstopfen können. Auf dem Büfett waren außerdem Brot und eine Auswahl der herrlichsten, tropischen Früchte arrangiert. Hazel hatte sich in der letzten Woche vorsichtig an diese geradezu unglaublichen Reize für ihren einfachen schottischen Gaumen herangetastet. John ließ nicht lange auf sich warten und sie genossen das Frühstück in der Hoffnung, es würde ihr letztes an Bord sein.

Shawn, John und Hazel verbrachten den Vormittag auf dem Oberdeck. Der Wind frischte noch etwas mehr auf und ließ die Hitze erträglich werden und sie unterhielten sich unbeschwert über das, was sie alle erwarten würde.

Plötzlich ertönte der erlösende Ruf: »Land in Sicht!«

Alle an Bord sprangen wie elektrisiert auf und drängten auf dem Oberdeck an die Reling, um das Ziel ihrer langen Reise endlich zu sehen.

Langsam tauchte aus dem leichten Dunst, der über dem Land lag, die immer klarer erscheinende

Küstenlinie auf. Das tiefdunkle Blau des Meeres veränderte sich. Das Wasser wurde trüber und braun und verriet den Fluss Hooghly, der in Kalkutta ins Meer mündete. Sie segelten mit der Flut in die breite Flussmündung hinein. Nach den dunklen Bäumen, die am Ufer erkennbar waren, tauchten endlich die ersten Häuser auf, bis Haus an Haus dicht gedrängt am Hafen zu sehen war. John hatte sein Fernrohr gezückt und Hazel riss es ihm nach einer Weile aus der Hand. Sie blickte hindurch und musterte das Ufer. Der kleine, kreisrunde Ausschnitt, den sie durch das Fernrohr sah, schien schon zum Greifen nah und wirkte so fremdartig, dass Hazel noch immer nicht glauben konnte, am Ziel zu sein. Sie verfolgte alles durch das Fernrohr, bis das Schiff im Fluss Anker warf.

»Wir sind da.« John seufzte leicht.

»Ja, endlich.« Hazel schluckte. »Hoffen wir nur, dass das, was uns jetzt an Land erwartet, angenehmer wird als die Reise hierher.«

»Da bin ich ganz sicher«, lachte John optimistisch.

»Na, ich weiß nicht recht«, überlegte Shawn.

»Vielleicht solltest du an Bord bleiben«, stichelte Hazel.

»Damit du mich los bist? Kommt gar nicht infrage. Ich werde euch beiden noch eine Weile das Leben schwermachen. Aber bevor ich das kann, müssen wir erst mal an Land.«

Es dauerte noch eine Weile, bis sie mit einem Boot übergesetzt wurden. Hazel ließ sich von John über die Planke führen und setzte zögerlich ihren Fuß auf festen Boden. Sie lief ein paar Schritte und musste sich an Johns Arm festhalten. Sie hatte sich in all den Monaten so an das Schwanken des Schiffes gewöhnt, dass sie noch immer versuchte, dies beim Gehen auszugleichen. Doch das war nun nicht mehr nötig und ließ sie so unsicher laufen wie ein kleines Kind.

»Du wirst noch Landkrank werden, wenn du so läufst«, lachte Shawn, als er ihr die Hand reichte.

»Das glaube ich nicht«, antwortete Hazel fröhlich.

Am Hafen herrschte reger Betrieb und Hazel staunte nicht schlecht über die vielen fremdländischen Gesichter, die sie bisher nur aus ihren Büchern und der kurzen Zeit in Madras kannte. Die meisten waren Männer mit dunklem Teint und dunklen fast schwarzen Augen in eigentümlicher, überwiegend heller Kleidung und mit bunten Turbanen auf dem Kopf. Dazwischen einige ganz schwarzhäutige Männer und erstaunlich viele Frauen in herrlich farbigen Gewändern. Leuchtendes Orange, Rosa und Rot, tiefes Violett und Grün, Gelb und Indigoblau. Sie wirkten wie absichtliche Farbkleckse eines Malers auf einer weißen Leinwand, und verliehen der ganzen Szene erst Leben. Schließlich drangen Stimmen an ihr Ohr. Eine fremde Sprache, die wie ein Gewirr aus vielen schien. Hazel war gefangen von dem, was sie sah, von den Karren, die alles Mögliche an- und abtransportierten. Von den Händlern, die Waren feilboten und den Frauen, die ihre Lasten scheinbar spielerisch in Körben und Krügen auf ihren Köpfen durch all das Chaos balancierten.

Die Gebäude am Hafen wirkten teilweise sehr europäisch. Nicht umsonst. Kalkutta war schließlich eine britische Gründung. Der Hafen wurde eigentlich durch die Mündung des Hooghly gebildet und bestand nur aus einer breiten befestigten Ufermauer. Handelshäuser und Kontore reihten sich entlang des Kais aneinander. Der Geruch des feuchten Ufers, der Menschen und der des braunen Flusses vereinigten sich zu einer feuchtwarmen Mischung, die unangenehm schwer über allem hing. Madras hatte sie mit tropischen Düften empfangen, die Hazel noch immer vorkamen wie das herrlichste Parfüm. Kalkutta roch anders.

»Ich werde mal sehen, dass ich einen Wagen kriege und herausfinde, wo wir hin müssen.« Shawn verschwand in der Menge und John veranlasste, dass ihre persönlichen Sachen nach dem Abladen in eines der Lagerhäuser gebracht wurden, bis sie wussten, wohin die Kisten geliefert werden sollten. Sie mussten nicht lange warten, bis Shawn zurückkehrte. Er saß in einer Kutsche neben einem rundlichen Mann mit Bart, Brille und einem leichten Hut auf dem Kopf. In einen hellgrauen Anzug gekleidet, winkte er ihnen zu.

»Hazel, John, darf ich vorstellen: Mr Cornelius Fisher von der East India Company. Er war so freundlich und hat sich angeboten, uns mit seinem Wagen in die Stadt zu fahren«, erklärte Shawn. Dann stellte er Hazel und John vor.

»Es freut mich, endlich neue Gesichter aus der Heimat zu sehen. Als Schotte ist es mir eine besondere Ehre, Sie als Neuankömmlinge in diesem Land willkommen zu heißen, vor allem, wenn Sie so bezaubernde Damen mitbringen wie Mrs Stewart.«

»Danke, Mr Fisher. Ich kann Ihnen gar nicht sagen, wie froh ich bin, dass diese Reise endlich ein Ende hat und wir angekommen sind.«

»Ich denke, dass kann Ihnen jeder Brite hier nachfühlen. Schließlich sind wir alle mit dem Schiff gekommen.«

»Und wir müssen alle mit dem Schiff wieder nach Hause.« Hazel seufzte.

»Daran dürfen Sie nicht denken, Mrs Stewart. Vielleicht gefällt Ihnen dieses Land auch so gut, dass Sie gar nicht wieder zurück wollen. Meiner Frau jedenfalls ist es so ergangen.«

»Nun, ich denke, dass wird die Zeit schon zeigen.«

Die Kutsche setzte sich in Bewegung und sie verließen den Hafenbereich, was angesichts der Menschenmenge eine ganze Weile dauerte. Hazel beobachtete alles um sie herum, während sich die Männer unterhielten.

»Wie lange sind Sie schon in Indien, Mr Fisher?«, fragte John.

»Sieben Jahre und ein paar Monate und es hat sich seither viel verändert. Die Zeiten sind unruhiger geworden, vor allem für die East India Company. Viele Außenposten im Norden und Nordwesten wurden in den letzten Monaten überfallen und die Company sucht nun nach anderen Einkommensmöglichkeiten, vor allem in den ruhigeren Gebieten. Es gibt Gerüchte, dass sie Tee anbauen wollen.«

»Tee in Indien? Das wird den Plantagenbesitzern in China aber gar nicht gefallen«, bemerkte Shawn.

»Mag sein, aber die Nachfrage in England ist derart groß geworden, dass der ostasiatische Markt sie kaum noch decken kann.«

»Da ist ein Elefant!« Hazels Aufschrei unterbrach das Gespräch und alle starrten auf das gemächlich dahinschreitende graue Tier, das mit seinem Treiber im Nacken die Straße entlangzog.

Mr Fisher ließ die Kutsche halten und winkte den Mahut mit dem Elefanten heran.

Das Tier blieb neben der Kutsche stehen. Die Pferde stampften unruhig.

»Mein Gott, ist der groß.« Hazel stand der Mund offen.

Der Elefantenrüssel kam auf Hazel zu und sie wich etwas zurück.

»Keine Angst, Mrs Stewart. Vor dem haben Sie sicher nichts zu befürchten.«

Hazel streckte die Hand aus und berührte den Elefantenrüssel. Die ledrige Haut war weicher, als sie gedacht hatte und die Haare darauf waren hart und borstig. Das Gefühl brachte sie zum Lachen.

»Sie werden wahrscheinlich bald bei einem auf dem Rücken sitzen. Spätestens bei der ersten Tigerjagd«, bemerkte Mr Fisher und ließ die Kutsche weiterfahren.

»Tigerjagd. Aber die sind doch so gefährlich.«

»Eben das macht ja die Jagd so reizvoll, Mrs Stewart.«

»Ich finde, eine Jagd sollte dazu dienen, um Nahrung zu bekommen und nicht, um Freude am Töten eines Tieres zu haben.«

»Sein Sie nicht so streng. Ein Tigerfell vor dem Kamin ist sehr beeindruckend, und man sagt, dass die Kraft des Tigers auf den Jäger übergeht.« Cornelius Fisher lachte. »Zumindest glauben das die Männer hier.«

Hazel verzog angewidert den Mund.

Sie fuhren weiter in die Stadt hinein. Die äußeren Bezirke waren schmutzig und überall drängten sich

Menschen wie Ameisen. Schließlich erreichten Sie den Regierungsbezirk. Hier reihte sich eine Villa im Kolonialstil an die andere, meist umgeben von herrlichen Parks voller tropischer Pflanzen. Die Luft war erfüllt vom Duft der Blüten von Jakaranda und Oleander, fast so wie in Madras. Es dauerte noch eine Weile, bis Mr Fisher den Wagen vor einem mehrstöckigen Haus halten ließ.

»Dies ist das Everton Hotel. Es ist ordentlich und preiswert. Ich bringe alle Neuankömmlinge hierher. Ich werde Sie hinein begleiten, damit man Sie nicht gleich über den Tisch zieht. Sie werden sehen, allein meine Anwesenheit wird sich bemerkbar machen.«

In diesem Moment wurde auch schon der Wagenschlag von zwei emsigen Dienern geöffnet. Cornelius stieg aus und half Hazel vom Wagen. John und Shawn folgten den beiden in das Hotel.

Kaum traten sie durch die Tür, kam ein weiterer Mann förmlich auf Mr Fisher zugeschossen. Er trug im Gegensatz zu den beiden anderen Dienern keinen Turban. Sein schwarzes Haar war sehr ordentlich nach hinten gekämmt.

»Mr Fisher, Sahib. Wie schön, Sie wieder einmal hier zu sehen«, begrüßte er den Angesprochenen überschwänglich. »Und die Memsahib ist auch mitgekommen.«

»Das ist nicht die Memsahib, Ravi. Jedenfalls nicht meine. Ich hätte nicht gedacht, dass du ein so schlechtes Gedächtnis hast.«

»Verzeihung, Sahib. Und Verzeihung, Madame.« Ravi verbeugte sich untertänig.

»Die Herrschaften sind neu hier und ich möchte, dass sie gut untergebracht werden.«

»Natürlich, Sahib, natürlich.« Ravi scheuchte mit einem einzigen Wort die beiden Diener mit den Koffern die Treppe hinauf und rief etwas in indischer Sprache hinterher.

»Sehr gut. Mit diesen Zimmern werden sie einverstanden sein«, wandte sich Fisher wieder an John, während Ravi hinter dem Empfangstresen verschwand.

»Ich weiß nicht, wie wir Ihnen danken sollen, Mr Fisher.«

»Nicht der Rede wert. Ich suche nur Abwechslung und neue Freunde. Ich glaube, ich bin schon zu lange hier. Zu lange, um es noch auszuhalten, und zu lange, um wieder nach Hause zu fahren.« Er lachte herzhaft. »Außerdem haben Sie in den ersten Tagen hier genug Scherereien, da ist es gut, wenn man wenigstens eine gute Unterkunft hat. Ich werde Ravi veranlassen, Ihnen jeweils ein Bad zu richten. Das ist nach einer so langen Seereise, was man sich am meisten wünscht. Jedenfalls war das bei mir so und auch die Wärme hier kann mich nicht davon abhalten.«

»Vielen Dank, Mr Fisher.« Hazel wäre ihm am liebsten um den Hals gefallen.

»Morgen gehen Sie erst mal ins Writers Building, den Sitz der East India Company. Dort werden Sie alles Nötige erfahren, auch was Ihr Regiment betrifft.«

»Werden wir Sie noch einmal wiedersehen, bevor wir Kalkutta verlassen?«, fragte John lächelnd.

»Das hoffe ich sehr. Meine Frau würde es mir nie verzeihen, wenn ich Sie nicht zu uns einlade. Ich lasse Sie wissen, wann und wo, und ich schicke Ihnen einen Wagen, denn die sind hier nicht leicht zu kriegen.«

»Den Eindruck hatte ich allerdings auch, als wir durch die Stadt fuhren.«

Ravi kam wieder auf sie zu und meldete, dass die Zimmer bereit wären. Sie verabschiedeten sich von Mr Fisher und eine Stunde später versank Hazel dankbar in den Fluten des ausreichend heißen Badewassers.

Als Hazel am nächsten Tag erwachte, schickte die Sonne ihre Strahlen durch die Ritzen der noch geschlossenen Fensterläden herein und tauchte den Raum in ein sanftes, orangegelbes Licht. Hazel blinzelte und beobachtete eine Weile, wie die Staubkörner in den Sonnenstrahlen tanzten, bis ihr bewusst wurde, dass John nicht da war. Statt seiner fand sie eine Nachricht auf seinem Kopfkissen. Shawn und er würden den ganzen Vormittag unterwegs sein und er wies Hazel an, auf keinen Fall das Hotel zu verlassen. Sie streifte sich ein Negligé über und öffnete die Fensterläden. Ihr schlug eine Welle warmer Luft voller eigentümlicher Gerüche und gleißend heller Sonnenschein entgegen. Die Sonne stand schon hoch und es war wohl fast Mittag. Die Spatzen zeterten in den Bäumen um das Haus herum und unten auf der Straße war reger Betrieb. Hazel ließ sich davon gefangen nehmen, bis es an der Tür klopfte. Es war der Diener, der am Vortag ihr Gepäck auf das Zimmer gebracht hatte.

»Guten Tag, Memsahib. Ich habe gesehen, dass sie aufgemacht Fensterläden. Also ich denke, ich fragen, ob Memsahib Hunger haben«, sagte er in gebrochenem Englisch.

»Allerdings, den habe ich.«

»Ich bringe gutes englisches Frühstück?«, fragte er.

»Ja bitte. Das hört sich wundervoll an.«

Der Diener verschwand und Hazel nutzte die Zeit, um sich anzukleiden.

Sie war noch beim Essen, als sie auf dem Gang die Stimmen von John und Shawn hörte.

»Mittagessen?«, fragte John, als er sie mit einem Kuss auf die Wange begrüßte.

»Frühstück«, antwortete sie lächelnd.

»Genieß den Luxus heute noch. Morgen brechen wir auf nach Fort Cameron.« Er warf ein in Papier gewickeltes Paket auf das Sofa.

»Schon?« Hazel tat enttäuscht.

»Tja, so ist das nun einmal, Hazel. Ich habe Befehl, so schnell wie möglich eine Verstärkungstruppe dort hinzubringen. Colonel Harley erwartet unsere Ankunft.«

»Irgendwie habe ich das Gefühl, dass du hier weit mehr Soldat sein wirst, als im Dienst der Garde in Edinburgh.«

»Das war zu erwarten. Das hier ist nicht Schottland. Indien ist eine Herausforderung, in jeglicher Hinsicht.«

»Was hast du mitgebracht?« Hazel deutete fragend auf das Paket.

»Das ist für dich.« John lächelte geheimnisvoll.

»Darf ich?« Sie ließ den Rest ihres Frühstücks stehen und setzte sich mit dem Paket auf dem Schoß auf das Sofa.

Es enthielt lange Stiefel aus weichem, hellem Leder. Ein Hemd, eine helle Jacke und ein Kleidungsstück, das Hazel verwundert betrachtete. Sie sah John zweifelnd an.

»Was bitte soll ich damit?«

»Nun. Das sind Hosen, Hazel.« Er grinste über beide Ohren.

»Das sehe ich. Aber doch wohl nicht für mich?«

»Doch, meine Liebe. Es ist ein weiter Weg nach Fort Cameron, der Garnison, zu der wir müssen, und es ist sehr viel leichter, die Strecke im Herrensattel auf einem Pferd zurückzulegen, als im Damensitz.«

»Wie lange werden wir unterwegs sein?«

»Mit den Wagen für die Garnison, die wir mitnehmen müssen, eine gute Woche, ich weiß es nicht genau.«

»Hast du auch ein Kissen für meinen Sattel?«

»Ich werde dir ein Schaffell besorgen lassen. Darauf sitzt man auf langen Strecken am besten.«

»Ein Schaffell? Bei der Hitze?«

»Glaube mir. Du wirst sehen, dass es sehr angenehm ist. Aber wie wäre es, wenn du den gesamten Anzug einmal anprobierst?«

Hazel ging ins Schlafzimmer im Nebenraum und zog die Hosen an. Sie passten, aber es war ein ungewohntes Gefühl. Sie streifte die Stiefel über die Füße, stopfte das Hemd in die Hose und zog die Jacke darüber. Schließlich betrachtete sie ihr Spiegelbild und fand sich selbst irgendwie aufregend. Sie trat in den Türrahmen und lehnte sich gegen das dunkle Holz, den Blick lasziv auf John gerichtet. Er sah umwerfend aus in seiner neuen Majorsuniform.

»Wie gefalle ich dir?«, fragte sie herausfordernd.

John stand auf und kam auf sie zu. Er zog sie an sich und küsste sie, statt ihr zu antworten. Hazel entzog sich kurz seiner Umarmung, griff in ihr Haar und löste geschickt die Kämme, bis ihr die braunen Locken um die Schultern fielen. Sie wusste, John liebte diesen Anblick.

Er küsste sie erneut und diesmal ließ er sie nicht mehr los. Endlich waren sie der enge der Schiffskabine entronnen und sie hatten Gelegenheit und ausreichend Platz, das nachzuholen, was sie versäumt hatten, bis sie beide schweißgebadet nebeneinander einschliefen.

Erst als es an der Tür klopfte, erwachten sie wieder. Shawn brachte eine Nachricht von Fisher, die er John beim Anblick seines, zur Nachmittagszeit nur mit einem Bettlaken bekleideten, Freundes mit einem breiten Grinsen überreichte. Fisher hatte, woher auch immer, erfahren, dass sie am nächsten Tag abreisen würden und lud sie alle zum Abendessen in sein Haus ein.

Der Rest des Nachmittags verging rasch und als es gegen sechs Uhr bereits dunkel wurde, waren sie auf dem Weg zu Fishers Haus.

»Willkommen!«, begrüßte er sie persönlich an der Tür. »Aber bitte kommen Sie doch alle herein.«

Das Haus war ein weißes, großzügig gebautes Holzhaus. Im Eingangsraum nahm ein Hausmädchen Hazel ihren leichten Schal ab. Mr Fisher geleitete sie in den Salon, wo Mrs Fisher sie begrüßte. Sie war fast ebenso rundlich wie ihr Gatte und ihre dunklen Haare hatten schon einige graue Strähnen. Vor dem Dinner wurde ein Sherry gereicht und man unterhielt sich angeregt, wobei sich die Herren rasch mit ihren eigenen Themen beschäftigten.

»Wie lange sind Sie schon in Indien, Mrs Fisher?« Hazel brannte vor Neugierde.

»Fast zehn Jahre. Drei Jahre länger als mein Mann.«

»Ich weiß so wenig von diesem Land. Nur was ich darüber gelesen habe und das kommt mir, schon nach dem Wenigen, was ich seit unserer Ankunft gesehen habe, vor, als wüsste ich gar nichts.«

»Man kann es auch kaum beschreiben, meine Liebe. Man muss es erleben. Die Landschaften, den Geruch des Dschungels und der Blüten am Abend, die Menschen und ihre Religion. Es ist faszinierend und so wie ich Sie einschätze, werden Sie sich in Indien sehr wohlfühlen.«

»Ich hoffe es. Ich muss ehrlich gestehen, dass ich ein wenig Angst habe vor dem, was auf uns zukommt. John und Shawn machen mir nicht gerade Mut, was unseren Aufenthalt hier betrifft.«

»Nun, es ist nicht einfach. Wir sind Kolonialherren hier. Wir haben das Land erobert und regieren es, was große Teile der Bevölkerung nicht akzeptieren. Mein Mann hat immer versucht, *mit* dem Land und seinen Menschen zu leben und nicht dagegen. Cornelius sagt immer, es wird noch ein böses Ende nehmen, denn ewig werden sich die Inder die englische Herrschaft nicht gefallen lassen.«

»Das hört sich auch nicht ermutigend an.«

»Ich will Ihnen auch nichts vormachen, Mrs Stewart. Das Leben in Indien ist nicht einfach, aber es ist wunderschön und ich möchte keinen Tag missen. Ich rate Ihnen nur, seien Sie vorsichtig. Lernen Sie, sich zu verteidigen, vor allem lernen Sie Schießen – und gehen Sie niemals alleine aus.«

»Ich werde Ihre Ratschläge beherzigen. Vielen Dank. Und mein Mann hat mir schon auf dem Schiff das Schießen beigebracht.«

Ein Hausdiener kam herein und meldete, das angerichtet war, und alle gingen in den Speiseraum.

Cornelius Fisher erzählte während des Essens von einer Tigerjagd und der Pracht der Paläste der Maharadschas, die er gesehen hatte, von dem jährlichen Monsun und den damit verbunden Überschwemmungen, von drückend heißen Sommern, lästigen Insekten und seinem Lieblingsthema, dem seiner Ansicht nach köstlichen, indischen Essen. Alles in einer Art und Weise, die seine Zuhörer belustigte. Doch Hazel behielt immer die Worte von Mrs Fisher im Ohr.

Die Vorspeise aus gebackenen Krabben und mit würzigem Käse gefüllten Teigtaschen war köstlich. Dann wurde das Hauptgericht gereicht. Es sah aus wie ein normaler Eintopf. Hazel probierte vorsichtig. Es schmeckte gut, aber nach einem kurzen Moment entwickelte sich eine würzige, aber brennende Schärfe in ihrem Mund und sie musste husten.

»Oh, Mrs Stewart, ist Ihnen das Curry zu scharf?«, fragte Mrs Fisher besorgt.

»Allerdings.« Hazel griff nach ihrem Weinglas.

»Nein, nicht!«, rief ihre Gastgeberin.

Doch es war zu spät. Hazel hatte schon einen Schluck genommen. Der Wein verstärkte die Schärfe jedoch noch und sie griff nach dem Wasserglas.

»Das wird auch nicht viel helfen, Mrs Stewart. Lassen Sie mich Ihnen verraten, wie Sie die Schärfe mildern. Hier, nehmen sie ein Stück von dem Fladenbrot nach jedem Bissen Fleisch und kauen Sie das Brot so lange, bis es süßlich schmeckt.« Cornelius Fisher konnte sich ein Lachen nicht verkneifen.

Hazel runzelte zweifelnd die Stirn, tat aber, was Mr Fisher ihr riet. Es dauerte einen Moment, dann band die Stärke im Brot die Schärfe.

»Das Gleiche geht mit etwas Reis.«

»Das tut gut.« Hazel seufzte erleichtert.

Sie nahm einen weiteren Bissen, genoss den Geschmack und aß ein Stück Brot danach. John und Shawn folgten ihrem Beispiel.

»Hmhm. Das ist köstlich. Erst jetzt kann man die Gewürze genießen«, brummelte Shawn.

»Einfach, aber wirkungsvoll. Nach dem Essen wird noch eine Mischung verschiedener Samen und Kräuter gereicht. Sie schmecken wie Seife, aber wenn Sie sorgfältig kauen, das verspreche ich Ihnen, wird die Schärfe des Essens nur eine angenehme Erinnerung bleiben.«

»Dann haben wir also eben eine wichtige Lektion gelernt.«

»Allerdings. Mir hat leider niemand diesen Trick gezeigt und meine Freunde haben sich eine Woche lang vor Lachen gebogen, wenn ich gegessen habe und es kaum ertrug.«

»Ich nehme an, nach dem Brot kann man auch den Wein wieder genießen?«, fragte John.

»Das kann man in der Tat.« Cornelius Fisher erhob sein Glas. »Trinken wir auf Indien und auf die Freiheit.«

»Nicht auf den König und England?«, fragte Shawn.

»Wir sind doch alle Schotten, oder?« Fisher grinste und seine Frau warf ihm einen etwas entsetzten Blick zu.

Sie tranken alle.

Nach dem Dinner gingen sie wieder in den Salon und die Herren rauchten Zigarren. Diesmal wurden die Damen in das Gespräch einbezogen und Cornelius, wie er alle gebeten hatte, ihn zu nennen, machte keinen Hehl aus seiner durchaus kritischen Einstellung.

»Sehen Sie, John, Schottland wird von den Engländern regiert und Indien auch. Haben wir uns diese aufgezwungene Herrschaft gefallen lassen? Nein. Wir haben jahrhundertelang gegen die Rotröcke gekämpft, um unsere Freiheit wiederzuerlangen. Leider bisher vergeblich. Können wir es da den Indern verübeln, wenn auch sie wieder frei sein wollen?«

»Sicherlich nicht, Sir.«

»Nun die meisten Briten in Indien tun das aber. Ich denke, es ist unsere Aufgabe als Schotten für eine bessere Verständigung zwischen Indern und Briten zu sorgen.«

»Wie sollen wir als Schotten den Engländern erklären, dass sie die Inder nicht unterdrücken sollen, wenn wir selbst es zulassen, dass sie Schottland regieren? Das nimmt doch niemand ernst.«

»Das ist in der Tat ein Problem, John. Wobei wir Schotten wenigstens als Menschen und auch rechtlich mittlerweile gleichgestellt sind. Die Inder dagegen sind für viele der englischen Offiziere nur Menschen dritter Klasse, es sei denn sie haben viel Geld. Mit seinem Reichtum wird ein Maharadscha in den Augen der Engländer immerhin zu einem Menschen *zweiter Klasse*, aber er wird nie völlig akzeptiert werden.«

»Wieso glaubt noch immer alle Welt, dass Geld einen Menschen besser macht? Ich weiß aus eigener Erfahrung, dass es Reiche gibt, die durch ihren schlechten Charakter ganz nach unten gehören. Und umgekehrt kenne ich Menschen, die kaum Geld zum

Leben haben und doch so nobel sind, dass sie eigentlich einen Adelstitel verdienen«, warf Hazel ein.

»Das ist wohl wahr, Mrs Stewart, und ich teile Ihre Ansicht. Aber Sie sollten solche Äußerungen, vor allem in der Gesellschaft britischer Offiziere, in Indien vermeiden, erst recht als Frau«, bemerkte Cornelius ernst.

»Heißt das, ich darf nicht sagen, was ich denke?« Hazel wandte sich Hilfe suchend an Olivia Fisher.

»Manchmal ist es taktisch geschickter, weniger zu sagen und mehr durch Taten zu wirken. So habe ich es immer gehalten. Zum Beispiel mit der Schule in dem Bezirk, in dem wir früher die Handelsstelle betreut haben.«

»Ja. Olivia hat eine Schule für die indischen Kinder eingerichtet. Entgegen allen Widerständen hat sie es irgendwie verstanden, den Major derart einzuwickeln, dass er einfach nicht Nein sagen konnte.«

»Es hat zwar vier Monate gedauert, aber er hat am Ende selbst geglaubt, die Idee mit der Schule wäre von ihm.« Mrs Fisher lachte. »Und es hat mich alle weibliche List gekostet, es ihm einzureden.«

»Setzen Sie meiner Frau bitte keine solchen Flausen in den Kopf, Madame«, bat John.

»Ich glaube, das brauche ich gar nicht, Captain Stewart.« Mrs Fisher legte Hazel vertraut die Hand auf den Arm.

»Allerdings, John. Du wirst dich noch wundern.« Hazel hob selbstbewusst den Kopf.

»Sie sagten vorhin beiläufig, dass es in den letzten Monaten vermehrt zu Überfällen auf Garnisonen kam. Soweit ich weiß, sollen wir nach Fort Cameron. Ist es dort noch sicher?« John brachte das Gespräch auf ein ernsteres Thema.

»Bisher schon, soweit ich weiß. Aber von sicher kann man in Indien eigentlich fast gar nicht reden. Sie sollten in jedem Falle einen Diener suchen, der ihnen treu ergeben ist und auch für die Sicherheit in Ihrem Haushalt sorgt. Außerdem sollten Sie Ihre Frau im Umgang mit Waffen unterweisen.«

»Ich werde Ihren Rat beherzigen, Cornelius. Schießen kann sie schon recht gut«, entgegnete John.

»Können Sie auch reiten?«, wandte sich Cornelius an Hazel.

»Ein bisschen.«

»Reiten sollten Sie sehr gut können, in einem Land wie diesem. Ein Pferd ist immer noch das schnellste Mittel zur Flucht.«

»Flucht. Wir sind kaum angekommen und Sie sprechen von Flucht.« Hazel blickte ihn etwas entsetzt an.

»Mrs Stewart. Die Zeiten sind unruhig. Schon in den letzten Jahren hat es viele Überfälle auf Handelskarawanen und auf Britische Offiziere gegeben und man kann nur fliehen, wenn fünfzig oder mehr brandschatzende Räuber vor der Haustür stehen, bereit, alles niederzubrennen.«

»Das hört sich an, als hätten Sie es selbst schon erlebt.«

»Nun, ich gottlob nicht, meine Frau und ich leben hier in Kalkutta. Aber es gibt genug abschreckende Beispiele. Sogar die Inder ziehen es manchmal vor, sich selbst zu töten, als Gefangene der *Pindari* zu werden. Ganze Dörfer haben schon Selbstmord begangen.«

»Aber wird nicht massiv dagegen vorgegangen?«, wandte John ein.

»Das mag sein, aber trotz aller militärischen Bemühungen von Gouverneur Hastings kann man beim besten Willen nicht sagen, dass die Pindari unter Kontrolle sind.«

»Ich hoffe, ich kann meinen Teil dazu beitragen, dass sich das ändert«, sagte John zuversichtlich.

»Gut gesprochen, Major Stewart. Aber vergessen Sie nicht, was ich vorhin gesagt habe.«

»Das werde ich sicher nicht.« John nickte leicht.

Während die Männer sich Getränke nachschenkten, unterhielten sich Mrs Fisher und Hazel weiter.

»Schreiben Sie mir, Mrs Stewart. Und berichten Sie mir, wie die Reise war und wie es Ihnen in Fort Cameron gefällt«, bat die Gastgeberin.

»Sehr gerne«, erwiderte Hazel.

»Wissen Sie, als ich hier ankam hatte ich niemanden, dem ich hätte schreiben können, außer meine Verwandten und Freunde in Schottland und Briefe brauchen ewig in die Heimat. Ich habe manchmal ein Jahr auf Antwort gewartet. Ich habe mich daher anfangs sehr einsam gefühlt und völlig abgeschnitten vom Rest der Welt«, erklärte Mrs Fisher.

»Dann danke ich Ihnen sehr für das Angebot. Gibt es denn so etwas wie einen Postdienst hier?«

»Ja, natürlich. Die Postreiter der East India Company sind schnell und ein Brief braucht nur einige Tage nach Kalkutta. Jedenfalls außerhalb der Regenzeit. Sie befördern nicht nur die Befehle und Berichte der Company, sondern auch alle private Post. Außerdem können sie Kleinigkeiten mitbringen. Und sei es etwas Belangloses wie Nadeln oder Garn in einer bestimmten Farbe.« Mrs Fisher ließ sich Zeit mit ihrer Erklärung.

»Ich fürchte fast, ich habe vieles gar nicht richtig überdacht und viele Dinge werden mir fehlen«, seufzte Hazel.

»Dann schreiben Sie mir, was Sie brauchen und ich werde sehen, was ich tun kann«, beruhigte Mrs Fisher sie.

»Oh ja. Sie würde sogar ein Klavier auftreiben und dafür sorgen, dass es bei Ihnen ankommt«, lachte Cornelius, der zu seiner Frau gekommen war.

Sie verbrachten noch einen herrlichen Abend, der nach der langen Zeit auf dem Schiff hätte nicht schöner sein können. Es war weit nach Mitternacht, als sie das Haus der Fishers verließen und ins Hotel zurückkehrten. Sie wollten am nächsten Tag früh aufbrechen, denn ihre Sachen waren noch im Kontor am Hafen untergebracht und Cornelius hatte ihnen geraten, diese nach dem Verladen auf einen Wagen nicht mehr aus den Augen zu lassen. So wurde es eine kurze Nacht und es war noch dämmrig, als sie das Hotel verließen. Ein Wagen brachte sie in die Garnison von Kalkutta. Shawn begleitet die Wagen, die ihre Sachen aufnehmen sollten, zum Hafen, während John letzte Befehle erhielt. Die Truppe, die sie nach Fort Cameron begleiten sollte sich fertig machte.

Hazel fühlte sich in all dem Trubel überflüssig. Sie hatte eine Weile in einem Aufenthaltsraum gewartet und war dann nach draußen gegangen. Dort hielt sie sich im Randbereich des riesigen Hofes auf, in dem die Männer Pferde fertig sattelten und aufmarschierten. Mit Erstaunen stellte sie fest, dass nicht nur Briten in der Armee dienten, sondern auch Nepalesen. Die Gurkhas trugen eine der indischen Kleidung angepasste, helle Uniform mit einem Turban dazu, statt einem Helm. Hazel fühlte sich inzwischen in den Sachen, die sie trug, mit dem weiten Rock über ihren Hosen und ihren Stiefeln sehr wohl. Zudem schien niemand über ihre Kleidung entsetzt zu sein. Endlich kehrte Shawn zurück und auch John kam aus dem Gebäude, in dem er eine Stunde zuvor verschwunden war. Hazel ging zu ihm.

»Alles in Ordnung?«, fragte sie.

»Ja, mein Schatz. Es wird nicht mehr lange dauern. Aber jetzt musst du dich eine Weile von mir trennen. Ich muss schließlich das Kommando über die Truppe übernehmen, wenn auch nur formell. Führen wird uns Sergeant Porter. Dort drüben ist er. Siehst du ihn?« John deutete auf einen Mann. »Ich werde dafür sorgen, dass dir jemand ein Pferd bringt und sich um dich kümmert, bis wir aus der Stadt raus sind. Außerdem wird Shawn an deiner Seite bleiben. Zur Sicherheit möchte ich aber, dass du die hier nimmst.« Er zog eine kleine Pistole aus seiner Jacke. »Ich hoffe, du hast nichts verlernt, von den Schießlektionen auf dem Schiff.«

»John, du hast selbst gesagt, ich wäre ein Naturtalent.«

»Ich weiß, aber hier zielst du nicht auf Holzstückchen an Schnüren. Wenn es ernst wird, musst du auch von der Waffe Gebrauch machen, und es ist etwas völlig anderes, sie auf einen Menschen zu richten.«

»Das werde ich wohl erst erfahren, wenn es dazu kommt, was ich nicht hoffe.« Hazel blickte ihn ernst an.

»Hast du auch dein Messer?«

»Dort wo ich es immer habe.« Sie nickte.

»Also dann. Los geht es.« Er küsste sie flüchtig und ging zu dem Sergeanten hinüber.

Kurz darauf brachte ein junger Soldat ein Pferd. Er machte den Sattel für sie fertig, brachte noch das von John versprochene Schaffell an, und half ihr beim Aufsteigen. Hazel saß stolz auf dem großen *Marwari*-Schecken und wunderte sich nur einen Moment über seine eigenartigen, sichelförmig nach innen gebogenen Ohren. Sie hatte seit einem Ausritt mit John im Sommer des vergangenen Jahres nicht mehr auf einem Pferd gesessen, aber der kleine Tommy, den sie früher immer ohne Sattel geritten hatte, war ein guter Lehrmeister gewesen. Hazel war zuversichtlich. Vom Sattel aus konnte sie beobachten, wie John die Reiter Aufstellung nehmen ließ. Er hielt eine kurze Ansprache an die Männer, bevor er Shawn zunickte, der daraufhin zu Hazel hinüber geritten kam.

»Wenn Sie mir folgen würden, Mylady«, lachte er frech.

»Wo ist dein Bart hin?« fragte sie angesichts seines frisch rasierten Gesichts.

»Zu heiß hier für einen Vollbart.« Er lachte, zwinkerte ihr zu und trieb sein Pferd an.

Hazel folgte ihm und sie reihten sich im vorderen Bereich der mittlerweile in Zweierreihen hintereinander stehenden Reiter ein.

John gab das Zeichen und die Reise begann. Im Schritt und dann im Trab verließen sie die Garnison und schlugen die Straße zum Fluss ein. Diesen überquerte der ganze Tross auf breiten, flachen Fährbooten.

Auf der Westseite angekommen, folgten sie noch eine Weile dem Fluss und bogen irgendwann auf eine breite, staubige Straße nach Südwesten ab. Die Landschaft veränderte sich zunehmend und je weiter sie sich von der Küste entfernten, umso mehr war die Umgebung von Trockenheit geprägt. Das Gras war gelblich und die Bäume dürr.

Zwei Stunden lang hatte Hazel das Reiten Freude gemacht. Nach drei Stunden hatten sich die ersten Auswirkungen bemerkbar gemacht und nach dem ersten Tag spürte sie ihren Hintern kaum noch. Der erste Tag verging, dann der zweite. Je weiter sie ins Landesinnere vordrangen, desto heißer wurde es. Der vierte Tag war eine einzige Qual und sie war froh, als John in der größten Mittagshitze endlich das Zeichen gab, im Schatten einiger Bäume zu rasten.

Shawn half Hazel vom Pferd und als John zu ihnen kam, vertrat sie sich noch die Beine.

»Lebst du noch?«, fragte John scherzhaft angesichts Hazels eigenartiger Gangart.

»Soll das ein Scherz sein?«, fauchte Hazel gereizt zurück.

»Oh, entschuldige. Ist es wirklich so schlimm?«

»Es geht schon, John.«

»Du könntest eine Weile auf einem der Wagen mitfahren.«

»Lieber nicht. Ich habe gesehen, wie sie hin und her wackeln und da ziehe ich das Pferd vor. Ich glaube, ich habe einfach zu spitze Knochen dort wo ich drauf sitze.«

»Wenn es nur das ist, Hazel, sei froh, dass du keinen Wolf hast.«

»Einen Wolf?«

»Nun, so nennt man es, wenn sich ungeübte Reiter wund reiten. Ich habe schon Männer mit blutigen Hosen gesehen.«

»Das sind ja schöne Aussichten. Wie lange werden wir hierbleiben?«

»Eine, vielleicht zwei Stunden. Die Pferde brauchen auch eine Pause, aber wir müssen vor Einbruch der Dunkelheit einen geeigneten Lagerplatz erreichen.«

»Ein weiches Bett wäre schön heute Abend.«

»Vergiss es. Du wirst wohl noch ein paar Nächte auf dem Boden schlafen müssen.«

Hazel breitet ihre Decke im Schatten eines Baumes auf dem Boden aus. John brachte ihr eine volle Wasserflasche und sie trank gierig, bevor sie etwas Obst und Brot aß. Das Essen in der Mittagshitze macht Hazel schläfrig und auch die Männer waren müde. Sie saßen ein wenig entfernt auf dem Boden oder lehnten sich an die Bäume. Die meisten hatten ihre Helme abgenommen und ihre Uniformen aufgeknöpft.

John kniete sich zu Hazel.

»Ich werde Shawn wieder als Wache zu dir schicken, damit du ein bisschen schlafen kannst.«

»Das wäre herrlich.« Hazel gähnte.

Sie beobachtete eine Weile die Pferde mit ihren lustigen nach innen gebogenen Ohren und dann die Ameisen auf dem Boden vor ihren Füßen. Sie schob den Sand mit ihrem Stiefel hin und her. Dabei legte sie etwas frei, das aussah wie ein runder flacher Stein. Hazel nahm es in die Hand, betrachtete es näher und stellte zu ihrem Erstaunen fest, dass es eine kleine, tönerne Münze mit dem Abbild eines Reiters war. Sie fand sie sehr hübsch und steckte sie ein, bevor die Müdigkeit sie übermannte. Noch bevor Shawn bei ihr war, schlief sie ein.

John teilte einige Wachen ein und zog sich auch in den Schatten zurück. Er musterte die Landschaft, fluchte leise über die Hitze und betrachtete seine schlafende Frau. Er fragte sich, ob es richtig gewesen war, sie mit in dieses Land zu nehmen.

In den nächsten Tagen durchquerten sie auch vereinzelte Dörfer. In einigen wurden sie nur böse angestarrt, in anderen freundlich empfangen. Hazel genoss die Ablenkung. All die Farben, die Stimmen. Eines der Dörfer hatte einen hohen, bunt gestrichenen Tempel. In einem anderen Dorf gerieten sie in eine Hochzeitsgesellschaft, die mit Musik tanzend die Straße entlang zog.

Nach sieben Tagen zu Pferd erreichte die Gruppe, nachdem sie entlang eines kleinen Flusses einen Höhenzug durchquert hatten und in der Ferne weitere Berge zu sehen waren, endlich Fort Cameron. Sie waren streckenweise nur langsam vorangekommen, da einer der insgesamt sechs Wagen ein defektes Rad gehabt hatte und sie lange gebraucht hatten, bis es wieder gerichtet war. Die Fracht, die sie mit sich führten, war zu wertvoll, als dass sie diese hätten zurücklassen können.

Die Garnison war relativ groß für einen Außenposten. Das schon von Weitem zu sehende Fort war von allen Seiten von einer gut sechs Meter hohen, dicken Mauer aus roten Ziegeln umgeben. Oben wurde die Mauer von abgerundeten Zinnen gekrönt, zwischen denen man die Kanonen stehen sehen konnte. An jeder der vier Ecken befand sich ein etwas höherer Turm mit einer gemauerten Kuppel darüber, die Schatten für die Wachen spendete. Keinerlei Bäume oder Büsche umstanden das Fort. Sie waren in einem breiten Streifen gerodet worden, um Angreifern keine Deckung zu bieten. Das große dunkle Holztor war geschlossen, wurde jedoch sofort geöffnet, als die Gruppe sich näherte und die Wache auf dem Turm Signal gegeben hatte.

Colonel Harley begrüßte die Neuankömmlinge mit militärischen Ehren. Ein Trompeter rief einen Teil der Truppe des Forts zum Appell in den Hof. Hazel sah, wie die Männer salutierten, als John an ihnen vorbei auf den Colonel zuritt, während Shawn und sie noch am Ende der Gruppe warteten. John sprang vom Pferd und grüßte den Colonel zunächst militärisch, bis dieser ihm die Hand reichte.

»Willkommen in der Garnison von Fort Cameron, Major Stewart.«

»Es ist schön, am Ziel zu sein, Sir. Nach einer so langen Reise. Und es ist gut zu sehen, dass Sie wieder wohlauf sind.«

»Es war nur eine dieser kurzen aber heftigen Magenverstimmungen. Davon werden auch Sie nicht verschont bleiben, Major Stewart.«

»Wir werden sehen, Sir. Hier sind die neuen Befehle, die ich Ihnen aus Kalkutta überbringen soll.« John überreichte dem Colonel das in Leder verpackte Bündel Papiere.

Der Colonel nahm es an sich und reichte es sofort an seinen Adjutanten weiter.

»Das muss warten, Major Stewart. Wie ich höre, haben Sie Ihre Frau mitgebracht und meine britische Erziehung steht in diesem Falle vor allen militärischen Belangen.«

»Sie ist dort hinten, Sir.«

John winkte Hazel und Shawn herüberzukommen und gab der ganzen Gruppe den Befehl zum Absitzen.

Hazel glitt aus dem Sattel, zog sich ihre verstaubten Handschuhe aus, nahm ihren Hut ab und rückte ihre Haare so gut es ging zurecht.

»Willkommen, Mrs Stewart.« Colonel Harley küsste ihr die Hand und mustere unauffällig ihre staubige Kleidung. »Sagen Sie mir, was ich nach dem anstrengenden Ritt als Erstes für Sie tun kann und Ihr Wunsch ist mir Befehl, Madame.«

»Ich würde mich gerne frischmachen, Sir. Und meine etwas undamenhafte Garderobe durch etwas Sauberes ersetzen.«

»Mein Adjutant wird sich um alles kümmern, Mrs Stewart. Ich habe bereits alles für Ihre Ankunft vorbereiten lassen.«

»Sie wussten, dass wir kommen.«

»Wir haben gute Boten mit schnellen Pferden, Mrs Stewart. Im Umkreis von zwanzig Meilen geschieht kaum etwas, von dem ich nichts weiß.«

Während die Männer in dem Hauptgebäude verschwanden, geleitete der Adjutant des Colonels Hazel in ein kleineres Nebengebäude. Im unteren Stock befanden sich in einem einfachen Raum zwei Feldbetten und eine Waschgelegenheit. Daneben ein Tablett mit Gläsern und ein Krug Limonade. Es war nichts Besonderes, aber nach dem langen anstrengenden Ritt mehr, als Hazel erwartet hatte. Der Adjutant zündete eine Lampe an, da die wegen der Hitze geschlossenen Fensterläden kaum Licht hereinließen. Einer der Soldaten brachte Hazels Reisetasche und auch Johns Sachen vom Wagen. Hazel dankte dem Adjutanten und er postierte sich vor der Tür.

Eine Stunde später fühlte sie sich erfrischt genug. Sie hatte sich den Staub vom Körper und aus den Haaren gewaschen und sich umgezogen. Der Adjutant geleitete sie hinüber zum Hauptgebäude und klopfte an einer schweren dunklen Tür.

»Herein«, rief der Colonel von drinnen und der Adjutant hielt Hazel die Tür auf.

»Mrs Stewart, ich hoffe, Sie fanden alles zu Ihrer Zufriedenheit.«

»Danke, Colonel. Ich fühle mich sehr viel besser, nur die Erinnerung an den langen Ritt werde ich in den nächsten Tagen noch spüren.«

»Das kann ich mir vorstellen.« Der Colonel lachte. »Ich hoffe, Sie bleiben heute noch hier. Es ist schon spät und ich möchte Ihnen nicht zumuten, heute noch Ihr Haus zu beziehen.«

»John hat mir noch nichts davon gesagt.« Hazel blickte John verwundert an.

»Ich wusste es selbst noch nicht genau, Hazel. Aber wir haben ein kleines Haus außerhalb der Garnison, etwa anderthalb Meilen entfernt.«

»In diesem Fall würde ich gerne die Einladung annehmen, Colonel und die erste Nacht hier verbringen.«

»Ich freue mich auf die Gesellschaft einer Dame, Mrs Stewart und ich hoffe, Sie werden möglichst lange bleiben. Meine Frau hat es vor acht Monaten vorgezogen, zurück nach Kalkutta zu gehen. Jetzt sehe ich sie nur alle drei Monate.«

»Da ich nicht weiß, was mich hier erwartet, Colonel, kann ich Ihnen leider keine Versprechungen machen. Aber ich werde mich bemühen, meinem Mann zur Seite zu stehen, so gut und so lange ich kann.«

»Ihre Frau gefällt mir, Major Stewart. Ich glaube, sie hat eine Menge Courage.«

»Die hat sie, Sir. Das kann ich Ihnen versichern.«

Hazel, John und Shawn nahmen gemeinsam mit dem Colonel ein gutes Abendessen in dessen Haus ein und der Colonel offerierte danach sogar etwas Portwein und nach der harmlosen Konversation beim Essen schwenkte das Thema nun hinüber zu den Aufgaben der Garnison.

»Colonel Harley, in Kalkutta wurde uns etwas angedeutet, das mich mit Sorge erfüllt hat. Es ging um die Pind...«, sagte John.

»Die Pindari?« Colonel Harley blickte ihn erstaunt an.

»Ja, genau. Man sagte uns, diese Räuberbanden überfallen und plündern ganze Landstriche.«

»Das ist richtig, Major Stewart.«

»Ich hoffe, wir sind hier nicht in Gefahr. Vor allem wegen meiner Frau.«

»Bisher nicht. Aber es ist auch unsere militärische Aufgabe, diesen Bereich vor den Überfällen zu schützen und die Transporte der East India Company aus dem zentralen Hochland nach Kalkutta und vor allem unsere eigenen Versorgungseinheiten zu bewachen, die regelmäßig ein Ziel von Angriffen der Pindari sind.«

»Das heißt, mein Mann wird auch direkt mit ihnen zusammentreffen?« Hazel warf einen sorgenvollen Blick auf John. »Ich dachte, die Außenposten gelten als ruhig.«

»Noch vor einem Jahr war es relativ ruhig. Aber die Überfälle der Pindari haben immer mehr zugenommen und sie kommen auch immer weiter nach Osten. Wir hoffen alle, dass der Monsun sie wieder dahin zurücktreibt, wo sie hergekommen sind. Die Company und die Regimenter wissen im Norden kaum noch, wie sie der Situation Herr werden sollen, und die Pindari sind nicht zu unterschätzen. Es ist eine bestens organisierte und geführte Truppe, die von ihrem Hauptquartier irgendwo in Zentralindien aus außerhalb der Regenzeit alle Nachbarregionen überfallen. Im vergangenen Jahr haben sie Nord Sarkar geplündert. Lord Hastings geht jetzt massiv gegen sie vor.«

Colonel Harley rieb sich das Kinn, zog an seiner Zigarre und blies Ringe in die Luft. »In jedem Fall sind Sie hier in der unmittelbaren Umgebung der Garnison sicher.«

»Ich hoffe es.« Hazel seufzte leise.

»Ich würde gerne noch mehr über die Pindari erfahren, Sir.« John goss sich etwas Wein nach. »Zum Beispiel über ihre Organisation. Haben sie eine Art militärische Struktur?«

»Allerdings. Sie haben Truppenführer, die sogenannte Durrahs anführen. Die Stärke der Gruppen schwankt zwischen einigen Hundert, meist sind es aber um die Tausend und wir wissen von Gruppen bis viertausend Männern.«

»Wie sind sie bewaffnet?«, fragte Shawn.

»Ein Mann, ein Pferd und ein Speer. Einige auch mit Pfeil und Bogen, das ist alles. Aber damit verstehen sie sehr schnell und geschickt umzugehen und bei insgesamt zwanzigtausend bis dreißigtausend Reitern ist das eine gewaltige Bedrohung. Deswegen sind wir auch im Krieg mit ihnen.«

»Stimmt es, dass es unter der Bevölkerung schon Selbstmorde gegeben hat, um ihnen nicht in die Hände zu fallen?«, fragte Shawn weiter.

»Das ist leider wahr. Die Angst vor ihren Foltermethoden ist gewaltig. Diese Unmenschen stülpen einem einen Sack mit heißen Kohlen und Asche über. Dadurch verbrennt man innerlich. Oder sie legen ein Brett auf den Brustkorb ihrer Opfer und zwei Männer wippen so lange darauf hin und her, bis dem Opfer die Rippen brechen.«

Hazel entfuhr ein leiser Schrei und John drückte ihr beruhigend die Hand.

»Verzeihen Sie, Mrs Stewart, aber das ist nun mal die Wahrheit.« Colonel Harleys Gesicht war sehr ernst geworden und er kippte mit einem großen Schluck seinen restlichen Portwein hinunter.

»Es ist viel beängstigender, als ich gedacht hatte.«

»Sie werden sich an alles gewöhnen, auch an solche unliebsamen Geschichten und die Schlachten gegen die Pindari werden in anderen Teilen des Landes geschlagen, jedenfalls bisher. Sie müssen sich also im Moment wirklich keine Gedanken deswegen machen. Warten Sie nur, bis Sie morgen Ihr Haus sehen. Ich denke, es wird Ihnen gefallen und Sie werden die Pindari schnell vergessen Ich habe dafür gesorgt, dass Sie in Ihrem Haus auch einige schöne Dinge des Landes vorfinden. Indien ist reich an Kunstgegenständen und einige davon sollten in jedem Haus vorhanden sein. Außerdem habe ich mir erlaubt, zwei Hausdiener einzustellen.«

»Ich bin sehr gespannt, Colonel Harley. Apropos Kunstgegenstände, ich fand das hier vor einigen Tagen. Können Sie mir sagen, was das ist?« Hazel zog die kleine Münze mit dem Reiterbild, die sie gefunden hatte, hervor und übergab sie dem Colonel.

Er betrachtete die Münze eingehend und sein Gesichtsausdruck wurde ernster.

»Woher haben Sie das, Madame?«, fragte er sachlich.

»Ich fand es im Sand an unserem Mittagsrastplatz vor drei Tagen.«

»Das ist Pindarischmuck. Die Männer der Pindari tragen solche Münzen um den Hals, quasi als Erkennungszeichen.«

»Wo haben Sie an diesem Tag gerastet, Major Stewart?«

»Ich glaube, da müssen Sie Sergeant Porter fragen, Sir. Meine Ortskenntnis lassen noch zu wünschen übrig.«

»Wenn Sie mich entschuldigen würden«, wandte sich der Colonel an Hazel und John und verließ den Raum.

»Was hat er denn?«

»Ich fürchte dein Fund bedeutet nichts Gutes, Hazel. Andererseits könnte die kleine Münze aber auch schon eine ganze Weile im Sand gelegen haben. Ich ...« John konnte seinen Satz nicht beenden, denn der Colonel kehrte zurück.

»Es tut mir leid, aber ich muss diese Sache sofort prüfen lassen.«

»Sie fürchten, die Pindari sind doch näher, als Sie bisher dachten?«

»Allerdings. Bisher waren es nur Gerüchte, aber diese Münze ist der erste eindeutige Beweis. Ich denke, es sind Späher unterwegs.«

»Sollten wir die Garnison dann überhaupt verlassen?«, fragte John.

»Noch wissen wir nichts Genaues, Major Stewart, und zurzeit sind Sie auch außerhalb der Garnison noch sicher. Aber ich will Ihre Frau nicht länger beunruhigen. Es war ein langer Tag und es ist spät geworden. Ich werde Sie morgen zu Ihrem Haus begleiten, wenn es Ihnen recht ist, Madame.«

»Aber selbstverständlich.«

Der Adjutant geleitete sie in ihr Quartier und Hazel schlief zum ersten Mal, seit sie Kalkutta verlassen hatten, tief und fest durch.

Nach einem Frühstück beim Colonel wurden die Wagen mit den persönlichen Sachen von Hazel und John wieder angespannt. Der Colonel begleitete sie beide, wie versprochen, mit ein paar seiner Männer zu ihrem Haus. Es lag nur anderthalb Meilen außerhalb der Garnison, unterhalb einer kleinen, von Felsen bedeckten Erhebung. Als sie sich näherten, kam der Colonel mit seinem Pferd neben den Wagen, auf dem Hazel mitfuhr.

»Dort vorn ist es, Mrs Stewart. Unter der Baumgruppe.«

Hazel suchte mit ihren Blicken das Haus zwischen den Bäumen auszumachen und kurze Zeit später fuhr der Wagen in einen allseitig ummauerten Hof hinein.

Das Haus war ganz weiß gestrichen, und bestand nur aus dem Erdgeschoss. Das Dach darauf war flach nach allen Seiten geneigt und mit roten Ziegeln gedeckt. Um das ganze Haus herum verlief eine schattige Veranda, die an den Ecken von blühenden Kletterpflanzen überwuchert war. Ein großer Baum rechts neben dem Haus spendete Schatten. In einiger Entfernung waren einige einfache Gebäude. Ein Teil davon war die Wohnung für die Diener. Der Rest war der Stall mit einem angrenzenden, ebenfalls von Bäumen beschatteten Pferch für die Pferde. In dem kleinen Innenhof zwischen den Gebäuden lag ein einfacher überdachter Brunnen. In einer Ecke war ein kleiner Gemüsegarten angelegt in dem einiges wuchs, da er offensichtlich bewässert wurde. Hinter dem Haus gab es eine kleine Rasenfläche mit weiteren, großen Bäumen, darunter ein großer Mangobaum. Es war wie eine kleine Oase.

Vor dem Haus warteten ein indischer Diener in einem weißen Anzug und ein junges Mädchen in einem einfachen grünen Sari.

Colonel Harley half Hazel vom Wagen herunter.

»Das sind Ihre Dienstboten, Mrs Stewart. Neela und Sanjay.«

»Namaste, Sahib, Memsahib.« Sanjay sprach und die beiden verneigten sich mit vor der Brust gefalteten Händen und Neela hängte Hazel und John Kränze aus orangefarbenen Blumen als Willkommensgruß um den Hals.

Dann begleitete Colonel Harley sie hinein.

Durch die Tür betrat man einen schmalen Flur. Rechts war ein größerer Salon. Links ein Speiseraum mit angrenzender Küche und im hinteren Teil des

Hauses ein Schlafzimmer mit einem breiten Bett, das mit Moskitonetzen behangen war, sowie ein weiterer kleiner Raum. Im Salon und auf der Veranda standen geflochtene Korbstühle mit hohen Lehnen und bunten Kissen darauf. Die Küche war fast vollständig ausgestattet und im Speiseraum stand ein großer Tisch mit sechs Stühlen. An den Wänden hingen Bilder aus bemalter Seide. Pfauenfedern standen in einer Vase im Salon und Neela hatte einen Korb mit frischen Früchten auf den Tisch gestellt. Das Haus wirkte einladend und freundlich.

»Ich hoffe, es gefällt Ihnen, Mrs Stewart?«, fragte der Colonel nach dem Rundgang.

»Es ist sehr schön. Ein eigenes Haus zu haben, ist wunderbar«, entgegnete Hazel.

»Tja. Meine Frau und ich haben hier gewohnt in unseren ersten beiden Jahren hier. Sie hat dafür gesorgt, dass es so ist, wie Sie es jetzt sehen. Leider hat sie sich so weit draußen nur sehr einsam gefühlt und ist mit dem Leben hier nie wirklich zurechtgekommen. Selbst nachdem wir das Haus direkt neben dem Fort bezogen hatten. Daher ist sie zurück nach Kalkutta gegangen.«

»Es war Ihr Haus, Sir?« John blickte den Colonel geradezu entsetzt an.

»Ja. Es war unser erstes Haus. Das ist Jahre her. Ich hoffe sehr, dass Sie sich hier wohlfühlen und dass Ihre Frau eine bessere Reiterin ist als meine Frau, denn das war auch ein Grund, warum sie sich hier etwas, nun sagen wir, eingesperrt gefühlt hat.«

»Sir, ich weiß nicht, wie ich Ihnen danken soll. Und meine Frau ist eine recht gute Reiterin. Ich bin sicher, wir werden uns hier wohlfühlen.«

»Tun Sie Ihre Pflicht, Major Stewart. Mehr erwarte ich nicht und vielleicht ab und an ein Dinner in Ihrem Hause, das würde mich freuen.«

»Mit Vergnügen, Colonel«, entgegnete Hazel.

»Ich werde Sie jetzt alleine lassen. Ich denke, die Männer haben alles abgeladen und Sie werden die nächste Zeit einiges zu tun haben, Mrs Stewart.«

Er verabschiedete sich und verließ das Haus. Drei Soldaten und Sanjay trugen in kurzer Zeit all ihre Sachen hinein.

Hazel schlief herrlich in dieser Nacht. Sie erschrak nur, als sie aufwachte und mit der Hand das Moskitonetz berührte, das das Bett vor lästigen Insekten schützte.

Die ersten Tage in ihrem neuen Heim verbrachte Hazel damit, alles einzuräumen. Die beiden Hausdiener waren dabei eine große Hilfe. Sie waren fleißig und immer freundlich, ohne jegliche Aufdringlichkeit. Neela war eine Perle im Haushalt. Sie war anfangs still und scheu wie ein Reh, wenn sie Hazel aus ihren großen braunen Mandelaugen anblickte. Doch nach einigen Tagen wurde sie aufgeschlossener, vor allem, als Hazel ihr geholfen hatte, zwei freche Affen zu vertreiben, als die versuchten, in die Küche zu kommen, um Essen zu stehlen. Eine kleine Gruppe von sechs Affen lebte um das Haus herum und auf dem kleinen Hügel dahinter. Sie waren sehr verfressen und Sanjay warnte, dass sie den Mangobaum plündern würden, wenn erst die Früchte reif genug waren.

Nachdem John vom Colonel in alles in der Garnison eingewiesen worden war, war er oft von Sonnenaufgang bis Sonnenuntergang nicht da. Er verbrachte die

Tage entweder komplett in der Garnison oder erkundete in Begleitung von Sergeant Porter, Shawn und einer kleinen Patrouille die nähere und bald auch die weitere Umgebung. Kehrte er auch nachts nicht zurück, standen zwei Mann aus der Garnison Wache vor dem Haus. Hazel empfand das als Beruhigung und sie fühlte sich mit jedem Tag wohler in der neuen, noch so ungewohnten Umgebung. Sie hatte den festen Willen, so viel wie möglich über das Land zu lernen, und begann damit, sich für alles, was sie anfasste oder tat, von Sanjay und Neela die Begriffe in Hindi erklären zu lassen. Sie lernte schnell und nach drei Wochen konnte sie mehr Worte, als sie es je für möglich gehalten hatte. Umgekehrt lernte Neela immer mehr Englisch.

Colonel Harley überließ Hazel, nachdem sie ihn darum gebeten hatte, auch den braven Schecken, auf dem sie bis nach Fort Cameron geritten war, und den Damensattel seiner Frau. Bald darauf erkundete sie, begleitet von Sanjay, die nahe Umgebung. Er war ein guter Reiter und ein ebenso guter Lehrmeister. Das Land war zu dieser Jahreszeit relativ karg, aber auf seine Weise reizvoll. Affen huschten an vielen Stellen durch die Bäume oder über die Felsen. Axishirsche grasten in kleinen Gruppen friedlich im Grasland. Wo mehr Bäume standen, gab es auch viele Vögel, teilweise mit auffällig buntem Federkleid. Manche lärmten und flogen auf, wenn sie sich entdeckt fühlten, andere sangen weiter, ohne sich stören zu lassen. Es wirkte idyllisch und dennoch trug Sanjay immer ein Gewehr bei sich und einen Säbel. Er warnte Hazel eindringlich, niemals das Land und seine Gefahren zu unterschätzen. Schlangen konnten sich überall im Gras verbergen und suchten auch die Häuser auf. Skorpione und giftige Spinnen lebten draußen unter Steinen, konnten aber ebenfalls ins Haus kommen. Doch am gefährlichsten, so erklärte Sanjay, waren die Büffel. Selbst die zahmen. Sie waren unberechenbar und griffen schneller an, als man dachte und sie waren zahlreich. Tiger gab es dagegen nur wenige in der Gegend, erklärte er. Aber sie schlichen sich manchmal unbemerkt an und kamen nachts bis in die Dörfer.

»Vor einem Tiger kann man nicht weglaufen, Memsahib«, erklärte Sanjay ihr bei einem der Ausritte ernst. »Er ist zu schnell. Man kann ihm nur aus dem Weg gehen. Sich langsam entfernen oder, wenn man sehr mutig ist, kann man sich ihm entgegenstellen. Ihn anbrüllen. Manchmal hilft das. Aber ich verlasse mich lieber hier drauf«, lachte er und hob sein Gewehr hoch.

Hazel sog all das neue Wissen und all die Eindrücke in sich auf wie ein Schwamm. Es faszinierte sie. Endlich konnte sie Dinge entdecken, über die sie bisher nur in Büchern gelesen hatte.

Sanjay zeigte ihr bei einem der ersten Ausritte auch das nahe der Garnison gelegene Dorf. Es ähnelte jenen, die sie auf ihrer Reise nach Fort Cameron durchquert hatte. Um das Dorf lagen die Felder und Gärten. Das Dorf selbst bestand aus einfachen Hütten und kleinen Höfen mit niedrigen Mauern darum. In der Mitte stand ein hoher Hindutempel, der alles weithin sichtbar überragte. Der Tempel war außen über und über mit Reliefs verziert. Sanjay erklärte Hazel, was alles zu sehen war, aber sie hörte ihm kaum zu. Zu beeindruckt war sie von den fremdartigen Gestalten, teilweise halb nackt, manche mit fratzenartigen Gesichtern, andere schienen zu tanzen. Samir führte sie einmal um dem Tempel herum und erklärte ihr, es bringe Glück und es würde die Götter ehren. Dann führte er Hazel zur Treppe hinauf zum Eingang. Zu ihrer Überraschung forderte er sie auf, den Tempel zu betreten. Hazel tat es voller Respekt und wie alle anderen ohne Schuhe. Samir erklärte ihr als sie hinein gingen flüsternd, dass der Tempel *Lakshmi* gewidmet war. Der Gemahlin Vishnus und Göttin des Glücks, Erfolges und Wohlstandes. Drinnen strömte ihr der betörende Duft von Räucherstäbchen entgegen und sie beobachtete nur still, wie den einzelnen Gottheiten in den Nischen des Tempels Opfergaben dargebracht wurden. Im Allerheiligsten stand das Abbild der Göttin Lakshmi als vergoldetes Bildnis einer Frau mit vier Händen, die eine Blütenknospe in der Hand hielt. Sanjay bestand darauf, dass Hazel der Göttin beim nächsten Besuch eine Opfergabe mitbrachte, damit ihr und Johns Leben in Indien von Glück und Wohlstand gesegnet sein möge. Hazel versprach, es zu tun und zweifelte keine Minute daran, ob es angesichts ihrer christlichen Erziehung richtig war oder nicht.

Was Hazel jedoch am meisten beeindruckte, waren die Menschen im Dorf und deren Freundlichkeit. Die Kinder kamen lachend auf sie zugelaufen, wenn sie mit Sanjay angeritten kam, um Gemüse oder Früchte oder Linsen und Erbsen einzukaufen, und auch die Frauen waren ihr gegenüber ausnehmend freundlich. Sie bekam Blumen überreicht und Sanjay übersetzte, dass die Frauen fragten, ob sie nicht halbe Inderin sei, wegen ihrer dunklen Haare und Augen.

Hazel schrieb bald auch einen ersten Brief an Edna und Mrs Fisher. Sie wusste, es würde sehr lange dauern, bis sie von Edna eine Antwort bekam. Von Mrs Fisher kam bereits zwei Wochen später eine Antwort. Es war ein langer Brief mit viel neuem Klatsch aus der Stadt und Mrs Fischer schickte zwei Zeitungen aus Kalkutta mit.

Nach einem Monat in ihrem neuen Zuhause hatte Hazel die Geschichten über die Pindari fast schon vergessen, als John eines Abends beim Essen wieder davon zu erzählen begann.

»Habe ich dir eigentlich schon gesagt, dass diese kleine Münze, die du auf unserer Reise hierher gefunden hast, einiges ausgelöst hat?«, fragte er, während Neela den Tisch abräumte.

»Nein, John. Das hast du nicht.« Hazel strich sich verwundert eine Strähne ihres Haars aus dem Gesicht.

»Nun.« John steckte sich eine Pfeife an. »Wir bekommen Verstärkung in der Garnison. Einhundert Mann. Nächste Woche.«

»Colonel Harley hat also doch Bedenken?«

»Allerdings. Vor drei Tagen wurde ein Dorf sechzig Meilen westlich von hier überfallen.«

Er paffte Ringe in die Luft.

»Du sagst das, als wäre es völlig normal und rauchst in aller Ruhe deine Pfeife. Aber sechzig Meilen ... das ist nichts. Was ist, wenn sie hierherkommen?« Hazel stand auf, ging zum Fenster und tigerte dann nervös durch den Raum.

»Sie werden den Fluss nicht überschreiten und es auch nicht wagen, die Garnison anzugreifen oder alles, was in der näheren Umgebung liegt, Hazel. Vertrau mir. Nur tu mir den Gefallen und reite in der nächsten Zeit nicht mehr aus.« John kam zu ihr.

»Ich habe keine Angst, John. Nicht, wenn du da bist, aber wenn du fort bist, in den Nächten, fühle ich mich nicht wohl.«

Sie wandte sich um und sah ihn an.

»Wenn du willst, kannst du in den nächsten Wochen in der Garnison wohnen.«

»Was meinst du damit?« Hazel blickte John entsetzt an.

»Das heißt, dass ich fort muss. In drei Tagen. Sie erwarten eine Karawane mit Waren für die Company, und nach dem, was vorgefallen ist, sollen wir ihnen entgegenreiten und die Eskorte verstärken, bis die Waren in Sicherheit sind.«

»Oh, John.« Hazel lehnte sich an ihn.

»Du wusstest, was dich erwartet, mein Schatz.« Er nahm sie beim Kinn und sah sie an.

»Wie konnte ich das wissen, John? Ich meine, in Edinburgh warst du fast jeden Abend zu Hause und hier ...? Hier sehe ich dich tagelang nicht und ich muss immer Angst haben, dass dir etwas zustößt.«

»Ich bin Soldat, Hazel.«

Sie seufzte. »Also gut, ich werde in die Garnison gehen. Dann kann ich wenigstens Shawn jeden Tag sehen.«

»Ich fürchte, du musst mit Colonel Harley vorliebnehmen, denn Shawn wird mich begleiten.«

»Er geht auch?«

»Allerdings. Befehl ist nun mal Befehl.«

»Wann kommst du wieder?«

»Ich weiß es nicht genau, in ein paar Tagen, vielleicht auch erst in zwei Wochen, aber ich werde zurück sein, wenn der Monsun kommt.« John küsste Hazel auf die Stirn.

»Ich hoffe, wir werden dann auch ein wenig mehr Zeit für uns haben«, sagte sie leise.

»Das verspreche ich dir.« Er wollte sie küssen, doch sie löste sich von ihm.

»Jetzt nicht, John. Verzeih, aber ich möchte ein bisschen allein sein. Entschuldige mich.«

Hazel nahm ihren Schal und ging hinaus in den Garten. Sie setzte sich auf die Stufen der Veranda und blickte in den klaren Himmel. Die Sterne schienen zum Greifen nahe und sie dachte an die Nächte in Schottland. Sie atmete tief ein. Die Luft war warm und duftete schwer nach Blüten. Hazel sehnte sich in diesem Moment zum ersten Mal unsäglich nach der heimeligen Atmosphäre eines schottischen Hauses, nach dem Geruch von Torffeuer, dem Duft der Glockenheide im Sommer und nach dem feinen Regen des Hochlandes.

# Kapitel 13

Zwei Tage darauf kam Shawn zum Abendessen. Es gab zum ersten Mal seit Langem Fleisch. Hazel und John hatten sich rasch an fleischloses Essen gewöhnt, da Neela sich aufgrund ihrer Religion weigerte, Fleisch zuzubereiten. Hazel hatte ihr und Sanjay an diesem Tag freigegeben und es gab einen von Hazel selbst zubereiteten Braten von einem Hirsch, den Colonel Harley hatte schießen lassen. Das Essen war gut, doch die Stimmung gedrückt und auch Shawns unerschütterlicher Optimismus konnte Hazel nicht richtig aufheitern. Am darauffolgenden Morgen verließ eine Truppe von fünfzig Mann die Garnison Richtung Südwesten. John und Hazel verabschiedeten sich wortlos. Er umarmte sie nur und hielt sie einen Moment fest, bevor er sie zum Abschied küsste.

»Ich pass auf ihn auf. Das verspreche ich dir«, flüsterte Shawn ihr ins Ohr, als er sich verabschiedete. Hazel nickte nur und umarmte auch ihn. Sie blickte den Männern nach, bis die Staubwolke, die sie hinterließen, nicht mehr zu sehen war. Sie hatte Tränen in den Augen.

Die ersten paar Tage danach wollten einfach nicht vergehen. Hazel war mit ihren wichtigsten Sachen in ein Zimmer in der Garnison gezogen. Der Raum war klein und stickig; draußen war es drückend heiß und mittags fast unerträglich schwül. Hazel versuchte sich die Zeit im Schatten eines der Bäume im Hof der Garnison mit Stickerei und Handarbeiten zu vertreiben. Aber es war so heiß, dass die Nadel ständig an ihren Händen und im Stoff klebte und sie Johns Hemd wutentbrannt in den Handarbeitskorb warf. Sie stand auf, raffte ihre Röcke und ging entschlossenen Schrittes auf Colonel Harley zu, der auf der anderen Seite des Hofes gerade den Zustand der Waffen inspizierte. Sie wollte ihn bitten, ihr endlich wieder einen Ausritt zu erlauben. In diesem Moment wurde auf dem Turm von der Wache Signal geblasen und Hazel hielt inne.

Die Wache brüllte etwas vom Turm herunter. Hazel verstand nur einzelne Wortfetzen, doch plötzlich war der ganze Hof in Aufruhr. Männer, zum Teil noch gar nicht richtig angezogen, stürmten aus den Gebäuden auf den Hof und zu den Waffen. Das Tor wurde geöffnet und eingehüllt in eine große Staubwolke sprengte eine Gruppe Reiter in den Hof. Hazel rannte hinüber zu einem der kleinen Gebäude am Rande. Im selben Moment wurde das Tor schon wieder geschlossen. Der Staub legte sich langsam.

Hazel sah, dass viele der Männer verwundet waren. Einige hatten keine Kraft mehr, sich auf den Pferden zu halten und rutschten aus dem Sattel in den Sand.

Colonel Harley eilte auf den Führer der Gruppe zu, der einem der Verwundeten wieder auf die Beine half.

Hazel stand nahe genug, um alles zu hören.

»Was in Gottes Namen ist denn passiert?«, fragte der Colonel.

»Lieutenant MacNamra, Sir.« Der Mann salutierte.

»Stehen Sie bequem, Mann. Sie können sich ja kaum auf den Beinen halten.«

»Pindari, Sir. Sie haben uns überfallen. In der Morgendämmerung. Es war ein Hinterhalt. Ich habe zehn Männer verloren und viele sind verwundet, aber wir waren einfach machtlos. Es waren zu viele, etwa dreihundert Mann. Wir mussten ihnen zwei der Wagen überlassen, Sir. Aber das Pulver haben sie nicht bekommen. Wir haben den Wagen in die Luft gesprengt.«

»Gut gemacht, Lieutenant. Auch, wenn ich angesichts der schlechten Neuigkeiten wünschte, wir hätten die Munition hier in der Garnison. Wo sind die Pindari jetzt?«

»Ich bin nicht sicher. Aber ich fürchte, sie kommen in unsere Richtung.«

»Wir werden vorbereitet sein, wenn sie kommen«, sagte Harley zuversichtlich.

»Sir, da ist noch etwas.« Der Lieutenant machte ein noch ernsteres Gesicht.

»Was?«

»Sie haben Kanonen dabei ... ich meine vier gesehen zu haben. Sechspfünder wenn ich nicht irre«, erklärte der Lieutenant.

»Kanonen?!« Colonel Harleys Augen weiteten sich. »Porter!«, brüllte er nach dem Sergeanten.

Ein Bote wurde ins Dorf geschickt, um die Bewohner zu warnen und die Männer kümmerten sich um die Verwundeten. Hazel fiel ein Mann auf, der mit den Reitern gekommen war. Er sah sich die Verwundeten an und schickte die, die weniger stark verletzt waren erst einmal in den Schatten. Er war offensichtlich Arzt.

Hazel ging zu ihm hinüber.

»Kann ich helfen?«, fragte sie ihn leise, als er neben einem der Männer kniete.

Er sah zu ihr auf. Er hatte helle graue Augen und rotblondes Haar, das ihm in wilden Strähnen ins Gesicht fiel.

»Natürlich können Sie das.« Er stand auf und reichte ihr seine blutverschmierte Hand, die sie ohne zu zögern ergriff. »Ich bin Doktor Samuel Tyler.«

»Ich bin Mrs Stewart.«

»Freut mich, Madame. Ich kann jede Hilfe gebrauchen.« Der Doktor wischte sich mit dem Hemdsärmel den Schweiß von der Stirn.

»Dort drüben am Brunnen können Sie sich erst mal waschen«, erklärte Hazel ihm freundlich. »Ich sehe mir in der Zwischenzeit die Verwundeten an und veranlasse, dass Sie ausreichend heißes Wasser und Verbandmaterial bekommen.«

»Verstehen Sie etwas von Medizin?«, fragte der Doktor, bevor er ging, um sich frisch zu machen.

»Ein bisschen.«

»Ich kann jede Hilfe gebrauchen.« Er nickte erleichtert.

Als er zurückkam, schilderte ihm Hazel die Verwundungen der Männer.

Es gab nur wenige Schusswunden. Das meiste waren Schnitte und Stichwunden von Speeren, Säbeln oder Messern und ein paar Knochenbrüche. Der schlimmste Fall war ein Mann mit gebrochenen Rippen und einem schwer verletzten Unterschenkel. Er hatte viel Blut verloren.

»Sie verstehen nicht nur ein bisschen, sondern eine ganze Menge von Medizin«, stellte Dr. Tyler nach einer Weile erstaunt fest.

»Meine Großmutter war eine schottische Kräuterfrau«, erklärte Hazel.

»Gott sei Dank konnte ich meine Medikamente retten. So dass wir auf die Kräuterfrau vorerst verzichten können, aber die indische Heilkunst hat auch eine Menge zu bieten.« Dr. Tyler lächelte Hazel müde an.

Sie verbrachten den Rest des Tages damit, den Verwundeten zu verarzten. Die Sonne ging bereits unter, als Hazel aus der Krankenstation wieder in den Hof kam. Sie setzte sich auf einen Absatz an der Wand neben der Treppe, lehnte sich an die warme Mauer und schloss die Augen.

John ließ die Truppe im Schutz einiger Bäume bei Einbruch der Dunkelheit das Nachtlager aufschlagen. Er hatte Befehl, der Karawane der East India Company entgegenzureiten, die neben Baumwolle und Getreide auch eine Ladung von Gold und Edelsteinen aus dem an Bodenschätzen reichen Gebiet des Orissa nach Kalkutta transportierte. Eine lohnende Beute für die Pindari.

Die Karawane kam von Nordwesten und würde in zwei Tagen den Mahanadifluss erreichen. Sie selbst kamen von Osten und würden bis an den Fluss noch einen Tag brauchen. John hatte ein komisches Gefühl bei der Sache und Shawn teilte seine Bedenken. Sie beschlossen, zügig zu reiten und bereits früher am vereinbarten Treffpunkt anzukommen. John trieb daher die Männer beim ersten Morgenlicht zum Aufbruch an. Sie ritten schnell und kamen gut voran und in der

Abenddämmerung konnten sie unten im Tal das glitzernde Band des Flusses erkennen. Sie ritten bis in den Schutz der Bäume in einiger Entfernung vom Ufer, von wo aus sie die Furt einsehen und die Straße überwachen konnten, ohne selbst gesehen zu werden. Zwei der indischen Späher schickte John noch im Schutz der Dunkelheit auf die andere Flussseite. Er kontrollierte die Wachen, bevor er schlafen ging und Shawn ihn ablöste.

Es war eine ruhige Nacht und die Wachen registrierten nichts Auffälliges. Am nächsten Morgen verteilte John die Männer am Flussufer und ließ sie in Deckung gehen. Die Furt im Fluss war flach, aber sehr breit. Wenn die Pindari noch nicht zugeschlagen hatten, war dies eine ideale Stelle. Waren die Wagen erst im Wasser, war es ein leichtes Spiel. Sie warteten in der drückenden Hitze bis zum späten Nachmittag. Die Männer schwitzten und John hätte ihnen gerne eine Abkühlung im Fluss gegönnt, aber es war unmöglich. Er blickte über das Land, das in der Hitze flimmerte und dann hinauf zur Sonne. Es war geradezu unheimlich still. Dann hörte er etwas. Das Geräusch eines sich nähernden Pferdes auf der anderen Flussseite. Es war einer seiner Späher. Der Reiter durchquerte die Furt und kam auf den Lagerplatz zugeritten, wo John ihn bereits erwartete.

»Was gibt es?«

»Sie hatten recht, Major Stewart. Die Pindari folgen der Karawane bereits. Aber ich denke, sie warten mit dem Überfall bis sie hier am Fluss sind.«

»Wir werden sie entsprechend empfangen. Wie weit sind sie noch weg?«

»Eine gute Stunde, Sir.«

John rief Shawn zu sich.

»Lass noch ein paar Büsche und Bäume fällen und sie in den Fluss oberhalb und unterhalb der Furt schaffen. Geh mit ein paar Männern dort unten in Deckung.«

»Wir sollen uns ins Wasser legen?«

»Allerdings.«

»Da sage ich nicht nein.« Shawn grinste.

»Außerdem nimmt zwanzig Mann mit auf die andere Seite. Sie sollen sich etwas weiter unter den Bäumen halten, bis wir Signal geben.«

»Wird gemacht, Major.«

Shawn suchte sich ein paar gute Männer aus und traf seine Vorbereitungen.

John beneidete ihn geradezu um die Abkühlung.

Dann warteten sie. Die Karawane kam langsam in Sicht und bewegte sich auf den Fluss zu. Die begleitende Eskorte wog sich in Sicherheit, die Männer waren müde und unaufmerksam.

Die Wagen lenkten in den Fluss hinein. Noch immer war nichts von den Pindari zu sehen. Als der letzte Wagen im Wasser war und der erste das andere Ufer noch nicht erreicht hatte, ertönt auf einmal ein schriller Schrei und urplötzlich kamen wie aus dem Nichts Pindari auf der anderen Seite des Flusses aus allen Richtungen auf ihren Pferden angeschossen. Die Soldaten der Eskorte gerieten in Verwirrung. Die Zugpferde scheuten. Einer der Wagen kippte im Fluss um.

Johns Männer warteten auf den Befehl zum Angriff und der Trompeter blickte ihn an, bereit das Signal zu blasen. John wartete noch einen Augenblick und nickte.

Die Pindari-Reiter mit ihren Speeren und Schwertern waren bereits ebenfalls zum größten Teil im Fluss und die Eskorte war schwer in Bedrängnis. Erste Schüsse fielen.

Das Signal zum Angriff ließ alle für einen Sekundenbruchteil aufsehen.

Johns Männer gaben den Pferden die Sporen und kreisten in einem raschen Angriff den Treck und seine Angreifer ein.

Der Überraschungsangriff wirkte. Obwohl die Pindari zahlenmäßig überlegen waren, leisteten sie kaum Gegenwehr, sondern suchten ihr Heil in der Flucht. Nur einige, die sich um einen ihrer Anführer geschart hatten, leisteten erbitterten Widerstand. Es kam zu einem Kampf Mann gegen Mann im Fluss.

John feuerte seine Waffen ab und streckte zwei Pindari vom Pferd aus mit dem Säbel nieder. Er wollte eben auf einen weiteren zureiten, als ihn der Schlag einer der langen Speere eines Pindari-Kriegers vom Pferd warf. John landete im Wasser. Das Pferd schüttelte sich und lief an Land. John suchte unter der Wasseroberfläche nach seinem Säbel, ohne den Kampf um sich herum auch nur einen Augenblick außer Acht zu lassen. Er fühlte den Stahl seiner Klinge, als er den Anführer der Pindari mit erhobenem Säbel auf sich zureiten sah. Alles ging sehr schnell.

John musste zur Seite springen. Seine eigenen Säbel hatte er noch immer nicht. Der Pindari wendete sein Pferd, starrte John hasserfüllt in die Augen und griff erneut an. John versuchte erneut auszuweichen, aber er stieß mit zwei kämpfenden Männern zusammen.

Shawn sah seinen Freund unbewaffnet im Fluss nur wenige Meter entfernt stehen, als der Säbel des Pindari sich in Johns Schulter bohrte. John fiel rücklings in den Fluss. Shawn verpasste dem Pindari, mit dem er kämpfte, einen finalen Säbelhieb und eilte, sich ständig verteidigend, hinüber zu John.

Hazel hatte eine unruhige Nacht verbracht, obwohl Colonel Harley am Abend vor der versammelten Truppe noch eine Ansprache gehalten hatte. Er hatte allen mitgeteilt, dass nicht davon auszugehen war, dass die Pindari das Fort angreifen würden. Üblicherweise hielten sie sich von den Briten, dem Militär und den Forts fern und plünderten nur die Dörfer. Dass die ganze Garnison in Alarmbereitschaft versetzt wurde, war nur eine Vorsichtsmaßnahme. Jetzt am Morgen kamen immer noch Dorfbewohner, um Schutz hinter den dicken Mauern des Forts zu suchen. Vorwiegend Alte oder Kranke und Frauen mit kleinen Kindern, und alle, die sich nicht aus eigener Kraft rechtzeitig in Sicherheit bringen konnten. Da Hazel für die Dorfbewohner ein vertrautes Gesicht war, kamen fast alle zu ihr, wenn sie etwas wollten. Die wenige Brocken Hindi, die sie inzwischen sprach, halfen ihr sehr dabei, allen so gut es ging zur Seite zu stehen.

Hazel suchte zwischen den Gesichtern nach Sanjay und Neela, doch beide waren nicht da, obwohl der Colonel bereits am frühen Morgen einen Boten zu ihnen geschickt hatte. Hazel half zudem fast den ganzen Tag Dr. Tyler die Wunden frisch zu verbinden und pflegte die Männer. Die Dämmerung brach bereits wieder über das Fort herein, als plötzlich vom Ostturm Alarm gegeben wurde. Die Männer besetzten die Mauern. Dann war es mit einem Mal unheimlich still.

Colonel Harley war selbst auf der Mauer und trotz allen Warnungen hielt es Hazel nicht mehr im Hof aus. Sie schlich langsam die Stufen einer der Treppen an der Mauer hinauf und spähte hinüber.

Was sie sah, wirkte auf den ersten Blick gar nicht bedrohlich, sondern irgendwie geisterhaft. Das ganze Fort war von den Pindari eingekreist, die auf der anderen Seite des gerodeten Streifens um das Fort in mehreren Reihen Aufstellung genommen hatten. Sie saßen schweigend auf ihren Pferden. Es war beeindruckend, welche Ruhe und Disziplin unter ihnen herrschte. Kein Laut war zu hören, außer dem unruhigen Stampfen der Pferdehufe.

Einer der Führer der Pindari hielt plötzlich ein Stück Stoff hoch und senkte es mit einer raschen Bewegung. In diesem Augenblick stoben die Reiter mit ohrenbetäubendem Geschrei auf das Fort zu. Colonel Harley ließ sie nahe genug herankommen. Dann feuerten die Kanonen des Forts. Ihr Feuer blieb nicht unerwidert. Dem Knall folgte ein näherkommendes Surren. Dann schlug die erste Kugel der leichten Kanonen der Pindari neben dem Ostturm in die Mauer ein. Es war wie ein Erdbeben. Hazel hielt sich die Ohren zu und rannte schreiend die Treppe wieder hinunter. Ihr Schrei ging unter in dem der Menschen, die Zuflucht in der Garnison gesucht hatten. Sie alle schrien auf, als Speere und Pfeile der Pindari über die Mauern in den Hof flogen. Hazel lief immer weiter, bis sie jemand bei den Schultern fasste und in Deckung zog. Es war Dr. Tyler.

Sie hob die Fäuste und schlug wild auf seine Brust ein.

»Ich will hier weg!«, schrie sie.

Sie wollte sich einfach nicht beruhigen, bis er sie unsanft schüttelte und sie in Tränen ausbrach.

»Beruhigen Sie sich, Mrs Stewart. Bitte. Ich brauche Sie jetzt hier.« Er sah sie eindringlich an.

Hazel ließ sich von ihm in die Krankenstation führen. Sie zitterte jedes Mal, wenn die Kanonen des Forts abgefeuert wurden und noch mehr, wenn eine Kugel des Feindes in die Mauer des Forts einschlug.

Plötzlich wurde es wieder still und Doktor Tyler ging hinaus in den Hof.

»Kommen Sie, es gibt wieder Arbeit für uns!«, rief er von der Tür.

Hazel stand auf und folgte ihm.

»Wieso ist es so still?«, fragte sie angstvoll.

»Ich denke, die Pindari warten jetzt bis zum Morgengrauen.«

Im Hof brannten mittlerweile Fackeln. Die Flüchtlinge aus dem Dorf hatten Schutz nahe den Gebäuden gesucht, trotzdem gab es einige Verletzte unter ihnen und noch viel mehr unter den Soldaten, die auf den Mauern gewesen waren. Hazel arbeitete ohne groß darüber nachzudenken, was sie tat. Dazu war gar keine Zeit. Sie reichte Doktor Tyler Verbände, wusch Wunden und kippte blutiges Wasser in den Hof. Sie wusste nicht, wie lange sie gearbeitet hatte und wie spät es war, als die Müdigkeit sie einfach übermannte.

Als John zu sich kam, war es dunkel. Er lag neben einem kleinen Feuer eingehüllt in eine Decke. Seine

Schulter schmerzte, als er versuchte, den linken Arm zu bewegen und er stöhnte leicht, als er sich aufrichtete.

»Willkommen unter den Lebenden.« Shawn kniete sich zu ihm und half ihm sich aufzusetzen.

»Was ist passiert?« John betastete seinen Arm, der in einer Schlinge steckte.

»Wir haben sie vertrieben, aber dich hat es ganz schön erwischt. Ich dachte, du wärst tot, als ich dich gestern aus dem Fluss zog.«

»Gestern?«

»Allerdings. Du hast fast den ganzen Tag bewusstlos auf dem Wagen gelegen.«

»Dann hast du mir das Leben gerettet?«, brachte John stockend hervor.

»Na ja, sagen wir eher, ich habe dich zusammenge-flickt. Aber nur, weil ich Hazel versprochen habe, auf dich aufzupassen«, scherzte Shawn.

»Ich danke dir und noch mehr, wenn du mir was zu trinken gibst. Ich komme um vor Durst.«

Shawn reichte John seine Feldflasche.

»Wo sind wir?«, fragte John, nachdem er gierig einige Schlucke getrunken hatte.

»An unserem Rastplatz der dritten Nacht bevor wir an den Fluss kamen.«

»Wie geht es den Männern? Haben wir jemanden ver-loren?«

»Von unserer Truppe ist niemand tot. Aber Lieuten-ant Warick hat zwei Männer verloren und wir haben insgesamt elf Verletzte, dich eingeschlossen.«

»Und die Pindari?«

»An die dreißig von ihnen wurden getötet.«

John atmete schwer ein.

»Du hättest vielleicht doch in Edinburgh bleiben sollen. Es werden nicht die letzten Menschen sein, für deren Tod du verantwortlich bist und deine Schulter wird nicht die letzte Schramme sein, die du abkriegst.«

»Ich weiß.«

»Warick hat alles, was Fisher und Harley erzählt haben, bestätigt. Diese Pindari metzeln wirklich ganze Dörfer nieder. Männer, Frauen, Kinder. Wir müssen sie davon abhalten.«

John nickte müde. Noch während Shawn weitererzählte, schlief er wieder ein.

Am darauffolgenden Morgen setzten sie ihren Weg Richtung Osten fort und John ließ es sich nicht nehmen, wieder auf sein Pferd zu steigen.

Hazel schlief noch zusammengekauert in einer Ecke der Krankenstation, als lautes Schreien sie weckte. Irgendjemand hatte sie zugedeckt und sie wusste erst nicht recht wo sie war, bis der erste Kanonendonner die Garnison erzittern ließ. Die Pindari griffen im Morgengrauen erneut an. Diesmal war es kein Scheinangriff wie am Vortag. Die Pindari wussten genau, dass sie nahe an der Mauer des Forts außer Reichweite der Kanonen waren. Über Nacht hatten sie weiter vom Fort entfernt Bäume gefällt, in diese Tritte eingeschlagen und diese Leitern im Schutz der Dunkelheit bis vor die Mauern des Forts geschleppt. Jetzt versuchten sie, während ihre Kanonen das Fort wieder unter Feuer nahmen, die Mauern zu übersteigen, doch Colonel Harley war ein geschickter Taktiker und erfahrener Kämpfer. Er hatte vorausgesehen, was sie vorhatten und empfing sie entsprechend. Die Kanoniere des Forts schafften es, zwei der Pindari-Kanonen zu zerstören. Der Kampf an der Mauer selbst dauerte länger als der am Vorabend, aber es gab weniger Verletzte. Als die Mittagshitze kam, zogen sich die Pindari wieder zurück.

Hazel verteilte Wasser an die Männer in der Krankenstation, als Colonel Harley hereinkam.

»Sie sind verletzt, Colonel?« Hazel ging zu ihm und öffnete den notdürftigen Verband, den er sich um die Hand gewickelt hatte.

Doktor Tyler kam hinzu.

»Verzeihen Sie, dass ich Sie noch nicht begrüßt habe, Doktor, aber ...«

»Schon gut, Sir. Ich habe jemanden gefunden, der mich in alles eingewiesen hat.« Sein Blick deutete auf Hazel.

»Tja, Mrs Stewart. Sie ahnen gar nicht, wie froh ich bin, dass Sie hier sind. Ich wünschte nur, Ihr Mann wäre auch hier.«

»Das wünschte ich auch, Sir.«

Hazel verband Colonel Harley die Hand, während der Doktor zu einem stöhnenden Mann eilte.

»Wie lange wird das noch so gehen?«, fragte sie, als sie fertig war.

»Ich weiß es nicht. Die Pindari scheinen es darauf anzulegen, uns zu zermürben. Vielleicht glauben sie, wir haben nicht genug Wasser und Vorräte, aber da irren sie sich. Da der Monsun bald kommt, haben wir mit der letzten Lieferung aus Kalkutta ausreichend Vorräte und Munition bekommen.«

»Sagten Sie nicht, die Pindari greifen keine Forts an?«

»Ja. Sagte ich. Hier gibt es ja auch nicht viel zu holen, außer ...« Der Colonel machte ein nachdenkliches Gesicht. »Außer sie haben es auf unsere Kanonen, die Munition und die Vorräte abgesehen, eben weil der Monsun naht.«

»Was ist, wenn noch mehr von ihnen kommen?«, fragte Hazel.

»Beten Sie zu Gott, dass das nicht passiert«, sagte er und rieb sich die verbundene Hand, als er ging.

Die Karawane war gut vorangekommen und hatte die letzte Nacht einen Tagesritt entfernt von der Garnison verbracht. Die Männer waren gut gelaunt, doch John war vorsichtig. Späher ritten der Karawane voraus und eine Gruppe von sechs Mann bildete eine Nachhut. Johns Schulter schmerzte noch immer, aber es hatte aufgehört zu bluten und die Wunde war offensichtlich nicht infiziert. Shawn schrieb das der Wirkung des Whiskys zu, ohne den er nie unterwegs war, und mit dem er die Wunde ausgewaschen hatte, bevor und nachdem er sie genäht hatte. Die Aussicht, bald zu Hause zu sein, ließ John den Schmerz besser ertragen.

Lieutenant Warick hatte ihn über die neuesten Vorkommnisse östlich des Flusses unterrichtet und ihm eine Mappe mit Papieren für Colonel Harley mitgegeben. Die Berichte darin waren beunruhigend und verstärkten Johns Bestreben, möglichst rasch zurückzukehren. Es war Nachmittag und sie bewegten sich nur langsam vorwärts. Es war einfach zu heiß und die Pferde waren unwillig. John merkte, dass er müde wurde und er war versucht, die Augen zu schließen.

»Was zum Teufel ist das denn?« Shawns Worte rissen John aus seiner Müdigkeit.

»Was?«, fragte er eine Spur zu barsch.

»Da kommt irgendetwas oder irgendjemand auf uns zu.« Shawn deutete Richtung Osten, wo in noch weiter Entfernung in der Ebene eine kleine Staubwolke zu sehen war.

»Schick fünf Mann entgegen. Sie sollen nachsehen, was das ist.«

»Ich werde mitreiten.«

Shawn rief ein paar Namen und die Männer scherten mit ihren Pferden aus der Zweierreihe des Zuges aus und folgten Shawn im Galopp.

John sah, wie sich bald zwei Staubwolken in der Entfernung aufeinander zu bewegten. Dann verschwand die größere Wolke plötzlich und er wusste, dass Shawn neben der Straße in Deckung gegangen war. Kurz darauf legte sich auch die kleinere Staubwolke, um als große wiedergeboren zu werden, die rasch zurück zur Karawane kam.

John rief den beiden Männern hinter ihm zu, ihm zu folgen und gab seinem Pferd die Sporen.

Irgendetwas war passiert.

Bald sah er Shawn. Neben ihm ein anderer Reiter, ein Inder. Es war Sanjay. Sein Pferd war schweißnass, voller Schaum und strauchelte vor Erschöpfung.

»Was ist geschehen, Sanjay?«

»Pindari belagern Garnison, Sahib.«

»Was?! Wie viele?«

»Ein paar Hundert, Sahib.«

»Schickt dich Colonel Harley?«

»Nein, Sahib. Ich kommen alleine.«

»Du bist ein treuer Kerl, Sanjay. Das werde ich dir nie vergessen und Colonel Harley auch nicht. Danke.«

Sanjay wirkte beschämt ob des Danks.

»Was ist mit Hazel und Neela?«

»Die Memsahib ist sicher in der Garnison. Neela habe ich mitgenommen zu meiner Mutter. Sie ist auch in Sicherheit.«

»Wie lange bis du geritten?«

»Einen ganzen Tag und eine halbe Nacht. Dann musste ich schlafen und das Pferd auch. Heute waren es noch mal vier Stunden seit dem Morgengrauen.«

»Verdammt. Ich bete nur, dass wir rechtzeitig zurückkommen.«

»Was hast du jetzt vor, John?«, fragte Shawn neben ihm.

»Der Garnison zu Hilfe kommen. Was sonst?«

»Mit *der* Wunde in der Schulter?«

»Nichts und niemand wird mich davon abhalten, Shawn. Schon gar nicht dieser Kratzer.«

»Du weißt selbst, dass das mehr als ein Kratzer ist, John.«

»Und wenn schon.«

»Und die Karawane? Willst du sie unbewacht lassen?«

»Acht Mann und die Verwundeten bleiben hier. Sie sollen von der Straße runter und sich einen versteckten Lagerplatz suchen, bis wir Nachricht schicken, dass der Weg sicher ist. Der Rest kommt mit.«

»Ist das nicht ein bisschen wenig als Eskorte?«, warf Shawn ein.

»Wir werden jeden Mann brauchen, wenn wir gegen ein paar Hundert Pindari kämpfen müssen.«

Shawn erwiderte nichts. Er ließ die Reiter einen Kreis bilden und rief die Namen derer auf, die bei der Karawane bleiben sollten. Den Rest der Männer ließ er wieder in Zweierreihe Aufstellung nehmen.

»Wirst du mit uns zurückkommen, Sanjay, oder willst du hier bleiben?«

»Ich kommen mit, Sahib. Aber nur mit andere Pferd.«

»Das sollst du haben.«

Sanjay bekam ein frisches gutes Pferd und alle deckten sich mit dem Nötigsten an Wasser und Verpflegung ein. Dann begann ein Gewaltritt.

Dr. Tyler saß völlig übermüdet vor der Krankenstation auf dem Boden, als ihm der Duft einer Linsensuppe in die Nase zog. Hazel kniete neben ihm und hielt ihm die Schale unter die Nase.

»Essen«, seufzte er. »Wie herrlich.«

»Sie müssen bei Kräften bleiben, Doktor, und Sie haben schon gestern kaum etwas bekommen.«

»Ich wüsste nicht, was ich ohne Sie gemacht hätte.«

»Sie hätten es auch so geschafft. Hier ist auch noch etwas Brot und jetzt essen Sie erst mal.«

»Und Sie?«

»Ich habe die Suppe in Colonel Harleys Quartier gemacht und schon davon gegessen.«

»Sie ist extra für mich.«

»Für Sie und für alle, die es besonders brauchen. Ich verteile den Rest jetzt in der Krankenstation.«

»Tun Sie das.« Dr. Tyler nickte zustimmend. Er sah auf die Sonne. Es musste schon Nachmittag sein. Nicht mehr lange und es würde wieder einen Angriff der Pindari geben.

Hazel verteilte die Suppe. Als sie fertig war, war sie nassgeschwitzt und wünschte sich nichts mehr, als sich zu waschen, was leider nicht ging. Beim letzten Angriff der Pindari mit ihren Brandpfeilen hatte eines der Häuser Feuer gefangen und sie hatten viel Wasser zum Löschen verbraucht. Colonel Harley hatte daher das Wasser rationiert. Hazel setzte sich in den Schatten zu Dr. Tyler.

»Wie lange sind Sie schon hier?«, fragte er, um ein ablenkendes Gespräch anzufangen.

»Ein paar Monate.«

»Und wie gefällt es Ihnen?«

»Bis vor ein paar Tagen fand ich das Land wundervoll. Aber das hier ...«

»Tja. Schottland ist nun mal friedlicher, zumindest zurzeit.«

»Sagten Sie nicht, Sie stammen aus Südengland?«

»Ich bin quasi mal nach Schottland geflohen. Ich war als Militärarzt in Waterloo dabei. Danach wollte ich nach Hause und an den einsamsten und ruhigsten Ort, den ich mir vorstellen konnte und irgendwie war das Schottland. Dort oben habe ich dann meine Frau kennengelernt und meinen Frieden gefunden.«

»Ja, Schottland gibt einem Kraft. Das fehlt mir hier. Indien kostet mich Kraft.«

»Das stimmt.«

»Aber wenn Sie nach Schottland gekommen sind, und dort Ihren Frieden gefunden haben, warum sind Sie dann jetzt hier?«

»Ich habe meine Frau im letzten Jahr verloren. Sie starb bei der Geburt unseres Sohnes. Seitdem finde ich keine Ruhe in einem normalen Leben. Ich muss etwas tun. Etwas für Menschen.«

Ein Schuss war zu hören.

Hazel seufzte.

»Ich bete, dass es bald vorbei ist«, sagte sie leise.

»Es wird bald vorbei sein«, erklärte Dr. Tyler sachlich.

»Was macht Sie dessen so sicher?«

»Das Wetter. Ich habe eine alte Narbe am Bein und immer, wenn es Regen gibt, schmerzt sie.«

»Regen. Das wäre herrlich.«

»Das sagen Sie jetzt. Warten Sie, bis der Monsun erst da ist, dann werden Sie sich nach der Trockenheit sehnen. Es gibt keinen Regen, der vergleichbar wäre.«

»Ich glaube nicht, dass ...«

Ein weiterer Schuss der Kanonen von der Mauer ließ Hazel und Dr. Tyler aufspringen. Sie zogen sich in die Krankenstation zurück und der Doktor traf Vorbereitungen, um die neuen Verletzten zu versorgen, die er angesichts der bevorstehenden Dämmerung und des erneut zu erwartenden Angriffs der Pindari befürchtete.

John und seine Männer waren fast die ganze Nacht hindurch geritten. Jetzt nutzten sie noch die Kühle des Vormittages. Er spürte seinen Pulsschlag, der unaufhörlich in seiner verwundeten Schulter pochte, doch John wusste, dass es nicht mehr weit zur Garnison war. Zwei Späher waren zusammen mit Sanjay gut eine Meile vor ihnen. Sie mussten bald das Haus erreichen. Die Truppe brauchte wenigstens eine kurze Erholung, Wasser, etwas zu Essen und Futter für die Pferde und John hoffte, dass die Pindari das Haus nicht erreicht hatten, da sie sich auf die Garnison konzentrierten.

Er gab leise Befehl, die Pferde im Schritt gehen zu lassen. Sie durften keinen Staub mehr aufwirbeln und mussten sich möglichst leise vorwärts bewegen. Shawn ritt nach hinten und gebot allen, sich nur noch flüsternd zu unterhalten. Kurz darauf kam ihnen einer der Späher entgegen. Das Haus war sicher. Sie erreichten es rasch und John ließ die Truppe im Schatten im Hof rasten. Er selbst ließ sich von Shawn im Haus die Wunde frisch versorgen. Dann setzten sie sich zusammen auf die Terrasse, tranken einen Whisky und warteten. Nach einer halben Stunde kam Sanjay zurück. Er und der zweite Späher waren weiter Richtung Garnison geritten und hatten sich dort zu Fuß an die Pindari herangeschlichen. Sie erstatteten Bericht über die Stärke der Pindarigruppe und den Zustand der Garnison.

John ging immer wieder auf der Terrasse hin und her. Er wusste nicht, was er tun sollte. Wenn er seine kleine Truppe die Pindari von hinten angreifen ließ, würde das zwar einen Moment lang für Verwirrung sorgen. Vielleicht lange genug, um den Truppen in der Garnison einen Ausfall zu ermöglichen. Dann hätten sie eine Chance. Wenn der Ausfall aber ausblieb, war es der sichere Tod für ihn und seine Männer. Er musste irgendwie der Garnison eine Nachricht zukommen lassen. Shawn schien seine Gedanken zu erraten.

»Du willst den Angriff nicht wagen, ohne Harley zu informieren?«, fragte Shawn ernst.

»Allerdings. Die Frage ist nur, wie wir das anstellen. Das Tor ist nicht zu erreichen. Vielleicht können wir heute Nacht im Schutz der Dunkelheit bis an die Mauer gelangen.«

»Wir könnten einen Pfeil mit einer Nachricht über die Mauer schießen.«

»Wenn die Pindari uns dabei erwischen, ist der Überraschungseffekt weg.«

»Wenn einer von ihnen einen Pfeil abschießt nicht.«

»Einer von ihnen?« John hatte beide Brauen gehoben.

»Nun wenigstens einer, der *aussieht*, wie einer von ihnen.« Shawn grinste.

»Du denkst an eine Verkleidung als Pindari. Willst du das machen Shawn?«

»Pf. Ich kann zwar mit einer Pistole umgehen, aber mit Pfeil und Bogen – nein.«

»Die Idee gefällt mir aber gut. Sieh zu, dass du unter unseren Leuten einen findest, der mit Pfeil und Bogen umgehen kann und dann holen wir uns ein paar Pindaris, ihre Kleider und Waffen.«

John ging ins Haus und holte Papier und Feder aus dem Sekretär. Hastig schrieb er drei gleichlautende Nachrichten auf kleine Zettel, für drei Pfeile, falls zwei von ihnen das Ziel verfehlen sollten.

Als er fertig war, kam er zu Shawn, der mit dem Späher und Sanjay bei den Pferden wartete. Shawn hatte rasch unter den Gurkhas einen Mann namens Balbir gefunden, der mit dem Bogen umgehen konnte und zu fünft ritten sie Richtung Garnison. Der Späher führte sie bis in eine noch sichere Entfernung. Dort glitten sie von den Pferden. Sanjay blieb als Wache bei den Tieren, um sie ruhig zu halten.

Die anderen vier Männer schlichen sich an. Anfangs boten noch einige Büsche gute Deckung, dann gab es nur noch halbhohes, verdorrtes Gras.

»Zieht die Uniformjacken aus. Das Rot ist einfach zu weit zu sehen«, flüsterte John und sie folgten seinem Beispiel, als er sein Hemd mit dem rötlichen Staub einrieb, der in dem schweißfeuchten Stoff bestens hielt.

Sie waren nun in dem Gras kaum zu sehen. Gebückt schlichen sie weiter, bis sie eine kleine Gruppe Pindari unter einem Baum sitzen sahen. Die sechs Männer dösten schläfrig in der Nachmittagshitze und fühlten sich sicher. Ihre Speere, die Bögen und Pfeilköcher lehnten am Stamm des Baumes.

John gab ein Zeichen an Shawn, der es weitergab und die vier Männer verteilten sich um die Pindari herum. Sie wollten einen Überraschungsangriff wagen.

Plötzlich ertönte aus der Ferne ein Ruf und drei der Pindari standen auf, nahmen ihre Waffen und liefen im Laufschritt davon. Jetzt war es ein Leichtes, die anderen zu überwinden.

John selbst war nur noch wenige Meter von dem Baum entfernt, gut versteckt im Gras. Er gab das Zeichen und sie griffen gleichzeitig an. Die Pindari kamen kaum zur Gegenwehr und bevor John selbst zum Zuge kam, hatten Shawn und die beiden Gurkhas die Männer mit gekonnten Messerattacken zum Schweigen gebracht.

Jeder von ihnen nahm einen der leblosen Körper auf die Schulter und sie entfernten sich lautlos. John selbst sammelte die Waffen ein und verwischte so gut es ging, die Spuren ihres Rückzuges.

Dort wo Sanjay mit den Pferden wartete, wurden die Toten Pindari entkleidet. Shawn, Balbir und John selbst legten ihre Gewänder an. Sanjay suchte derweil ihre Uniformjacken wieder zusammen und nahm ihre anderen Kleidungsstücke an sich.

»Ich hoffe nur, dass niemand aus der Garnison auf uns feuert.«

»Wenn ich es nicht schaffe, diesen Turban zu wickeln, bestimmt nicht«, fluchte Shawn und ließ sich schließlich von Sanjay helfen.

Als sie fertig waren, nickte Sanjay zustimmend.

»Wird es gehen?«, fragte John.

»Ja, Sahib. In der Dämmerung wird Sie niemand von einem Pindari unterscheiden können.«

John blickte gegen den Himmel. Es waren schon erste Spuren von Rot an den Wolken in der Ferne zu sehen, und es wurde Zeit, dass sie aufbrachen. Balbir testete den für ihn fremden Bogen. John präparierte inzwischen drei der Pfeile mit der Nachricht. Dann schlichen sie zu dritt weiter zu Fuß auf die Garnison zu. Sanjay und der andere Gurkha trafen derweil die abgesprochenen Vorbereitungen für ihren Rückzug.

Die Pindari konzentrierten sich vor ihrem neuerlichen Angriff auf die Süd- und Westseite des Forts. Die Nordseite wurde von ihnen nur bewacht. John, Shawn und Balbir näherten sich unbemerkt den Wachen der Pindari und erwiderten deren Gruß aus einiger Entfernung. Die Dämmerung war bereits weit fortgeschritten und man hatte sie nicht als Fremde erkannt. Der richtige Zeitpunkt war gekommen.

Sie verließen ihre Deckung und liefen ungeschützt auf Schussweite für den Bogen bis unterhalb der Mauer der Garnison heran. Sie waren nun in Reichweite der Gewehre der Wachen auf der Mauer. Alles musste sehr schnell gehen. Balbir legte an und schoss seinen ersten Pfeil ab, dieser schwirrte mit einem leisen Surren durch die Luft und knallte oben gegen die Mauer. John fluchte leise. Der Bogenschütze legte erneut an und diesmal ging der Pfeil über die Mauer. Im selben Augenblick wurde ein Schuss von der Mauer auf sie abgefeuert und sie ergriffen die Flucht. Der Schuss hatte die Aufmerksamkeit der Pindari auf sie gelenkt und einige Reiter stürmten auf sie zu.

Sie erreichten ihre Pferde nur mit Mühe und sprengten im Galopp davon. Acht Pindari folgten ihnen dichtauf und kamen rasch näher. John lenkte sein Pferd als Erster auf die mit Sanjay verabredete Stelle zwischen einer Gruppe von Bäumen zu. Sie passierten sie. Nun waren Sanjay und der zweite Gurkha an der Reihe. Ihnen blieben nur wenige Sekunden, das Seil straff zu spannen. Sie schafften es und die acht Verfolger wurden entweder von ihren Pferden gerissen oder stürzten mit ihnen. Es gab ein Knäuel aus Menschen und Pferdeleibern. Dann waren John und die Männer über den Pindari.

Es wurden keine Gefangenen gemacht.

Hazel trat aus der Krankenstation in den Hof. Sie wollte nach den Frauen und Kindern aus dem Dorf sehen, bevor der nächste Angriff losging. Es war schon dunkel und eigentlich hätten die Feinde längst angreifen müssen, aber es war ruhig. Verdächtig ruhig.

Sie ließ sich Zeit für ihren Weg. An diesem Abend war es trotz der späten Stunde geradezu unerträglich schwül. Die Kleider klebten einem am Leib und die

Feuchtigkeit in der Luft lastete wie Blei auf allen. Überall im Hof saßen erschöpfte Soldaten mit aufgeknöpften Uniformen und wischten sich den Schweiß aus den Gesichtern. Die Wasserrationierung der letzten Tage machte ihnen zu schaffen. Doch mit so vielen Menschen im Fort bestand Gefahr, dass der Brunnen sonst trocken fiel.

Die Frauen und Kinder und die Alten aus dem Dorf hatten sich in einem hinteren Bereich des Hofes versammelt. Einige sprachen Gebete, andere saßen nur stumm da. Ein alter Mann spielte auf seiner Sitar, um alle zu beruhigen. Nur ein paar der Kinder zeigten sich von allem wenig beeindruckt und eine kleine Gruppe Jungen balgte sich im Sand, bis einer von ihnen aufschrie. Die Mütter der Kinder eilten zu ihnen und Hazel beschleunigte ihre Schritte. Eine von ihnen zeigte ihr die verletzte Hand ihres Sohnes. Er hatte sich geschnitten – an einem Pfeil. Hazel nahm zunächst keine Notiz davon und kümmerte sich um die verletzte Hand des Jungen, bis die Inderin sie immer wieder am Arm zupfte. Erst jetzt bemerkt Hazel, dass an dem Schaft des Pfeils ein Stück Papier befestigt war. Sie nahm es, ging näher an eine der Fackeln heran, entfernte den Faden, der das Papier hielt und schrie leise auf, als sie Johns Handschrift erkannte. Sie raffte ihre Röcke und rannte durch den Hof, bis sie Sergeant Porter direkt in die Arme lief.

»Was ist denn los, Madame?«, fragte er ruhig und sachlich und hielt sie an den Schultern fest.

»Wo ist der Colonel?«, keuchte Hazel außer Atem.

»Oben auf der Mauer.«

»Ich muss zu ihm.«

»Das ist zu gefährlich, Madame.«

»Aber ich … Ich habe eine Nachricht von John. Ich meine, von meinem Mann, Major Stewart.«

»Eine Nachricht?«

»Ja. Hier. Sehen Sie. Sie war an einem Pfeil, den die Kinder im Hof gefunden haben.«

Der Sergeant hielt die Nachricht ins Licht. Er ließ Hazel ohne ein weiteres Wort stehen und rannte auf die Mauer, um gleich darauf mit Colonel Harley zurückzukommen.

John hatte sich seine Uniformjacke wieder angezogen und blickte in die Dunkelheit. Er hatte die Männer hinter den Reihen der Pindari in Stellung gehen lassen. Sie hatten alles verteilt, was an Munition da war.

Im Schein des Mondes sah er auf seine Taschenuhr. Es war kurz nach neun Uhr und das Signal aus der Garnison war noch nicht gekommen, obgleich er selbst gesehen hatte, dass der zweite Pfeil über die Mauer gegangen war. Plötzlich kam Bewegung in die Pindari. John sah, dass sie Fackeln anzündeten. Aus ihren Verstecken sahen die Männer mit Entsetzen, dass die Pindari große Bündel trockenes Holz zusammengetragen hatten. Diese wurden jetzt langsam von Reitern Richtung Garnison gezogen. Sie wollten die Mauern und das Tor mit Feuer zerstören. Wenn es davor brannte, war ein Ausfall nicht mehr möglich, schoss es John durch den Kopf. Er schlich hinüber zu Shawn.

»Wie lange willst du noch warten?«, fragte Shawn unruhig.

»Gar nicht. Wenn wir es jetzt nicht wagen, haben wir vielleicht keine Chance mehr. Lassen wir die Pindari noch ein wenig näher heran. Dann greifen wir sie von hinten an. So haben wir sie im Kreuzfeuer zwischen der Garnison und uns«, flüsterte John zurück.

Die Pindari rückten weiter vor, als plötzlich vom Ostturm der Garnison zweimal mit einer kleinen Pause dazwischen ein kurzes Hornsignal geblasen wurde. Das war das Zeichen, auf das John gewartet hatte. Colonel Harley hatte die Nachricht erhalten.

Die Pindari gerieten in Verwirrung, als sich das Tor plötzlich öffnete. Johns Männer wussten, was sie zu tun hatten. Als die Truppe der Garnison in vollem Galopp aus dem Tor herausstürmte, griffen sie die Pindari von hinten an. Sie feuerten ihre Pistolen ab und zündeten das Gras an. Der Wind stand richtig und das Feuer fraß sich rasend schnell auf die Pindari zu. Die fanden sich mit einem Mal zwischen dem Feuer und der Mauer der Garnison, von der die Kanonen feuerten, eingekesselt.

Der Plan ging auf. In der Dunkelheit konnten die Pindari die Stärke der Truppe hinter ihnen nicht erkennen. Immer mehr von ihnen ergriffen die Flucht.

Plötzlich frischte der Wind noch weiter auf und es begann von einer Sekunde auf die andere zu regnen. Dann regnete es und regnete, als hätte der Himmel alle Schleusen geöffnet und den Schlüssel verlegt. Der Monsun war da.

Die letzten Pindari ließen vom Kämpfen ab und flüchteten. Johns Männer jubelten und die Soldaten der Garnison stimmten ein. John ließ sich den warmen Regen über das Gesicht laufen. Dann lief er auf das Tor der Garnison zu.

Hazel stand im strömenden Regen im Hof. Das Prasseln der Tropfen mischte sich mit den Freudenrufen der Männer, in die auch die Inder einstimmten, die in der Garnison Schutz gesucht hatten. Soldaten, Pferde ohne Reiter und Zivilisten liefen durcheinander. Die großen Holzhaufen, die die Pindari selbst zusammengesucht hatten, brannten trotz des Regens noch immer und erhellten die Szene geisterhaft.

Hazel begann zu laufen. Irgendwo da draußen war John. Sie lief auf das Tor zu. Zuerst sah sie nur einen Schatten, dessen Konturen ihr vertraut schienen. Die dunkle Gestalt winkte und Hazel lief los.

Es war John.

Sie flog in seine Arme und er hob sie vom Boden hoch. Sie hielten einander fest und küssten sich immer wieder.

»Du bist wieder hier«, flüsterte sie in sein Ohr und liebkoste sein Gesicht. »Ich hatte solche Angst um dich.«

»Und ich hatte Angst, wir kommen zu spät.« Er strich ihr zärtlich über das Haar. »Du siehst müde aus«, sagte er besorgt.

»Du auch.« Ihre Hand fuhr über seine Jacke und sie bemerkte, dass diese an der Schulter kaputt war. Selbst im Regen konnte sie im Schein des Feuers noch erkennen, dass Blut daran klebte. »Oh Gott, John! Was ist passiert?«, fragte sie angstvoll.

»Nur eine weitere Narbe in meiner Sammlung«, erwiderte er. Es sollte wie ein Scherz klingen, aber er spürte die Wunde deutlich.

»Komm, lass uns ins Fort gehen. Wir haben jetzt einen sehr guten Arzt dort.« Hazel nahm Johns Hand und sie gingen hinein in die schützenden Mauern.

Zwei Tage nach dem Ende der Belagerung traf auch die Karawane in Fort Cameron ein. Shawn erhielt von

Colonel Harley den Befehl, sie sicher nach Kalkutta zu geleiten. Das würde, Angesichts des frühen Beginns des Monsuns, nicht einfach werden. Zu Hazels Bedauern erhielt er dort neue Befehle und kehrte nicht in die Garnison zurück.

Der ständige Regen der nächsten Wochen war unangenehm und faszinierend zugleich. Die Flüsse traten über die Ufer und überschwemmten das Land, das die Feuchtigkeit so dringend brauchte. Es regnete jeden Tag wie aus Eimern, mal kurz, mal stundenlang, und das Land verwandelte sich. Das Gras wurde fett und Grün und die Bäume bekamen wieder jede Menge Blätter. Blumen blühten überall, alles erwachte zum Leben.

Hazel nutzte die Zeit, um Colonel Harley mithilfe von Dr. Tyler davon zu überzeugen, eine Krankenstation auch für die Menschen im Dorf einzurichten. Da es weiter im Osten lag, war es von den Pindari verschont geblieben. Colonel Harley stimmte nach einiger Überredung zu, dass der Doktor und Hazel einmal im Monat eine Art Sprechstunde im Dorf abhalten durften. Mit der Regenzeit nahmen Infektionen und Fieber zu und die Dorfbewohner nahmen die Hilfe nach anfänglichem Zögern gerne an.

Für die Truppe in Fort Cameron bedeutete der Regen eine Ruhepause, denn mit dem Monsun zogen sich die Pindari endgültig für mehrere Monate nach Zentralindien zurück. John erhielt eine Belobigung für die Rettungsaktion. Bis er schließlich kurz nach Ende der Regenzeit einen großen Umschlag aus Kalkutta erhielt, der das Siegel des Generalgouverneurs trug. Zu seiner und Hazels Überraschung enthielt er eine Einladung für den jährlichen Ball des Generalgouverneurs von Britisch Indien, Lord Moira. Zu dem Fest eingeladen zu werden, war eine besondere Ehre. John konnte sich nicht erklären, wem er die Einladung zu verdanken hatte. Er nahm an, es war eine Belohnung für seine Verdienste im Kampf gegen die Pindari und für die gelungene Rettung der Waren für die East India Company.

# Kapitel 14

Als der Monsun vorüber war, reisten John und Hazel nach Kalkutta, um an dem Ball beim Gouverneur teilzunehmen. Sie wurden in der Hauptstadt im Haus von Cornelius Fisher aufgenommen und verbrachten eine ganze Woche vor dem Ball mit ihm und seiner Frau Olivia. Auch Shawn kam so oft es ihm möglich war vorbei. Sie genossen es, abends auszugehen, das Theater zu besuchen, und Hazel machte mit Olivia einige Einkäufe. Es war die Zeit des indischen Lichterfestes *Diwali* und überall waren die Häuser mit kleinen Öllampen in den Fenstern erleuchtet. In diesen Tagen in der Stadt wurde ihr bewusst, auf welche Annehmlichkeiten sie in Fort Cameron verzichtete und sie fand endlich die Gelegenheit, wieder einmal vor einem, wenn auch kleinen, Publikum zu singen.

Für das Fest wählte Hazel auf Anraten von Olivia ein neues Kleid in hellblauer, leichter Seide. Dazu einen Schal aus weichfallendem Organza, den sie während der Gesellschaft am Nachmittag über ihrem Kleid tragen würde, und der erst am Abend zum Ball abgelegt wurde. Für den Nachmittag wurde die Garderobe von kurzen zarten Spitzenhandschuhen vervollständigt. Für den Abend hätte Hazel zu gerne auf die langen Abendhandschuhe verzichtet, leider war das aus Gründen der Etikette nicht möglich. Sie war froh, dass sie ein

Paar erstanden hatte, bei dem man zum Essen den vorderen Handschuhteil abstreifen und umschlagen konnte. Sie steckte die Handschuhe zusammen mit dem Puder und ihrem Fächer in ihre Abendtasche und band ihren Schal schützend um ihre kunstvoll aufgesteckte Frisur, damit diese bei der Fahrt im offenen Wagen nicht durcheinandergeriet. Zu viert fuhren sie in einem Landauer zum Gouverneurspalast. Hazel hatte schon viele der schönen Häuser der britischen Kolonialherren bewundert, doch der Palast war wahrhaft prunkvoll. Hazel dachte an Broom Park und ihre Träume aus längst vergangenen Tagen, als sie die mit feinstem, weißem Sand gestreute Auffahrt hinauffuhren, in die kunstvolle Ornamente hineingerecht worden waren.

Vor der Tür standen ein Dutzend Diener und öffneten den Gästen die Wagenschläge. John und Cornelius stiegen aus und halfen ihren Damen herunter. Dann wurden sie durch den Palast auf die andere Seite des Hauses und in den Park geleitet. Riesige alte Bäume spendeten mit ihren dichten Blättern viel Schatten. Im Schutz der silbrigen Stämme waren kleine Pavillons errichtet worden. Darunter, und auch auf dem freien Rasen, luden kleinere Sitzgruppen zum Ausruhen ein. Jedem Pavillon und jeder Sitzgruppe waren emsig fächelnden Diener zugeteilt, die mit großen Windwedeln aus Federn oder Palmblättern lästige Insekten fernhielten und den Gästen Kühle spendeten. Die verschiedenen Plätze waren durch Wege aus Kies und großen Steinplatten verbunden. In mehreren großen Volieren im Park saßen exotische Singvögel, Pfauen und Fasane.

Cornelius und Olivia stellten John und Hazel einigen ihrer Freunde vor und bald waren sie alle ins Gespräch vertieft. Hazel hörte sich eine ganze Weile den neusten Klatsch der Damen aus Kalkutta an, der so unwichtige Themen betraf wie die neuste Mode aus Europa und die Geschehnisse am Englischen Hof. Sie sah die herausgeputzten Ladies an, zu denen sie nun eigentlich selbst gehörte und fühlte sich doch immer noch fremd unter ihnen. Keine der Frauen schien sich auch nur im Mindesten für die Ereignisse in dem Land zu interessieren, in dem sie lebten. Und auch für Hazel war die ständige Angsthier scheinbar so weit weg, wie Schottland von Indien. Hazel machte daher zu allem nur ein höchst interessiertes Gesicht, bis Olivia als Rettung nahte.

»Lassen Sie uns eine Kleinigkeit von den herrlichen Köstlichkeiten naschen, Hazel«, schlug Olivia vor und hakte sich bei ihr ein.

Sie gingen hinüber zu einem länglichen Pavillon, unter dem ein großes kaltes Büfett aufgebaut war. Hazel ließ sich von einem der Diener frisches Obst und kaltes Hühnchen mit Kokos auftun und ging mit Olivia zu einem der Tische.

»Wie gefällt Ihnen das Fest bisher, Hazel?«, fragte Olivia während des Essens.

»Es ist sehr angenehm hier. Ich hatte schon befürchtet, es wäre viel zu heiß, aber die Bäume sind so herrlich kühl.«

»Das sind nicht nur die Bäume. Der Fluss liegt gleich dort hinter der mächtigen Bambushecke.«

Olivia deutete auf einen scheinbar undurchdringlichen Wall aus Grün noch hinter den Bäumen.

»Hinter dieser grünen Wand.« Hazel schüttelte ungläubig den Kopf. »Ich würde den Fluss zu gerne einmal sehen.«

»Es gibt irgendwo einen Zugang. Eine Freundin hat mir davon erzählt, aber ich habe keine Ahnung wo.«

»Ich möchte wirklich wissen, wo John steckt. Ich habe ihn seit mehr als einer Stunde nicht mehr gesehen, und es wird bald dunkel werden. Sollten wir unsere Männer nicht suchen?«

Hazel blickte nach oben, der Himmel zeigte schon die ersten Spuren von Rosa und es würde nicht mehr lange dauern, bis die Dämmerung hereinbrach.

»Ich glaube, das wird nicht mehr nötig sein, da kommt zumindest John«, bemerkte Olivia und deutete mit einem Blick in die Richtung, aus der er auf sie zukam.

»Da bist du ja, Liebes. Ich habe schon eine Weile nach Dir gesucht.« John beugte sich zärtlich zu ihr hinunter.

»Du hast dich aber auch nicht sehen lassen.« Hazel blickte lächelnd zu ihm auf.

»Cornelius und ich waren sehr beschäftigt und ich würde dir gerne jemanden vorstellen. Und Ihnen auch Olivia. Ich habe endlich den Mann gefunden, dem wir die Einladung zu diesem Ball zu verdanken haben. Cornelius wartet mit ihm auf uns.«

Die Damen erhoben sich, um mit John zu gehen, der sich am anderen Ende des Rasens mit einem Mann unterhielt.

Hazel musterte diesen aufmerksam. Er wandte ihr den Rücken zu und doch schien ihr sein Anblick vertraut.

»Ich habe die Damen gefunden«, wandte sich John an Cornelius und seinen Begleiter.

Der angesprochene Herr drehte sich zu ihnen um und Hazel sah in ein paar sanfte blaue Augen.

»Liebe Olivia – Mrs Stewart«, wandte sich Cornelius an sie. »Darf ich bekannt machen: Lord Simon Denby. Mylord, meine Frau Olivia und Mrs Stewart.«

Hazel brachte keinen Laut hervor. Ihre Hände begannen unkontrolliert zu zittern. Sie fühlte ein leichtes Kribbeln in ihren Fingern, das langsam in ihren Armen nach oben wanderte. Ein sicheres Zeichen für eine nahende Ohnmacht. Sie atmete tief ein. *Nein!* Sie durfte jetzt nicht ohnmächtig werden. Sie reichte Simon unter Aufbringung all ihrer Kraft und Selbstbeherrschung die Hand zum Kuss.

»Es freut mich sehr, Sie kennenzulernen, Mylord«, sagte sie leise und ihre Augen ließen keinen Blick von den seinen.

Simon Denbys Gesicht war wie versteinert.

»Mrs Stewart stammt wie Sie von der Westküste, Mylord«, bemerkte Cornelius.

Seine Worte rissen Simon aus der Erstarrung.

»Dann vermissen Sie sicherlich auch die wilde Schönheit dieser Landschaft?«, fragte er Hazel wie beiläufig.

»Ich vermisse alles, was ich vor langer Zeit dort zurücklassen musste«, antwortete Hazel sanft und fühlte, wie langsam das Blut in ihre Wangen zurückkehrte.

»Das hört sich an, als hätten Sie Ihre Heimat nicht freiwillig verlassen«, sagte Simon ernst. In seinen Augen stand unendliche Traurigkeit.

»Nein, das habe ich nicht. Jedenfalls nicht die Westküste«, antwortete Hazel und konnte ein leichtes Zittern in ihrer Stimme nicht unterdrücken. »Sie müssen mir unbedingt erzählen, woher Sie kommen und wie es Sie nach Indien verschlagen hat, Mrs Stewart«, sagte Simon leise mit einer besonderen Betonung auf ihrem Nachnamen.

»Das tue ich gern, wenn Sie mir verraten, wo hier der Fluss versteckt ist.«

»Natürlich.« Er reichte ihr seinen Arm. »Wenn Sie gestatten, werde ich Ihre Frau einen Moment lang entführen, Mr Stewart«, wandte er sich an John.

»Tun Sie das, Mylord. Wenn Sie ihr nicht den Fluss zeigen, muss ich es nachher noch tun, und ich weiß ehrlich gesagt nicht, wie man vom Park an das Ufer gelangt«, lachte John nichtsahnend.

Hazel hakte sich bei Simon ein und er führte sie schweigend bis unter die Bäume und ein Stück entlang der Bambushecke bis zu einem kleinen Pfad, der durch diese hindurch zum Fluss führte.

Das Flussufer war von großen Bäumen gesäumt, von denen Luftwurzeln und Lianen bis knapp über die Wasseroberfläche hingen. Dahinter wand sich das dunkle Band des Wassers ruhig dahin. Auf der anderen Seite lag ein Stück Dschungel, über dem es immer schneller zu dämmern begann. Der Himmel leuchtete mittlerweile in einem phantastischen Rot, Purpur und Violett und die Vögel und die Flughunde kamen ans Wasser, um ihren Durst im Flug zu stillen. Über allem hing der schwere Duft tropischer Blumen, die am Flussufer üppig blühten.

Hazel löste sich von Simons Arm. Ihr Blick wanderte über die Wellen des glänzenden Wassers.

»Hazel«, flüsterte er nur und trat hinter sie.

Sie erwiderte nichts, wandte sich nur um und sah ihn an. Tränen standen in ihren Augen.

Er schloss sie vorsichtig in seine Arme und hielt sie fest, bis er spürte, dass sich ihr rasender Herzschlag langsam beruhigte.

»Ich dachte, ich würde dich niemals wiedersehen.« Er küsste sie auf die Stirn.

»Das dachte ich auch, und ich habe es mir so sehr gewünscht in all der Zeit seit diesen furchtbaren Tagen.«

»Ich dachte, du hasst mich, nachdem was geschehen ist.« Simon strich ihr zärtlich mit den Fingern über die Wange.

»Ich könnte dich niemals hassen, wusstest du das nicht?« Hazel schluchzte leise und barg ihr Gesicht in seiner Jacke.

»Nachdem du so überstürzt verschwunden warst, musste ich das doch annehmen.« Simon seufzte.

»Alistair hat mich gezwungen, mit ihm nach Edinburgh zu gehen und ich war so durcheinander, ich habe gar nicht begriffen, was vorging.«

»Wieso hast du mir nie geschrieben?« Sein Blick wurde traurig.

»Das habe ich. Mehr als einmal. Miles sagte mir aber, du hättest nicht einen der Briefe erhalten. Vermutlich hat Alice sie abgefangen.«

»Du hast Miles gesehen?« Er sah sie erstaunt an.

»Ja. In Dumfries. Ich wollte dich noch einmal sehen, bevor ich in die Ehe mit John eingewilligt habe. Ich wollte wissen, ob du mich noch liebst. Aber ich habe dich um ein paar Tage verpasst und ich hatte nicht den Mut, dir noch Richtung London nachzureisen. Ich dachte, du wärst in der Karibik auf der Zuckerrohrplantage deines Vaters. Und jetzt bist du hier.«

»Die Zuckerrohrplantage war unser Traum, Hazel. Deiner und meiner. Sie wurde vor zwei Jahren bei einem Hurrikan zerstört. Als der Arzt dann sagte, Alice müsse langfristig in ein anderes Klima, haben wir die alten Beziehungen ihres Vaters zur East India Company genutzt. So kamen wir hierher. Hazel, Hazel ... Wenn ich nur geahnt hätte ... Verzeih mir. Und ich bitte dich, mir zu verzeihen, was damals mit Colin und deiner Mutter geschehen ist. Ich fühle mich für all das verantwortlich und es lastet seit dieser Zeit auf mir.«

Er fasste sie bei den Schultern und blickte ihr in die Augen.

»Es gibt nichts, was ich dir verzeihen müsste, Simon. Das Einzige, was ich weiß ist, dass du in keiner Weise verantwortlich bist für das, was mit Colin, und als Folge davon mit meiner Mutter geschehen ist. Ich bin verantwortlich für Colins Tod, denn ich habe damals Dinge erfahren, von denen ich heute wünschte, ich wüsste sie nicht.«

»Du hast damals schon geschwiegen. Willst du es mir jetzt nicht sagen?«

»Nein, Simon. Jedenfalls nicht in diesem Moment.« Hazel wandte sich wieder zum Fluss.

»Willst du mir wenigstens berichten, wie es dir ergangen ist, seit wir uns das letzte Mal gesehen haben und wie du nach Indien kommst?«

Hazel fasste nach seinen Händen und hielt sie wie früher in ihren. Sie spürte eine tiefe Wärme in sich. Als würde eine unsichtbare Kraft sie verbinden.

»Das will ich gerne tun, aber es ist eine lange Geschichte.«

»Dann lass uns hier am Fluss ein Stück gehen.«

Er reichte ihr wieder seinen Arm und sie gingen am Ufer entlang.

Die Nacht hatte sich bereits über den Fluss und den Park gelegt, als Hazel ihre Erzählung beendete.

»Du liebst deinen Mann?«, fragte Simon direkt.

»Ja, das tue ich. Er hat mir quasi ein neues Leben geschenkt und er gibt mir Sicherheit. Trotzdem sind da noch immer viele Nächte, in denen ich im Traum deine Augen sehe und ich kann niemals vergessen, wie glücklich wir in den wenigen Wochen waren, die wir zusammen hatten.«

»Auch ich habe dich nie vergessen, Hazel. Ich bin nur bei Alice geblieben, weil ich dachte, der kleine Alan ist mit dir verwandt. Er ist das Kind deines Bruders und ich glaube, ich versuche an ihm wiedergutzumachen, was mit Colin geschehen ist.«

»Alan, so heißt der Kleine also. Ein schöner Name.«

»Ich wollte diesen Namen, weil er mich auch immer an deine Familie erinnert.«

Hazel seufzte.

»Halt mich fest. Nur für einen Moment«, sagte sie leise.

Simon nahm sie wieder in seine Arme.

Hazel fühlte sich geborgen und gleichzeitig von Angst erfüllt, bis er sie sanft bei den Schultern fasste und sie aufforderte, ihn anzusehen.

Ihre Augen hielten einander gefangen und ließen nicht mehr los. Simon beugte sich zu ihr hinunter und Hazel ließ es geschehen. Sie fühlte seine warmen weichen Lippen, deren zärtliche Berührung sie so lange vermisst hatte und sie erwiderte seinen Kuss mit der gleichen Intensität. Als er sie freigab, schloss sie die Augen und wandte sich ab. Sie biss sich auf die Lippen. Irgendwie fühlte sich dieser Kuss nicht richtig an.

Simon trat hinter sie und legte ihr die Hände auf die Schultern.

»Es darf nicht sein, Simon. Ich bin jetzt verheiratet und ich habe Angst, dich wieder so sehr zu lieben wie früher.«

»Das verstehe ich. Es ist viel Zeit vergangen seit damals. Du bist sehr erwachsen geworden und hast deinen Platz im Leben gefunden, wie es scheint.«

»Ja. Das habe ich. Es ist der Platz an Johns Seite.«

»Ich beneide ihn.«

»Und ich habe immer Alice beneidet.«

»Alice hat sich sehr verändert, Hazel. Die Schwangerschaft und ihre angeschlagene Gesundheit haben sie von ihrem Platz ganz oben zurück in die Realität geholt. Sie musste ihre Grenzen kennenlernen in einer Weise, die ihr wohl nur ihr eigener Körper zeigen konnte. Sie ist freundlich und umgänglich geworden und in gewisser Weise passen wir beide jetzt sogar zusammen. Zwei Menschen mit gebrochenem Herzen, die nichts haben als einander.«

»Du hast mehr als nur Alice. Du hast Alan.«

»Ja, aber er ist nicht mein Sohn.«

Hazel schwieg. Sie brachte es noch immer nicht fertig, ihm zu sagen, dass Colin sein Halbbruder gewesen war.

Vom Haus her ertönte leise Musik und sie löste sich von Simon.

»Wir müssen zurück. Sie werden uns sonst vermissen«, sagte sie trocken.

»Herrgott, Hazel. Was soll jetzt werden? Jetzt, wo wir beide wissen, dass wir zur selben Zeit im selben Land sind, nur wenige Meilen voneinander getrennt.«

»Nur Meilen?«

»Ja. Ich bewirtschafte eine Baumwollplantage am Mahanadi. Etwa zwei Tagesreisen von Fort Cameron. Hat dir dein Mann nicht ... – aber nein, natürlich nicht. Er wusste es ja selbst nicht. Er hat vor ein paar Monaten einen meiner Trecks mit Waren für die Company vor den Pindari und damit ein Vermögen für mich gerettet. Deswegen habe ich auch dafür gesorgt, dass ihr heute Abend eingeladen werdet.«

»Ich verstehe das nicht. Wieso quält Gott uns so? Erst trennt er uns, um uns dann auf diese Weise wieder zusammenzuführen.«

»Ich weiß es nicht, Hazel. Vielleicht ist es eine Prüfung.«

»Wie oft will Gott mich noch prüfen?«

»Das kann ich dir nicht sagen. Ich nicht und sonst auch niemand. Aber ich glaube daran, dass alles in irgendeiner Weise einen Sinn hat, so grausam uns die Dinge manchmal auch erscheinen.«

»Es scheint fast so.« Hazels Worte klangen resigniert.

»Für uns gibt es jetzt zwei Möglichkeiten. Entweder wir gehen uns aus dem Wege oder ...«

»Nein, Simon, es gibt kein *oder*. Wir werden uns nicht sehen, nicht, wenn es nicht sein muss.«

Simon atmete schwer ein. »Ich weiß, dass du recht hast, obgleich ich wünschte, es wäre nicht so.«

»Dann haben wir uns heute Abend erst kennengelernt.«

»Ja. Das sollen zumindest alle glauben.«

»Gehen wir zurück.«

»Das ist besser, Mrs Stewart. Nehmen Sie meinen Arm, es ist dunkel am Weg bis in den Park.«

»Danke, Mylord.«

Sie gingen schweigend durch die Dunkelheit zurück in den Park, der mittlerweile mit Fackeln beleuchtet war, und hinüber ins Haus.

Simon suchte in der Menge im Ballsaal nach John und geleitete Hazel zu ihm. Shawn Kennedy stand bei ihm und die Freude ihn wiederzusehen, nahm Hazel einen Teil ihrer Traurigkeit. Sie umarmte Shawn herzlich, noch bevor sie die Herren einander vorstellen konnte und Cornelius Shawn wieder in ein Gespräch verwickelte.

»Ich hoffe, Sie verzeihen mir, dass ich Ihnen Ihre Frau erst jetzt zurückbringe, Major Stewart«, wandte sich Simon an John.

»Aber natürlich, Mylord.«

»Wir stammen tatsächlich beide aus fast derselben Gegend in Schottland und es ist wirklich erstaunlich, dass man erst nach Indien reisen muss, um eine so außergewöhnliche Dame, wie Ihre Frau kennenzulernen.«

»Wieso kommen Sie nicht einmal zu uns zum Dinner, Mylord, dann könnten wir uns sicherlich noch etwas besser unterhalten, als in all dem Trubel hier und meine Frau würde sich sicher glücklich schätzen, auch Lady Denby kennenzulernen.« John war bester Laune.

Hazel schluckte.

»Ich fürchte, das wird so bald nicht gehen, Major. Ich muss geschäftlich in den Süden und meine Frau ist noch immer gesundheitlich angeschlagen.«

»Nun, wir werden wohl noch zweieinhalb Jahre in Fort Cameron bleiben, wenn ich nicht versetzt werde«, scherzte John.

»In dieser Zeit wird sich sicherlich etwas ergeben. Wenn Sie mich jetzt entschuldigen würden. Mrs Stewart, Major Stewart.« Simon verbeugte sich leicht. Er ging, ohne sich noch einmal umzusehen.

»Er ist ein sehr netter Mensch, findest du nicht auch, Liebes?«

»Soweit ich das von unserer kurzen Begegnung her beurteilen kann, ja.«

»Du hast es ihm anscheinend sehr angetan.«

»Wie meinst du das?«

»Du weißt genau, was ich meine.«

»Vielleicht. Aber er wollte heute Abend nicht mit mir tanzen, ganz im Gegensatz zu Shawn.«

Hazel tippte dem Freund auf die Schulter.

»Oder?«, fragte sie ihn.

»Oder was?«, fragte er verwirrt zurück.

»Du willst doch mit mir tanzen?«

»Natürlich.«

»Nun denn.«

Shawn reicht Hazel den Arm und sie gab John noch einen Klaps mit ihrem Fächer auf den Arm, bevor Shawn sie zur Tanzfläche führte. Shawn war ein

leidlich guter Tänzer, aber Hazel war froh, dass er es
war, der mit ihr tanzte.

»Was ist heute Abend los mit dir? Du hast mich selten
so überschwänglich umarmt wie vorhin.«

»Ach, Shawn. Es sind nur Erinnerungen an Schottland.«

»Du hast Heimweh?«

»Ja. Ziemlich.«

»Soll ich dir ein Geheimnis verraten?«

»Dann ist es keines mehr.«

»Ich habe auch Heimweh.«

»Du? Du willst doch nur wieder sechs Monate auf ein
Schiff.«

»Nein. Wirklich, ich sehne mich seit dem Monsun
nach meinem Zuhause in Edinburgh. Wie steht es
zwischen dir und John?«, fragte er zu Hazels Überraschung.

»Wieso fragst du?«

»Nur so.«

»Das glaube ich nicht.«

»Ich frage mich nur, ob ich je eine winzige Chance bei
dir gehabt hätte, wenn du nicht John geheiratet hättest.«

»Mach keine Scherze, Shawn. Danach ist mir heute
Abend wirklich nicht zumute.«

»*Ich* habe John damals in den *Hawke* mitgenommen,
damit er dich sehen konnte. Ich hatte dich schon lange
vorher singen hören und wenn ich mehr Mut gehabt
hätte … wer weiß, was dann geworden wäre.«

»Oh, Shawn. Du bist mein bester Freund und ich
möchte, dass das immer so bleibt. Es wäre nie etwas geworden mit uns beiden.«

»Wieso nicht?«

»Wir brauchen beide jemanden, der auf uns aufpasst und nicht jemanden, der genau die gleichen verrückten Gedanken hat.«

»Da hast du allerdings recht.« Er lachte und zog Hazel mit Schwung in eine neue Walzerdrehung.

Simon stand neben einer der Säulen am Rande des Ballsaales und beobachtete Hazel. Seine Fingernägel gruben sich in seine Handflächen bis es schmerzte und sein Blick wanderte ins Leere. Er verließ den Ballsaal, ließ sich Hut und Mantel bringen und seinen Wagen vorfahren. Er sah Hazels Augen vor sich, als die Kutsche durch die Nacht davonrollte.

Hazel achtete nicht auf die Zeit. Der ganze Ball schien wie ein Traum zu sein. Oder war nur Simon ein Traum gewesen? Realität und Wirklichkeit verschwammen und sie ließ sich von der Musik und dem Wein berauschen, bis sie weit nach Mitternacht in Johns Arm in der Kutsche einschlief.

Am nächsten Morgen erwachte sie ungewohnt schwer. Ihr Kopf schmerzte. Erst als sie richtig wach war, fragte sie sich selbst, wie sie eigentlich ins Bett gekommen war. Sie stand auf und blickte durch das Fenster hinaus in den Garten. Hazel dachte an die Begegnung mit Simon und es schien ihr noch immer wie eine Illusion. Es war nur ein flüchtiger Moment gewesen. Sie selbst hatte gewollt, dass sie sich nicht wiedersehen würden. Die Begegnung mit Simon ließ sie die beiden Tage, die sie noch in Kalkutta verbrachten, wie durch einen Schleier wahrnehmen und in ihr wuchs die Angst, Simon noch einmal in der Stadt zu begegnen.

Doch sie sah ihn nicht wieder.

Am Abend nach ihrer Rückkehr nach Fort Cameron saß sie vor dem Spiegel in ihrem Schlafzimmer und bürstete sich gedankenverloren die Haare. Immer wieder fuhr die Bürste wie mechanisch über die gleiche Haarsträhne. Sie hatte eine Weile ihr Spiegelbild betrachtet, bis ihre Gedanken zu Simon und zu den Erinnerungen an Schottland gewandert waren. Sie hörte nicht, wie John das Zimmer betrat. Plötzlich sah sie sein Gesicht im Spiegel und fuhr zusammen.

»Verzeih, ich wollte dich nicht erschrecken.« Er legte ihr zärtlich die Hand auf die Schulter und sie sahen einander im Spiegel an.

»Schon gut, John.« Hazel legte die Haarbürste weg.

»Was ist los mit dir, Liebes? Seit dem Ball in Kalkutta bist du so verändert. So still und traurig. Willst du mir nicht erzählen, was dich bedrückt?«

»Es ist wohl nur Heimweh.«

»Nein, Hazel. Es steckt mehr dahinter. Viel mehr. Etwas, das schon lange zwischen uns steht und was nie ausgesprochen wurde. Etwas, das du, seit du deine Heimat verlassen hast, bevor du nach Edinburgh kamst, mit dir herumträgst.«

Hazel schloss die Augen und seufzte.

»Du hast es mir nie gesagt, Hazel, und auch Edna hat geschwiegen wie ein Grab. Aber ich denke, ich weiß, wieso du noch einmal nach Hause gefahren bist, bevor du eingewilligt hast, mich zu heiraten.«

Hazel sah John, der noch immer hinter ihr stand über den Spiegel an. Was wusste und was ahnte er nur?

»Du bist wegen eines Mannes gefahren. Du wolltest wissen, ob er dich noch liebt oder nicht.«

»Vielleicht.«

»Nein, kein *vielleicht* mehr. Sag mir die Wahrheit!«

»Ja. John. Ja!« Sie wandte sich zu ihm und sah ihm direkt in die Augen. »Ist es das, was du hören willst? Ich habe diesen Mann geliebt, aber wegen dieser Liebe sind mein Bruder und meine Mutter tot.« Tränen rannen über Hazels Gesicht.

»Verzeih mir, Hazel. Ich – ich wollte dich nicht quälen.« John nahm ihr Gesicht in seine Hände.

»Das tust du nicht, John. Es sind die Erinnerungen, die mich quälen. Erinnerungen, die in Kalkutta plötzlich wieder da waren.«

»Lass mich dir helfen, sie zu besiegen.« Er nahm sie fest in seine Arme.

Als Hazel in der Nacht erwachte, schämte sie sich, dass sie an Simon gedacht hatte, während John sie geliebt hatte. Sie stand auf, streifte ihr Negligé über und ging hinaus in die kühle Nacht.

Es lag etwas Eigenartiges in der Luft und sie fröstelte, als sie ihren Blick über den klaren Sternenhimmel schweifen ließ.

# Kapitel 15

Es vergingen viele unruhige Wochen, in denen John immer öfter und länger weg war. Hazel sah ihn manchmal für einige Wochen nicht. Seit der Monsun vorüber war, hatte sich der Kampf gegen die Pindari zu einem Krieg entwickelt. Die Plünderungen und Massaker nahmen Überhand und die Regierung in Kalkutta ging immer massiver dagegen vor. John untersagte Hazel wegen der ständigen Gefahr ihre Ausritte und auch die Sprechstunde im Dorf. Sie fühlte sich an das Haus gekettet und hing ihren Gedanken nach, die mehr und mehr um Simon kreisten. Dann kam das, wovor sich Hazel in all den Monaten ihres Aufenthaltes in Indien gefürchtet hatte: John kam mit der Nachricht nach Hause, dass ein ansteckendes Fieber ausgebrochen war.

»Wie schlimm ist es?«, fragte Hazel nach dem Abendessen.

»Sehr schlimm. Tausende sind schon krank. Noch wütet es im Südwesten, aber vor zwei Tagen ist der erste Fall in der Garnison aufgetreten und der Colonel hat ein Schreiben von Lord Denby bekommen, dass seine Frau sehr krank ist, genau wie viele Arbeiter auf seiner Plantage. Er hat in der Garnison um medizinische Hilfe gebeten, aber Doktor Tyler ist nach Kalkutta gefahren und wird nicht vor nächster Woche zurück sein.«

»Lord Denby?« Hazel sprach den Namen geistesabwesend leise aus.

»Ja. Du kennst ihn doch. Du hast ihn auf dem Ball kennengelernt.«

»Ich weiß, John. Kann ich vielleicht etwas für seine Frau tun?« Hazel versuchte ihre Erregung zu verbergen. Eigentlich war ihr Alice egal, so egal wie ihr alter Hass gegen sie, aber für die Aussicht darauf, Simon wiederzusehen und ihm zu sagen, dass sie sich geirrt hatte, dass sie sich nichts mehr wünschte, als ihn wiederzusehen, würde sie sogar Alice helfen.

»Würdest du das denn? Willst du dein Leben aufs Spiel setzen, um zu helfen?« Johns Frage riss Hazel aus ihren Gedanken.

»Das hat meine Großmutter auch getan. Sie war eine Heilerin und sie hat mich ihr Wissen gelehrt unter dem Versprechen, dass ich es anwende, wenn es gebraucht wird.«

»Das hier ist etwas anderes. Das Fieber ist sehr ansteckend und man kann es nicht wie einen Schnupfen behandeln.«

»Lass das meine Sorge sein, John. Man kann mit einfachen Mitteln eine Menge erreichen.«

»Du willst es wirklich tun?« Ihr Ehemann blickte sie zweifelnd an.

»Ja. Und ich möchte Neela mitnehmen. Sie kennt die Geheimnisse der Indischen Heilkräuter und dieses Wissen ist Jahrhunderte alt. Außerdem bin ich hier so eingesperrt, John. Ich würde so gerne mal wieder etwas anderes sehen, als das Haus und die Garnison.«

»Also gut.« John seufzte. »Wann willst du abreisen?«

»Sobald wie möglich.«

»Ich rede mit Colonel Harley. Ich denke, er hat nichts dagegen, wenn dich eine Eskorte zu Lord Denbys Plantage begleitet. Es sind ja nur zwei Tage bis dorthin.«

»Danke John.« Hazel fiel ihm um den Hals. »Ich muss packen«, rief sie und verließ den Salon.

Tags darauf reiste Hazel ab. John blickte ihr hinterher. Er wusste, er würde Hazel nicht auf ewig im Haus festhalten können und sie auf von Lord Denbys Plantage zu wissen, schien ihm trotz des Fiebers sicherer, als Hazel außerhalb der Mauern der Garnison allein zu lassen. *In* der Garnison zu wohnen, hatte sie sich strikt geweigert. Er hoffte, das Fieber auf der Plantage würde auch die Pindari abschrecken und er wusste um Hazels gute Konstitution. Der Weg zur Plantage war nach den Angaben der Späher sicher, doch er würde nicht eher ruhen, bis er Nachricht hatte, dass sie gut angekommen war.

Hazel wusste und ahnte von alledem nichts. Sie war voller Vorfreude auf das Wiedersehen mit Simon und sie hatte noch tags zuvor mit Neela Mischungen indischer Kräuter zusammengestellt, die gegen Fieber halfen.

Hazel starrte die ganze Fahrt über aus dem Fenster des Wagens, ohne die Landschaft richtig wahrzunehmen. Wie damals, als sie von Edinburgh nach Broom Park zurückgekehrt war, dachte sie darüber nach, ob es richtig war, was sie tat. Sie wollte Simon wiedersehen, mehr als alles andere auf der Welt und ihn in Gefahr zu wissen, dadurch, dass Alice das Fieber hatte, machte sie fast verrückt.

Der Wagen legte den ersten Tag der Strecke ohne Zwischenfälle zurück. Es dämmerte schon leicht am

Abend des zweiten Tages, als sie einen kleinen Fluss überquerten, auf dessen anderer Seite plötzlich die Pflanzungen begannen. Bäume standen hier sauber in Reihen und Bewässerungsgräben zogen sich am Rande entlang, hinter denen ausgedehnte Baumwollfelder lagen. Menschen waren nicht zu sehen. Schließlich näherte sich der Wagen einem großen Haus am Fuße eines flachen Hanges, der rasch in die angrenzenden Berge überging. Sie passierten die Unterkünfte der Plantagenarbeiter und fuhren weiter auf das Haus zu.

Einige Bedienstete waren eben dabei Fackeln vor dem Haus anzuzünden. Einer der Diener lief eilig ins Haus, als er die Kutsche kommen sah.

Noch bevor der Kutscher die Pferde zum Stehen brachte, sah sie Simon aus dem Haus kommen.

»Fahren Sie weiter!«, rief er dem Kutscher zu. »Wir haben das Fieber hier. Sie können hier nicht bleiben.«

»Doch das können wir.« Hazel hatte sich aus dem Fenster gebeugt und machte dem Kutscher Zeichen zu halten.

»Hazel. Um Gottes willen! Was willst du denn hier?« Simon sah sie voller Entsetzen an, als sie ausstieg.

Er kam auf sie zu, fasste sie bei den Schultern und wollte sie davon abhalten ins Haus zu gehen. Hazel ließ sich nicht beirren.

»Du hast in Fort Cameron um medizinische Hilfe gebeten. Der Doktor ist fort. Also komme ich.«

»Das lasse ich nicht zu.« Er schüttelte sie leicht, aber unsanft.

»Sei kein Narr, Simon. Wenn Alice dich oder den kleinen Alan ansteckt, was willst du dann tun?«

Simon ließ sie los. Er wusste, dass sie recht hatte. Er sah sie an.

»So habe ich mir unser Wiedersehen nicht vorgestellt, auch wenn ich seit dem Ball ständig darauf gehofft habe.« Er fasste ihre Hände.

»Ich hätte mir auch gewünscht, dass die Umstände glücklicher sind.« Hazel erwiderte den sanften Druck.

»Ich kann dich also nicht davon abhalten?«

»Nein.«

»Nun gut. Kommt herein. Es ist fast kein Personal mehr im Haus. Viele sind krank und die, die es nicht sind, habe ich in die Unterkünfte geschickt, damit sie sich um ihre eigenen Leute kümmern. Nur der alte Hausdiener ist noch da. Aber ich werde dafür sorgen, dass du ein Zimmer bekommst und dich frisch machen kannst.«

»Danke. Es war ein weiter Weg. Ich habe Neela, mein Hausmädchen, mitgebracht. Sie wird mir helfen.« Hazel deutete mit ihrem Blick auf die Inderin, die mit einer Tasche in der Hand scheu neben der Kutsche stand.

Simon nickte Neela zu und sie folgte den beiden in die Halle.

Hazel betrachtete alles genau. Das Haus war ungewöhnlich kühl. Kühler als alle anderen Häuser, in denen sie in Indien bisher gewesen war und sie fragte sich einen Moment lang, woran das liegen mochte. Simon ging über eine breite weiße Holztreppe voran nach oben und führte Hazel in ein Gästezimmer, in dem alles mit weißen Tüchern abgedeckt war. Draußen wurde es bereits dunkel und er zündete eine Kerze und zwei Lampen an. Er nahm einen Teil der Schonbezüge ab und schloss die Fensterläden.

Hazel ließ sich auf das Bett fallen und seufzte. Simon setzte sich zu ihr und blickte sie an. Ihr Gesicht war weich und warm im Schein der Kerzen und er bemerkte, wie sehr es sich verändert hatte. Hazel war nicht mehr das Mädchen, in das er sich einst verliebt hatte. Sie war eine bildschöne Frau geworden.

Hazel erwiderte seinen Blick, doch sie beide sagten kein Wort, bis Simon ruckartig aufstand.

»Ich muss nach Alice sehen. Ihr Zimmer ist das letzte hinten rechts auf dem Flur«, sagte er knapp und wandte sich zum Gehen.

Hazel hatte den Drang, sich zu waschen und sie bat Simon noch um etwas frisches Wasser.

Er verließ den Raum und sie hörte, wie er nach dem Hausdiener rief.

Der Diener kam kurz darauf mit einem Krug herrlich kaltem Wasser. Hazel warf die verschwitzten Reisekleider ab, wusch sich und zog sich ein einfaches, helles Leinenkleid an. Dann nahm sie eine der Kerzen und ging hinaus auf den Flur. Die Tür zum Zimmer von Alice stand einen Spalt weit offen und der schwache Schein einer Kerze fiel in den Flur. Hazel öffnete die Tür vorsichtig und ging hinein.

Der Anblick von Alice ließ ihr das Blut in den Adern gefrieren. Die einst so schöne Frau war nur ein Schatten ihrer selbst inmitten des riesigen Bettes. Ihre Augen waren grau umrahmt und lagen tief in den Höhlen, und ihre Lippen waren blass. Hazel ging zu ihr und berührte ihre Stirn. Alice glühte vor Fieber und ihr schwacher Körper zitterte leicht unter der dünnen

Decke. Sie hatte die Augen geöffnet und doch nahm sie nichts wahr. Hazel hatte vor Jahren Colin mit schwerem Fieber gepflegt, aber das hier war schlimmer.

Ein leises Geräusch ließ Hazel erschrocken herumfahren. Es war Simon, der eine Schale mit frischem Wasser brachte und sie auf den Nachttisch stellte.

»Seit drei Tagen liegt sie schon so da. Sie hat kaum gegessen und nur wenig getrunken«, sagte er leise und bedrückt.

»Wir müssen das Fieber senken, sie verglüht.«

»Ich weiß, aber ich weiß nicht wie.«

»Ich brauche Neela hier mit meinen Sachen. Außerdem mehr kaltes Wasser, am besten einen Eimer voll. Dazu frische Leintücher in verschiedenen Größen und ein paar warme Decken.«

Simon sah sie verständnislos an. »Sie ist glühend heiß, was willst du mit Decken?«

»Vertrau mir, Simon, bitte. Ihr Köper wehrt sich gegen die Krankheit, deswegen ist er so heiß und gleichzeitig friert er, weil er keine Kraft mehr hat. Ich hoffe, ich kann etwas dagegen unternehmen.«

Simon nickte nur, ging wieder und Hazel begann Alice mit dem frischen Wasser zu waschen.

Kurz darauf kam Simon mit Neela und den gewünschten Sachen zurück.

»Geh, du kannst hier nichts tun«, sagte Hazel leise auf Simons fragenden Blick und schob ihn aus dem Zimmer.

»Wenn du etwas brauchst, ruf einfach«, sagte er noch im Gehen.

Hazel schloss die Tür. Sie sah Neela an und nickte. Sie beide wussten, was zu tun war. Sie wechselten die Bettwäsche, wuschen Alice, legten ihr kalte Wickel um die Waden und verpackten sie warm unter den Decken. Das alles ständig begleitet von einem leisen Stöhnen der Patientin, die ab und an unbewusst versuchte, sich gegen die Pflege zu wehren. Neela zündete ihre Kräutermischungen in den kleinen tönernen Schalen an, die sie überall verteilte und bald war der Raum mit einem aromatischen Geruch erfüllt.

Dann schickte Hazel Neela nach heißem Wasser und einer Teekanne. Als sie damit zurückkehrte, brühte sie aus Kräutern einen starken Aufguss. Als er leicht abgekühlt war, flößte sie ihn Alice mit Neelas Hilfe vorsichtig ein und wartete, bis sie eingeschlafen war.

Hazel ließ Alice mit Neela allein, wusch sich Hände und Gesicht gründlich und ging hinunter in die Halle.

Sie setzte sich unten auf die große Treppe, stützte die Arme auf ihre Knie und schloss für einen Moment die Augen, bis sie Schritte hörte.

Sie blickte auf und sah Simon vor sich stehen. Er setzte sich neben sie. Sie saßen eine ganze Weile nur so da. Er hatte seinen Arm um sie gelegt und sie schmiegte sich an seine Schulter. Sie fühlte sich geborgen und so weit, weit weg von Indien.

»Komm. Du musst hungrig sein. In der Küche ist sicher noch etwas vom Abendessen.« Simon drückte ihren Arm und stand auf. Hazel reichte ihm die Hand und er half ihr auf.

Hand in Hand gingen sie den Gang neben der Treppe entlang bis in die Küche. Hazel blickte sich um. Alles war sauber und aufgeräumt. An der Schmalseite stand ein großer gusseiserner Herd. Daneben noch eine offene Feuerstelle. Unter dem Fenster gab es sogar einen Spülstein mit einer kleinen eisernen Handpumpe. In der Mitte des Raumes stand ein großer Arbeitstisch. Simon bückte sich und öffnete eine in den Boden eingelassene Klappe. Er nahm eine Kerze und stieg ein paar Stufen hinunter. Hazel blickte ihm nach.

»Was ist das?«

»Unser Vorratsraum. Das Haus ist über einem Bachlauf gebaut, der unterhalb des Hauses in einen Kanal aus Steinplatten verlegt ist. Das Wasser kühlt den Keller hier und wir nutzen es in der Küche und für den Brunnen in der Halle.«

»Der Erbauer muss ein sehr kluger Mann gewesen sein. Einen kühlen Vorratsraum in einem Land wie diesem anzulegen.«

»Ja, das war er sicher.« Simon kam mit etwas Käse die Treppe wieder hinauf. »Aber ich denke, er hatte noch einen anderen Hintergedanken, als er den Bach überbauen ließ.«

Hazel blickte Simon fragend an, während er Brot aufschnitt.

»Flucht!« Er stellte die kleine Mahlzeit auf den Tisch. »Im Keller ist der Bach nur mit ein paar Brettern abgedeckt. Ich selbst bin schon mal in den Kanal gekrochen. Er mündet gut hundert Meter von hier in den Fluss, das heißt, man kann so das Haus unbemerkt verlassen. Die lose Abdeckung macht aber auch Probleme. Wir hatten schon zweimal den halben Keller unter Wasser stehen, wenn es zur Monsunzeit zu heftig geregnet hat und die Ratten wollen auch immer rein, aber ich konnte mich noch nicht dazu durchringen, die Platten zu befestigen und abzudichten. Man kann ja nie wissen.«

»Vor allem jetzt nicht.«

»Du meinst wegen der Pindari?«

»Ja. Ich habe mehr Angst vor ihnen als vor dem Fieber.«

»Sie waren in all den Jahren noch nie hier, Hazel. Hier bist du in Sicherheit.«

»Du redest wie John und der Colonel und beide hatten Unrecht. Dein Haus ist völlig schutzlos. Ist das nicht geradezu eine Einladung an die Pindari?«

»Glaubst du, sie wissen nicht, dass wir das Fieber im Haus haben? Denkst du, sie würden freiwillig hierher kommen?«

»Ich weiß es nicht. Pferde und Vorräte sind immer eine lohnende Beute für sie«, seufzte Hazel.

»Hazel, du machst dir zu viele Gedanken über Dinge die du nicht verstehst. Aber jetzt iss. Ich will nicht, dass du auch krank wirst.«

Hazel hatte Hunger und verschlang alles mit Appetit. Dann löste sie Neela ab, damit auch sie etwas essen konnte. Simon fand sie eine Stunde später schlafend im Sessel neben dem Bett von Alice.

Er deckte sie zu und löschte die Kerze auf dem Tisch.

Am Morgen erwachte Hazel vom Schreien des kleinen Alan. Sie ging in das Nebenzimmer, um nach ihm zu sehen. Neela hatte ihn schon auf dem Arm und versorgte ihn. Dem Kind ging es Gott sei Dank gut, da Simon ihn geistesgegenwärtig sofort von Alice getrennt hatte. Hazel ging zurück und fasste Alice an die Stirn. Das Fieber war gesunken und sie öffnete die

Fenster und Läden, um die Morgensonne hereinzulassen. Es war ein herrlicher Tag und die Sonne schien in den Park, der das Haus umgab. Er war sehr schön mit hohen Bäumen, blühenden Büschen und großen und kleinen Rasenflächen dazwischen.

Hazel ging hinunter. Es war eine unheimliche Stille im Haus, die sie erschaudern ließ, und sie ging hinaus an die frische Luft, die erfüllt war vom Gesang der Vögel. Sie schlenderte am Haus entlang, bis sie an einem der Bäume eine große Schaukel hängen sah. Die Schaukel war für einen Erwachsenen gemacht und bunte Bänder hingen an den dicken Seilen, die sie hielten. Hazel setzte sich darauf. Das letzte Mal, dass sie auf einer gesessen hatte war in Broom Park gewesen. Sie schloss die Augen und erinnerte sich an den Anblick der Bucht in der Morgensonne.

»Guten Morgen.«

Simons Begrüßung erschreckte Hazel und sie ließ um ein Haar die Seile los.

»Alice geht es besser. Das Fieber ist gefallen«, fuhr Simon fort.

»Hmmm.« Hazel ließ die Schaukel ausschwingen.

Simon trat zu ihr und fasste eines der Seile.

»Ich habe nach Alan gesehen und war bei ihr. Du vollbringst wahre Wunder.«

»Ich tue nur, was ich kann. Ich glaube auch ehrlich gesagt nicht, dass es wirklich das ansteckende Fieber ist. Dazu ging es jetzt ein bisschen zu schnell und es gibt viele Arten und Ursachen von Fieber. Aber es hat sie trotzdem sehr mitgenommen. Das Wichtigste war erst mal, ihre Temperatur zu senken. Sie wird jetzt noch eine Weile brauchen, bis sie wieder voll bei Kräften ist.«

»Sie war immer sehr zart und anfällig. Nicht so stark wie du.«

»Ich bin nicht stark«, erwiderte Hazel lachend.

»Doch das bist du. Du bist wie das Land. Ich meine wie Schottland. Schön und manchmal wild und sanft zugleich. Und du widerstehst allem.«

»Nicht allem. Nicht dir.« Sie senkte die Augen.

»Du hast mich abgewiesen in Kalkutta«, sagte er ernst.

»Der Schock dich wiederzusehen war zu groß und auch jetzt weiß ich nicht, was ich tun soll.«

»Du hast mir gesagt, dass du zu deinem Mann gehörst.«

»Ich weiß es nicht. Ich weiß nur, dass ich euch beide liebe und es zerreißt mich fast.«

»Ich wünschte, du wärst nicht gekommen, Hazel. Es wäre besser für uns beide.«

»Vielleicht. Vielleicht aber auch nicht.«

»Ich ...« Simon konnte seinen Satz nicht beenden. Neela kam schreiend hinaus in den Garten gelaufen und Simon und Hazel rannten ihr entgegen.

»Was ist denn, Neela?«

»Die Memsahib ist wach«, sagte sie ganz außer Atem.

»Gott sei Dank«, seufzte Hazel.

»Nein, ich denke eher, der Dank gebührt dir und Neela. Gehen wir zu Alice. Komm.« Simon bot Hazel seine Hand und sie gingen gemeinsam hinauf. Vor der Tür zögerte Hazel.

»Geh du zuerst zu ihr. Ich will sie nicht erschrecken.«

»Erschrecken, aber wieso denn?«

»Simon, du weißt warum. Du und ich und Colins Tod. Glaubst du, sie freut sich, mich hier zu sehen?«

»Ich denke schon, wenn sie erfährt, was du für sie getan hast.«

Er ging hinein und Hazel sah durch den Türspalt, dass er Alice' Hand nahm. Hazel ging hinunter in die Küche. Alice musste jetzt etwas Essen, das ihr Kraft gab, ganz gesund zu werden.

Hazel erwärmte die Gemüsesuppe, die Neela noch am Vorabend gekocht hatte, und gab etwas kleingeschnittenes Brot hinein. Als alles fertig war, brachte sie es nach oben. Sie klopfte an die Tür.

Simon hatte Alice geholfen, sich im Bett aufzusetzen. Sie sah noch immer bleich aus, aber ihre Augen hatten wieder etwas Glanz und sie versuchte zu lächeln.

Hazel stellte das Tablett ab und ging auf Alice zu.

»Wie geht es Ihnen?«, fragte sie leise. Sie fühlte sich unbehaglich, als Alice sie ansah, doch diese blickte sie freundlich an, in einer Weise, die Hazel nie erwartet hätte.

»Ich lebe. Dank Ihrer Hilfe, Hazel und ich ... Ich weiß nicht recht was ich sagen soll, nach all der Zeit. Ich konnte es nicht glauben, als Simon mir eben erzählt hat, dass Sie hier sind und mich gepflegt haben. Ich ...« Alice beendete den Satz nicht.

»Alice, Sie sollten nicht zu viel reden, sondern erst etwas essen.« Hazel stellte die Suppe auf einen kleinen Tisch neben dem Bett. »Ich lasse euch allein. Ich muss noch mal in die Küche«, sagte sie. Sie fühlte sich unwohl, jetzt, da Alice sie angesehen hatte.

Sie überließ es Simon und Neela, sich an diesem Tag noch um sie zu kümmern.

Am Abend kam Simon zu ihr auf die Veranda.

»Warum gehst du nicht zu Alice? Sie hat nach dir gefragt.« sagte er leise und setzte sich zu ihr.

»Ich fürchte mich irgendwie davor, mit ihr zu sprechen.«

»Es sind die alten Erinnerungen, nicht wahr?«

»Ja, Simon. Dich hier wiederzusehen hat mich an alles erinnert, das ich vergessen wollte. Aber Alice ... ich muss dauernd an Colin denken.« Hazel seufzte.

»Sprich dich mit ihr aus. Ich bitte dich, Hazel.« Simon nahm ihre Hand.

»Das werde ich. Aber nicht heute. Sie muss sich erst noch etwas erholen.«

»Du hast recht. Sie trägt auch ihre Erinnerungen mit sich herum und mit dir zu reden, wird auch ihr nicht leichtfallen.« Er nickte.

Am nächsten Morgen übernahm es Neela, Alice ein Frühstück zu bringen. Hazel ging fast den ganzen Vormittag im Garten hin und her. Dann fasste sie sich ein Herz und brachte Alice ihre Suppe zum Mittag.

Als sie in das Zimmer trat, saß diese aufgerichtet im Bett. Sie sah noch einmal deutlich besser aus als am Vortag.

»Hazel. Da sind Sie ja. Ich hatte schon Angst, Sie sind vielleicht abgereist. Dabei möchte ich so gerne mit Ihnen reden.« Alice lächelte freundlich.

»Wir werden reden, aber erst wenn Sie alles aufgegessen haben«, gebot Hazel.

Sie reichte Alice den Teller und sie aß alles auf. Als sie fertig war und Hazel den Teller wieder auf das Tablett stellte, begann Alice zu sprechen.

»Wieso sind Sie gekommen, um mir zu helfen? Ich dachte, Sie hassen mich auf ewig.«

»Simon hat um Hilfe gebeten und ich ...«

»Sie sind seinetwegen hier, nicht wahr?«

»Ja. Seinetwegen und wegen ...«

»Alan? Simon hat Ihnen von ihm erzählt in Kalkutta.«

»Sie wissen, dass wir uns dort wiedergesehen haben?«

»Ja. Und ich weiß, dass Sie verheiratet sind, Hazel.«

Hazel senkte den Blick.

»Setzen Sie sich zu mir, bitte.« Alice klopfte mit der Hand auf die Matratze.

Hazel setzte sich auf das Bett.

»Es ist viel Zeit vergangen. Ich war damals sehr gemein zu ihnen. Weil Simon Sie geliebt hat und Colin Ihr Bruder war. Sie hatten Sie alle beide. Können Sie das verstehen? Ich war deswegen so eifersüchtig.«

Hazel spürte, wie Tränen in ihre Augen stiegen.

»Ich habe sehr gelitten, Hazel. Ich habe Colin wirklich geliebt und ihn zu verlieren, war unerträglich. Nur zu wissen, dass ich sein Kind unter dem Herzen trug, hat mich am Leben erhalten.«

»Sie hatten Colins Kind«, rief Hazel laut und stand auf. »Ich hatte nichts mehr, gar nichts mehr! Ich habe meine ganze Familie verloren und alles was ich geliebt habe.«

»Das ist lange her und es tut mir sehr leid, was damals passiert ist, aber niemand von uns kann etwas dafür.«

»Doch ich. Ich bin schuld an Colins Tod.«

»Nein, Hazel. Das dürfen Sie nicht sagen. Weder Sie noch Simon sind schuld. Er redet sich das seit damals auch immer noch ein, aber er kann sich an nichts erinnern und ich weiß, es war ein Unfall. Eher bin ich schuld. Ich wollte Ihnen wehtun, weil Simon sie geliebt hat. Deswegen habe ich Colin verführt, aber ich habe mich in ihn verliebt. Sie wissen nicht, was damals in mir vorgegangen ist.«

»Oh doch, das weiß ich. Was glauben Sie, wie ich mich gefühlt habe, als Simon mir gesagt hat, dass Sie schwanger sind?«

»Er wollte mich trotzdem verlassen, das wissen Sie doch. Sie haben damals den Streit mitangehört.«

»Er hätte Sie nicht verlassen. Nein.«

»Glauben Sie das wirklich?«

»Ja.«

»Ich glaube es nicht. Er ist nur bei mir geblieben, weil sie verschwunden waren. Wieso sind Sie damals einfach weggegangen?«

»Mein älterer Bruder hat mich gezwungen und es war mir gleichgültig. Alles war gleichgültig zu diesem Zeitpunkt.«

»Simon hat all die Jahre geglaubt, Sie würden ihn hassen.«

»Ihn hassen.« Hazel schüttelte den Kopf.

»Sie lieben ihn immer noch, nicht wahr?«

Hazel nickte.

»Und was ist mit Ihrem Mann? Lieben Sie ihn nicht?«

»Doch. Jedenfalls war ich mir sicher, bis ich Simon wiedergesehen habe. Ich bin ganz durcheinander und ich weiß nicht, was ich tun soll.«

»Das kann ich auch nicht sagen, Hazel. Aber ich bitte Sie diesmal, nehmen Sie mir Simon nicht weg. Ich liebe ihn. Es hat lange gedauert, bis ich das erkannt habe, aber er ist mein Leben und er liebt Alan, als wäre er sein eigen Fleisch und Blut.«

»Ich bin nicht hergekommen, um Ihnen Simon wegzunehmen, Alice.«

»Heißt das, wir können einen neuen Anfang machen, Sie und ich?«

»Ich denke ja.«

»Sie verzeihen mir?«

Hazel sah Alice einen Moment lang schweigend an. Es war lange her und es fiel ihr schwer. Jetzt war es an der Zeit.

»Ja, Alice. Das tue ich. Aber jetzt müssen Sie sich ausruhen und schlafen, damit Sie wieder ganz gesund werden.« Hazel zog der anderen die Decke zurecht.

Bevor sie gehen konnte, fasste Alice ihre Hand und hielt sie fest.

»Danke«, sagte sie leise und es bedeutet mehr, als alle Worte, die sie vorher gewechselt hatten.

In den folgenden Tagen kehrte der Großteil der Dienerschaft ins Haus zurück und auch die Plantagenarbeiter kamen wieder, um ihre Arbeiten zu verrichten. Einige ließen sich von Hazel und Neela noch untersuchen, aber es war alles in Ordnung. Die Vermutung, dass es nicht das hochansteckende Fieber, sondern etwas anderes gewesen war, erwies sich, Gott sei Dank, als richtig. Alice erholte sich zusehends. Nach fünf Tagen ging sie im Zimmer hin und her und saß lange in einem Korbsessel am Fenster. Simon zeigte Hazel in diesen Tagen die Plantage, die sehr groß war und Hazel genoss die gemeinsamen Ausritte. Sie redeten viel über die Zeit in Schottland und über ihre Gefühle füreinander. Bis ihnen klar wurde, dass sie beide glücklich waren, so wie es war, und doch verband sie etwas Besonders. Etwas, das sie beide spürten, wenn sie Hand in Hand abends durch den Park gingen.

In der Nacht des fünften Tages wurde plötzlich eine Glocke Sturm geläutet. Es war ein Alarmsignal.

Hazel war bereits ans Fenster geeilt, als Simon in ihr Zimmer kam. Er war noch nicht richtig angezogen und steckte sich sein Hemd in die Hose.

»Zieh dich an, Hazel. Ich fürchte, du hattest recht.«

»Pindari?«, fragte sie nur kurz.

»Ja. Schließ alle Fensterläden im Haus und verriegle die Türen, wenn ich draußen bin.«

»Du willst da hinaus?«

»Natürlich! Glaubst du, ich lasse meine Plantage kampflos plündern? Oh nein!«

Er wollte bereits aus dem Zimmer. Hazel rannte zu ihm und versuchte ihn zurückzuhalten. Sie blickten sich einen Moment lang an und ihre alte Leidenschaft flammte für einen Moment in ihren Augen wieder auf.

Er berührte zärtlich ihre Wange, schloss sie dann in seine Arme und sie küssten sich.

»Wie gerne würde ich jetzt bleiben«, flüsterte er in ihr Ohr.

Draußen fiel ein Schuss. Hazel schrie leise auf. Sie lösten sich voneinander und Simon lief nach unten aus der Tür. Hazel folgte ihm und rief nach Neela. Gemeinsam schlossen sie alle noch offenen Fensterläden und verriegelten die Türen. Dann eilten sie wieder nach oben zu Alice.

»Was ist denn los? Was geschieht da draußen?« Alice richtete sich im Bett auf.

»Die Pindari kommen«, erwiderte Hazel, während sie sich rasch ein Kleid anzog.

»Oh mein Gott! Wo ist Simon?«

»Er versucht sie aufzuhalten.«

»Was?« Alice starrte Hazel angstvoll an.

»Wenn er es nicht schafft, dann Gott bewahre.«

Alice erwiderte nichts. Sie stand langsam auf und ging ins Nebenzimmer zu Alan, um sich und dem Kind mit Neelas Hilfe etwas anzuziehen.

Hazel blieb am Fenster und lauschte. Es war nicht viel zu hören. Der Kampf fand noch außerhalb der Mauern der Plantage statt, doch dann flogen brennenden Pfeile und Speere auf das Haus zu, die Kampfgeräusche wurden lauter und schienen näher zu kommen. Hazel sah durch die geschlossenen Fensterläden im Hof einen Lichtschein. Sie ging ans Fenster, öffnete es einen Spaltbreit und spähte hinaus. Brennende Pfeile und Wurfgeschosse schwirrten durch die von beißendem Rauch erfüllte Luft. Einer der Bäume brannte und die Pflanzen direkt am Haus schwelten bereits.

»Verdammt!«, fluchte Hazel halblaut.

Ein lauter Knall gegen den Fensterladen ließ sie aufschreien. Der brennende Baum war auseinandergebrochen und die lodernden Äste lagen an der Hauswand. Mit beängstigender Schnelligkeit züngelten die Flammen am Haus empor. Alice kam aus dem Zimmer von Alan zurück.

»Was ist los?«, fragte sie leise und sehr ängstlich.

»Wir müssen fliehen«, sagte Hazel bitter.

Sie gingen ins Nebenzimmer, wo Neela mit dem Kind wimmernd auf dem Boden saß. Hazel riss den kleinen Alan an sich und wickelte ihn in eine Decke. Sie zerrte die noch immer wimmernde Neela vom Boden hoch und mit sich aus dem Zimmer.

»Nimm das Kind und hör auf zu jammern!«, herrschte sie Neela an. Dann nahm sie Alice an der Hand.

Als sie die Tür zum Gang öffneten, drang ihnen beißender Qualm entgegen und ließ sie bereits husten. Sie liefen zur Treppe. In der Halle konnte sie etwas besser sehen, denn unten brannten die Wandteppiche und die Pflanzen lichterloh. Sie eilten die Treppen hinunter und auf die Tür zu, als plötzlich von draußen laut gerufen wurde und irgendetwas dagegen donnerte. Die Pindari waren überall um das Haus.

»Wie kommen wir jetzt hier raus?« Alice drückte Hazel angstvoll den Arm.

Hazel blickte sich in der Halle um und sah den Springbrunnen.

»Wasser«, sagte sie halblaut.

»Was?« Alice verstand nicht.

»Das Wasser, Alice. Wir müssen in die Küche. Schnell.«

Hazel zog Alice und Neela mit sich. In der Küche schob sie den Tisch beiseite und öffnete die Holzklappe, die den Zugang zu dem kleinen Kühlkeller verdeckte, den Simon ihr gezeigt hatte.

»Dort hinunter.« Hazel schob Alice an den Rand. »Es ist nicht tief, keine Angst.«

Alice ließ sich nach unten in die Dunkelheit gleiten und nahm Neela das Kind ab, bevor diese ihr folgte.

Hazel zerschlug derweil einen Stuhl, riss ein Stück des Vorhangs herunter, wickelte es um ein Stuhlbein, goss noch etwas Öl darüber und entzündete es am Herdfeuer, dann sprang sie den beiden hinterher und schloss die Klappe über sich. Es war eng in dem kleinen Keller und Hazel brauchte einige Sekunden, bis sich ihre Augen an das schwache Licht gewöhnt hatten und sie an der Seite die Bretter sah, mit denen der Bach abgedeckt war.

»Hilf mir.« Hazel gab Neela die Fackel und zusammen mit Alice zogen sie eines der schweren Bretter herunter. Darunter floss in einem flachen Bett der Bach.

»Was ist das?« Alice kroch etwas näher heran.

»Der Bach sorgt dafür, dass das Haus so kühl ist. Er speist den Springbrunnen in der Halle und die Wasserpumpe in der Küche. Er mündet unten in den Fluss. Simon hat mir erzählt, man kann auf diesem Weg aus dem Haus. Es ist unsere einzige Chance.«

Sie hörten, wie oben im Haus die Fensterscheiben eingeschlagen wurden, und die Pindari lärmten bereits in der Halle.

»Ich jedenfalls werde lieber ertrinken, als diesen Meuchelmördern in die Hände zu fallen.« Hazel drückte Neela die Fackel in die Hand, nahm den kleine Alan, band ihn sich mit ihrem Schal vor ihre Brust und ließ sich in das Wasser gleiten. Es war kühl aber noch angenehm temperiert und reichte ihr bis an über die Hüften. Alice folgte ihr ohne Zögern und auch Neelas Angst vor den Pindari war größer, als die, Hazel in den dunklen Kanal zu folgen. Der kleine Alan fing an zu wimmern, als das Wasser seine Kleider durchnässte. Die Fackel verlosch und sie ließen sich vom Wasser in völliger Dunkelheit, immer an der Wand oder der Decke entlang tastend, durch den unterirdischen Gang treiben. Ab und an blieben sie an flacheren Stellen stecken, aber es ging immer weiter. Es schien Stunden zu dauern und doch vergingen nur einige Minuten, bis Hazel vor sich einen schwachen hellen Punkt erkannte.

Sie wusste nicht, ob es bereits dämmerte oder ein Feuerschein die Mündung des Baches in den Fluss markierte.

»Ich kann das Ende des Tunnels sehen«, flüsterte sie durch die Dunkelheit Alice und Neela zu. »Wir müssen jetzt ganz leise sein.«

Sie gingen langsam weiter und rochen erneut Qualm. Es war also keine Morgendämmerung, sondern noch immer Feuer. Das Wasser wurde tiefer und bald standen sie im brusttiefen Wasser. Hazel erkannte rasch, dass sie dem Ausgang näher waren, als sie gedacht hatte. Die Mündung in den Fluss war durch Pflanzen überwuchert.

»Wartet hier«, mahnte sie die beiden Frauen. Sie löste den Schal, mit dem sie Alan an sich gebunden hatte, und übergab das Kind an Neela. »Ich sehe erst mal nach.«

Sie schob vorsichtig die Pflanzen auseinander. Simon hatte ihr die Stelle, wo der unterirdische Bach in den Fluss mündete, auf einem ihrer Ausritte gezeigt und sie versuchte sich daran zu erinnern. Der Fluss müsste eine Biegung machen und noch eine ganze Weile ruhig dahinfließen, bevor er in die Schlucht eintrat, die sie nur von Weitem gesehen hatte. Hazel stecke vorsichtig den Kopf durch die Pflanzen. Soweit sie in dem schwachen Feuerschein erkennen konnte, hatte sie sich nicht geirrt. Sie seufzte erleichtert. Weit und breit war niemand zu sehen. Sie machte einen Schritt hinaus in den Fluss und versank im Wasser. Prustend kam sie einige Meter weiter wieder an die Oberfläche. Sie konnte einen Moment lang nichts sehen. Etwas stupste sie in die Seite. Sie hielt sich daran fest und wischte sich die Augen frei.

Sie schwamm ans Ufer und kletterte die Böschung neben der Einmündung des Baches hinauf. Erst jetzt konnte sie sehen, dass im Fluss Holzteile und Reste von Kleidung schwammen. Es würgte sie im Hals. Sie hörte laute Stimmen und wandte sich um. In einer Entfernung von einigen Hundert Metern konnte sie das brennende Haus erkennen. Sie betete, dass Simon auch entkommen war. Gegen das Licht sah sie sich bewegende Gestalten, die durcheinanderliefen. Es würde nicht mehr lange dauern, bis jemand hinter ihnen herkam. Sie mussten die Zeit nutzen. Hazel ließ sich neben der versteckten Mündung des Baches wieder in den Fluss gleiten und holte die beiden Frauen und Alan aus ihrem Versteck.

»Kommt. Es ist sicher, wenigstens im Moment. Im Fluss schwimmt Holz, an dem wir uns festhalten können. Aber ihr dürft nicht erschrecken und schreien.«

Hazel schob den Vorhang aus Pflanzen zur Seite und ließ Alice und Neela hinaussehen.

»Oh mein Gott«, flüsterte Alice leise und Hazel hörte, wie ihr vor Kälte die Zähne klapperten.

»Warten wir noch, bis etwas kommt, woran wir uns festhalten können.«

Hazel blickte Flussaufwärts. Nichts. Dann ein großer Baumstamm.

»Rasch jetzt. Auf den Baum zu.«

Sie riss Neela das Kind aus dem Arm und diese folgte Alice in den Fluss. Hazel band den Kleinen wieder vor ihre Brust und schwamm dann rücklings in den Fluss hinein. In der Mitte wurde die Strömung stärker und

Alice rief nach ihr. Die beiden Frauen hatten den Baumstamm erreicht und waren bereits fast an Hazel vorüber, als Hazel fühlte, dass eine Hand sie packte. Alice hatte sie gegriffen und zog sie an den Baumstamm. Der Baum war dick und stark genug, um wenigstens eine von ihnen vollständig zu tragen. Wortlos half Hazel Alice hinaufzuklettern. Alice nahm ihr Kind zu sich und suchte in dem Kleiderbündel nach Alans kleinem Gesicht. Er gab keinen Laut von sich. Sie klopfte ihm auf die Wangen und plötzlich begann das Bündel wieder zu zappeln und weinte. Die drei Frauen blickten sich nur an und Tränen liefen über ihre Gesichter. Sie hatten es geschafft aus dem Haus zu entkommen. Sie alle. Doch niemand konnte sagen, was sie noch erwartete.

Alice lag mit Alan auf dem Baumstamm. Hazel und Neela hielten sich seitlich fest. Der Fluss trieb sie rasch aus dem Schein des Feuers hinaus und hinweg von den Grenzen der Plantage und nur das schwache Mondlicht und das Glitzern der Wellen ließ sie erkennen, wo im Fluss sie sich befanden.

Hazel versuchte, in der Dunkelheit das Ufer zu beobachten. Sie mussten den Fluss bald verlassen, sonst würde er sie immer weiter treiben. Weit weg von der Plantage und noch weiter weg von Fort Cameron. Zudem mussten Alice und der kleine Alan unbedingt ins Trockene. Alice zitterte vor Kälte, obgleich das Wasser nicht sehr kalt war. In einer langen Biegung des Flusses steuerte Hazel mit Neelas Hilfe den Baumstamm auf das Ufer zu.

»Was tust du, Hazel?«

»Wir müssen hier raus, vor allem du und Alan.«

»Aber wir sind nicht sicher an Land.«

»Wir können nicht ewig im Fluss bleiben, Alice. Simon hat mir gesagt, dass weiter flussabwärts Stromschnellen kommen. Das würden wir nicht überstehen. Und wenn er uns sucht, sollten wir nicht zu weit weg sein.«

Hazel zog den Stamm soweit, bis er fest im Schlamm saß und half Alice an Land.

»Glaubst du, er lebt noch?«, fragte Alice zweifelnd.

»Ich weiß, dass er noch lebt.«

»Woher?«

»Ich würde es fühlen, Alice. Genauso wie du es fühlen würdest, wenn ihm etwas zustößt.«

»Ich bete, dass du recht hast.«

Alice nieste.

»Ich glaube, dort oben ist der Rand des Waldes oder wenigstens ein paar Bäume. Wir werden ausruhen bis morgen. In der Dunkelheit können wir sowieso nicht weiter.«

Neela nahm Alan auf den Arm und Hazel half Alice dabei, das Ufer hinaufzuklettern.

Oben standen dichte Bäume und Büsche. Die Frauen gingen einige Meter hinein, so dass sie vom Fluss aus am Morgen nicht zu sehen sein würden. Hazel zog ihr Messer aus seinem Versteck in ihrem Rock und schnitt Zweige ab. Alle zogen die nassen Kleider bis auf die Unterkleider aus und verteilten sie in den Büschen. Zum Schlafen legten sich alle dicht aneinander auf ein Bett aus Gras und deckten sich mit Blättern und Zweigen zu.

Hazel erwachte mit dem ersten Morgenlicht. Sie hatte eigentlich Wache halten wollen, aber die Anstrengung der Nacht hatte ihren Tribut gefordert. Alice lag noch immer zitternd zwischen ihr und Neela, die den friedlich schlafenden Alan im Arm hielt. Hazel befühlte ihre Kleider. Der Stoff war noch immer feucht, aber der Rest würde am Tage trocknen, wenn sie sich bewegten. Sie zog sich an, ging an den Waldrand und blickte auf das Flussufer. Es war nichts zu sehen. Sie schätzte, dass sie wohl vier Meilen unterhalb der Plantage waren. Wenn sie zurück wollten, mussten sie flussaufwärts gehen. Die Frage war nur, was sie dort erwarten würde. Es war ein Wagnis, aber sie brauchten Gewissheit. Zudem wusste Hazel, dass die Pindari, wenn sie hatten, was sie wollten ebenso schnell wieder verschwanden wie sie gekommen waren.

Sie ging zu den anderen und weckte sie. Neela suchte ein paar essbare Früchte zusammen. Es war ein dürftiges Mahl, doch es musste reichen. Dann folgten sie dem Fluss nach Norden. Das Ufer war unwegsam und sie kamen nur langsam voran. Im Fluss trieben noch immer Spuren des Kampfes. In der größten Mittagshitze ruhten sie eine Weile. Hazel betrachtete Alice mit wachsender Sorge. Ihre Gesichtsfarbe wurde immer blasser und sie hatte dunkle Ringe unter den Augen. Sie hatte sich von dem Fieber noch immer nicht vollständig erholt.

Nach mehr als vier Stunden sahen sie auf der anderen Seite des Flusses Rauch aufsteigen. Die brennenden Trümmer des Hauses qualmten noch.

»Glaubst du nicht, dass die Pindari noch da sind?«, fragte Alice besorgt.

»Ich weiß es nicht. Wir müssen sehr vorsichtig sein.«

Neela blieb mit Alan zurück und Hazel und Alice schlichen im Schutz weiter Richtung Haus. Je näher sie kamen, umso deutlicher wurden die Verwüstungen. Alles war entweder niedergebrannt oder dem Erdboden gleichgemacht. Alice weinte leise. Sie beobachteten das Gelände, verborgen hinter einem Baum, und waren fast sicher, dass die Pindari tatsächlich fort waren, als das Geräusch von vielen Pferdehufen sie aufsehen ließ.

Die Pindari waren noch da.

Eine Truppe von fast einhundert Mann versammelte sich dort, wo gestern noch der Rasen gewesen war. Ein kleiner Trupp schleppte zwei gefesselte Männer an und zwang diese, sich hinzuknien.

»Der eine ist unser Hausdiener«, sagte Alice leise.

Von Simon war keine Spur zu sehen.

»Gehen wir lieber, solange sie noch beschäftigt sind.« Hazel wandte sich zum Gehen.

»Was werden sie mit ihnen machen?«, fragte Alice angstvoll.

»Das willst du weder sehen noch wissen.«

»Sie werden sterben?«

»Ja. Und Gott helfe, dass es ein schneller Tod wird.«

Der Anführer der Pindari brüllte einen Befehl.

Hazel versuchte Alice wegzuziehen, aber diese bewegte sich nicht.

»Nicht hinsehen. Sieh mich an«, gebot sie Alice, vertrat ihr den Blick auf das Haus und hielt sie fest am Arm. Als sie wieder zu den Männern sahen, lagen die beiden Diener tot am Boden. Alice weinte leise.

Schließlich brüllte der Anführer wieder einen Befehl und der Trupp zog langsam ab. Die beiden Frauen beobachteten, wie die Pindari die Einfahrt zur Plantage entlangritten. Sie warteten, bis sich die Staubwolke hinter den Reitern gelegt hatte.

»Wir sollten gehen«, sagte Hazel leise. »Holen wir Neela und Alan.«

Gemeinsam verließen sie alle die Plantage in grober südöstlicher Richtung und versuchten in einiger Entfernung, die Straße zu finden. Auf dieser wollten sie eigentlich nicht laufen, doch es gab keine andere Möglichkeit, als dem Weg zu folgen und immer auf der Hut zu sein. Auf der Straße waren die Spuren der Pindari deutlich im Staub zu erkennen. Sie waren Gott sei Dank nach Norden, also in die entgegengesetzte Richtung, geritten. Nach allem, was Hazel über die Pindari wusste, war nicht davon auszugehen, dass sie noch einmal zurückkommen würden. An einer Wegkreuzung war Hazel nicht sicher, wohin sie gehen sollten. Neela nahm ihr diese Entscheidung ab und schlug den rechten der beiden Wege ein.

»Wo willst du hin, Neela?«

»Nach Hause. Meine Familie kommen von nächste Dorf. Ich kenne den Weg.«

»Wirklich?«

»Ja, Memsahib.«

»Warte einen Moment«, sagte Alice.

Sie nahm den dünnen Seidenschal ab, den sie um den Hals getragen hatte. Er war zerschlissen und sie riss ein Stückchen davon ab und band es an einen Zweig an der Straße.

»Du hinterlässt ein Zeichen?«

»Ja. Ich hoffe, dass es jemand findet. Ich werde immer wieder ein Stück Stoff an die Zweige binden, wenn wir weitergehen.«

»Das ist sehr klug, Alice.«

»Ja. Aber die Idee stammt schon von den alten Griechen. Ariadne hat einen Faden benutzt, damit sich ihr Geliebter im Labyrinth zurecht fand. Warum also nicht ein paar Stoffstücke für die, die hoffentlich nach uns suchen?«

Die Frauen folgten Neela, die bereits ein Stück vorangegangen war.

»Wie weit ist es noch?«, fragte Alice am Nachmittag.

»Wenn wir heute Nacht schlafen, morgen noch bis Mittag.« Während sie weitergingen, merkte Hazel, wie Alice immer mehr ihrer Stütze bedurfte und sie befühlte ihre Stirn. Sie war wieder heiß und feucht; die Flucht durch den Fluss hatte das Fieber erneut aufflackern lassen. Hazel wachte in der Nacht, während Alice sich in unruhigen Fieberträumen hin und her wälzte.

Irgendwann am Morgen schrak Hazel auf, weil sie jemand schüttelte, um sie zu wecken. Es war Neela.

Hazel drehte sich nach Alice um. Sie war bereits wach und kreidebleich im Gesicht. »Ihr müsst ohne mich weitergehen, Hazel«, flüsterte sie nur.

»Nein. Das werden wir nicht tun.« Hazel half ihr auf und sie schleppten sich den halben Tag dahin, bis sie endlich das Dorf erreichten. Die Pindari hatten es bereits geplündert und die Überlebenden waren damit beschäftigt, ihre Toten zu verbrennen.

Neela führte sie zum Haus ihrer Familie, wo sie von einem ihrer Brüder begrüßt wurde, der überglücklich war, dass sie noch lebte. Die beiden sprachen Hindi miteinander. Schließlich willigte er ein, dass Alice und Hazel bleiben konnten, bis es Alice besser ging.

Simon schlich sich im Schutz der Dunkelheit an das Gelände der Plantage heran. Er hatte einen halben Tag am Flussufer versteckt zwischen den Uferpflanzen und dem übelriechenden Kadaver eines toten Pferdes verbracht. Vergeblich hatte er versucht, den Pindari Widerstand zu leisten. Als er erkennen musste, dass er gegen die Übermacht keine Chance hatte, hatte auch er sein Heil in der Flucht gesucht.

Er war über eine der Seitentüren zurück ins Haus gelangt, als diese schon in Flammen stand und die Pindari eben versuchten, die Haupttür einzuschlagen. Von den Frauen fehlte jede Spur und er hoffte, dass ihnen die Flucht gelungen war. Als die Pindari die Vordertür zertrümmert hatten und fast alle ins Haus stürmten, um sich zu holen, was aus den Flammen noch zu holen war, war Simon ihnen entwischt und hatte sich bis zum Morgen versteckt. Er hatte die Pindari noch eine ganze Weile lärmen hören und die entsetzlichen Schreie von mehreren Menschen vernommen. Schließlich war es ruhig geworden und er hatte sein Versteck verlassen. Den ganzen Tag über hatte er vergeblich nach den Frauen gesucht. Jetzt, mit Einbruch der Dunkelheit, war er zum Haus zurückgekehrt.

Simon machte sich aus dem Turban eines Toten und einem Holzstück eine Fackel und steckte sie an einem glimmenden Holzrest in Brand. Im Schein der Fackel offenbarte sich die Zerstörung. Er sah in die Flammen und in seinem Kopf rasten die Gedanken durcheinander. Er musste nach Fort Cameron und Hilfe holen, um die Frauen zu finden. Dazu brauchte er ein Pferd und er brauchte Waffen – und etwas zu Essen.

Er ging durch die rauchenden Trümmer des Hauses und zog dort, wo einmal die Küche gewesen war, die Holzreste auseinander. Darunter zeigte sich die Klappe zum Kühlkeller. Simon hob sie an und leuchtete mit seiner Fackel hinein. Er stieg hinunter. Die Pindari waren nicht bis in diesen Raum gekommen. Es gab ausreichend Nahrungsmittel und Simon raffte in einem Tuch zusammen, was er noch gebrauchen konnte. Sogar ein Ziegenbalg mit Buttermilch war noch da. Er nahm die Fackel in die Hand und wollte eben wieder nach oben, als er bemerkte, dass die Bretter über dem Kanal entfernt worden waren. »Heiliger Gott – ich danke dir«, sagte er halblaut, als ihm klar wurde, dass die Frauen auf diesem Wege entkommen waren. Nun wusste er, wo er suchen musste. Irgendwo flussabwärts.

Er verließ den Keller und schloss die Klappe wieder. Das Geheimnis sollte weiter bewahrt bleiben, auch wenn das Haus nicht mehr stand. Noch in der Dunkelheit machte er sich zu Fuß auf den Weg.

John eilte zu Colonel Harley, als dieser nach ihm rufen ließ.

Er salutierte, doch Harley winkte nur ab.

»Ich habe schlechte Nachrichten für Sie, Major«, sagte er ernst.

»Was ist passiert?«, fragte John mit einer unguten Vorahnung.

»Ich habe eben die Meldung erhalten, dass die Plantage von Lord Denby von den Pindari dem Erdboden gleichgemacht wurde.«

John erwiderte nichts. Er drehte sich um, ging ans Fenster und starrte hinaus. Dann schlug er mit der Faust gegen die Wand.

»Wir haben keine Nachricht über tote Briten auf dem Gelände, Major. Ich gehe daher davon aus, dass der Familie von Lord Denby und auch Ihrer Frau die Flucht gelungen ist.«

Colonel Harley trat hinter John, der sich ihm zuwandte.

»Gewissheit werde ich erst haben, wenn ich selbst dort war«, sagte er ernst.

»Ich weiß, Major Stewart. Nehmen sie fünfzig Mann und reiten Sie noch heute zur Plantage.«

»Jawohl, Sir.« John salutierte. Er war noch nie so froh über einen Befehl eines Vorgesetzten gewesen wie in diesem Augenblick.

Die Vorbereitungen dauerten nicht lange und nach einer Stunde verließen die Männer die Garnison.

John trieb sie alle an. Sie gönnten sich bis zum Einbruch der Dunkelheit kaum eine Pause, es sei denn, um die Pferde etwas zur Ruhe kommen zu lassen. John schlief in den wenigen Stunden der Nacht kaum. Er war zu unruhig. Seine Gedanken und Gebete waren bei Hazel.

Zwei Tage und Nächte waren vergangen seit sie Neelas Dorf erreicht hatten, doch der Zustand von Alice hatte sich nicht gebessert. Hazel trat am Abend des dritten Tages in den kleinen, stickigen Raum, in dem sie lag.

Alice blickte zu ihr auf. »Hazel. Bist du es?«, fragte sie leise.

»Ja.«

»Ich hätte dich fast nicht erkannt. Was hast du da an?« Das Sprechen strengte sie an.

»Einen Sari von Neela.« Hazel drehte sich einmal herum und schob den Seidenschleier von ihren Haaren nach hinten. Sie versuchte noch immer Alice aufzumuntern, obwohl sie längst wusste, dass es vergeblich war.

»Du siehst aus wie eine Inderin mit deinen dunklen Haaren«, flüsterte Alice und versuchte zu lächeln.

»Kann ich etwas für dich tun? Möchtest du etwas trinken?« Hazel kniete sich zu ihr.

»Nein. Ich möchte nur Alan sehen«, bat Alice.

»Ich bringe ihn zu dir.«

Hazel holte das Kind und Alice berührte seinen Arm und hielt die kleine Hand fest.

»Versprich mir, dass du auf ihn aufpasst, Hazel«, hauchte Alice. »Er soll zurück nach Schottland. In das Land seines Vaters, deines Bruders Colin.«

Hazel liefen Tränen über das Gesicht, als sie nickte.

»Und versprich mir, dass du dich um Simon kümmerst, wenn er noch am Leben ist.«

»Das kann ich dir nicht versprechen, Alice.«

»Ja. Ich vergaß, du bist verheiratet. Aber ... sag ihm ... dass ich ... ihn geliebt habe.« Ihre Stimme wurde immer schwächer.

»Das werde ich, Alice. Er hat dich auch geliebt.«

»Glaubst du das wirklich?«

»Ich weiß es. Er hat es mir gesagt.«

Alice drückte Hazel die Hand.

»Ich möchte jetzt schlafen«, sagte sie leise. »Ich bin so müde.«

Hazel berührte ihre Stirn und verließ mit dem Kleinen den Raum.

Alice erwachte nicht mehr.

Hazel ließ es zu, dass der Leichnam von Alice wie die anderen Toten nach dem Brauch der Hindus verbrannt wurde. Bisher hatte sie es immer vermieden zuzusehen. Diesmal wohnte sie dem Ritual bei. Die Gesänge und Trauerklagen der Frauen und die Gebete ließen sie bald in einen eigenartigen Zustand verfallen, der ihr für eine Weile half, zu vergessen.

Als das Feuer erloschen war, sammelte sie die Asche in einem einfachen Tongefäß. Sie nahm dieses und Alan mit aus dem Dorf hinaus. Oberhalb stand vor einer Gruppe Felsen ein einzelner Baum. Hazel begrub die Urne und bedeckte die Stelle mit Steinen. Dann band sie zwei Stöcke mit dem Rest von Alice' Schal zu einem Kreuz zusammen und steckte es in den kleinen Steinhaufen. Das kleine goldene Kreuz, das Alice um den Hals getragen hatte, legte sie Alan um. Sie sprach noch ein kurzes Gebet. Dann war es Zeit zu gehen.

Von Neelas Bruder bekam sie einen langen Stock für den Weg mit. Er war gut als Stütze, konnte aber auch als Waffe dienen, falls nötig. Neela zeigte Hazel, wie indische Frauen ihre Kinder mithilfe eines langen Tuches in verschiedenen Positionen trugen. Außerdem schnürte sie ihr ein kleines Bündel mit ein paar Früchten und Brot und füllte einen kleinen Ziegenbalg mit Wasser. Sie wollte trotz Hazels Bitten nicht mit nach Fort Cameron zurückkommen. Schließlich brachten Neela und ihr Bruder Hazel zu einem schmalen Pfad, der sie erst zu einer kleinen Ansiedlung und von dort direkt zurück zur Straße bringen würde.

Sie begleiteten sie noch ein gutes Stück und erklärten ihr den restlichen Weg so genau wie möglich. Die Abkürzung sparte fast einen Tag Fußweg Richtung Fort Cameron ein.

Hazel wollte nur noch zu John, und hoffte, die Pindari würden nicht erneut auf der Straße in ihrer Richtung reiten. Wie Alice es ihr vorgemacht hatte, hinterließ sie an Zweigen an der Straße ein Stückchen Stoff. Sie bat Gott um Vergebung, dass sie dabei jedes Mal daran dachte, dass Simon nun ein freier Mann war.

Simon war erschöpft. Er hatte in den vergangenen Tagen das Flussufer ab der Einmündung des unterirdischen Kanals abgesucht. Dort hatte er ihre Spuren gefunden. Da er annahm, dass sie dem Fluss gefolgt waren, ging er am Ufer entlang. Das war aufgrund des Bewuchses mühsam. Schließlich hatte er am Vortag endlich Reste eines Lagers entdeckt und war, als er sicher war, dass es von den Frauen stammte, ihren Spuren weiter gefolgt, was ihn nur zurück zur Plantage geführt hatte. Jetzt stand er dort, wo die Frauen zuvor die Pindari beobachtet hatten und fluchte. Die Suche der letzten Tage war vergeblich gewesen und hatte ihn nur im Kreis herumgeführt. Er fragte sich, wohin Hazel ihr klarer Verstand von hier aus geführt hatte. Das nächste Dorf war zu Fuß zwei Tage entfernt. Von dort würde sie sicher versuchen, zu John zurückzukehren, zurück in den Schutz der Garnison. Er wollte eben seinen Platz verlassen, als er hörte, dass sich Reiter näherten. Er versteckte sich. Zu seiner Erleichterung sah er unten, dort, wo einmal der Rasen gewesen war, eine Gruppe britischer Soldaten in leuchtend roten

Uniformen. Er stand auf und lief winkend und rufend auf sie zu.

»Lord Denby?« John traute seinen Augen nicht. Er ritt ihm entgegen.

»Major Stewart. Gott sei Dank.« Simon lehnte sich an den Hals des Fuchses, den John ritt.

»Wo ist meine Frau?«

»Ich weiß es nicht. Und ich weiß auch nicht wo meine Frau und mein Sohn sind. Ich weiß nur, dass ihnen die Flucht gelungen ist. Ich habe ihre Spur am Fluss zurück bis hierher verfolgt. Alles zu Fuß.«

»Das heißt, sie leben noch?«

»Ich bete zu Gott, dass es so ist, Major. Ich bin nur sicher, dass sie alle es bis hier zurück geschafft haben. Das wird wohl drei Tage her sein.«

»Drei Tage?« John atmete schwer.

»Ich hatte leider kein Pferd, Major.«

»Was glauben Sie, wo sie von hier aus hin sind?«

»Ihre Frau wird sicher alles versuchen, um zu Ihnen zurückzukommen. Ich hoffe, sie sind erst mal in das nächste Dorf gegangen. Es ist zwei Tage von hier entfernt.«

»Oh mein Gott. Ich wünschte, sie hätten hier gewartet. Es ist viel zu gefährlich für die Frauen alleine.« John biss sich auf die Lippen.

»Wenn jemand das schafft, dann Ihre Frau, Sir. Sie war schon immer ein kluges Mädchen.« Lord Denbys Stimme klang zuversichtlich.

»Woher wollen Sie das wissen? Sie kennen meine Frau doch kaum, Lord Denby.«

»Das entspricht nicht ganz der Wahrheit.«

»Ich fürchte ich kann Ihnen nicht folgen, Mylord.«

»Nun, das ist eine lange Geschichte, Major Stewart. Und ich denke, ich schulde Ihnen in dieser Hinsicht eine Erklärung. Aber ich würde es Ihnen lieber erzählen, während wir versuchen, Hazel, meiner Frau und meinem Sohn zu folgen.«

John warf Simon einen misstrauischen Blick zu. Dann ließ er den Sergeanten eines der Packpferde abladen. Was es trug, wurde auf die anderen Pferde verteilt. Der Sattel eines der toten Pferde auf dem Hof passte halbwegs und sie folgten der Straße nach Südosten.

Simon und John ritten schweigend nebeneinander her, bis einer der Gurkhas der Vorhut zurückkam und John ein Stück Stoff übergab.

»Kommt Ihnen das bekannt vor?«, fragte er Simon.

»Allerdings. Es ist ein Stück von einem Schal meiner Frau.«

»Sie sind also wirklich noch am Leben. Und wir sind auf dem richtigen Weg. Sie hatten also recht mit Ihrer Vermutung, dass sie ins nächste Dorf unterwegs sind.«

John gab seinem Pferd die Sporen. Simon und die Truppe folgten ihm.

# Kapitel 16

Hazel lehnte sich erschöpft an den Stamm des großen Baumes neben der Straße. Der kleine Alan auf ihrem Arm wimmerte. Sie nahm eine Ecke ihres blauen Seidensaris, der ihren schlanken Körper von ihrem Rock aufwärts bis über ihren Kopf umhüllte, und wischte dem Kind und sich selbst den Schweiß von der Stirn. Dann gab sie Alan den letzten Rest Wasser. Es war der dritte Tag seit sie Neelas Dorf verlassen hatten. Von der kleinen Ansiedlung aus hatte ein Bauer sie auf seinem Karren ein gutes Stück bis zu einer Wegkreuzung mitgenommen, danach waren sie gelaufen. Anfänglich hatte ihr das Gewicht des Kindes nicht viel ausgemacht, doch jetzt war sie erschöpft. Ihre Füße und ihr Rücken schmerzten und sie spürte, wie ihre Kräfte schwanden. Alan wurde etwas stiller und sie blickte sich um. Seit das Gelände freier geworden war, hatte sie sich immer etwas abseits der Straße im Gras zwischen den Büschen und Bäumen gehalten und es war alles ruhig. Nicht weit entfernt stand im Schatten einer kleinen Baumgruppe eine kleine Herde Axishirsche. Alles war friedlich und die Tiere waren schläfrig jetzt um die Mittagszeit. Die Sonne brannte gnadenlos vom Himmel und Hazel sehnte den kühlen Abend herbei. Alan weinte wieder heftiger und sie versuchte, ihn zu beruhigen, indem sie ihren Körper hin und her wiegte, bis er eingeschlafen war. Sie würden hier im Schatten des großen Baumes etwas ruhen. Nach Neelas Beschreibungen müsste sie bald eine weitere Wegkreuzung und ein Dorf erreichen und von dort war es nur noch ein Tag bis nach Fort Cameron. Noch ein Tag bis sie wieder bei John sein würde.

Plötzlich flog ein Schwarm Vögel mit großem Gezeter aus den Bäumen auf und die Axishirsche stoben in Panik auseinander.

Sekunden später herrschte Totenstille. Hazel erstarrte vor Angst – irgendetwas hatte die Tiere aufgeschreckt. Sie versuchte, im Gras etwas auszumachen. Etwas bewegte sich langsam vorwärts, nicht weit von dort, wo die Hirsche gestanden hatten. In der unheimlichen Stille war ein leises Rascheln zu hören. Dann tauchten langsam zwei pelzige, schwarz-weiß-orange gemusterte Ohren aus dem Gras auf.

Hazel wäre fast ein Schrei entfahren, doch sie biss sich auf die Lippen. Einzig ihr Pulsschlag raste und pochte in ihren Schläfen, als der Tiger seinen mächtigen Kopf hob. Das Tier hatte sie noch nicht gesehen. Sie erinnerte sich an Sanjays Worte: »*Vor einem Tiger kann man nicht davonlaufen.*«

Wenn sie überleben wollte, musste sie sich jetzt ganz langsam zurückziehen. Sie ging vorsichtig rückwärts zur Straße hin und betete um ein Wunder. Tatsächlich schien der Tiger sie nicht zu bemerken. Der Wind stand günstig und er konnte sie wohl nicht wittern. Sie war fast auf der Straße, als Alan aufwachte und wieder zu weinen begann.

Augenblicklich hob der Tiger den Kopf. Hazel versuchte, Alan zu beruhigen, doch es war zu spät. Der Tiger wandte sich um und kam langsam auf sie zu. Er war sich seiner Kraft und Schnelligkeit offensichtlich bewusst.

Sie stand inzwischen mitten auf der Straße. Der Tiger wurde schneller. Er kam auf sie zugelaufen.

Hazel dachte in Sekundenbruchteilen an den Moment, als die Kutsche sie in Edinburgh angefahren hatte. Damals war sie dem Tod schon einmal so nahe gewesen. Sie dachte an Schottland, an ihre Mutter, an Colin und Alistair. Sie war die Einzige die noch lebte, und das nur, weil John sie gerettet und sich aufopferungsvoll um sie gekümmert hatte. John, der sie so sehr liebte. Eigenartigerweise kam ihr auch die Göttin Lakshmi in den Sinn und sie erkannte im gleichen Augenblick, wie glücklich sie mit ihrem Leben war.

Ihrem Leben mit John.

Er war es, der sie wirklich glücklich machte. Seine Liebe. Sie konnte seine Augen vor sich sehen, den warmen Ausdruck darin. Er war ihr Leben und sie musste zurück, um ihm endlich zu sagen, wie sehr sie ihn liebte.

»Nein!«, schrie sie plötzlich laut auf. Sie konnte nicht aufgeben. Nicht jetzt, nicht in dem Augenblick, in dem ihr all das endlich klargeworden war.

Der Tiger hatte inzwischen auch die Straße erreicht, blieb einen Moment stehen und fixierte seine Beute. Er drehte die Ohren nach hinten. Gleich würde er zum Sprung ansetzen.

Statt darauf zu warten, fasste Hazel all ihren Mut zusammen. Sie machte sich so groß wie sie es mit einem Kind auf dem Arm vermochte und hob den Stock drohend in die Luft. »Verschwinde!«, brüllte sie den Tiger an. Auch Alan kreischte.

Der Tiger blieb irritiert stehen. Er lief vor ihr hin und her, fauchte sie an und riss dabei seinen Rachen auf.

Hazel schrie ihn erneut an.

Weder sie noch das Raubtier nahmen wahr, dass etwas die Straße hochkam.

Dann zerriss ein Schuss die Stille, der Tiger brüllte in der Sekunde seines Todes auf und brach vor Hazel zusammen.

Ihr Herz raste und sie zitterte am ganzen Körper. Eben noch hatte sie Todesangst verspürt und jetzt lag der Tiger regungslos im Staub der Straße. Wie war das nur möglich? Sie blickte dankbar zum Himmel. Tränen der Erleichterung rannen über ihre Wangen und sie schluchzte auf.

Wie durch einen Schleier nahm sie das Geräusch von sich rasch nähernden Hufen und die Stimmen von Männern wahr.

Sie blickte auf und entdeckte Reiter in leuchtend roten Uniformen.

»John?«, sagte sie, noch zweifelnd, ob er es wirklich war.

Als sie ihn klar ausmachen konnte, schrie sie seinen Namen hinaus. Sie wollte auf ihn zulaufen, doch sie schwankte und sank erschöpft auf die Knie. Sie hatte keine Kraft mehr.

John löste sich von der Gruppe und gab dem Pferd die Sporen. Er sprang vor ihr ab.

Er warf einen kurzen Blick auf den Tiger, um sicherzugehen, dass er tot war.

Hazel zitterte noch immer am ganzen Körper, als sie fühlte, wie er sie samt dem Kind in die Arme schloss, und sie weinte hemmungslos an seiner Schulter. Als sie sich beruhigt hatte, umfasste er ihr Gesicht mit beiden Händen und bedeckte es mit Küssen. Dann hielten sie einander fest.

»Oh, John. Mein Liebster. Ich wusste, du würdest mich finden.« Sie berührte seine Wange.

»Ich hatte solche Angst um dich. Ich danke Gott, dass ich nicht zu spät gekommen bin«, gestand er und strich ihr zärtlich eine Haarsträhne aus dem Gesicht und wischte ihre Tränen weg.

»Ich liebe dich so sehr«, sagte sie heiser.

»Ich weiß, mein Schatz.« John blickte sie mit unendlicher Zärtlichkeit an. Er schloss sie in seine Arme und küsste ihr Haar. Hazel fühlte sich unendlich sicher und geborgen.

»Hazel«, flüsterte John ihr nach einer Weile ins Ohr. »Wir sollten jetzt gehen, sonst erreichen wir das Fort heute nicht mehr.«

»Nein. Bitte lass mich nie wieder los«, entgegnete sie und schmiegte sich an ihn.

»Ich fürchte, dann kommen wir nie nach Hause«, lachte er und schob sie sanft von sich.

Hazel nickte und er nahm ihre Hand.

»Weißt du, was mit Lord Denbys Plantage passiert ist?«, fragte sie ihn.

»Lord Denby hat uns von dem Pindari-Angriff erzählt«, erklärte John leise und sehr ernst. »Er hat uns zu Neelas Dorf geführt und sie hat uns gesagt, wo du hin bist. Er ist hier.«

»Simon lebt!«, entfuhr es Hazel und blickte sich um.

Er stand ein Stück entfernt, und sie war einen Sekundenbruchteil versucht, auf ihn zuzulaufen.

Sie blickte zurück zu John.

»Er hat mir alles erzählt, Hazel. Alles über dich und ihn und den Tod deines Bruders«, erklärte er ernst.

Hazel sah erst zu John und dann zu Simon.

Zwischen dem Mann, mit dem sie verheiratet war und dem Mann, den sie nie aufgehört hatte zu lieben. Viel zu lange waren ihre Gefühle verwirrt gewesen. Jetzt endlich wusste sie, wo sie hingehörte.

»Würdest du ihn bitte einen Moment halten«, sagte sie zu John und gab ihm zu seiner Überraschung Alan einfach auf den Arm.

Sie ging langsam auf Simon zu, fasste seine Hände, aber sie umarmte ihn nicht.

»Ich danke Gott, dass du lebst«, sagte sie leise.

»Was ist passiert?« fragte er traurig. »Wir habe Alice' Grab gesehen. Was ist mit ihr ...?«

»Wir konnten aus dem Haus fliehen. Durch den Gang in den Fluss. Aber das Fieber kam zurück. Ich konnte nichts mehr für sie tun, Simon. Es tut mir so leid.«

Er drückte ihre Hände fest.

»Ich soll dir sagen, dass sie dich geliebt hat«, erklärte Hazel.

Simon schluckte und atmete schwer.

»Und sie hat mich gebeten, dass ich mich um dich kümmere«, fuhr Hazel fort. »Das tue ich, indem ich dir deinen Sohn wiederbringe. Er wird für immer eine Verbindung zwischen dir und mir sein.«

»Weil er der Sohn deines Bruders ist?«, er lachte leise und bitter.

Hazel senkte den Blick. So lange hatte sie auf den richtigen Zeitpunkt gewartet, nun war er unausweichlich gekommen.

»Er ist mehr als das, Simon. Colin war nicht ganz mein Bruder. Er war mein Halbbruder und ... und deiner auch.«

»Was?« Simon fasste sie bei den Schultern und zwang sie, ihn direkt anzusehen.

»Meine Mutter hatte ein Verhältnis mit deinem Vater. Colin war das Kind dieser Liebe.«

»Das heißt, Alan ist der Sohn meines Halbbruders und ... mein Neffe?«

»Ja.«

»Und ich habe mich die ganze Zeit gefragt, wieso er den Kinderportraits der Familie so ähnlich sieht. Ein paarmal habe ich sogar geglaubt, er wäre doch mein Sohn. Gott, Hazel. Du hättest es mir sofort sagen müssen, als ...«

Simon schwieg plötzlich einen Moment lang.

»Du hast es Colin gesagt, damals in der Scheune?«, fragte er.

»Ja, das habe ich. Er wollte dich töten. Es war die einzige Möglichkeit, ihn davon abzuhalten.«

»Also habe ich ihn nicht getötet.«

»Nein, das habe ich dir ja bereits gesagt. Es war meine Schuld. Hätte ich es ihm nicht gesagt, wäre er nicht rückwärts durch die Luke gestürzt.«

»Niemand hat Schuld, Hazel. Es sei denn, die Liebe ist ein Verbrechen. Die Liebe zwischen meinem Vater und deiner Mutter und unsere Liebe.«

»Ist sie das nicht? Sie hat uns nichts als Unglück gebracht, Simon. Meine Mutter, Colin und Alice, sie alle sind tot. Wie viele Menschen müssen noch sterben, weil wir nicht voneinander lassen können?«

»Hazel, ich ...«

»Nein, Simon. Nein. Es ist vorbei. Es muss vorbei sein. Für immer. Das ist mir endlich klar geworden.«

Hazel ging zu John, der sie fragend anblickte. Er hatte von dem Gespräch nichts mitanhören können.

Sie nahm Alan und trug ihn zu Simon.

»Kehre zurück nach Schottland und mach einen richtigen Schotten aus ihm. Es war der letzte Wunsch von Alice«, sagte sie, als Simon ihr den Jungen abnahm.

Simon schluckte. »Und du? Was wird mit dir?«

»Ich bleibe hier. Hier wo ich hingehöre. Bei meinem Mann.« Hazel hatte den Satz laut ausgesprochen, so dass auch John ihn hören konnte.

Er kam zu ihr. Sie reichte ihm die Hand.

»Wo er ist, ist mein Zuhause«, sagte sie bestimmt.

Die beiden Männer sahen sich an.

»Sie haben gesagt, sie würde die Entscheidung treffen, John. Sie hatten recht«, sprach Simon ernst.

»Ich habe nur nicht mit dieser Entscheidung gerechnet, wenn ich ehrlich bin«, erwiderte John leise.

»Ich schon.«

»Wovon redet ihr?« Hazel blickte beide Männer fragend an.

»Davon, dass wir uns klar waren, dass einer von uns gehen muss, Hazel, wenn wir dich finden und du noch lebst. Und davon, dass wir dir die Entscheidung überlassen wollten«, sagte John.

Hazel atmete schwer.

»Lasst mich einen Moment allein, bitte.«

John und Simon erwiderten nichts. Sie gingen Seite an Seite wie alte Freunde hinüber zu den Pferden.

Hazels Blick wanderte zum Himmel. Es hatte sich zugezogen und ein leises Donnergrollen war aus der

Ferne zu hören. Dann fielen die ersten Regentropfen auf ihr Gesicht und sie schloss die Augen. Das Bewusstsein das sie lebte und in Sicherheit war, gemischt mit Trauer und einem Gefühl von Freiheit, durchströmten sie gleichzeitig und ihre Gedanken tobten in ihrem Kopf. Ihre Tränen mischten sich mit dem warmen, sanften Regen, der über ihr Gesicht lief. Zu wissen, wo sie hingehörte und sich sicher zu sein, dass es John war, den sie von Herzen liebte, war wundervoll.

John kam zu ihr und legte ihr seine Jacke um.

»Komm«, sagte er leise. »Wir gehen nach Hause.«

»Wo ist Simon?«

»Er ist fort.«

»Das ist gut.«

»Wieso ich?« John hatte alle Muskeln angespannt.

»Weil ich dich liebe, John. Ich wusste nur bisher nicht wie sehr. Es war ein weiter Weg, bis mein Herz erkannt hat, für wen es wirklich schlägt. Vielleicht musste ich erst in dieses Land kommen, um das zu begreifen. Ich gehöre zu dir. Für immer.«

Er sah sie an. Hob ihr Kinn mit dem Zeigefinger an und küsste sie.

»Ich habe das schon seit dem Tag gewusst, als ich dich bei den Hamiltons zum ersten Mal sah.«

»Ich hoffe, du kannst mir verzeihen, dass ich all die Jahre geschwiegen habe.«

»Ich wusste genug, Hazel. Und jetzt weiß ich, dass nichts mehr zwischen uns steht. Keine Geheimnisse aus der Vergangenheit. Es gibt nur die Zukunft und uns beide.«

Er legte ihr den Arm um die Schulter und sie gingen zu den Pferden. John nahm sie vor sich auf den Sattel und Hazel schmiegte sich an ihn.

Am nächsten Tag waren sie endlich wieder im Fort und in ihrem Zuhause. Hazel schlief fast zwei Tage durch. Als sie wieder aufwachte, teilte John ihr mit, dass Simon schon unterwegs nach Kalkutta war.

Hazel kümmerte sich wieder um den Haushalt. Sie vermisste Neela, und Sanjay bemühte sich, rasch ein neues Mädchen zu finden.

Nach dem schrecklichen Erlebnis auf der Plantage ritt Hazel, in der Woche nach ihrer Rückkehr, mit Sanjay heimlich zum Tempel im Dorf, um der Göttin für ihre Rettung zu danken. Und sie dankte ihr dafür, dass sie mit John einen so wunderbaren Ehemann besaß und endlich erkannt hatte, dass er die Liebe ihres Lebens war.

Einen Monat nach den schrecklichen Ereignissen erhielt Hazel einen Brief aus Kalkutta. Er war von Simon und enthielt nur eine kurze Nachricht, dass er Indien am Tag, auf den die Nachricht datiert war, verlassen hatte. In dem Umschlag steckte die kleine Seidenrose, die sie ihm einst geschenkt hatte. Hazel seufzte, als sie diese in ihren Fingern hielt, doch sie empfand es innerlich als Erleichterung. Sie wusste, er war fort aus ihrem Leben, aber er würde immer einen Platz in ihrem Herzen haben.

# Kapitel 17



**Juni 1818**

Es war Ende Juni des Jahres 1818. Hazel saß im Abendlicht draußen auf der Veranda im Schatten und wartete auf John. Sie hatte ihre schmerzenden Füße hochgelegt und fächelte sich Luft zu. Ihr war unerträglich heiß. Sie blickte auf, als sie hörte, dass sich ein Reiter näherte. Es war John, doch er war nicht allein. Shawn war bei ihm.

Die Männer stiegen ab, übergaben Sanjay die Pferde und kamen auf Hazel zu. Sie ordnete rasch ihr vorn halb geöffnetes Kleid und stand langsam auf. John kam zu ihr.

»Guten Abend, mein Liebling«, sagte er und küsste sie zärtlich auf die Wange. »Sieh mal, wen ich dir mitgebracht habe.«

»Shawn. Ist das schön, dich zu sehen.« Hazel streckte ihm beide Hände entgegen. »Ich würde dich ja umarmen, aber das ist in meinem Zustand nicht mehr so einfach«, lachte sie.

»Ja, es ist nicht zu übersehen. Wann ist es denn soweit?«

»In ein paar Wochen.«

»Ich kann es gar nicht abwarten unsere kleine Tochter im Arm zu halten«, sagte John und legte ihr die

Hand auf den Bauch. »Sie wird sicher so hübsch wie ihre Mutter.«

»Ich glaube ja, es wird ein Junge«, widersprach Hazel. »Er hat mir heute keine Ruhe gelassen und mich den ganzen Tag getreten. Da schon wieder.«

»Ja, ich kann es spüren«, lachte John.

Gita, das neue Mädchen, brachte frisch gemachte Limonade auf die Veranda und die Männer stillten ihren Durst.

»Ich habe Neuigkeiten«, sagte John ernst und sie setzten sich alle in die großen Korbstühle.

»Aus Kalkutta?« Hazel blickte ihn erwartungsvoll an.

»Nein. Vom Colonel. Er geht zurück nach England. Seine Frau hat ihn wohl endlich dazu überredet.«

»Oh. Wann?«

»Sie verlassen die Garnison in drei Wochen und Kalkutta in zwei Monaten«, erklärte Shawn.

»Wie schade, ich werde die beiden sehr vermissen.«

»Das glaube ich, aber willst du nicht wissen, wer sein Nachfolger wird?« John hatte ein freches Lächeln im Gesicht.

»Du?«

»Ja. Sie machen mich zum Colonel und das heißt auch, wir ziehen um in das Haus von Colonel Harley, direkt neben dem Fort. Dort haben wir auch mehr Platz für unsere kleine Familie. Harley hat seit dem Überfall der Pindari auf das Fort dort nicht mehr gewohnt, da es ja zum Teil zerstört war, aber er hat es wieder herrichten lassen.«

»Das ist wundervoll, John.«

»Und es ist noch nicht alles. Shawn übernimmt meinen bisherigen Posten.«

»Du wirst Major?«

»Ja.« Shawn nickte voller Stolz. »Aber es wird noch besser, Hazel.«

»Was könntet ihr noch für besser Nachrichten haben?«, lachte sie.

»Der Krieg gegen die Pindari ist vorbei. Die Truppen ihres Anführers Baji Rao II haben sich Sir John Malcolm ergeben. Sie waren unseren besser bewaffneten Männern auf Dauer eben nicht gewachsen. Die restlichen Kämpfer haben sich bereits in den Norden zurückgezogen«, erklärte Shawn.

»Wir haben hier also endlich Frieden?« Hazel blickte zwischen John und Shawn hin und her.

»Ja. Und ich hoffe, dieser Frieden hält, solange wir hier sind«, erklärte John.

Colonel Harley und seine Frau, die extra noch einmal aus Kalkutta gekommen war, gaben ein großes Abschiedsessen, bevor sie aufbrachen. Sie überraschten Hazel und John mit der Nachricht, dass sie den Großteil der noch vorhandenen Möbel zurücklassen würden.

Zwei Tage nachdem der Colonel und seine Frau abgereist waren und das Haus gereinigt und frisch gekalkt war, zogen John und Hazel um. Das Haus lag in Sichtweite zum Fort und war deutlich größer und kühler.

Hazel saß während des Umzugs nur in der kleinen Eingangshalle und schickte die Träger mit den Möbeln und Kisten in die jeweiligen Räume. Es war nicht viel. Das Leben, das sie bisher mit John geführt hatte, war eher bescheiden gewesen. Jetzt als Colonel würde er sicher öfter zu Gesellschaften eingeladen werden und sie würden mehr als einmal im Jahr in Kalkutta sein.

Der Umzug verlief gut und in den nächsten zehn Tagen lebten sich Hazel und John rasch in dem neuen Haus ein. Dann setzten bei Hazel die Wehen ein und mit Hilfe von Dr. Tyler wurde am frühen Abend Fiona Alice Stewart geboren.

Shawn, der auch Fionas Taufpate wurde, heiratete Anfang 1819 die Tochter eines der führenden Persönlichkeiten der East India Company. John war sein Trauzeuge. Sie verbrachten anlässlich der Hochzeit eine glückliche Woche in Kalkutta, die voll war von Erinnerungen an die Heimat.

Als der Monsun des Jahres 1819 schon lange vorüber war, spielte Hazel mit Fiona im Garten. Die Kleine saß auf dem Rasen und lachte vergnügt, wenn Hazel ihr einen kleinen Ball herüberrollte. Es war ein schöner Tag gewesen. Nicht zu heiß und die Luft war klar und duftete jetzt am Abend besonders intensiv nach den verschiedensten Blüten. Hazel ließ Fiona einen Moment allein auf dem Rasen und ging auf die Veranda, als sie das Geräusch eines sich nähernden Pferdes vernahm. Es war John. Er übergab es wie jeden Abend an Sanjay und kam direkt in den Garten, begrüßte Hazel mit einem zärtlichen Kuss und fragte: »Wo ist meine Prinzessin?«

Er zog seine Uniformjacke aus und gab sie Hazel.

»Sie wartet schon auf dich«, erwiderte sie und deutete mit einem Blick auf die Kleine.

John liebte seine Tochter über alles. Bevor sie *Mama* gesagt hatte, konnte sie schon *Dada* sagen. Manchmal war Hazel fast ein wenig eifersüchtig ob der vielen Aufmerksamkeit, die Fiona von John bekam.

John ging zu seiner Tochter, hob sie hoch und schwenkte sie im Kreis herum. Hazel liebte es, ihn so zu sehen. Wieder und wieder hob er Fiona hoch über seinen Kopf, bis sie vor Freude quietschte.

»Ich hole dir etwas zu trinken«, rief Hazel ihm noch zu und ging, um ihm seinen abendlichen Whisky zu holen, da Sanjay sich wie immer noch um das Pferd kümmerte und Gita in der Küche war.

Als sie wieder auf die Terrasse kam, weinte Fiona auf Johns Arm. Hazel sah, dass John völlig bewegungslos dastand, und etwas anstarrte. Hazel stellte den Whisky auf den Tisch und ging langsam auf ihn zu.

»John, was ist denn?«

»Komm nicht näher«, flüsterte er nur.

In diesem Moment konnte Hazel sehen, was er sah.

Hoch aufgerichtet stand vor ihm im Gras eine Kobra. Hazel entfuhr ein erstickter Schrei und sie hielt sich die Hand vor den Mund.

»Hol deine Pistole. Schnell, aber leise«, flüsterte John bestimmt.

Hazel lief ins Haus. Die Waffe war wie immer geladen oben im Schrank. Ihre Finger zitterten, als sie den Schlüssel ins Schloss steckte und den Schrank öffnete. Sie nahm die Pistole und eilte zurück in den Garten.

»Schieß. Aber schieß nicht daneben.« Johns Stimme bebte.

Hazel ging näher heran. Die Kobra war groß und aus dieser Entfernung würde sie das Tier nicht verfehlen.

Sie schoss. Der Rückschlag der Waffe riss ihren Arm nach oben, aber sie hatte getroffen und der zerfetzte Körper der Schlange fiel in sich zusammen.

John wandte sich langsam zu Hazel um. Sie zitterte am ganzen Körper. Sie fielen sich in die Arme, hielten einander fest und küssten Fiona, die immer noch weinte. Dann gingen sie langsam auf die Terrasse, während Gita und Sanjay angerannt kamen.

»Was passiert, Sahib?«, fragte der treue Diener.

»Eine Kobra«, erklärte John nur und deutete mit einem Blick auf die Stelle. »Schaff sie weg.«

Gita schrie auf, als Sanjay das tote Tier anhob.

»Sehen Sie, Memsahib. Jetzt wissen Sie, dass es gut war, der Göttin im Tempel zu opfern. Sie hat Sie beschützt«, sagte er und trug die tote Schlange weg.

»Du hast der Göttin geopfert?«, fragte John verständnislos.

»Ja. Das habe ich. Der Göttin Lakshmi im Tempel im Dorf. Einige Male jedes Jahr seit wir hier sind«, gestand Hazel.

John schüttelte den Kopf.

»Das ist zwar nicht christlich, aber es scheint geholfen zu haben«, seufzte er leise.

Hazel ließ sich auf der Veranda schwer in einen Stuhl fallen. John gab ihr Fiona, die immer noch weinte und Hazel wiegte sie in ihren Armen.

»Oh Gott, John. Das ist jetzt das zweite Mal, dass Fiona so in Gefahr war«, sagte sie leise.

»Das zweite Mal?«, fragte John.

»Ja«, gestand Hazel. »Vor drei Wochen fand ich eine riesige Spinne in ihrem Bettchen und einer der Affen war neulich in ihrem Zimmer.«

»Und das sagst du mir jetzt erst?«

»Ich wollte dich nicht beunruhigen.«

»Unser Kind ist hier nicht sicher, Hazel. Ich möchte, dass du mit ihr nach Kalkutta gehst.«

»Ohne dich?«

»Ja. Wenigstens für eine Weile. Ich werde alles veranlassen.«

»Aber ich will nicht weg von dir.«

»Du musst an unser Kind denken, Hazel.«

Eine Woche später reiste Hazel von einer Eskorte begleitet nach Kalkutta. Sie wohnte dort bei den Fishers. Die Stadt war voller Leben und sie besuchte mit Olivia und Cornelius oft Gesellschaften und Empfänge, doch Hazel vermisste John unendlich. Vor allem wenn Fiona *Dada* sagte und ihre Ärmchen ausstreckte.

Die erlösende Nachricht kam zwei Monate später. John hatte, auf seine Bitte hin, den Befehl erhalten, nach Schottland zurückzukehren, wo er das Kommando über die Festung von Edinburgh erhalten würde. Hazel hatte anfänglich Bedenken, mit Fiona die lange Heimreise mit dem Schiff anzutreten, aber Mrs Fischer hatte ihr versichert, dass das Kind alt genug war und sie selbst mit ihren damals kleinen Kindern die Reise nach Indien gewagt hatte.

# Kapitel 18



**Schottland 1820**

Hazel konnte das Land im Nebel schon riechen, als sie vor der englischen Küste waren und sie weinte, als sie wieder auf heimatlichem Boden stand. Auch John war tief ergriffen. Noch nie in seinem Leben war er so lange fort gewesen von der Heimat. Fiona hatte die Reise bestens überstanden. Sie hatte auf dem Schiff richtig Laufen gelernt und alle Offiziere quasi um den Finger gewickelt. Die Männer hatten eine Schaukel für sie in der Messe gebaut und immer mit Argusaugen auf sie aufgepasst. Das Kind weinte, als sie von Bord gingen und Hazel und John konnten nicht umhin zu Lachen.

»Deine Tochter heiratet sicher mal einen Seemann«, kicherte Hazel.

»Das kommt sicher aus deiner Familie. Fischer. Nicht wahr?«, lästerte John.

Fiona fand es überhaupt nicht lustig und weinte noch mehr. Erst als sie am Abend zu müde war, beruhigte sie sich.

Bereits am nächsten Tag reisten sie von Portsmouth über London Richtung Schottland. Das Schaukeln der Kutsche schien Fiona zu gefallen, denn sie war die ganze Fahrt über ausnehmend brav. Nach langen sieben Reisetagen mussten sie in Edinburgh noch eine Nacht in einem Inn verbringen, denn der Schlüssel für das Haus war bei einem Anwalt hinterlegt und sie waren mitten in der Nacht angekommen.

John musste sich am nächsten Morgen direkt in der Festung melden und so war Hazel allein. Sie atmete tief ein, als sie aus der Kanzlei, in der sie die Schlüssel für das Haus abgeholt hatte, hinaus auf die Straße trat. Fiona lief an ihrer Hand neben ihr. Sie ging die Straße hinunter, in der die Zeit scheinbar stehen geblieben war. Als sie dem Haus näher kam, nahm Hazel Fiona auf den Arm und beschleunigte ihre Schritte. Schließlich öffnete sie die kleine Gartentür, schloss vorsichtig die Haustür auf und ging hinein. Das Haus roch eigenartig nach jenem Geruch, den Häuser annehmen, wenn sie noch voller Möbel sind, aber lange nicht bewohnt waren. Die Gardinen waren zugezogen und es gab ein eigentümlich düsteres Licht. Die weißen Tücher über den Möbeln wirkten geradezu gespenstisch.

Hazel seufzte. Sie ging in den Salon, setzte Fiona auf den Boden und öffnete die Vorhänge. Die Februarsonne erhellte den Raum. Wie in einem Rausch öffnete Hazel hastig alle Vorhänge und in fast jedem Raum ein Fenster bis hinauf in den zweiten Stock, bis der Wind durch das Haus blies, die Vorhänge zum Flattern brachte und es wieder zu leben begann. Von draußen war die Musik eines Dudelsacks zu hören. Hazel lief zu einem der Fenster und blickte auf die Straße. Edinburgh hatte sich in all der Zeit bis auf die New Town nicht verändert. Es war wie es war und wie es immer sein würde. *Die Stadt ist wie ein Fels in der Brandung meines Lebens,* dachte Hazel und atmete den würzigen Duft ein, den der Wind über das Meer trug. Edinburgh war nun wieder ihr Zuhause. Aber war es das wirklich? Sie blickte über die Dächer der Stadt. Drüben im Westen, dort wo nur ein paar Tage entfernt die Westküste war, das kleine Haus am Meer und Broom Park, das sie nie hatte vergessen können. Es war eigenartig. Sie hatte geglaubt, sie würde Simon noch immer vermissen, doch seit ihr bewusst geworden war, dass es John war, den sie wirklich liebte, hatte sie, wenn sie an Schottland gedacht hatte, immer an Broom Park gedacht, nicht mehr an Simon. Es war das Haus, nicht er, wonach sie sich jetzt sehnte.

Sie war noch ganz in Gedanken, als es heftig an der Haustür klopfte. Hazel ging hinunter und öffnete.

»Willkommen zu Hause«, sagte eine lange vergessene aber irgendwie vertraute Stimme und Hazel schrie leise auf.

Vor ihr stand Sally, ihre alte Freundin aus ihrer Zeit als Hausmädchen auf Broom Park. Hazel fiel ihr mit Tränen in den Augen um den Hals. Eben hatte sie an das Haus gedacht und jetzt stand Sally vor ihr, wie ein Geist aus alter Zeit.

»Ist ja gut, Hazel. Ist ja gut.« Sally versuchte sie zu beruhigen.

»Woher wusstest du, dass ich ... ich meine ...«, stotterte Hazel.

»Ich wusste es nicht. Jedenfalls nicht, dass du heute kommst. Aber ich habe seit zwei Wochen jeden Tag nach dem Haus gesehen, seit ich den Brief von deinem Mann bekommen habe.«

»John hat dir geschrieben?« Hazel seufzte.

»Ja. Das hat er. Schon vor einer ganzen Weile.«

»Wie und wo hat dich denn sein Brief erreicht? Ich wusste selbst doch gar nicht, wo du bist.«

»Oh, das ist ein wenig kompliziert, Hazel. Du warst gerade weg aus Edinburgh, als ich meinen Taugenichts von Ehemann verlassen habe. Über Miles Denby erfuhr ich später, dass du hier bist oder warst. Ich traf eine sehr nette Dame vor eben diesem Haus hier. Es war Edna Napier – Gott hab sie selig.«

»Edna ist tot?« Hazel versagte die Stimme.

»Ja. Sie starb im letzten Winter. Das Herz.«

Hazel schluckte betroffen.

»Sie wusste, wer ich bin, als ich ihr meinen Namen nannte, und sie hat mir alles erzählt. Schließlich hat sie mir auch noch eine Stellung verschafft.«

»Dir auch?«

»Ja. Ich weiß inzwischen von einigen Frauen hier in der Stadt, die ihr sehr viel verdanken. Sie war ein wundervoller Mensch.«

»Ja. Das war sie.« Hazel blickte traurig auf den Fußboden.

»Na ja. Der Brief von deinem Mann war auch eigentlich für Edna bestimmt und ist dann bei mir gelandet. So habe ich erfahren, dass du zurückkommst. Jetzt weißt du, wie ich hierherkomme. Aber sag endlich! Wo ist sie? Ich möchte deine kleine Tochter unbedingt sehen.«

Hazel rief nach ihrer Fiona und kurz darauf blickten zwei große dunkle Kinderaugen aus einem kleinen Lockenkopf vorsichtig um die Ecke der Tür zum Salon und eroberten Sallys Herz im Sturm.

»Hunger«, sagte Fiona nur.

»Ach du je«, entfuhr es Hazel. »Es ja nichts im Haus. Ich muss unbedingt zum Markt.«

»Wir gehen zum Markt. Alle zusammen«, erklärte Sally. »Du wirst eine Hausdame brauchen, oder willst du hier alles alleine machen?«

»Eine Hausdame?«

»Ja. Jemand, der sich hier um alles kümmert.«

»Heißt das etwa, du ... du willst das machen?« Hazel machte einen kleinen Freudensprung.

»Ja. Wenn du mich einstellst, würde ich das sehr gerne tun.«

»Aber du bist meine Freundin. Ich will nicht, dass du für mich arbeitest.«

»Aber ich möchte es und ehrlich gesagt, ich brauche die Arbeit auch. Meine jetzige Stellung ist nicht schlecht, aber ich bin nur eine von drei Hausmädchen und ich möchte mehr tun.«

Sie sahen sich einen Moment lang an.

»Also gut. Aber versprich mir, dass der Umstand, dass du für John und mich arbeitest, niemals unsere Freundschaft beeinflusst.«

»Das verspreche ich gerne«, lachte Sally. »Und jetzt lass uns gehen.«

Die Frauen gingen einkaufen. Es war so viel, dass sie einen der Händler baten, ihnen die Sachen mit dem Karren nach Hause zu fahren. Dort räumten sie alles ein, Sally machte Tee und eine warme Milch für Fiona.

Sie saßen noch immer zusammen, als John von seiner Rückmeldung in der Festung zurückkam.

Hazel öffnete die Tür, als er klingelte.

»Hast du Besuch?«, fragte er sofort, als er den fremden Mantel an der Garderobe hängen sah.

»Ja. Komm. Ich möchte dir jemanden vorstellen.«

Sie gingen in den Salon.

»Sally. Darf ich vorstellen: mein Mann. Colonel John Stewart. John, dies ist Sally ... meine Freundin aus alten Tagen. Sie wird unsere Hausdame.«

Sally war aufgestanden und knickste, als John auf sie zukam.

»Die berühmte Sally also. Hazel hat mir von eurer Freundschaft erzählt. Ich bin froh, wenn ich sie hier nicht alleine im Haus weiß und sie glücklich ist«, lachte John.

Damit war Sally eingestellt.

Mit ihrer Hilfe gewöhnte sich Hazel in den darauffolgenden Wochen rasch wieder an das Haus und an die Stadt. Sally war eine echte Perle und John bestand darauf, dass sie alle zusammen abends am selben Tisch aßen.

Als es endlich Frühling in Edinburgh wurde und das Wetter immer schöner und stabiler, kreisten Hazels Gedanken mehr und mehr um ihr früheres Zuhause an der Westküste. Sie fragte sich, ob das junge Ehepaar noch immer im Haus ihrer Kindheit wohnte, ob es noch genug Fische gab draußen in der Bucht und in manchen Nächten träumte sie, sie säße oben in der Heide und wartete auf das kleine weiße Segel unten in der Bucht. Oft ging sie an den Tagen danach mit Fiona und begleitet von Sally auf den Calton Hill, von wo man das Meer sehen konnte.

Es war Ende Mai, als ein Bote ein Päckchen brachte. Es war an John adressiert und sah ziemlich mitgenommen aus, so als hätte es eine lange Reise hinter sich.

Hazel nahm es und stellte es im Salon auf den Kaminsims, wie sie es immer mit seiner Post tat.

John kam spät an diesem Abend und er ließ das Päckchen stehen bis nach dem Dinner. Dann holte er es an den Tisch und öffnete es.

»Von wem ist es?«, fragte Hazel, als sie Fiona ins Bett gebracht hatte. Sie setzte sich in den Sessel und nahm die Stickerei, die dort lag und setzte die Nadel an.

»Ich weiß es nicht«, entgegnete John und nahm einen kleinen Beutel und einen Brief ohne Absender darauf aus dem Päckchen. John öffnete den Beutel und kippte den Inhalt in seine Hand.

Hazel sah von ihrer Stickerei auf.

»Das sind Guineas. Sicher fünfzig Pfund«, sagte John. »Wer in aller Welt schickt mir so viel Geld?«

John brach das Siegel des Briefes, in dem sich ein weiterer Brief befand, und las.

Dabei machte er ein sehr ernstes Gesicht.

»Was hast du? Schlechte Nachrichten?«, fragte Hazel besorgt und kam zu ihm.

»Nein, nein, im Gegenteil.« John sah sie an. »Setz dich«, gebot er ihr.

»Ich ... aber was ...?«

»Setz dich einfach, Hazel.«

Sie tat es und er reichte ihr den Brief.

Hazel las.


*Baltimore den 15. März 1820*


*Verehrter Freund (ich hoffe Sie erlauben mir, dass ich Sie so nenne),*
*vor langer Zeit gaben Sie mir eine Summe von zwanzig Pfund Sterling. Dieses Geld war damals ein Vermögen für*

*mich. Es hat mir die Reise nach Amerika ermöglicht, wo ich mittlerweile ein gutgehendes Geschäft aufgebaut habe. Ohne Ihre Hilfe wäre mir das nicht möglich gewesen. Ich erlaube mir daher, Ihnen die entsprechende Summe mit einem entsprechenden Gewinn zurückzuzahlen.*
*Ich werde Ihnen nie vergessen, was Sie an diesem Tag für mich getan haben und ich weiß, Sie haben Ihr Versprechen gehalten und sich nicht nur um meine Schwester gekümmert, sondern sie geheiratet. Dafür bin ich Ihnen ewig dankbar.*
*Ich weiß nicht, wann und wo Sie dieser Brief erreicht, denn nach meinen letzten Informationen sind Sie und Hazel in Indien.*
*Der beigefügte Brief ist für Hazel.*

*Ihr Freund*
*Alistair MacAllen*
*MacAllen Ltd.*
*Slateimports*
*Kingsdrive 25*
*Baltimore*

Hazel zitterten die Finger. Der Brief war wirklich und wahrhaftig von Alistair und er war noch keine drei Monate alt.

»Oh mein Gott«, brachte sie nur heraus.

»Der hier ist an dich direkt adressiert«, sagte John und reichte ihr den zweiten, noch verschlossenen Brief.

Hazel brach das Siegel auf und begann zu lesen.

*Liebste Hazel,*

*es ist viel Zeit vergangen und ich muss dich nach all den Jahren endlich um Verzeihung bitten. Vergib mir:*

*dass ich nicht besser auf Colin geachtet habe,*

*dass ich Mutter nicht retten konnte,*

*dass ich dich gezwungen habe, mit nach Edinburgh zu gehen,*

*und dass ich mich immer wie ein Widerling benommen habe.*

*Bitte glaube mir, dass ich immer nur dein Bestes wollte. Ich wollte dich vor allem und jedem beschützen. So bin ich nun mal.*

*Ich habe viele Fehler gemacht, Hazel, und ich habe jetzt erst gelernt, was Liebe ist, und was sie bewirken kann. Ich habe hier in Baltimore eine wunderbare Frau und zwei Söhne, Colin und Alistair jr. Sie würden dir gefallen.*

*Wo auch immer du jetzt bist, ich hoffe und bete, dass du so glücklich bist wie ich.*

*Du wirst in Gedanken immer bei mir sein, wie du es immer warst in all der Zeit.*


*In Liebe*
*Dein Bruder Alistair*


Hazel weinte hemmungslos, ihre Tränen tropften auf das Papier und verwischten die Tinte.

»Alistair lebt«, sagte sie mit zitternder Stimme.

John kam zu ihr und schloss sie in die Arme. Dann reichte er ihr sein Taschentuch und sie trocknete ihre Tränen.

»Ich werde ihm sofort schreiben. Er muss erfahren, dass ich wieder hier bin und nicht mehr am anderen Ende der Welt.«

»Tu das, Liebes. Aber erst morgen früh.« John ging an den kleinen Tisch, auf dem die Karaffe mit dem Whisky stand und goss ein Glas ein. »Hier trink das. Ich glaube, das kannst du jetzt vertragen«, sagte er und reichte es Hazel.

Hazel schlief unruhig in dieser Nacht. Alistairs Brief hatte alle Erinnerungen wieder zum Leben erweckt und die Westküste war in ihren Träumen so lebendig wie lang nicht mehr.

Am nächsten Morgen erzählte sie Sally von dem Brief und bat sie mit Fiona einen Spaziergang zu machen. Sie wollte Alistair schreiben. Sie setzte sich in die kleine Bibliothek, nahm Papier und Feder aus dem Schreibtisch. In den nächsten Monaten wartete sie jedoch vergeblich auf eine Antwort.

Es wurde Ende Juli und Hazels Sehnsucht, an die Westküste zu fahren wurde fast unerträglich. Auch die kleinen Teegesellschaften für die Damen am Nachmittag waren keine Ablenkung. Sie freute sich daher sehr, als eine Einladung zu einer abendlichen Geburtstagsfeier bei einem von Johns Freunden kam. Am Abend der Feier, als Sally ihr wie früher die Haare aufsteckte, musste Hazel an ihre erste Begegnung mit Simon und an den letzten schicksalhaften Ball auf Broom Park denken. Die Erinnerungen daran wurden auf dem Fest am Abend noch stärker und Hazel hatte Mühe, den Gesprächen mit Frank Matheson und seiner Frau, die Hazel noch als Miss Brodie kennengelernt hatte zu folgen. Frank tanzte mit Hazel einige Male und er und seine Frau machte sie mit Gästen bekannt, die Hazel noch nicht kannte, während John in wichtige Gespräche mit den Herren vertieft war.

Plötzlich sprach Hazel hinter ihrem Rücken eine Stimme an, die ihr seltsam vertraut schien.

»Würden Sie mir den nächsten Tanz gewähren, Madame?«

Hazel wandte sich um und wäre demjenigen, der sie angesprochen hatte am liebsten um den Hals gefallen. Stattdessen kämpfte sie gegen ihre Tränen an, reichte ihm nur beide Hände und sagte:

»Es wird mir eine Freude sein, Miles.«

Miles Denby führte sie auf die Tanzfläche und sie tanzten nur schweigend ein paar Runden Walzer, bevor er sie wortlos in den Garten hinaus geleitete. Hazel blickte ihn an, als sähe sie einen Geist.

»Ich kann es noch immer nicht glauben«, sagte er und setzte sich zu ihr auf eine Bank. Seit wann sind Sie wieder zurück aus Indien?«

»Schon seit ein paar Monaten«, erklärte Hazel.

»Sie müssen mir alles erzählen. Ich weiß kaum etwas von dem, was in Indien passiert ist.«

»Hat Simon denn nichts erzählt?«

»Nein. Nicht viel.« Miles Blick war traurig.

»Wie geht es ihm?«, fragte sie ihn.

»Sie wissen es nicht? Haben Sie meinen Brief nicht bekommen?« Miles Gesichtsausdruck wurde plötzlich sehr ernst. »Aber nein ... Sie waren ja wahrscheinlich schon auf der Rückreise von Indien.« Er starrte auf den Boden.

»Was?« Hazel stockte der Atem.

»Simon ist ... er ist tot«, brachte Miles stockend heraus.

Hazel schossen die Tränen in die Augen.

»Oh, Gott. Nein.« Sie konnte kaum atmen.

Miles nahm sie in die Arme und Hazel weinte sich an seiner Schulter aus.

»Darf ich fragen, was hier vor sich geht?« John stand vor ihnen.

»John«, sagte Hazel nur leise.

Miles stand auf.

»Vergeben Sie mir, Sir«, sagte er. »Ich bitte um Verzeihung. Ich wollte ...«

John hob nur die Hand und Miles schwieg.

»Hazel. Gibt es da etwas, dass du mir erklären willst?«, fragte John bitter.

»Dies ist Miles Denby. Simons Bruder.«

»Simons Bruder«, wiederholte John und musterte Miles kritisch.

»Ja. Der bin ich. Und Sie sind sicher Colonel Stewart. Es ist mir eine Ehre«, sagte Miles und hielt John die Hand hin.

John zögerte noch.

»Eine Ehre. Nun damit es mir eine Ehre ist, müssen Sie mir schon erklären, warum ich Sie und meine Frau hier draußen allein und in dieser Situation vorfinde«, sagte John ernst.

»Miles hat mir eben gesagt, dass Simon tot ist.«

»Tot?« Johns Gesichtsausdruck wandelte sich.

»Ja«, erklärte Miles. »Er wurde vor vier Monaten in der Nähe von Broom Park aufgefunden. Niemand weiß, was passiert ist. Ich dachte, Sie wüssten, dass er nicht mehr lebt.«

»Nein. Ich hatte keine Ahnung«, erklärte John. »Es tut mir leid, das zu hören. Verzeihen Sie, dass ich so barsch war.« Er hielt Miles die Hand hin.

»Entschuldige, John«, sagte Hazel leise zu ihrem Mann. »Ich hoffe du verstehst.«

»Ich mache dir keinen Vorwurf. Ich weiß, wie sehr du dich in den letzten Monaten nach deiner alten Heimat gesehnt hast, und jetzt noch diese Nachricht.«

Hazel blickte ihren Mann an. Sie hatte geweint, weil der Mann, den sie einst geliebt hatte, tot war und sie wusste, dass John das wusste. Sie nahm seine Hand.

»Ich möchte nach Hause«, sagte sie nur leise.

»Darf ich Sie morgen besuchen, Hazel?«, fragte Miles.

Hazel nickte nur.

Sie verließen die Gesellschaft.

Hazel schmiegte sich an John, als sie ins Bett kam.

»Ich danke dir«, sagte sie leise.

»Wofür?«

»Für deine Liebe.«

John küsste ihr Haar.

»Schlaf, Hazel«, sagte er nur.

# Kapitel 19

Miles schickte am nächsten Morgen einen Boten und bat um Nachricht, wann er kommen dürfe. Hazel und John luden ihn daraufhin zum Abendessen ein. Während des Essens waren alle recht schweigsam und vermieden es, über die Vergangenheit zu sprechen.

Danach setzten sie sich in den Salon und Miles bestand darauf, dass John und Hazel ihm zunächst berichteten, was sich in Indien abgespielt hatte. Miles hörte aufmerksam zu.

»Unsere Familie wird ewig in Ihrer Schuld stehen, Hazel. Alan wäre ohne Sie nicht mehr am Leben oder in Indien verschollen. Ich weiß nicht, wie ich Ihnen danken soll«, sagte er sehr ernst, als er alles gehört hatte und blickte Hazel an.

»Miles, wie ... ich meine ... was ist mit Simon ...?«, fragte Hazel stockend.

»Ich wünschte, ich könnte diese Frage beantworten, aber niemand weiß, was passiert ist. Man hat Simon mit einer Kopfverletzung tot aufgefunden, drei Meilen von Broom Park entfernt. Sein Pferd war ohne ihn zurückgekommen. Es war vermutlich ein Reitunfall«, erklärte Miles.

»Aber Simon war ein so guter Reiter. Das klingt nicht nach ihm!« Hazel schüttelte ungläubig den Kopf.

»Um ehrlich zu sein, ich glaube auch nicht, dass es ein Reitunfall war, auch wenn seine Verletzungen danach ausgesehen haben«, erklärte Miles sehr ernst. »Ich denke, es steckt mehr dahinter. Nur fürchte ich, wir werden nie erfahren, was wirklich passiert ist.«

»Hat er seine letzte Ruhe in Broom Park gefunden?«

»Nein. Wir haben ihn auf dem Familienfriedhof in Green Hights beigesetzt.«

Hazel atmete schwer.

»Wie geht es Alan? Wie verkraftet er es?«, fragte sie dann.

»Es ist noch zu klein, um es zu verstehen. Meine Verlobte und ich kümmern uns um ihn«, erklärte Miles. »Wenn wir in ein paar Monaten heiraten, werde ich ihn als meinen Sohn annehmen.«

Hazel schwieg einen Moment und senkte den Blick.

»Simon hat mir übrigens anvertraut, dass Alan nicht sein Sohn ist, sondern der Sohn Ihres Bruders. Und da er demnach Ihr Neffe ist, dürfen Sie ihn natürlich besuchen, wann immer Sie wollen, Hazel«, sagte Miles.

Hazel grübelte einen Moment und seufzte leise. Sollte sie es ihm sagen? Es war das letzte Geheimnis, das sie nicht einmal John anvertraut hatte.

Es wurde Zeit, dass die ganze Wahrheit endlich auch hier ans Licht kam. Sie seufzte kaum hörbar.

»Das ist nicht alles. Colin war auch Simons und Ihr Bruder«, sagte sie leise.

»Was?« Miles fuhr auf.

»Nun, Ihr Vater war auch Colins Vater«, erklärte Hazel. »Meine Mutter ... sie und Ihr Vater ... sie hatten ...«

»Oh mein Gott«, sagte Miles nur. »Sind Sie sicher?«

»Meine Mutter hat es mir anvertraut, kurz bevor sie starb«, nickte Hazel.

»Jetzt verstehe ich endlich, warum es Simon damals so getroffen hat, als Ihr Bruder in der Scheune ums Leben kam.«

»Nein. Er wusste es zu dem Zeitpunkt noch nicht. Ich habe es ihm erst in Indien gesagt, als wir auseinandergingen. Simon dachte damals, er hätte Colin umgebracht. Aber es war ein Unfall. Ich war dabei. Ich habe es gesehen. Nur weil ich meinem Bruder gesagt habe, dass Simon und er Brüder sind, ist er gestürzt.« Hazel kämpfte mit den Tränen.

»Warum hast du mir das nie erzählt?«, fragte John seine Frau und legte seine Hand auf ihre.

»Ich weiß nicht.« Hazel konnte kaum atmen. »Ich denke, es war nie der richtige Zeitpunkt. Ich wollte alles, was damals geschehen ist, nur vergessen.«

»Sie haben dieses Geheimnis meiner Familie all die Jahre für sich behalten, Hazel. Ich danke Ihnen«, sagte Miles ernst.

»Ich werde es auch weiter bewahren, Miles. Niemand außer uns hier wird je davon erfahren.«

»Das ist gut.« Miles nickte und stand auf. »Ihre Loyalität gegenüber unserer Familie ehrt Sie, Hazel. Das ist wohl auch einer der Gründe, warum Simon Sie in seinem Testament bedacht hat.«

»Er hat mir etwas vererbt?«

»Ja. Im Testament schrieb er, dass Sie eine jährliche Summe von zweihundertfünfzig Pfund erhalten sollen dafür, dass Sie in Indien so geholfen und Alan gerettet haben. Ich denke allerdings, er wollte es auch als eine Art Wiedergutmachung für das, was Ihnen alles passiert ist. Für den Verlust Ihres Bruders und Ihrer Mutter. Er fühlte sich immer noch dafür verantwortlich.«

»Zweihundertfünfzig Pfund?« Hazel konnte es kaum glauben. Das war ein kleines Vermögen.

Miles nickte nur.

»Ich glaube, ich könnte jetzt einen Drink vertragen«, sagte John. Er stand auf und goss drei Gläser mit Whisky halbvoll und reichte Hazel und Miles je ein Glas.

»Lassen wir die Vergangenheit ruhen«, sagte John.

Sie tranken.

»Leider kann ich das noch nicht ganz«, sagte Miles traurig. »Ich werde in den nächsten Tagen nach Broom Park reisen. Ich erwarte einen Käufer für das Haus.«

»Einen Käufer?« Hazel blickte ihn entsetzt an. »Aber ... Sie können es nicht verkaufen!«

»Doch, das kann ich. Ich bin nicht an Simons Versprechen an meinen Vater gebunden, in Broom Park zu leben. Und mein Leben ist in Green Hights, nicht in Broom Park, das war es nie und ich will und kann das Haus nicht behalten.«

»Kann ich es wenigstens noch einmal sehen?«, fragte Hazel betroffen.

»Du willst dort wirklich noch einmal hin?« John hatte die Stirn gerunzelt. »Gibt es dort nicht zu viele schmerzliche Erinnerungen für dich?«

»Nein. Es sind auch schöne Erinnerungen und ich ... ich glaube, wenn ich nicht hinfahre, werde ich mich nie von ihnen lösen können. Ich muss endlich wirklich Abschied nehmen, John. Sonst werde ich nie frei sein«, erklärte Hazel ernst.

»Also gut. Wir werden an die Westküste fahren, wir alle zusammen. Du und ich, Fiona und Sally«, sagte John bestimmt.

»Du kommst mit?« Hazel war sehr überrascht von dieser Entscheidung.

»Natürlich. Erstens lasse ich dich nicht alleine reisen und zweitens will ich endlich wissen, wo du herkommst, Mrs Stewart. Außerdem stammen die Stewarts ursprünglich aus der Gegend und ich muss zu meiner Schande gestehen, dass ich noch nie da war. Und obwohl ich Schotte bin, war ich wohl länger in Frankreich und Spanien im Krieg als in den Highlands.«

Drei Tage darauf stellte Miles Denby ihnen beiden seine Verlobte Madeleine vor, die auch Alan mitbrachte, und sie fuhren mit zwei Kutschen in Richtung Westen. Je höher sie hinauf in die Berge kamen, umso unruhiger wurde Hazel. In der Nacht, die sie in dem Inn in Bridge of Orchy, in dem sie einst mit Alistair gewesen war, verbrachten, schlief sie kaum.

Als sie am nächsten Morgen das Rannoch Moor erreichten, öffnete Hazel das Fenster und lehnte sich hinaus. Die Luft duftete herrlich.

»Anhalten!«, rief sie irgendwann dem Kutscher zu. »Halten Sie an!«

Der Wagen hielt und Hazel stieg aus.

»Wo willst du hin?«, fragte John und folgte ihr.

Sally blieb mit Fiona in der Kutsche.

Hazel ging von der Straße hinunter ein Stück ins Moor hinein.

»Sei vorsichtig«, rief John ihr nach.

Hazel lachte nur. Sie bückte sich, pflückte ein paar Pflanzen und kam zurück zur Kutsche.

»Was ist das?«, fragte John sie.

»Das ist der Duft der Highlands.«

Sie zerrieb die schmalen Blätter einer kurzen Pflanze mit harten Stängeln mit den Händen und sog den würzigen Duft ein. Dann ließ sie John daran riechen.

»Hmmm«, sagte er. »Das riecht sehr gut.«

»Das ist Bog Myrtle«, erklärte Hazel. »Und hier, riech mal an der Glockenheide.« Sie hielt John die intensiv süß duftenden Blüten unter die Nase.

»Wir sollten weiterfahren, Sir«, sagte der Kutscher von oben herunter. »Ich kann den anderen Wagen kaum noch sehen.«

Sie stiegen wieder ein. Der Kutscher trieb die Pferde an und sie holten den Wagen von Miles rasch wieder ein.

Als sie das Rannoch Moor durchquert hatten, wand sich die Straße zwischen die mächtigen Gipfel der Highlands hinein und sanft abfallend in das Tal von Glen Coe herunter.

Wie lange war es her, dass Hazel diesen Bergen einen letzten Blick zugeworfen hatte, als sie mit Alistair nach Edinburgh gefahren war. Sie biss sich auf die Lippen. Als sie unten Loch Leven, und damit das Meer erreichten, fragte sie sich, wie damals, als sie auf der Suche nach Simon hergekommen war, ob ihre Entscheidung, hierher zu fahren, wirklich gut gewesen war.

Sie folgten der schmalen und schlechten Straße nach Süden, vorbei an Ballachulish dem winzigen Dorf, neben dem der Schiefersteinbruch wie eine klaffende dunkle Wunde im Berg zu sehen war.

Schließlich hielten die Wagen und das große schmiedeeiserne Tor von Broom Park wurde vor ihnen geöffnet. Hazel wagte nicht mehr, aus dem Fenster zu sehen. Sie bebte innerlich. John nahm ihre Hand und drückte sie wortlos. Als die Kutsche anhielt, half John Hazel aus dem Wagen und nahm ihr Fiona ab, die lachte, als sie das Haus sah.

Hazel blieb einen Moment stehen.

Es sah alles aus wie damals, genauso, wie sie es in Erinnerung gehabt hatte. Sie folgte Miles und den anderen ins Haus. In der Halle blieben sie stehen. Es war einen Moment totenstill und die Leere des Hauses wirkte auf Hazel beklemmend. Wie von einer unsichtbaren Kraft gezogen, ging sie, ohne auf die anderen zu warten, direkt in den Ballsaal. Dort blieb sie stehen. Sie sah, wie bei ihrem letzten Besuch, alles wieder vor sich. Den Ball, als Simon mit ihr getanzt hatte. Dann Alice. Sie sah Colin in der Scheune fallen. Doch diesmal hatte sie nicht mehr das Gefühl an all dem zu ersticken. Sie hatte jetzt Kraft genug, mit diesen Erinnerungen zu leben. Sie waren ein Teil von ihr und das würden sie immer sein. Aber sie erdrückten sie nicht mehr. Hazel ging langsam zu den großen Fenstertüren, öffnete eine und ging hinaus in den Park.

Vor ihr lag die Landschaft ihrer Kindheit. So vertraut und trotzdem irgendwie eigenartig fern. Der Blick vom Park aus reichte nach Westen weit den Loch Linnhe hinunter. Unten am Fuße der grünen Hügel, auf denen die Schafe weideten, klatschte das Meer wie eh und je weiß schäumend gegen die grauen Felsen. Das Castle Stalker, auf seinem winzigen Eiland im Meer, ragte noch immer mit seinem eckigen Turm trotzig in den Himmel und die Berge auf der Isle of Mull im Westen schienen zum Greifen nahe, wie immer an einem klaren Tag.

»Es ist wirklich wunderschön hier«, sagte John, der ihr gefolgt war.

Hazel blickte zu ihm auf.

Sie erklärte ihm alles und der Rest ihrer unterschwelligen Anspannung löste sich vollends.

»Wo ist Fiona?«, fragte sie ihn.

»Bei Sally und Madeleine. Du solltest sehen, wie sie und Alan miteinander spielen«, lachte John.

»Es ist schade, dass wir Alan nicht zu uns nehmen können.« Hazel seufzte.

»Ja. Ich glaube es würde eine Menge Fragen aufwerfen, wenn wir das täten. Und er ist glücklich bei Miles und Madeline.«

»Das ist das Einzige, was zählt.«

John legte seinen Arm um Hazel und sie schmiegte sich an ihn.

»Glaubst du, wir können uns einen Moment fortstehlen?«, fragte sie leise.

»Wo willst du hin?«

»Dir das Haus zeigen, in dem ich geboren wurde. Es ist nicht weit.«

»Ich sagte Miles, dass wir gehen. Er wird bleiben wollen. Die Familie, die das Haus kaufen will, wird bald hier sein.«

John ging. Hazel atmete tief durch.

Sie wartete vor dem Haus auf John. Als er zu ihr kam, gingen sie gemeinsam die Einfahrt hinunter und Hazel suchte nach dem alten, vertrauten Pfad. Er war zugewachsener als früher, aber immer noch da.

John folgte ihr.

Als sie um die Biegung bog und endlich das Cottage in Sicht kam, entfuhr ihr ein Schrei.

»Hazel?« John war sofort bei ihr.

Sie biss sich auf die Fingerknöchel.

John ahnte warum. Unten, nicht weit vom Meer, standen die Reste eines abgebrannten Cottages. Der Kamin ragte schwarz und einsam in die Höhe wie ein mahnender Finger. Das Dach war fast völlig eingestürzt und die Mauer verfallen. Es sah wahrlich traurig aus.

Hazel blickte ihn mit Tränen in den Augen an.

»Ist es das?«, fragte er.

Sie nickte nur und er schloss sie in die Arme.

»Lass uns zurückgehen«, sagte er sanft, als sie sich beruhigt hatte.

Hazel wischte sich die Tränen weg. Sie hatte Abschied nehmen wollen. Das musste sie jetzt tun, wenn auch auf schmerzlichere Art, als sie gedacht hatte. Aber war es nicht vielleicht sogar besser so? Was wäre gewesen, wenn es noch bewohnt gewesen wäre?

Der Abschied von Broom Park und der Gedanke, es wahrscheinlich nie wiederzusehen war viel schlimmer und sie war froh, dass John ihre Hand hielt, als sie die Einfahrt wieder hinaufgingen.

Vor dem Haus stand inzwischen eine weitere Kutsche. Der Käufer war wohl eingetroffen. Hazel atmete schwer, als sie wieder in die Halle gingen.

Miles kam auf sie zu.

»Hazel«, sagte er leise. »Kommen Sie mit. Ich glaube, ich habe eine Überraschung für Sie.«

Sie blickte John kurz an und sie folgten Miles hinaus in den Park.

Hazel sah zwei Jungen, eine Frau in einem cremefarbenen Kleid und mit einem kleinen Sonnenschirm, und einen Mann mit Hut und langem Bart auf sich zukommen.

Der Mann kam rasch näher, ohne den Blick von ihr zu wenden. Plötzlich riss er sich seinen Hut vom Kopf, warf ihn weg und lief los. Hazel musterte das Gesicht des Mannes, der ihr seine Arme entgegenreckte.

Die dunklen, braunen Augen waren das Einzige, was sie in dem Gesicht und hinter dem Vollbart erkannte.

Es waren Alistairs Augen.

Sie fiel ihm um den Hals und sie hielten einander fest. Nach einer Weile sah Alistair Hazel an und berührte ihre Wange mit einer Zärtlichkeit, die sie von ihm nicht erwartete.

»Meine kleine Schwester. Ich kann es nicht glauben, aber … klein, kann ich ja wohl nicht mehr sagen.«

Er trat einen Schritt zurück und sah sie an.

»All die Jahre, Hazel, und jetzt stehen wir beide hier. Und ich dachte, du bist noch in Indien mit John.«

»Das ist eine lange Geschichte«, unterbrach Hazel ihn. »Zu lang für jetzt. Wichtig ist im Moment nur, dass wir wieder hier sind. Wieder zu Hause. Alle beide.«

Sie reichte ihm beide Hände und sie blickten sich beide um.

»Ja. Zu Hause. Ich selbst wusste nicht, wie sehr ich Schottland vermisst habe, bis ich wieder zurückkam. Ich war ein Narr, Hazel. Kannst du mir verzeihen?«

»Ich habe dir längst verziehen, Alistair«, lachte sie.

»Und Sie, Sir?«, wandte sich Alistair an John, der zu ihnen getreten war. »Haben Sie mir auch vergeben, dass ich damals versucht habe, Sie zu töten?«

»Ja. Das habe ich Ihnen verziehen und ich hoffe, Sie geben uns beiden jetzt eine Chance, Freunde zu werden.«

Alistair schluckte. »Das muss ich wohl. Sie sind Hazels Mann und ich weiß selbst, dass die Familie das Wichtigste ist.« Alistair hielt John seine Hand hin und dieser ergriff sie.

»Aber jetzt sag mir, kleine Schwester, was macht ihr hier? Wollt ihr etwa auch Broom Park kaufen?«, wandte sich Alistair wieder an Hazel.

»Wir? Ich glaube, das kann ich mir nicht leisten«, lachte John.

Hazel starrte ihren Bruder an. »Heißt das etwa du ...? Du willst es kaufen?«, fragte sie ungläubig.

»Ja. Deinetwegen. Du warst doch immer verrückt nach diesem Haus. Als ich hörte, dass es zum Verkauf steht, musste ich einfach kommen.« Alistair lachte leise.

»Aber hast du denn derartig viel Geld?« Hazel stand der Mund offen.

»Ich habe eine der größten Schieferimportfirmen in Amerika und ein großer Teil des Materials kommt aus Ballachulish und da ich mit meiner Familie wenigstens von Zeit zu Zeit wieder in die alte Heimat will, wäre Broom Park wohl das ideale Haus für uns. Ich bin mir bereits mit Lord Denby einig«, erklärte Alistair.

Hazel kämpfte gegen die Anzeichen einer aufkommenden Ohnmacht. Das war zu viel. Sie fächelte sich mit der Hand Luft ins Gesicht.

»Alles in Ordnung?«, fragte Alistair besorgt.

Hazel nickte. »Ja«, flüsterte sie mit einem Lächeln im Gesicht.

»Und nun komm, ich möchte dir meine Frau und meine Söhne vorstellen.«

Alistair machte sie alle miteinander bekannt.

Dann gingen er und Hazel allein durch den Park und erzählten einander, wie es ihnen beiden ergangen war.

»Wirst du mich besuchen, wenn wir hier in Broom Park sind?«, fragte Alistair, als sie auf dem Weg zurück zum Haus waren.

»Natürlich. Du weißt, wie sehr ich dieses Haus liebe«, erwiderte sie.

Alistair blickte sie einen Moment lang an.

»Ja, das weiß ich und ich habe da grade noch eine bessere Idee«, lachte er. »Jetzt, wo wir uns wiedergefunden haben, möchte ich, dass es uns beiden gehört.« Er nahm ihre Hände. »Dir und mir zu gleichen Teilen.«

Hazel griff fest zu, sonst wäre sie gefallen.

»Ich werde auch nicht das ganze Jahr hier in Schottland sein können. Meine Firma ist in Baltimore. Ich könnte mir niemand Besseren vorstellen als deinen Mann und dich, um in Broom Park ständig zu leben«, erklärte er.

Hazel war immer noch wie benommen und sie musste tief Luft holen. Ihr Blick wanderte hinüber zu den grauen Mauern des Hauses.

»Ich weiß, es ist ein sehr großes Haus, aber ich bin sicher, du wirst dich gut darum kümmern«, fuhr er fort.

»Das werde ich, Alistair. Es ist schließlich wie ein Erbe für mich. Broom Park ist voller Erinnerungen und es ist eine Verbindung zu all den Menschen, die wir geliebt und verloren haben. Zu Mutter, zu Colin und zu Simon. Ich kann mir nichts Schöneres vorstellen, als hier zu leben. Aber ich muss John fragen. Es ist vor allem auch seine Entscheidung. Wenn John in Edinburgh bleiben will, ist mein Platz dort bei ihm.«

Hazel wunderte sich selbst über ihre Worte. Ihr Traum von Broom Park war zum Greifen nahe und doch wusste sie, dass sie ohne John niemals glücklich sein würde.

»Also gut. Dann werde ich ihn fragen. Ich brauche ja hier auch jemanden, der sich um den Schieferbruch und die Geschäfte kümmert. Vielleicht wäre das ja etwas für ihn.«

Alistair ging sogleich ins Haus.

Hazel blieb allein draußen zurück. In ihrem Kopf rasten die Gedanken durcheinander.

»Bist du glücklich?«, fragte Johns vertraute Stimme irgendwann hinter ihr und er legte ihr von hinten die Arme um die Taille.

Hazel schmiegte sich an ihn.

»Ja. Ich bin glücklich. Weil du bei mir bist«, flüsterte sie.

»Dein Bruder hat mir eben einen Vorschlag gemacht«, sagte John leise.

»Wie findest du seine Idee?«, fragte Hazel ebenso leise zurück.

»Nun, ich habe ihm gesagt, dass ich noch bis nach dem nächsten Winter verpflichtet bin, aber ich könnte im Frühjahr meinen Abschied nehmen, wenn du einverstanden bist.«

»Aber du bist Kommandant in Edinburgh. Willst du das wirklich aufgeben?« Hazel wandte sich um.

»Ja. Unseretwegen. Ich habe genug gekämpft in den letzten Jahren. Um ehrlich zu sein, habe ich nur auf eine solche Gelegenheit gewartet, mein Herz.« John berührte zärtlich ihre Wange.

»Willst du damit sagen ...?« Ihr Herz bebte.

»Wir werden hier leben im nächsten Jahr. Wenn du es willst. Du und dieses Haus, ihr seid auf eine eigenartige Weise miteinander verbunden. Du gehörst einfach hierher. Du bist das Herz von Broom Park und mir ist klar geworden, dass wir nur hier für immer glücklich sein werden.«

Hazel fiel ihm um den Hals. Sie küssten sich.

»Dann können unsere beiden Kinder hier aufwachsen«, sagte Hazel leise und berührte liebevoll Johns Gesicht.

»Heißt das etwa ...?«

Hazel nickte nur. Er schloss sie in die Arme und hielt sie einfach fest.

Die Sonne versank hinter den Bergen auf der anderen Seite der Bucht und tauchte die Landschaft in das warme goldene Licht, das es so intensiv nur hier gab.

# Epilog

Das zweite Kind von Hazel und John war ein Junge. Er wurde auf den Namen Collin Simon getauft. Schon ein Jahr darauf brachte Hazel die Zwillinge Alice und Sally zur Welt. Alistair kehrte im selben Jahr mit seiner Frau und Kindern endgültig nach Schottland zurück. Er erweiterte Broom Park um einen Südflügel, in dem er mit seiner Familie einzog.

Auf eine Schnapsidee von Alistair hin gründeten John und er eine eigene Whiskybrennerei. Der Broom Park Whisky erfreute sich einige Jahre großer Beliebtheit bis eine Explosion die Destille zerstörte. Es wurde gemutmaßt, dass es Sabotage war. Der Tat verdächtigt wurde Rory Campbell, der zu dieser Zeit wieder in der Gegend gesehen worden war. Nachweisen konnte man es ihm aber nie.

Ab dem Jahr 1820 Beteiligten sich John und Alistair auch an der Fertigstellung des 97 km langen Caledonian Canal. Er verbindet den Loch Linnhe (Meeresarm des Atlantik) über den Loch Lochy, Loch Oich, Loch Ness, Loch Dochfour (alles Seen) und den River Ness mit dem Moray Firth der Nordsee. Um eine Höhendifferenz von 49 m zu überwinden wurden 29 Schleusen gebaut.

Alistair kümmerte sich um den geschäftlichen Teil und John, mit seiner militärischen Ausbildung, übernahm die Organisation der Lieferungen von Baumaterial.

Der von Thomas Telford geplante Kanal wurde 1822 fertiggestellt.

*Ende*

# Anhang

**Bog Myrthle**

Gagelstrauch. Der Strauch wird an günstigen Stellen hüfthoch. Im Moor bleibt er deutlich kleiner. Die schmalen Blätter entwickeln beim Zerreiben einen sehr angenehmen, würzigen Duft nach Limone, Pinie und Eukalyptus. Daher auch eine Wirkung gegen Midges. Blätter wurden früher auch dem Bier beigegeben oder als Tee aufgegossen.

**Broom**

Englisch für Besen, aber auch wie in diesem Fall: Ginster.

**Clearences**

Bereinigungen. Vertreibung schottischer Kleinbauern von ihrem Grund und Boden für die großflächige Nutzung zur Schafzucht.

**Coltsfoot**

Huflattich – alte Heilpflanze gegen Husten.

**Croft**

Kleines Feld neben dem Haus.

**Diwali**

Das indische Lichterfest. Fünftägiges Fest, an dem erst das Haus geputzt wird. Dann reinigt man sich selbst. Der dritte Tag ist der Göttin Lakshmi gewidmet. In allen Häusern werden Lichter aufgestellt, vor allem in die

Fenster. Der vierte und fünfte Tag sind Tage der Segnungen.

**East India Company**

Die Company bestand unter verschiedenen Namen quasi von 1600 bis 1858. Die Company war eine sehr große und mächtige Handelsorganisation mit großem politischem Einfluss. Sie hatte lange Zeit das Monopol über den Handel mit Asien und Indien. Die Company verfügte über eigene militärische Truppenforts, eine eigene Flotte und sogar eine eigene Flagge. Sie waren somit in der Lage, ihre Handelswege selbst zu überwachen.

**Eberesche**

… oder Vogelbeere. Diese Bäume wurden früher oft als Windschutz und Glücksbaum gegen böse Geister neben die Häuser gepflanzt. Die Beeren sind nur gekocht genießbar. Sie enthalten viel Vitamin C und wurden u.a. gegen Skorbut verwendet.

**Gurkhas**

Nepalesische Kämpfer in der Armee der East India Company und später in der Britischen Armee. Sie galten als zähe und gute Soldaten. Gurkhas kämpften in der Britischen Armee auch im Zweiten Weltkrieg. Noch heute gibt es eine Gurkha-Einheit.

**Herb Robert**

Ruprechtskraut oder Stinkender Storchschnabel – Heilpflanze bei Fieber und für Wunden.

**Kaledonischer Kanal**

Der Kanal verbindet heute noch über 97 km Fort William an der Westküste mit Inverness im Osten. Ein Drittel ist künstlich angelegt und verbindet die natürlichen Seen im Great Glen. Der Kanal wurde zwischen

1803 und 1822 gebaut. Planer und Überwacher der Arbeiten war der berühmte Ingenieur Thomas Telford.

**Kelp**

Die Asche der Braunalge wurde verwendet, um Glas oder Seife herzustellen.

**Lakshmi**

Die hinduistische Göttin des Glücks, der Liebe, der Fruchtbarkeit, des Wohlstandes, der Gesundheit und der Schönheit. Zudem Spenderin von Reichtum und geistigem Wohlbefinden, von Harmonie, von Überfluss und Fülle, die Beschützerin der Pflanzen. Sie ist die Gemahlin Vishnus.

**Laudanum**

Opiumtinktur aus dem Schlafmohn. Wurde früher als Schmerz- und Beruhigungsmittel verwendet.

**Lord Hastings**

Francis Rawdon-Hastings, Earl of Moira: Generalgouverneur von Britisch Indien 1813-1823.

**Marwari Pferde**

Robuste Indische Pferderasse, die durch ihre Sichelohren auffällt. Indien hat die Ausfuhr der Rasse untersagt. Es gibt daher nur sehr wenige außerhalb Indiens.

**Massaker von Glencoe**

Am 13. Februar 1692 wurden im Glencoe unter Beteiligung von Robert Campbell – auf Befehl des englischen Königs – 38 Männer vom Clan der MacDonalds hinterrücks in ihren Häusern ermordet. 40 Frauen und Kinder starben bei der Flucht in der Kälte der Highlands. Die Tat war umso grausamer, als die beiden Kompanien, die das Massaker begingen, bis zu diesem Tag Gäste des Clans MacDonald gewesen waren. Die alte

Fehde zwischen den MacDonalds und den Campbells reicht aber viel weiter zurück.

**Midges**

Etwa 2 mm große Mücken (Gnitzen). Sie treten an windstillen Tagen und Plätzen in Mengen auf und stechen vorzugsweise an weichen Hautstellen wie Schläfe, Handgelenke, Füße. Sehr unangenehm.

**New Town von Edinburgh**

»Neustadt« – überwiegend zwischen 1766 und 1850 in mehreren Abschnitten gebauter Stadtteil von Edinburgh. Die erste New Town nördlich der Altstadt wurde 1820 fertiggestellt. Sie ist einer der ersten rein am Reißbrett geplanten Stadtteile und wurde erforderlich, da die Altstadt damals aus allen Nähten platzte.

**Pindari**

Sie waren eine kleine Gesellschaftsgruppe in Indien, die zu Beginn des 18. Jahrhunderts zum ersten Mal erwähnt wurde. Der mit Speeren und Schwertern bewaffnete Reitertrupp bestand aus Männern unterschiedlicher Religionen und aus verschiedenen Kasten. Sie waren Plünderer und hatten z.T. grausame Foltermethoden. Zwischen 1817 und 1818 ging die East India Company massiv gegen die Pindari vor. Die Ereignisse sind als *Pindari War* (Pindari Krieg) in die Geschichte eingegangen.

Schiefer aus Ballachulish

Der Schieferbruch war fast durchgängig von 1693 bis 1955 in Betrieb. Die Dachschiefer wurden nicht nur in der Umgebung, sondern auch in Edinburgh und Glasgow verbaut. Der stillgelegte Steinbruch kann heute besichtigt werden.

**Tormentil**

Blutwurz – Heilpflanze gegen Entzündungen in Mund
und Rachen.

Zu guter Letzt:
**Fiktion**
Der Arbeiteraufstand in Edinburgh ist meiner Fantasie
entsprungen.
**Kleiner Witz am Rande**
Ich konnte nicht widerstehen, die Fleischerei, vor der
sich Hazel mit John in Edinburgh trifft, *MacDonalds* zu
nennen. Allerdings in der schottischen Variante.

# Danksagung

Ich danke meinem Mann für seine Geduld und den Ansporn in der Endphase.

Meiner Freundin, Carmen Janssen, für die moralische Unterstützung aus der Ferne.

Meiner Lektorin, Daniela Höhne von Verlorene Werke, für ihre extrem konstruktive Kritik und ihre Anregungen – alles in einer Art, die einen ermuntert, es immer besser zu machen. Ohne sie wäre dieses Buch nicht das, was es jetzt ist.

Ich habe mich bemüht, die Geschichte jener Zeit historisch genau darzustellen. Vieles ist jedoch Fiktion, wie der Arbeiteraufstand in Edinburgh oder der Überfall der Pindari auf ein fiktives Fort der East India Company.